中国母亲

张慕水　著

时代出版传媒股份有限公司
安徽文艺出版社

图书在版编目（CIP）数据

中国母亲 / 张慕水著. — 合肥：安徽文艺出版社,2023.2
ISBN 978-7-5396-7569-5

Ⅰ.①中… Ⅱ.①张… Ⅲ.①长篇小说—中国—当代
Ⅳ.①I247.5

中国版本图书馆CIP 数据核字(2022)第193552号

出 版 人：姚 巍
责任编辑：卢嘉洋　　　　　　　　装帧设计：梦 乡

出版发行：安徽文艺出版社　　www.awpub.com
地　　址：合肥市翡翠路1118号　邮政编码：230071
营 销 部：(0551) 63533889
印　　制：河北盛世彩捷印刷有限公司　(0318) 6658666

开本：710×1010　1/16　印张：18.25　字数：334千字
版次：2023年2月第1版
印次：2023年2月第1次印刷
定价：68.00元

序

文学是民族的自觉，但凡没有这种自觉的地方，文学不是早熟的涩果就是谋生的手段，或者说某一阶层的手艺。这是我看完《中国母亲》第一时间想到的话。

写作是如何与人相处，在熟悉的母语中找到那些陌生的部分，作为"映像作家"的代表，我不知道张慕水花了多长时间同书中的人物耐心相处才能让故事进行下去。或许是足够多的苦难让人觉醒，故事中的每一个人物都仿佛有了自己的想法，他们不再满足于乘着列车往返于上海和内蒙，他们甚至走出了国门，尝试着在这蓝色星球上演绎着构建人类命运共同体的大爱。

我常常喜欢一个人开车走在跨海大桥上，期待着那种除了蓝色的海和孤独的鸟儿以外无他的宁静景色。读完《中国母亲》后，我仿佛有了某种共鸣，我闭上眼睛，内心除了波涛的喧嚣之外，再也没有了别的声音。我在主人公身上看到了太多人的影子，那些似曾相识的感动却都只存在于母爱的光辉下。我看到了他们奋不顾身的追求，我羡慕那个年代滚烫的真情。有时候我也在反思，为何过去的爱情那么坚固，明明都是用泥巴砌的墙，一过就是一辈子……

人生的困扰大抵来自四个方面，不可避免的死亡，内心深处的孤独，我们追求的自由以及生活本身的意义，而生活是毫无意义的，在大多数的时候……

五年过去了，《中国母亲》一步步从脑海走向了笔端，跃然纸面。我依稀记得2018年，北京冬日里的某个深夜，张慕水问我睡否。彼时的我正从虹桥机场返回苏州的路上，他说想喝酒了，我让司机把车停在路边，在便利店买了一打啤酒一包花生米，坐在路灯下连上视频喝了起来。看到光影阑珊的南方下着小雨，他拎起酒瓶下楼索性躺在了漫天大雪中的北方路灯下。

张慕水是个认真的怪人，恰恰我也是……

他说他想老家了，我说我也是……

他说他想为母亲做点什么，我说我也是……

我常常在想，像我们这样的能算是大人吗？哪怕我已成家立业，但面对这样一部厚重而深沉的作品，我却觉得自己依旧身处孩子的延长线上。或许，有时，留在我们心里的不是事物本身，而是它离开后空出的位置，亲情、友情、爱情，皆是如此吧。

　　少时，春风得意马蹄疾，不信人间有别离，后来才发现，我们已经悄悄地和很多人见了最后一面。五年来，我和慕水各自耕耘，只希望，他日飘进我生命中的云，不再倾吐雨水或掀起风暴，只是给我黄昏的天空增色添彩，因为我们深知，难走的路，从来都不拥挤。

姜因耀

2022年7月7日

目 录
CONTENTS

第一章　蓄谋已久的逃走

如果昨天的明天就是今天，那么回忆过去与期待未来又有什么区别？直到陈海生要离开这座城市的那一刻，他都不知道，自己未来到底要去往何方。

1981年7月，一列火车缓缓从上海站驶出，暴雨如同骇浪一般在这座承载了悲欢离合的城市涤荡。27岁的陈海生头靠在窗前，指尖配合雨点在桌子上轻轻敲打着，那些忽远忽近的面孔如同暴雨中的闪电在陈海生的脑海中转瞬即逝。那站台上的脚步，终将伴随着尘埃和雨水来过这座城市，悄无声息地留下岁月斑驳的痕迹。陈海生从怀中掏出酒壶闷了一口，阵阵闪电划过脑海让他迷离恍惚。

时光走笔，岁月成章，火车载着他穿梭于命运的汪洋大海，他打开笔记本写下了《远方的你》。

> 远方的家有鸟儿歌唱
>
> 山川间万里牧场
>
> 远方的天有云霞光芒
>
> 期盼你在我身旁
>
> 远方的云是你的心房
>
> 洁白地向我飘荡
>
> 远方的你是温柔善良
>
> 流星下许下愿望
>
> 繁星点点篝火轰轰烈烈
>
> 抚摸着你的脸
>
> 舞蹈翩翩琴声幽幽远远
>
> 牵起了你我爱恋
>
> 绿草轻轻山峦重重叠叠
>
> 想翻越你我心田
>
> 云朵绵绵湖面漪漪涟涟

远方的你是思念

他已经不记得这是第多少次乘火车穿梭于城市间了，这趟连接上海和内蒙古的列车，已经无数次出现在陈海生的梦里。童话般的梦里，他同妹妹苏小雨追逐着，打闹着，叫嚷着……

恍惚间，他仿佛又回到了那个饥饿的年代……

1959年4月18日，5岁的陈海生穿着海魂衫，背着绿色帆布书包，戴着一副自己最喜欢的平光眼镜，拉着母亲郑叶芬的手从江苏宜兴的农村来到了常州育儿院。

坐在育儿院门口的长石凳上，陈海生抬头看了看来来往往衣衫褴褛的人，他哪知道眼前母亲嘴里所谓的舅舅家其实是自己此行的目的地——常州育儿院。看到育儿院里人满为患，此刻的郑叶芬正焦急地做着决定，她担心的是性格内向的陈海生不能在这吃上一口饱饭。

看着前台忙碌登记接收孤儿的护士，思索再三后，郑叶芬开口问了起来。

"护士，这么多孩子在这都能有吃的吗？"

护士抬头看了一眼紧张不安的郑叶芬，叹了口气说："孩子是越来越多，照这样下去啊，这里也没吃的了。"

"这么多孩子都能养活吗？"

"这个很难说，只能听天由命了。哎，您是捐物资还是送孩子？"

"我、我……"

看到郑叶芬支支吾吾，穿着普通，护士放下笔语重心长地说："去上海吧，这里的人太多了，后面会越来越困难的……"

此时，陈海生有些无趣地坐在育儿院门口的石凳上，阵风拂过树梢，斑驳的树影打在了他疲惫的脸上。陈海生低头看着已经漏出脚趾的球鞋，努力地想让大拇指戳破那个不大不小的洞，好让鞋里面潮热的脚透透气。突然一个身影挡在了自己面前，陈海生抬头看去，却发现是母亲郑叶芬疲惫的脸。

"海生，喝吧！"郑叶芬捋了捋额头上的头发，将手里的水壶递了过去。

"妈，你怎么去了那么久？"陈海生接过水壶咕咚咕咚喝完，然后擦了擦嘴。

"海生，咱们走吧！"

"妈，去哪啊，不是说去找舅舅吗？"

"我刚进去打听了，舅舅搬去别的地方了……"

"远吗？"

"远！"

"哪里啊?"

"上海……"

"耶,去上海喽!去上海喽!"一直生活在农村的陈海生从小伙伴的口中得知,上海是一个很大的城市,那里有取之不尽、用之不竭的童年宝藏。

得知要去遥远的上海,陈海生的心中充满了期待,他兴高采烈地一顿猛冲小跑到前方,开心地转头看着郑叶芬。年幼的他对去一个陌生的舅舅家并不感兴趣,但是能够离开家开启一段未知的旅程,这让陈海生兴奋不已。

陈海生很快伴随着漫长的旅途睡着,殊不知,一段不可逆的人生旅途从登上前往上海的客车开始便已悄然改写了他的一生。郑叶芬眼里愁容不展,上海离自己太远了,以后想去看望海生恐怕是没那么方便了,但无论如何,让孩子能够有口饭吃,活下来,才是自己此行最重要的目的。

被叫醒后的陈海生站在车水马龙的上海街头,看到眼前的高楼和汽车,他揉了揉眼睛,仿佛从一个梦跳到了另一个梦。眼前的一切都未曾在宜兴老家看到过,此刻的陈海生早已忘记那个不知何时从母亲嘴里出现的舅舅,繁华的大上海让他目不暇接。然而,母亲郑叶芬却走得很快,好像有什么急事使她不敢停下匆忙的脚步。看到眼前吹糖人的小摊,陈海生只是多看了一眼,转头望去时母亲却不见了踪影,慌乱的他只看到了满大街来来往往行人的脚步。发现母亲消失在人群里,陈海生本能地小跑着往前追了上去。人群中,陈海生终于发现了那个熟悉的背影,他焦急地跑上前紧紧地抱住了那个人的手臂。

"这是谁家的孩子啊,认错人了吧?"陌生的阿姨停下脚步笑着看向陈海生。

陈海生焦急地抬头望去,望着眼前陌生的面孔,他惊慌失措地撒手,四处张望,尝试在人群中搜寻母亲郑叶芬的身影。

可是街上的人实在是太多了,每个人的背影仿佛都差不多,陈海生着急地站在原地大喊:"妈,妈,你去哪了?妈……"

在村里,陈海生的嗓门最大。小伙伴们当中,他的回声也是最持久的。奈何大上海并不像宜兴的农村,在这熙攘的街头,陈海生洪亮的声音仿佛被海绵吸收了一般,淹没在了人群中,更别提回声了。绝望恐惧瞬间袭上心头,陈海生站在那里哇哇大哭,豆大的泪珠掉落在了地上。那一刹那,仿佛整个世界都把他遗弃了。

郑叶芬躲在角落里,远远地看着陈海生站在那里哭了好久。匆忙的路人只是来来去去,很少有人询问,更别提领走了。看到眼泪在陈海生脸上留下了两道泪痕,郑叶芬再也忍不住走了过去。

"海生……"

母亲的一声呼喊仿佛让整个世界瞬间安静了下来，这声音在陈海生的脑海中猛然清晰了起来并不断回响着，他循声望去，终于发现了站在不远处的母亲。

"别哭了！过来这边！"

陈海生刚打算跑过去，可是一迈步，他双腿一麻就倒在了地上。看着陈海生坐在地上无法挪动，郑叶芬赶紧跑了过去。过度的悲伤和恸哭让陈海生浑身变得僵硬，一时间他的脸还有腿脚都不听使唤了。

"别哭了，你也不跟紧点！别哭了啊！那么多人都看着呢！"

郑叶芬给陈海生揉着麻木的四肢边埋怨着。刚才的一幕让陈海生心有余悸，他抽噎着擦了擦眼泪，长长地舒了一口气。

有了刚才的经历，陈海生便死死地拽住郑叶芬的衣角跟在后面。因为陈海生贪恋路边新奇的玩意儿，所以郑叶芬的衣服几乎被他缓慢的步伐卡到了脖子上。

也不知道走了多久，陈海生累得走不动了，郑叶芬终于停了下来。

"妈，舅舅家还没到啊，我都饿得前胸贴后背了，咱们要不休息会儿吧！我实在是走不动了！"

"我说出门不带你，你非要来……"

看着蹲在地上垂头丧气的陈海生，郑叶芬朝马路对面看去，那里正是这次的目的地——上海市育儿院。

门口一侧的长凳上坐着一个4岁的小女孩，虽然穿着普通，但是头上的两个羊角辫却扎得十分用心。小女孩手里拿着一根白色的鹅毛，像是在等谁的样子。

看到马路对面的母子二人同自己对视良久后走了过来，苏小雨下意识地朝着凳子的一边挪了挪。

又累又饿的陈海生索性就四仰八叉地躺在了凳子上。看着眼前的这个小女孩一直在打量着自己，郑叶芬想了想，拿起陈海生的水壶走进了育儿院。

"哎，你来这里干什么?"

陈海生仰着头看了苏小雨一眼，有气无力地说："我来走亲戚。"

"你不是本地的吧！"

"嗯，我和我妈从江苏过来的！"

未等苏小雨开口，郑叶芬拿着水壶走了过来。陈海生咕咚咕咚地喝了个水饱，不耐烦地问："妈，我舅舅家到了没啊，不行我们回家算了！我都快饿死了！"

"海生，你在这等会儿，妈去给你买点吃的，一会儿就回来！"

"嗯！"看着满脸笑容的母亲，陈海生开心地点了点头。

"她骗人！"

郑叶芬刚打算转身，冷不丁被眼前的苏小雨打断了思绪。

"谁家的丫头片子，乱讲话！"看着苏小雨人小鬼大的样子，郑叶芬有些生气地看了看四周。

"你就是骗人！"面对郑叶芬，苏小雨没有丝毫害怕的意思。

"你凭什么这么说我妈，我不许你这么说我妈！"陈海生有些生气地看着眼前扎着羊角辫的小女孩，站起来瞪了她一眼。

"妈，你快去吧！我在这儿等你！"看到苏小雨不再说话，陈海生生气地往凳子另一边挪了挪。

"哎，海生，等我一会儿啊！妈很快就回来！"

郑叶芬快步穿过马路，仅回头看了一眼陈海生，陈海生笑着摆了摆手，但转眼就对苏小雨一脸的不屑。直到郑叶芬快速地走远，苏小雨才无奈地看着倔强的陈海生。

就这样，二人沉默了好一阵子，苏小雨终于开口说："她骗人！"

"她是我妈，你说，我妈骗我什么了？"看着眼前素不相识的女孩，陈海生气愤地将书包往凳子上一放，站起来质问道。

看着陈海生气势汹汹的样子，苏小雨抹了抹鼻涕，假装什么都没发生一样看着远方。

"你说啊！"陈海生紧追不舍。

"她不要你了！"

"你胡说，她是我妈，怎么可能不要我！你再胡说别怪我不客气了！"陈海生毫不犹豫地挽起了袖子，亮出了自己胳膊上的一小疙瘩肌肉。

"那你就等她来接你吧！"

看着苏小雨噘着嘴没有半点害怕的样子，陈海生气愤不已，于是他将书包放到了二人中间。

高高的楼房和川流不息的人群让陈海生眼花缭乱，他一边好奇地看着这个陌生的城市，一边得意地对苏小雨说："你就等着看吧！我妈马上就回来了！"

苏小雨无动于衷地坐在那里，一声不吭地等待着，像是一个看热闹的人等待着陈海生被人遗弃的那一刻。

看着太阳已经落山，陈海生内心的愤怒逐渐变为担心，到天黑的时候则变成了绝望。陈海生和苏小雨也从凳子的两端越坐越近……

明月高悬，路上行人渐少，陈海生的眼睛里也没了光彩，暖黄色的路灯将两个弱小的身影投射在了育儿院的墙上。陈海生肚子咕咕直叫，他晃了晃手里的水壶，却发现壶中空空如也。

人生的第一次打赌，陈海生输得一败涂地。他期待的那个人始终都没有出现，但是在苏小雨面前，他却苦苦支撑着。陈海生实在饿得不行，于是他躺在凳子上，可是睡醒后，除了苏小雨一动不动地坐在那陪着自己，母亲郑叶芬始终没有出现。陈海生的肚子叫得越来越响，这时苏小雨拿出一块窝窝头掰开递到了陈海生眼前。又饿又累的陈海生看了看苏小雨，最终还是放下了那股倔强。陈海生没有接那块窝头，有些丧气地靠在了苏小雨的身上。

他若有所思地嘟囔着问："你为什么说我妈不要我了？"

"都半天了，她要是回来的话早就回来了！"

"万一她有急事儿呢？"陈海生抽动了一下鼻子，强忍着要流下的泪水，"或者我妈迷路了，或者……"

"我问过了，这里是育儿院，被送到这里来的，都是没妈的孩子！"

"可是我有妈！我不是没妈的孩子！"

"我也有妈，她们不要我们了！"

"你胡说，她是我妈，怎么可能不要我！"

"你不信的话就回家问她！"

看着陈海生毫不领情，苏小雨拿回了窝头塞到了自己嘴里。

苏小雨的话刺激到了陈海生脆弱的神经，他愤怒地站起身朝着马路对面走去。可是他穿过马路没走几步便停了下来，望着眼前的万家灯火，陈海生哪知道回家的路呢？直到此时，他仿佛有些明白了，为何母亲要带自己来见一个从未听说过的舅舅，他也明白了上午的时候，为何和母亲走散了。

陈海生一脸倔强地站在路边，看着马路对面的苏小雨一动也不动，走也不是，留也不是。

看到陈海生低着头紧攥拳头站在那里，苏小雨叹了口气走了过去把他又拉了回来。

"喏，这可是我最后一个窝头了，吃吧！你都在这等半天了，吃完咱们就进去！"苏小雨拿着手里的窝头戳了戳，看到陈海生一动不动绝望地看着远方，苏小雨只好将窝头一块块掰下塞到了陈海生嘴里。

"我哪做错了，她凭什么不要我了，她凭什么就不要我了……"陈海生再也忍不住心里的委屈，抹着眼泪大口地嚼着窝头，愤愤不平。

"别哭了！大晚上的会有坏人！"苏小雨用袖子给陈海生擦着眼泪，另一只手捂住了陈海生的嘴。

"我叫苏小雨，你呢？"

"陈海生……"

"走吧！"

"去哪？"

"育儿院！"

二人起身看着眼前的上海市育儿院，手拉手地走了进去。而此时的上海市育儿院也早已人满为患，来自江浙的大量孤儿被源源不断地送到了这里。医护人员走来走去忙碌着。刚满月的婴儿嗷嗷待哺，这场面让陈海生和苏小雨吃惊不已。看到摇篮里的婴儿的奶嘴掉在了地上，陈海生赶紧走上前去捡了起来。

办公室里，护士长王翠萍看了看眼前这两个已经懂事的孩子，叹了口气。

"叫什么名字？"

"陈海生……"

"哪里的？"

"宜兴……"

"你爸妈呢？"

听到王翠萍护士长这么问，陈海生看了看苏小雨，苏小雨点了点头。二人进来的时候早就约定好了，说二人是兄妹，这样就不会被分开。

"死了……"陈海生虽然不愿撒谎，但是他恨遗弃他的母亲，恨之入骨。

"她是你什么人？"

"我是他妹妹！我4岁，他5岁！"未等陈海生开口，苏小雨便自报家门。

"你叫什么名字？"

"小雨！"

看着眼前这两个年龄偏大的孩子，王翠萍不由得犯了难，她看了护士陈小青一眼本想说点什么，这时电话响起了，她不得不示意陈小青将二人带了出去。

"你们两个是不是饿了？走，我带你们去吃饭！"陈小青在护士长办公室的时候就听到了二人肚子咕咕的叫声，看到眼前两个干瘦的身影，她不禁叹了口气。

王翠萍护士长接起电话和上级领导汇报着近些时日育儿院的工作情况。恰逢三年困难时期，不仅上海本地的一些家庭生活无以为继，将孩子遗弃到育儿院，最近更是出现了江浙一带的孤儿们被送到这里。

"吴院长，奶粉再拨不下来，我这里很多婴儿恐怕就有生命危险了啊……"王翠萍努力克制着自己的情绪，"孩子天天都在增加，院里的粮食也不多了！"

"先想想办法再坚持几天，我这几天一直在和上级汇报沟通，相信很快就会有结果……"

王翠萍挂断电话，内心也是无可奈何。

陈小青将自己的饭盒打开，向陈海生还有苏小雨递了过去。二人虽然很饿，但是刚被母亲遗弃的陈海生却没什么胃口。屋里有二十多个和他们年纪相仿的孩子，陈海生和苏小雨被安排在一张上下铺的床上。和婴儿们的房间相比，这里安静多了。一群孩子谁都不愿说话，一个个大眼瞪小眼地看着新来的二人。

陈小青抱着两床被褥走了进来，给二人铺好。就这样，陈海生总算在上海有了第一个落脚点。二人挨着躺在床上，陈海生依旧没有从被遗弃的情绪中走出来，他呆呆地看着窗外的星星，一言不发，眼神直愣愣的。直到此时，他都想不明白，为何母亲会欺骗自己，遗弃自己。

听到远处传来了火车的轰鸣声，苏小雨转过身问道："哥，你爬过火车吗？"

"没，我没见过……"

"火车就是像火柴盒一样的铁盒子，一节连一节，很长很长！"苏小雨用手比画着，"我家就住火车站附近，我经常偷偷爬到火车上玩！"

"小雨，你家住火车站附近，你怎么不回家呢？"看着苏小雨一脸轻松地说着，陈海生方才意识到，同样是被家人遗弃，为何苏小雨就这么轻松。

"我才不回去呢！是他们先不要我的！"

"那你知道你家在哪里吗？"

"不知道！我只记得家附近有个火车站，但是上海太大了！"

"那你可以告诉他们，让他们把你送回去啊！"

"家里没吃的了，送回去也是挨饿，还不如在这里呢！"

"那你不想你妈吗？"陈海生一脸真诚地问。

"不想！"苏小雨说完便把头转向了一边。

"要不明天咱俩再去找找看？"看到苏小雨一动不动，陈海生激动地爬到苏小雨跟前摇了摇苏小雨的肩膀，"我家是回不去了，太远了，但是你家能回啊！不就是铁路边上！我帮你找到家，然后让你爸妈送我回去！"

陈海生越说越激动，他巴不得今晚就出发，只是此时的苏小雨却假装打起了呼噜，没一会儿就真的睡了过去。

和陈海生不同，苏小雨早就接受了被父母遗弃的事实。她并不是不想回家，只不过，她只记得自己住在郊区，上海郊区太大了，她又不识字，自己上哪去找呢？自从被母亲遗弃在育儿院门口，苏小雨便再也没有离开过这里，她也幻想母亲会再回来，哪怕在角落里偷偷地回来看自己，她都会抓住机会跑过去。但是，苏小雨一连等了三天，等来的却是更多被遗弃的孩子……

当晚，陈海生制订了一个探险计划，他先从附近的几条街开始找起，然后慢慢地朝着火车站方向延伸。育儿院的生活是枯燥的，每天都有孩子被陆续送过来。时间长了，苏小雨也开始对陈海生的寻找计划提起了兴趣。至少，有陈海生的保护，她或许可以走得更远一些，至少不用像小猫一样天天被关在这个院子里。

一天早上，育儿院的大门一开，门口又多了几个竹篮。看着里面一个个被遗弃的孩子，陈海生和苏小雨一拍即合，趁着护士忙乱的时候偷偷地溜出了育儿院。

前往火车站的路并不轻松，一次次的问路，一次次的铩羽而归，陈海生和苏小雨前前后后出逃了无数次，但是最终还是在天黑前又回到了育儿院。他们发现，外面的世界好像并没有他们想象中那么乐观，他们听陈小青说，国家遭遇了困难，外面的生活更不好。

在上海市育儿院生活了一年多后，陈海生和苏小雨俨然成为育儿院的探险家，二人经历了无数次的逃跑又折回，终于弄明白了去往上海火车站的路线。而二人之间的感情也日渐深厚，不是兄妹胜似兄妹，两个被遗弃的孩子就这样紧紧地走到了一起。陈海生对郑叶芬的情感也从痛恨到释然再到思念，最终他下定决心在自己被遗弃的一年多后，同苏小雨一起回她的老家。

陈海生认为虽然自己不记得回老家的路，更没有路费去坐车，但是苏小雨就简单多了。苏小雨家住火车道附近的一处蓝房子里，在陈海生看来，只要找到火车站，沿着铁轨一直走下去，总会找到苏小雨的家。而到了苏小雨家，陈海生便有了回自己家的条件。

为此陈海生做了充足的准备，除了私下里攒够了三天的口粮，他还发现每当陈小青值班的时候，她总会被累得靠在门口睡着了。而陈海生和苏小雨终于在护士陈小青值班的深夜里偷偷地溜了出去。

二人走到大门前，却发现大门已经从里面被锁死。原来，为了防止孩子们在深夜逃跑，以及防止有些后悔将孩子遗弃的父母在半夜偷偷回到育儿院寻找，造成骚乱和安全隐患，每当晚上的时候，大门都会被陈小青从里面锁死。

看着眼前高高的大门，陈海生让苏小雨骑在自己脖子上，奈何二人个子太矮，连大门的栅栏都够不到，更别说爬出去了。无奈之下，陈海生只好悄悄地溜到了办公室，将屋里的凳子搬出来靠在墙角摆在了一起。为了安全起见，陈海生先慢慢地爬上去试了一下。因为陈海生在宜兴就练就了爬竹子的本领，所以面对眼前高高的凳子，他的身手不亚于马戏团的猴子，三下两下就爬了上去。他慢慢地露出头，看到墙外路上没有来往的路人，才将书包放到了墙头。陈海生熟练地转身下来，又认

但是在一个吃饱饭的成年人面前则像软脚虾一样。看到有人施救,两个流浪汉便扔下书包落荒而逃。

陈海生抬头看时,却发现救自己的是刚刚在大户人家门口的那个书生气的眼镜男。眼镜男拎着竹篮领着陈海生和苏小雨走过黑暗的弄堂,来到了大路上。

"大半夜的,你们两个小鬼打算去哪儿?"眼镜男蹲在地上看着二人。

陈海生看了看苏小雨,见眼镜男不像是个坏人。苏小雨点了点头,陈海生才开口答道:"我俩打算去火车站!"

"火车站可远了,你俩要去坐火车?"

"嗯,我要送我妹妹回家!"

眼镜男打量了一下苏小雨问道:"你妹妹家住哪儿?"

"就在铁道旁边的一处蓝房子里!"对苏小雨的家庭方位,陈海生早已烂熟于心。

"哦,那你俩可得小心了,大晚上的别走太黑的地方,走大路!"眼镜男还未说完,这时放在地上的篮子动了一下,眼镜男紧张地抱起篮子站了起来。

"里面是什么?"苏小雨指着篮子问道。

"哦,是一只小猫……"

"是打算送给那家人的吗?"

"嗯……"看着苏小雨单纯的眼神,眼镜男点了点头,"你们小心点!我要回家了!"

看着眼镜男抱着竹篮远去,陈海生才踏实地打开自己的书包,看到干粮没有太大损失,陈海生的心也算落了地。一阵凉风吹来,他又赶紧将书包挂在脖子上一前一后把屁股遮了起来。

有了刚才的经验,二人格外小心。不知为何,路上的流浪汉好像比先前多了不少,二人走走停停,走了也不知道多久,终于来到了火车站。站在上海火车站站前广场上,陈海生拉了拉苏小雨的手。

"小雨,这是你家吗?我看起来怎么不太像啊!"

"是不太像,有点大了……"

"可是他们说,上海就这一个火车站啊!"

"我记得以前都是从铁道边上溜进去的……"

"你不是去年才从家里出来的吗?你再好好想想!"看着苏小雨摇头,陈海生有些着急,"小雨,咱俩总不能费尽千辛万苦,到头来找不到回家的路!"

苏小雨认真地看着眼前的上海站,转过身背对车站边往前走边回头看,终于记起来时的地方。

"在那!"苏小雨兴奋地指向了大门一侧。

二人一路小跑着来到苏小雨指的地方,可是此刻这里的大门却已经紧锁,躺在墙角的流浪汉对二人虎视眈眈。二人隔着铁门往里看,却觉得怎么也不像是去苏小雨家的路。

"你们两个干什么呢?"保安拿着手电筒走了过来,质问二人。

"我们,我们要回家!"陈海生紧张地回答。

"这里是出站口,想回家得等到天亮了再去买票!"

听保安说完,陈海生的心里像是被泼了一盆冷水。原来,苏小雨上车之前就睡着了,等她醒来的时候只记得上海站的出站口。坐在广场上,陈海生从书包里拿出一个窝头掰成两半,递了过去。

"小雨,搞了半天,你家根本不在上海,说好的先到你家,再到我家的,你这不是成心骗我吗? 你早说我就不来了!"陈海生愤愤不平。

"哥,我没有骗你,我真的记不得了⋯⋯"

"为了这次逃跑,我准备了小一个月。那明明就是火车站的出站口,和你家压根就没关系!"

"哥,我真没骗你,我上车就睡了,也不知道睡了多久,只记得这些了⋯⋯"

看到苏小雨手里拿着窝头委屈地蹲在地上哭,陈海生叹了口气赶紧过去安慰。

"小雨,别哭啊,记不得就算了,我们先回去,等哪天你想起来了再说!"

倔强的苏小雨就觉得自己委屈,头也不抬,继续哭着,面对陈海生的服软,理都不理。

"小雨,别哭了! 要不然没到天亮就被发现了!"

"我不回了! 要回你自己回! 呜呜呜⋯⋯"

看着苏小雨一时半会儿哄不好的样子,陈海生只得将窝头塞到了嘴里,从书包里拿出了《三毛流浪记》的连环画递到了苏小雨面前。苏小雨的眼泪掉在了封面上,陈海生赶紧抽回去擦了擦。

"你还想不想看了!"

看到《三毛流浪记》,苏小雨立马停止了哭泣,她抬头看着陈海生,依旧怒气未消。

"哎,先借你看几天,等找到家了,我就送你!"

"真的啊?"苏小雨立马喜出望外地看着陈海生。

"嗯,我可跟你说好了,这是借你的,你看完了得还给我!"

"嗯嗯嗯!"

苏小雨用力地点头,接过《三毛流浪记》后,却发现封面是用米糊粘上的,翻开后的页码却是77页。很明显，这本书被撕成了两半，而且这还是下半部分。

"哥，另一半呢？"

"当年这个是我和村里柱子一起买的，怕被爸妈知道退回去，所以我俩就撕开了，一人一半，看完了再换回来。这是下册，上册在柱子那。他看完了就会放在一个只有我俩知道的地方，然后再换回去。嘿嘿嘿……"陈海生颇为得意地说着，仿佛一个地下工作者对新入伍的小兵展示自己的智勇双全。

"走吧！先放你包里！回去再看吧！"

苏小雨如获至宝，对手里的连环画爱不释手，很快就忘却了刚才的不快，兄妹二人继续行走在夜色中。

心里所有的不快都伴随着夜色渐渐平静，兄妹俩吃过窝头后脚步也轻盈了许多。苏小雨每每走到路灯下就忍不住掏出《三毛流浪记》看上几眼，陈海生则将自己已经看过的上半段故事讲给苏小雨听。

伴随着汽笛鸣响，一列火车开进了上海站，运沙船从黄浦江中驶过，划破了江中映照出的火红色朝霞。

陈海生和苏小雨一宿没睡又奔波了那么远的路程，两个人的眼睛都像熊猫一样涂上了黑黑的眼圈。二人手拉手走过街角，不约而同地停下了疲惫的脚步。原来，育儿院门口放了一堆竹篮和婴儿车。

以前二人起床晚，开门的时候门口从来都是干干净净的，没想到眼前竟有那么多被遗弃的孩子。令兄妹俩想不到的是，这样的情况最近几乎天天都在上演。一条骨瘦如柴的流浪狗摇着尾巴在旁边溜达，仿佛闻到了特殊的味道，它兴奋地在篮子上舔来舔去。

"闪开！闪开！傻狗！走开！"

流浪狗被二人扔出的小石子击中夹着尾巴落荒而逃，陈海生和苏小雨大喊着跑了过去。翻开那些婴儿车和竹篮的盖子，二人才发现竹篮里全都是嗷嗷待哺的婴儿，这让陈海生的心里受到了极大的冲击。

"哥，你看！"

顺着苏小雨手指的方向，陈海生发现了昨晚眼镜男手里抱着的那个竹篮。因为那个竹篮太扎眼了，不但崭新而且上面还系了红色毛线，一看就不是穷人家用的。陈海生简直不敢相信，他走上前去掀开盖在竹篮上的盖子，发现里面躺着的是一个出生不久的婴儿。婴儿穿着皱皱巴巴的红色毛衣，胸前是黄色的小猫图案，屎尿弄得婴儿满身都是，瞬间跳出来的几只跳蚤更是吓了二人一跳，婴儿的腿上则满是被跳蚤咬的红包。

"哥，是小猫!"

"嗯!"

正当二人沉默的片刻，护士陈小青拿着钥匙打开了大门。她扭头看到墙角靠墙的一摞凳子，还未来得及思考，转过头时便发现了陈海生和苏小雨。

二人回到屋里倒头便睡，院长吴光曦和护士长王翠萍走到二人床前叹了口气。

"又是他俩!"对于二人的出逃，院长吴光曦毫不意外。

"是啊，来这一年多了，自己老家在哪里都不知道，天天想着往外跑!"王翠萍有些无奈，她转头看了一眼陈小青。

"哦，吴院长，这俩孩子说是昨晚想回家，跑到火车站又回来的，我检查过了，除了裤子开了裆，其他的都没问题。"

"通知值班人员，晚上再机灵点，孩子虽然多，但是不能出任何意外!"吴光曦说完看了看手表就走了出去。

王翠萍看了看墙上的钟表，已经是早上七点十五分。

众护士忙活着给送来的弃婴清洗衣物，看着院子里墙角处堆积如山的婴儿车和箩筐，吴院长长长地叹了一口气。

"十几个孩子一夜之间出现在门口，这算是近期以来的最高峰了吧?"

"是啊，吴院长，不知道后面会怎样?"

"王护士长，国家正在遭遇前所未有的困难，我们一定要把工作做好啊!"

"是的，吴院长。"

"车队什么时候到?"

"八点钟!"

吴院长朝着屋里看了一眼说："昨晚折腾了一宿，估计一时半会儿是叫不醒了，到时候直接抱上车吧!"

"嗯!"

陈小青正拿着育儿院统一定制的衣服给陈海生和苏小雨比大小，而此时的两个人早已打起了呼噜。甜甜的梦境中，二人各自幻想着自己的家乡，殊不知，等待他们的将会是命运的转折。

1960年，南方各处育儿院人满为患。由于物资匮乏，党中央决定将上海育儿院内的孤儿用专列送往内蒙古，由牧民抚养。这些天，吴光曦院长一直在外面忙碌着孤儿转运前的各项筹备工作。由于孤儿众多，专列上的人手紧缺，因此上海市育儿院派出了护士长王翠萍在内的十名医护人员执行转运任务，而内蒙古方面也早已派出了十三名医护人员前来对接孤儿转运工作。

人数清点完毕，内蒙古来的医护人员和上海本地医护人员站在那里一一道别。

"这次院里派你们担任护送任务，你们一定要配合好内蒙古来的同志，不能辜负党和国家的嘱托！"吴院长眼神坚定，神情严肃。

"保证完成任务！"众人异口同声地回复着。每个人都腰杆笔挺，因为他们身上正肩负着伟大的历史使命。

相机闪光灯亮起的那一刻，陈海生和苏小雨及众多孩子的命运从此被彻底改变。八辆中巴车缓缓驶进育儿院，众多医护人员忙活着将孩子放到车上。看到陈小青抱着苏小雨上车，吴光曦院长抱着陈海生送到了车里。

众医护人员目送车队缓缓开出育儿院，这些孩子如一叶孤舟入大海般的，开启了人生的新旅程。

汽车缓缓行驶在上海的街道上，护士们则前前后后忙碌着给婴儿喂奶换尿布，陈海生和苏小雨躺在王翠萍身边呼呼大睡，阳光照在苏小雨的双马尾辫上，金色的头发仿佛编织了一个金色的梦。

看到一众车队驶过街道，路人纷纷驻足观看。车辆颠簸，苏小雨揉着眼睛醒来，她看向窗外，又看了看身边的陈海生。

"阿姨，我们这是要去哪啊？"

看着苏小雨还没睡醒的样子，王翠萍笑着缓缓地说："回家……"

苏小雨晃了晃身边的陈海生，他却毫无反应。昨晚为了能够赶在天亮前回到育儿院，陈海生背着苏小雨走了好长一段路，这会儿任凭谁也叫不醒他。苏小雨只得扒着车窗往外看去，人群中众多男男女女望了过来，苏小雨转头便关上了车窗。

让苏小雨怎么都想不到的是，车队左转右转，竟来到了上海火车站！看着眼前的景象，苏小雨使劲儿将陈海生摇醒。

"哥，你快看！"

陈海生睡意正浓，被强行叫醒后心里十分不快，他猛地起身打算埋怨的时候，却突然发现，窗外正是上海火车站。当着护士长王翠萍的面，陈海生欲言又止，二人大眼瞪小眼，一时间不知道该说什么好。

负责看管大门的保安打开一侧的大门，汽车缓缓驶入站台，一辆专门被改造过的火车早已停在那里等候多时。

"小雨，快看！火车！"从未坐过火车的陈海生激动地扒着车窗往外看。

"哥，我见过！"

和陈海生不同，从小在铁道边长大的苏小雨表情平淡，甚至觉得毫无新意。

"我们是不是要坐火车了啊！小雨，我们要回家了，我们要回家了！"看到众人将孩子往车内转运，陈海生兴奋不已。

苏小雨拉着陈海生走到改造好的车厢里，护士们则忙活着照顾婴儿，陈海生依旧兴奋地扒着窗户往外看着。

"小雨，你看好了，你家不是在铁路边上的蓝房子吗？一会儿要是看到了，我去喊司机停车！"

"嗯……"

"哎，早知道今天要坐火车，昨晚咱俩就不折腾了！"

精心策划的逃亡经历了失败，一觉过后却又梦想成真地坐在了火车里，望着站台上走来走去的人，陈海生第一次感受到了什么是人生无常。

陈小青仔细查看过每个婴儿的情况后，坐在陈海生和苏小雨身边，打开日记本，在第一页写下了：1960年8月4日，农历六月十二。

王翠萍护士长将随行的医护人员集合到了一起，看到大家满头大汗，衣服湿透，王翠萍看了看窗外深吸了一口气。

"大家二人一组配合前来接站的同志，认真做好记录，有任何问题及时向我汇报。看样子一会儿要下暴雨，如果降温，要注意婴儿的保暖！"

"好！"

话音刚落，天空中便传来了一声炸雷。苏小雨吓得一激灵赶紧钻进了陈海生的怀里，豆大的雨点伴随着狂风刮到了站台上，众人赶紧关上了窗户。这时汽笛鸣响，车轮转动，列车仿若一艘命运之舟驶入了电闪雷鸣的滂沱大雨中。陈海生转头看向那长长的站台，伴随着工作人员挥动的旗语，那将是他童年对这座城市最后的道别……

第二章　迁徙的小猫

电闪雷鸣，暴雨如注。除了内蒙古方面前来接站的十三名医护人员之外，没有人知道此行的目的地将是何方，或者说他们还没有人去过内蒙古。

大家只知道内蒙古大草原是盛产牛羊的地方，有牛羊自然不会缺奶水，所以国家才将这些南方的孤儿送到草原去抚养。对于陈海生来说，这次旅行无疑是新鲜而又刺激的。这是他人生中第一次坐火车。这个钢铁巨物无惧风雨，陈海生对此充满好奇。火车的呜呜声让陈海生的心躁动了起来，一股英雄气概从他的心底升腾而起，他双眼紧紧地盯着轨道两边模糊不清的房子，一心想着完成找到苏小雨家的壮举。

"小雨，你也好好看看，你家不就在附近吗?"

"就算路过我家，我也不下去，谁让他们不管我的!"苏小雨头也不回地看着远处的车厢，更像是赌气。可是兄妹俩都不知道，哪怕是路过了苏小雨的家，火车也是不会停的，就如同这天上的乌云，没人知道它什么时候会来，更没人知道它什么时候会走。

火车行驶在盛夏的大地上，室外绿草如茵。陈小青走到温度计前看了看，车厢内有30摄氏度。看着孩子们一个个脸蛋红红的，她又将孩子们的外套脱了下来，换上了统一准备的罩衣。

看着往后倒退的景色，陈海生十分不习惯地坐在了对面，如此一来景色便是迎面而来。陈海生紧紧地盯着窗外，迫切地想找到苏小雨所说的那座蓝房子，而此时的苏小雨却早已靠着窗户呼呼地睡了过去。

伴随着列车越开越远，摇晃的火车如同摇篮般让众人都睡了过去，车厢里逐渐安静了下来。陈海生的眼皮也伴随着有节奏的咔咔声不停打架，恍惚间一栋很不起眼的蓝色从眼前一闪而过，陈海生猛地惊醒，他不确定刚才的那一抹蓝色到底是梦境还是现实。他用力地奔跑到最后一节车厢的末尾，那一抹蓝色像海市蜃楼般只在他的视野里停留了不到一秒钟便消失在了大雨中。陈海生想喊停车，可是他自己也不知道这是哪里，好像火车的尾巴走过的地方都一样，近处的两条铁轨一直那么宽，不断地延展成远处那白茫茫的一片。希望在刹那燃起又转瞬即逝，这种感觉像是陈海生的心在猛烈灼烧的同时被浇了一盆冷水。

陈小青放下手中的奶瓶追了过来，看到陈海生蹲在地上直抹眼泪，她叹了口气，蹲了下来摸了摸陈海生的头。

"海生，怎么了？"

"小青姐，我好像迷路了……"陈海生鼓足勇气让即将流出的眼泪又憋了回去，"为什么火车走过的地方看起来都一样……"

"海生，火车在雨里走到哪都是差不多的，等天晴了，你就能看出不一样了。走，回去睡会儿吧！"

陈海生回头看了一眼远方那白茫茫的一片，转身回到了自己的车厢里。那个暗淡的蓝点一直萦绕在陈海生的脑海，他本打算告诉苏小雨看到的一切，可是手伸了一半又收了回来，因为他不忍打断苏小雨的美梦。

苏小雨的嘴角微翘，在梦里和母亲上演着一场追逐大戏。回忆重新回到了苏小雨在火车上醒来的那一刻，她透过车窗看到母亲正追在火车后面跑，看到母亲惊慌失措的样子，她只是将头伸出了车窗开心地看着笑着。

"妈，来追我啊！"

苏小雨俏皮地关上了车窗，留下焦急的母亲在外面苦苦追随。

火车直接驶进了站台，但是值班人员却将苏小雨的母亲拦在了门外，苏小雨打开车窗朝母亲做着鬼脸，一副得意扬扬的样子，而母亲只能眼睁睁地看着苏小雨又一次从自己眼前溜走。

"那是我的孩子！放我进去！"苏母向值班人员发疯似的撕扯着，喊叫着。

"同志，我说过很多遍了，这不能进，想进站先去售票大厅排队买票！"任凭苏小雨的母亲怎么央求，值班人员最终还是将她拦在了门外。

人潮汹涌的车站，苏小雨坐在火车车窗前左顾右盼地看着母亲的身影，仿佛刚才的一幕都是一场为苏小雨而演的戏。她想继续和母亲玩躲猫猫的游戏，可是此刻恐惧一刹那涌上心头。苏小雨着急地想逃离，可是她的手脚却已经不听使唤，完全动不了，着急的苏小雨只好打开车窗朝着外面大喊。

"妈，来救我！我在这呢！"

伴随着苏小雨的呼喊，母亲苏静春从人群中冲了出来走到了窗前。此时的火车已经开动，她在外面着急地拍打着窗子喊着："小雨，妈妈知道错了，你快下来！"

苏小雨起身和母亲苏静春一起在车厢和站台上奔跑着。直到苏静春跑到了站台的尽头，她才纵身一跃跳到了火车上。

听到苏静春在车厢中大声地呼喊着自己的名字，苏小雨来了兴致，调皮地趴在座位底下成功地躲过母亲的搜寻，然后朝着下一节车厢跑去。苏小雨看似就在眼前，

有来来往往的列车穿梭，而眼前的一切却显得呆板且索然无味。看到身边大人的脸上都洋溢着花儿般的笑容，像是过年一样热闹，这让苏小雨的内心更加的落寞。她转头看了看陈海生，虽然陈海生什么话也没说，但是她从陈海生的眼睛里读到了同样的失落。

二人就像竹竿一样杵在那里看着众人忙活着，仿佛置身事外的局外人。看到眼前的草丛里有一根灰色的羽毛，苏小雨如获至宝，她赶紧走上前去捡了起来。

图娅戳了戳忙碌的巴特尔，巴特尔放下手中的物资放眼望去，才发现被众人冷落傻站在远处的陈海生和苏小雨。看到物资都已经搬运得差不多了，巴特尔走过去拉着二人走进了保育院。

众人忙活完后，夜色也温柔了起来。莫日根书记感谢众人的帮助后，牧民们纷纷上马踏月而归。这天正好是农历的六月十六，圆圆的月亮挂在天上，图娅回头望去，保育院在草原上像是童话里的小屋。

看到莫日根书记将保育员们喊到了屋子里，陈海生和苏小雨便坐在了门口抬头看着天上的月亮。

"哥，这里的月亮怎么那么大啊！像车轮一样！"

"对啊，好像也比我老家的大多了。"

"你说会不会是假的啊？"

"你等会儿！"

面对苏小雨的质疑，陈海生也有些吃不准。他从地上捡起一块石子，朝着月亮狠狠地扔了过去。陈海生妄图用那块石子击碎这幅假的画面，可是眼前的月亮美得如此真实，让他不由得惊叹。

"小雨，是真的！"接连扔了几次之后，陈海生气喘吁吁地坐了回去。

"哥，真美啊！"出发的时候是盛夏，到了呼伦贝尔大草原便有初秋天气的感觉了，晚上的草原气温低，苏小雨说完便打了个喷嚏。

"走，看看小猫去！"陈海生说着拉起苏小雨走进了屋里。

听到外面有孩子打喷嚏，莫日根书记停止了讲话，赶紧派保育员乌兰前往查看。在莫日根书记眼里，这些孩子的每一件小事都牵动着他的心。

"之前的经验教训我们这次就不谈了，伙食一定要循序渐进，从上海来的孩子们吃不惯肉，一定要严格按照配方一步步来，有任何问题第一时间跟我汇报！"莫日根书记翻了翻笔记本，反复确认后方才合了起来。

"莫书记，是一个大点的孩子打的喷嚏，来的时候发烧了，已经吃过退烧药退烧了，估计是晚上凉，刚才被风吹着了！"

"行。准备很久了，剩下的就辛苦大家了，这次务必把孩子们照顾好，身体弱的就多养几天！"

"哎呀，莫书记，这些话你都说了多少遍了，咱们的保育员都参加过培训了，一个个都厉害着呢，你就放心吧！"看到莫书记比谁都紧张，保育员们都笑了起来。

"那行。乌兰，你赶紧组织大家给孩子们增加点衣服，毕竟这个时候的上海还热着呢！哈哈哈……"

众人说着笑着便各自忙活了起来。莫书记看着保育院里一个个面黄肌瘦的婴儿们，心疼得不行。

陈海生和苏小雨坐在小猫旁边，看着莫书记还有一大群陌生的人走了进来，二人心里充满了敌意，可是陌生人脸上的笑容却又那么的朴实，让人觉得温暖。

草原的基础设施不如上海好，但是保育院的伙食却比上海强太多，有奶有肉，这对陈海生和苏小雨来说简直不敢相信。

"哥，我都好久没吃到肉了！你说会不会有毒啊！"

"毒死我，我也得吃饱再说！"看着桌子上的羊肉，陈海生狼吞虎咽地吃了起来，"小雨，你要是害怕，等我吃完你再吃，有毒的话你也死不了！"

看着陈海生吧唧吧唧地嚼着羊肉一脸认真地说着有毒的事儿，苏小雨觉得十分夸张好笑。因为是病号，所以乌兰格外地照顾苏小雨。看着碗里满满的羊肉，苏小雨也终于敞开肚子吃了起来。吃饱过后，心情一下子变得好了很多，倦意袭来，疲惫的孩子们沾床就呼呼地睡了过去。

吃饭，睡觉，照顾小猫，一个月来，陈海生和苏小雨每天都在重复地做着这些事。直到有一天，草原的羊肉和牛奶终于让陈海生和苏小雨的身体完全缓过劲儿来，陈海生的心又开始不安分了起来。毕竟，吃饱了饭，总得找点事儿做。在上海的一年多里，陈海生每天都在策划一场又一场惊心动魄的逃走，日子过得刺激而又充实。兴蒙保育院的院子太小了，外面甚至毫无新意，除了草原还是草原，陈海生开始怀念上海，怀念在老家的日子。看着苏小雨蹲在墙根认真地翻看着《三毛流浪记》，陈海生走到屋里失落地躺在了床上，屋子里安静得可以听见自己的心跳。此刻，躁动不安的陈海生正酝酿着新的计划。

如果把生活比作一幅画，陈海生不喜欢这枯燥而又呆板的草原，他更喜欢竹子铺满山，小河里钓鱼捉虾的那种老家生活，他甚至有些怀念上海的高楼与繁华。如无意外，一个月后，他们将会被陆续领走，进入草原上大大小小的蒙古包里。从上海到南京，从北京到哈尔滨，再从海拉尔到兴蒙保育院，小猫还有孤儿们的迁徙算是走到了终点，可是此刻，孩童的心却无处安放……

第三章　狼王的哀嚎

当那轮圆月再一次挂在了兴蒙保育院的屋顶，陈海生和苏小雨已经来到草原整整一个月了。呼伦贝尔大草原处于中国的北方，从西伯利亚来的冷空气第一时间就吹到了这里。远处的山坡此起彼伏，烟囱里冒着袅袅炊烟，窗户上透出油灯发出的暖黄色的光。夜空下，保育院就像梵高笔下的油画，而孩子们则是这幅画卷下命运的笔触。

冬天将至，院子里的大黑狗时不时地喊两声，点缀着这空旷草原上的孤寂。

保育院是用石头砌成的，外面涂了一层厚厚的泥土，和远在上海的育儿院相比，虽然外部条件差了太多，但也不是没有优点。上海湿气大，冬天就格外阴冷，有时候屋里甚至比屋外的温度都低，但是兴蒙保育院早早生起的火炉却让每个孩子感到被窝里的温暖。

陈海生和苏小雨所在的地区是离边境线很近的呼伦贝尔。20世纪60年代，经常会有外国特务人员渗透到国境线内，采集我国的负面消息，所以在牧民的基本生活保障上，政府尽可能地做到了最大的支持。草原上没有树木可供砍伐燃烧，取暖做饭都是用晒干的牛粪，捡牛粪自然也成了牧民们日常生活的一部分。保育院院子的一角堆满了干牛粪，这都是牧民们从去年开始自发送过来的。望着满满一垛的干牛粪，保育员乌兰心里满是感动，有了这些干牛粪，哪怕这个冬天再冷，上海来的孩子们也能暖暖和和地睡个好觉了。

炉灶边上是一排湿漉漉冒着热气的尿布，还有一排排冒着热气的鞋子。乌兰仔细地检查着孩子们的状况，将每一个从被窝里蹬出来的小腿轻轻地放进被窝，然后又将每一个被角窝得严严实实的。看着熟睡的孩子们脸上开始有了红润，乌兰的脸上露出了欣慰的笑容。

孩子们刚来的时候身体状态很差，基本上个个营养不良，孩子们肚子里都有寄生虫，有的甚至因为饥饿而时不时地晕倒在地。

刚来的几天，乌兰和保育员们先是给每个孩子认真地洗澡，然后给每个孩子都服用了打虫药。第一次孩子们拉下来的虫子足足能装满一个铁桶！很多虫子在被排出的时候还活着，这让孩子们惊吓不已。有时乌兰只得用棍子帮助孩子们将虫子从肛门里扯出来。有胆小的孩子则直接站起来就跑，屁股上还有蛔虫在那弯来弯去。

那天的保育院活像个战场，这也让大家意识到这些可怜的孩子所遭受的生活之苦。看着整整一桶被焚烧的蛔虫，莫书记等人心里受到了极大的冲击，保育员们也更加用心地照顾着每一个南方来的孩子。他们是不幸的，在那个年代遭家人遗弃；但他们又是幸运的，国家和草原给了他们第二个家。乌兰是保育院的负责人之一，她放心不下这些孩子，每次都主动提出上夜班，在深夜照看着这群孩子。

小猫是被送来的孩子中体质最好的一个，可以说，六十个孩子中，只有小猫是最健康的。看着小猫手上系着的桃核，乌兰心想，这个孩子的家庭条件应该还不错，可是既然来到了这里，应该是有难言的苦衷吧。

巴特尔和图娅在6月份刚刚结婚，听说有一批南方的孤儿从上海过来，二人就兴奋不已。巴特尔力壮如牛，是附近最厉害的搏克手。搏克手就是摔跤手的意思，连续三年的那达慕盛会，巴特尔都蝉联第一。

图娅和巴特尔是发小，二人感情深厚。迎接孤儿那天的马队中，图娅是唯一一位女骑手。虽然图娅知性善良，但是她和草原上的野马一样，性格刚烈，所有追求她的人都会被她火爆的脾气所吓退。在图娅6岁的时候她父母就染病去世了，是姨妈养活了她，可是到了图娅成亲的前几年，姨妈也去世了。两位母亲的去世让图娅心中有着强烈的愧疚感，一个传言也在草原上传播开来，有人说图娅是个不祥之人，克父母，谁家娶了她，父母也不会长寿。三人成虎，流言比野火更迅猛地蔓延在整个草原，之前追求她的小伙子们也纷纷停下了脚步，唯独巴特尔对她不离不弃。

并不是因为巴特尔是为数不多追求她的人，同他一样勇猛的人还有他的铁哥们乌力罕。巴特尔不管那些流言蜚语，依旧追求着图娅，而真正让图娅选择了巴特尔的是，巴特尔从不干涉图娅的任何决定，也从不告诉图娅哪里不好，哪里需要改，无论图娅做什么，巴特尔都无条件支持。图娅的铁拳打退了一个个对手，唯独到巴特尔这里像是一拳打在了沙包上，那种野蛮的力量被化解掉了。两个成年人的世界活成了童话的样子，在图娅看来，这是除了巴特尔谁也给不了自己的。

近年来除了夏天的大旱，冬天也变得越发寒冷。就在去年，图娅的羊群消失在了雪地里，正是巴特尔昼夜不停地帮助图娅找到了丢失的羊群。来自草原男人的包容胸怀和责任担当最终让图娅接受了巴特尔的爱，婚后的巴特尔并没有像别人那样大男子主义，而是彼此尊重、包容深爱着对方。巴特尔所表现出的勇敢和责任担当也让莫日根书记看到了巴特尔在年轻人中有着不一样的觉悟，几次拯救了集体的财产后，莫日根书记批准了巴特尔的入党申请。

作为第一个吃饱喝足的孩子，小猫每天都在哭闹。按照程序，莫日根书记挑选了第一批身体健康的婴儿分批带给申请孩子的家庭领养。

从上海送过来的这批孤儿中，有三十多个是未满3岁的婴儿，最大的是6岁的陈海生，剩下的二十多个孩子基本上都是四五岁的样子。孩子大了记事儿了，为了不让孩子们幼小的心灵中留下阴影，莫书记组织孤儿领养工作的时候便格外细心。他不想让年龄大的孩子看到自己像是牲口在市场上一样被挑选领走，这对他们来说将会是一个巨大的心灵创伤。所以，莫书记会在天黑孩子们都睡着的时候，将婴儿们悄无声息地带走。年龄大的孩子，莫书记则让牧民们站在墙外不远处的山坡上先观察，等到孩子们吃饭的时候再单独叫出来零零散散地领走。如此一来，在大部分孩子都没有察觉的时候，保育院的孤儿们已经被领养走了一大半。很多孩子直到被领走的那一天才恍然大悟，为什么保育院每天的人数都在减少。显然，莫书记的做法是对的，如果搞一个认领仪式的话，未被领走的孩子将会受到第二次被遗弃的心理打击。

莫书记想尽最大可能地将这些被遗弃的孤儿安抚好，但是陈海生早就识破了这一切。因为第一批被领走的孩子里就有小猫。在从乌兰那里得知孤儿们是在睡着时被领走之后，陈海生故意深夜不睡，透过窗户，他看到了点着火把在保育院门口等待认领的牧民们。白天其他孩子在院子里玩耍，陈海生则蹲在墙角观察着莫书记的一举一动。身体状况好的婴儿已经被领走了，剩下的孩子被领走只是时间问题。

连日来的新鲜感早已让陈海生和苏小雨归心似箭，在听陈海生说完铁道上的蓝房子时，苏小雨一口咬定那就是自己的家。草原上的荒凉和语言上的不通让陈海生再也无法忍受，想到以后一辈子都要在这里生活，陈海生害怕极了。辽阔的草原并没有给陈海生带来心灵上的安慰，更多的反而是烦躁和对未知的恐惧。小时候的他可以上树下河，摸鱼捉虾，而这里除了草和牛粪，什么都没有。苏小雨则认为这是一趟旅行，旅行结束了，吃饱喝足就应该回家了。陈海生的想法再一次得到了苏小雨的支持，酝酿良久之后，二人一拍即合，毕竟，逃跑对他俩来讲才应该是育儿院的正常生活。

炉边的一只只小鞋子冒着热气，望着炉膛里红红的火苗，乌兰手里拿着孩子的衣服缝补着，倦意渐渐袭来，她不知何时靠在门上睡了过去。白天乌兰和大家一起照顾几十个孩子的衣食起居，晚上又上夜班，一天下来她太累了。陈海生和苏小雨看似闭着眼，其实两只小手早已紧紧地在被窝里握着。陈海生慢慢地睁开眼抬头看了看乌兰，看到缝补的衣服从乌兰手里掉落在了地上，陈海生才朝着苏小雨点了点头。

陈海生小心地给苏小雨穿好衣服，背起书包，蹑手蹑脚地绕过乌兰走了出去。和上海的大铁门相比，兴蒙保育院的保卫措施简直形同虚设。二人走到院子里，陈海生从书包里拿出了一块羊骨头朝着大黑狗扔了过去，大黑狗开心地吃着骨头，完全忘记了自己的职责。

保育院的门虽然是铁的，但是不高，兄妹二人很轻松就能爬上去，而且有时候保育员晚上根本不会上锁，只是将门关上将锁挂起来。在草原上，人与人之间无须设防，要防备的只是狼而已。对陈海生而言，最大的障碍就是院子里的大黑狗，为此，兄妹俩早在几天前就和大黑狗建立了深厚的感情，这也是陈海生逃跑计划的一部分。

9月份的呼伦贝尔大草原已经很冷了，兄妹俩摸着大黑狗对视一眼，搓着小手开心地咧着嘴笑了。

二人小心地打开保育院的铁门，又从外部原封不动地给挂上了，然后朝着远方撒丫子就跑。

"哥，我跑不动了！歇会儿吧！"苏小雨满脸通红，哈出的热气老长老长。

"好，不跑了，他们肯定没有发现！"陈海生回过头看了看，长舒一口气。

"哥，你知道回上海的路吗？我们来的时候可是走了好久好久啊！"

"那是障眼法，骗我们的，其实根本不需要那么久。"陈海生指了指天上，"你看，那就是北斗七星！我妈跟我说过，找到了北斗星就能朝着南方走，就能找到家！"

"那我们要走多远啊？"

"快了，爬过那座山坡就能看见长江和大楼了，我觉得他们就是带我们兜圈子。你饿不饿，我准备了好多吃的！"陈海生说着将自己的书包打开，里面全是这几天陈海生私藏的肉干。

一辆军用卡车从远方驶来，陈海生赶紧将苏小雨按倒趴在地上。

"哥，该不会是来抓我们的吧？"苏小雨有些害怕地问。

"肯定不会，应该是执行任务的，要不然早就打着灯喊我们了。"

枪声将苏小雨吓哭，陈海生赶紧捂住了苏小雨的嘴。

听到枪声越来越远，趴在地上的二人方才一骨碌坐了起来，望着天上的半个月亮和璀璨的星空，二人如释重负。

"哥，我觉得，这里的天好像低很多，要不然月亮不会那么大。"

"嗯，我也觉得是，好像星星也变大了，反正就是和老家看到的不太一样。"

陈海生望着天上的北斗七星，开始滔滔不绝地给苏小雨讲自己在宜兴老家屋顶看星星的故事，可是苏小雨被刚才的枪声吓得惊魂未定，并没有心思听那些，何况陈海生的故事已经讲了不知道多少遍了。

"哥，我想喝水！"

陈海生转过头看了看苏小雨，然后坐起来将书包里的行军水壶递了过去，这是他平日里攒的奶茶，灌了足足有一壶。

借着夜色，二人小心地走着，一条银丝带般的亮光出现在面前。直到走到跟前，二人才发现，是一条河。陈海生走到河边将书包转到身后，蹲下身来洗手。小手打破了水中的明月，冰凉的河水顿时让他觉得寒意刺骨。

陈海生解下苏小雨书包上的茶缸，舀了一缸水打算给苏小雨洗手，可是河对岸羊的惨叫让陈海生的茶缸直接掉在了地上，苏小雨本能地抱紧了陈海生的胳膊。

朦胧夜色中，河对岸一群狼正在围猎走散的羊群。狼群将羊群围起来后，从四面八方冲去将羊一只只咬死，看着伙伴们一个个倒下，慌乱的羊群中发出了惊恐的叫声。嗜血的饿狼扑到羊身上疯狂撕咬着。

"哥，我怕……"苏小雨从小就听母亲讲狼来了的故事，今天见到真的狼，吓得哇的一声哭了出来。

"嘘，别出声。这有条河，它们过不来，咱们赶紧往回走！"陈海生赶紧捂住苏小雨的嘴巴蹲在了草丛中，可是为时已晚，哭声已经引起了狼群的注意。一只狼朝着河对岸的二人看了看，嘶吼了一声之后转身又投入战斗中。

陈海生捡起地上的茶缸，拉着苏小雨的手悄悄转过身猫着腰打算溜走。待到二人起身回头看时，赫然发现身后的山包上，一只脸上带着疤痕的狼王不知何时已经站在了那里，指挥着这场战斗。

月光下，狼王的眼睛里透着莹莹的绿光，与兄妹二人对视着。原来，刚才河对岸的狼群没有过来全是因为狼王在身后发号施令。此刻的陈海生也吓得紧紧握住了苏小雨的手，不知该怎么办才好。

"哥，我怕……"苏小雨被吓得已经哭不出来了，她浑身发抖，小声地跟陈海生说着。

"别……别……别怕！我来保护你！"陈海生壮着胆子张开双手保护着苏小雨，但是内心的恐惧也让他说话直抖。

狼王转过头看向身后，朝着月亮嗥叫一声，河对岸的狼群也一同嗥叫了起来。

陈海生从未想过，茫茫大草原上真的会有狼群，他宁愿相信这么美的地方不会存在恶的东西。他之前没见过狼，更别说亲眼看到饿狼咬死羊了！原来，小时候妈妈吓唬自己不睡觉会被饿狼吃掉是真的。看到狼王朝着二人冲了过来，陈海生再也忍不住内心的恐惧，大声地喊了起来。

"救命啊！救命！"

"救命！呜呜呜……我不想死，呜呜呜……"苏小雨也哭哭啼啼地喊着。

眼看着狼王离他们越来越近，陈海生只得紧紧地抱住苏小雨。狼王恶狠狠地飞身一跃，眼看两人就要命丧狼口，一只马棒从远处飞了过来将狼王击倒在地上。看到图娅和巴特尔骑着马大声吆喝着飞奔而来，狼王赶紧起身一瘸一拐地带领狼群消失在了夜色中。

图娅和巴特尔赶到河边，看到了站在河边的呆愣住的兄妹二人，陈海生甚至被吓得尿裤子了。图娅一眼就认出了陈海生和苏小雨，她赶紧跑过去抱住了两个惊吓过度的孩子，将二人搂在怀里。

"别害怕，孩子，没事儿，没事儿！"图娅将僵硬的二人捂在怀里，直到此刻，二人才缓过神来，哭爹喊娘地哇哇大哭了起来。

"我的妈呀！呜呜呜……"

"妈妈呀……太吓人了……"

两个孩子惊魂未定，哭爹喊娘地叫唤着。巴特尔看到河对岸惨不忍睹的战场也是吃惊不已。今年大旱，草原早早就变黄了，没想到刚入冬，狼群就开始围猎羊群了，这让他预感今年的冬天将不再平静。看到狼王打算攻击两个孩子，这也让巴特尔后怕不已。

在草原上，牧民与狼群长期共存。牧民们放羊，狼没得吃了会去围猎羊群，而每年春天狼下崽儿的时候，牧民们会组织掏狼窝，控制它们的繁衍。狼多了就会对羊群构成威胁，狼没了也不行。所以，大多数狼群除非迫不得已，一般是不敢靠近人类居住地的。

狼是群居性动物，团队合作性极强，一切都得益于狼王的指挥。眼下巴特尔见到的这只脸上带有疤痕的头狼竟然无惧人类，这让巴特尔感受到了一个新首领所带领的狼群的潜在威胁。

看着陈海生和苏小雨紧紧地搂着图娅的脖子在那大哭不止，巴特尔叹了口气后便朝着河对岸冲去。璀璨群星和月色下，巴特尔骑着骏马越过小河，泪眼婆娑的陈海生和苏小雨顿时停止了哭泣。此时的巴特尔像童话里的英雄，身姿飒爽，从天而降，这让陈海生第一次感觉到了蒙古汉子骑马的魅力。

"图娅，羊都被咬死了！先回家吧！"巴特尔说着侧身从地上拎起两只身上血迹较少的羊放到了马上，纵身上马回到了三人身边。

有的人说命运很可怕，但在图娅看来，缘分比命运更可怕，因为它让你无法拒绝的同时又感到惋惜。命运是被动接受的，你抗争过便不再后悔，但缘分不是，无论你是否抗争，缘分总会像蒲公英的种子一样，随风而来，或是落地生根，或是随风而去。

有些缘分是生死注定的，如果不是图娅和巴特尔新婚燕尔想要生一个自己的孩子，忽略了清点羊群，或许狼群遇到的就只有陈海生和苏小雨；如果不是图娅坚持深夜寻找羊群，她和巴特尔就不会在关键时刻遇到陈海生和苏小雨；如果陈海生和苏小雨不是今晚出逃，或许他俩早已葬身狼腹了……

多年后图娅回忆起那晚彻夜寻找羊群的决定，依旧认为这是长生天对她的提示。死去的羊儿固然可惜，但是她却依旧感谢腾格里保护了她的孩子们。

当陈海生被抱上马背的时候，图娅便知道他吓尿了，反而年纪更小的苏小雨更勇敢些。她看得出来，陈海生是一根筋，苏小雨则人小鬼大。

第一次骑在马背上，面前的寒风吹了过来，这让陈海生感到紧张，他害怕自己会从马背上颠下来，所以死死地抓住图娅的胳膊。虽然草原的生活没上海精彩，但是今晚的这场生死经历却深深地印在了陈海生的脑海中。他第一次感受到了自己的渺小，曾经他觉得面对流浪汉的自己像个英雄，但是此刻他的裆里却寒风阵阵。陈海生从未像今晚这样，距离死亡只有一步之遥。

同兴蒙保育院的房屋不同，这里圆圆的蒙古包让陈海生和苏小雨感到新鲜。透过蒙古包那小小的门，额姆格正在蒙古包里帮图娅和巴特尔照顾婴儿，看到孩子已经熟睡，额姆格便拿着纺锤用棉花在那纺线。

"找到没?"看到图娅开门，额姆格焦急地问。

"找到了，全被狼咬死了，顺便捡了两个小鬼!"巴特尔笑着从身后走了进来，像拎羊崽儿一样一手一个将二人拎了进来。

巴特尔身材魁梧，接近一米九，图娅虽然也有一米七，但是在巴特尔身边显得小鸟依人。所以两个孩子在巴特尔手里，根本就没有什么逃脱的机会可言。

"放开我，你个大坏蛋，放开我!"面对眼前粗鲁的壮汉，陈海生气愤不已，其实他更害怕被人看到自己湿湿的裤裆。

"嗯，厉害得不得了，来的路上还要跳马，说是要连夜跑回上海呢!"巴特尔语气轻松，丝毫没把陈海生当成小孩子看待。

图娅先拿了两条毯子将陈海生和苏小雨包了起来，然后赶紧给二人倒了一杯热奶茶。直到此时，二人才看清了图娅的脸。图娅温柔且漂亮，脖子上戴了一个银质项链。此时，陈海生紧紧地裹着毯子，掩盖着自己的尴尬。

"是上海来的孩子吧?"

"来，喝点奶茶暖和暖和!"

一路骑马过来，二人身上早都凉透了。苏小雨接过热奶茶就大口喝了起来，可是陈海生几次伺机逃跑都被巴特尔顺手捞了回来。

"喝点吧，今晚狼群多，你走不出草原的！"

看着巴特尔端过来的奶茶，陈海生抓住巴特尔的胳膊狠狠地咬着，发泄着胸中的怒火。巴特尔胳膊坚实有力，任凭陈海生狠狠地咬着却也纹丝不动，陈海生有些吃惊地看着巴特尔。

"咸吗？我的肉啊，不好吃，哈哈哈……"

看到巴特尔逗小孩，图娅也笑了。陈海生则一脸狐疑，难不成眼前的男人是个傻子，竟然不知道疼？看着满脸疑惑的陈海生，巴特尔起身从桌子旁边拿过一根羊棒骨，只是用一只手奋力甩到另一只手上，羊棒骨就自动折成了两段，看得陈海生目瞪口呆。

巴特尔走到陈海生面前，手扶着他的肩膀语重心长地说："喝点奶茶吧，想回上海得像我一样，变强壮才行，至少要保护好妹妹啊！"

陈海生愤怒地看着巴特尔，因为这代表他的逃跑计划失败了，明天他将会被送回保育院。陈海生清醒地知道，这里的保育院和上海不一样，回去之后恐怕再难出来了。看着巴特尔笑着将奶茶送到自己嘴边，陈海生一手将奶茶打翻在地，此刻的愤怒化作了无助的哭泣。

"你们都是坏人，我不是自愿来的，凭什么不让我回家，我想回家，我要回家，呜呜呜……"

苏小雨喝完奶茶对陈海生的行为感到非常不解，明明是图娅和巴特尔救了他们，为什么陈海生还发那么大脾气。陈海生的哭泣也让毯子滑落，直到此刻苏小雨才明白，原来陈海生的愤怒是在遮盖自己的尴尬。额姆格走过来摸了摸陈海生的头，将毯子盖好并安抚着他。

陈海生的哭声惊扰了熟睡的婴儿，看着婴儿伸出一只小手哭醒在床，苏小雨不由得瞪大了眼睛跑了过去。

"哥，小猫，是小猫！"

苏小雨话音刚落，陈海生立马就停止了哭泣，他顾不上那么多，将毯子扔到了一边，径直走到了床前。

"没错，是小猫，是小猫！"

一切的阴霾与不快在此刻统统化作了一阵轻风消散不见，陈海生也瞬间转哭为笑。看到两个孩子手舞足蹈起来，图娅和巴特尔很是奇怪地凑了过来。

"你们认识?"图娅抱起孩子哄着问道。

看到苏小雨要说下去，陈海生赶紧捂住了苏小雨的嘴巴。额姆格和巴特尔看了纷纷笑了，孩童的秘密啊，就是那么可爱和直接。

高大魁梧的巴特尔笑着走了过来伸出手对苏小雨说："你好，我叫巴特尔，现在是她的阿爸，你叫什么名字？"

"你好，我叫苏小雨！"

"你好，小英雄，我叫巴特尔！"

看到苏小雨开心地咧着小嘴向巴特尔笑着，陈海生原本内心不屑，但是听到巴特尔喊自己小英雄的时候，陈海生的心理防线便瞬间土崩瓦解了。毕竟，有哪个孩子会否认自己是英雄呢？

"我、我叫陈海生。"

"好，握过手我们也算是过命的交情了，先睡觉，明天起来再说！"

看到二人握手，图娅笑着走到一边收拾起床铺。炉火很温暖，跳动的火焰让陈海生放下戒备，端起奶茶咕咚咕咚地喝了下去。图娅将二人放到床上，巴特尔招呼图娅出去，让额姆格先给二人换衣服。

蒙古包外，图娅和巴特尔看着满天星斗，深吸了一口气。

"这次大意了，损失了六只羊，一会儿我回去把剩下的羊捡回来，明天一大早我就去找莫书记汇报！"

"俩孩子怎么办？"

"明天让保育院的乌兰过来接回去呗！"

"巴特尔，要不你今晚就去告诉乌兰，万一还有别的孩子逃跑了怎么办？"

巴特尔思考片刻后看着图娅说："也对，你先睡，我送完额姆格就去保育院看看，让她们别担心！"

图娅回到蒙古包，却发现陈海生早已鼾声四起。看着额姆格正在那洗陈海生的裤子，图娅赶紧接了过来。

"额姆格，我来吧，我让巴特尔送你回去，太晚了！"

"行，图娅，养孩子可不是件容易的事儿，你有什么不懂的就去问我！"

"嗯！"

看着巴特尔骑马远去，图娅回到屋里将陈海生的裤子洗完挂在了炉边。裤子在炉边冒着热气，看着三个孩子躺在床上呼呼睡着，图娅心生爱意。

巴特尔借着月色骑马来到了兴蒙保育院。听到有人晃动铁门，大黑狗立马警醒了起来，汪汪叫个不停，乌兰从梦中惊醒，赶紧跑了出去。

"巴特尔，阿茹娜出什么事了？"巴特尔领走了小猫后给她起名叫阿茹娜，乌兰以为是年幼的阿茹娜出了问题，急得不行。

"哈哈哈……乌兰，我没问题，你问题大了！"巴特尔说着便关上铁门随着乌兰进了屋里。

乌兰提着油灯走到陈海生和苏小雨的被窝旁，看着鼓鼓囊囊的被子，并无异样，但当巴特尔揭开被子的时候才发现，里面是一个大大的枕头。看到乌兰紧张不已，巴特尔又咧着嘴笑了。

"放心，有惊无险，都在我家睡了！明天一大早你去我那把孩子领回来就是！"

"嗯!"

巴特尔告别乌兰后骑马来到了河边，将剩下的几只羊用绳子绑在了一起扔在了马背上。从河边到蒙古包虽然只有几公里，但是巴特尔只能走着回去。听着远处传来群狼的嗥叫，看着羊身上深深的伤口，巴特尔心想，回去得好好加固羊圈了。凛冬未至，猎人与狼群的战斗却已经在这个夜晚悄然开始……

第四章　羊圈危机

昨夜的狼群让陈海生在梦中惊醒，当他猛地从床上爬起来的时候，却发现巴特尔和图娅早已不见了踪影。裤子已经被烘干叠好放在了枕头边上，苏小雨和小猫躺在那呼呼睡着，炉灶上的水壶呼呼地冒着热气。陈海生打量了一圈蒙古包，发了一阵子呆后方才下床穿上衣服，看到桌前有一大碗水，他端起一饮而尽。外面传来羊群的叫声，陈海生挠了挠头便走了出去。

门被打开的那一刹那，一道金光照射进来，陈海生赶紧用手挡住眼睛。朝阳下，巴特尔和图娅正在处理昨晚被狼群咬死的羊。阳光照在二人脸上，让巴特尔小麦色的皮肤有了金子般油亮的质感，也让图娅鬓上的发丝有了金光。二人在那里像是一幅夫唱妇随的美丽油画，可是看到一只只羊被开膛破肚剥皮挂在那，血水顺着羊头流了一地，陈海生的胃里一阵翻滚，他扶着门框哇的一声吐了起来。

正在说笑的图娅和巴特尔循声望去，巴特尔赶紧把剖开的羊腹转到了另一边，这样里面血淋淋的内脏就不会被陈海生看到，图娅拿着脸盆洗了洗手走了过去。

"醒了？哪里不舒服？"

"没、没事儿！"陈海生强忍着摆手。

图娅摸了摸陈海生的额头朝着巴特尔摇了摇头。巴特尔知道，这个昨夜被吓尿的南方孩子太过娇嫩，估计之前都没见过这么血腥的场面，这会儿肯定也是因为胆小才呕吐的。

"小英雄，杀个羊而已，不用怕，你以后啊，也得亲自来！"巴特尔不疼不痒地边说着边整理下水。

"我才不会杀它们呢！我宁可饿死也不杀它们！"陈海生的叛逆心理一下子被巴特尔激起。

"那你比我厉害，我宁可撑死，我也是要吃羊肉的！"

巴特尔正调侃着，远处莫日根书记还有乌兰正骑马赶过来。天还没亮的时候，乌兰跟前来的保育员交班后便去了莫书记家。昨晚出现了孩子逃跑的事件，而且孩子还遇到了狼群，如果不是巴特尔及时赶到，恐怕会出现谁都无法承担的后果。

看到保育院的人来了，陈海生赶紧躲进蒙古包将门闩插了上去，任凭图娅怎么说也不打开。

莫日根书记下马第一件事就是透过门缝查看里面的两个孩子，看到陈海生正在给睡眼惺忪的苏小雨穿衣服，莫书记悬着的心才放了下来。他擦了擦额头上的冷汗，站在那里良久才回过神来。

"莫书记，我正打算等乌兰把孩子送回去就去找你汇报呢……"巴特尔放下手中的蒙古刀，洗了洗手走了过来。

"巴特尔，你不用说了，乌兰都跟我讲过了。"

莫书记转头看向挂在那里的羊问道："损失了多少？"

"六只。"

"哎，上海的同志临走的时候还特意跟我说过，这个陈海生和苏小雨不太安分，我看着俩孩子挺老实，没想到还是大意了啊！"

"野着呢！你看！"巴特尔说着将自己的胳膊伸了出去，胳膊上有一个青黑色的牙印。

"这小子，还下口了！有点野性啊！哈哈哈！"莫书记认真地看了看巴特尔胳膊上的青黑色牙印，忍不住笑了出来。

"莫书记，这次集体财产遭受了损失，我会对这件事负责……"

未等巴特尔说完，莫书记便伸手制止了巴特尔，他看了看二人笑着说："你们刚结婚，又领养了阿茹娜，可以理解。我知道，这件事你俩固然有错，但若不是寻找羊群，这俩孩子恐怕凶多吉少啊！等我回去给组织汇报完再说吧！孩子的逃跑，我也要负主要责任啊！我现在想想腿都发抖！图娅，把门打开吧！"

陈海生和苏小雨躲在门口听着众人的对话，得知自己要被送回兴蒙保育院，陈海生扶着苏小雨的肩膀千叮咛万嘱咐。

"小雨，一会儿开门，咱俩打死都不回去，听见了没？"

"哥，为什么啊？"

"咱俩回去就出不来了，你没听见那个人说他腿发抖吗？回去后就轮着我腿发抖了！以后还不知道被谁领走呢！我们先在小猫家住下，等后面有条件了再说！"

"嗯！那万一小猫他爸不要咱俩了咋办？"

"你就喊他阿爸，他肯定收留咱俩的！"

"你怎么知道的？"

"他傻好骗呗，昨晚我咬他胳膊，都使出吃奶的劲儿了，他都不喊疼，你说他不是傻是什么？不说了，他们要踹门了！"陈海生边说着，边透过门缝看着门外的一举一动。

看着图娅怎么说二人都不开门，巴特尔让众人闪开，打算踹门而入，可是此时的陈海生却识相地把门打开了。好在巴特尔及时收住脚，要不然一个趔趄就撞到门框上了。

"哎，你这小家伙儿，挺识相啊！"巴特尔看着陈海生，啧啧称叹。

"没错，就是他俩。哎，可把我吓死了！"看到陈海生和苏小雨，乌兰赶紧走上前去。

看到乌兰朝自己走了过来，陈海生和苏小雨便跑到图娅身边一人一条腿紧紧地抱住并喊着："我不回去，我不回去，我就要在这！"

"我们要和小猫在一起！"

看到两个孩子撒泼要无赖，莫日根疑惑地问："小猫？小猫在哪里？"

"哦，是阿茹娜，他俩给起的外号！在上海的时候这俩是孩子王，听他俩说，阿茹娜被送来的时候就是他俩先发现的。"图娅想挣脱两个孩子，可是二人抱得死死的，任凭图娅怎么掰都掰不开。

有了陈海生的叮嘱，任凭乌兰怎么拉扯，苏小雨就是死活不松手。眼看着乌兰和图娅二人忙得满头大汗，莫日根书记哈哈大笑了起来。莫书记朝着众人使了个眼色，便转身离开了。看到莫书记的马鞭挂在一边，巴特尔拿起追了过去。

"莫书记，你的鞭子！"

莫日根书记转过头看着远处的二人悄悄地说："巴特尔，一会儿就辛苦你了！"

"莫书记，你放心就好。这俩孩子估计就是想家了，昨晚被吓尿了裤子，这会儿还没回过神来呢，先让他们在我这玩一会儿，哄开心了我就给送过去！"

"也只能这样了，你一定要小心啊，我是真怕他们还会再逃跑啊！"莫书记说完转过头对乌兰指了指，"乌兰啊乌兰！让我说你什么好！"

"莫书记，你也别怪乌兰，她整晚都在给孩子们缝补衣服，我去的时候她都是靠着门睡的。最近一段时间，她没白没黑地忙活，六十多个孩子对她来说，不容易啊！"

"那也不行，这是低级错误，绝不能再次发生！巴特尔，你作为预备党员也已经满两年了，我会向上级党组织汇报，下次支部大会研究你的党员转正问题！"

"那太好了，莫书记！"

看着远处巴特尔和莫日根有说有笑地聊着，陈海生和苏小雨一脸疑惑。直到看到莫书记和乌兰骑马走远，二人才放开图娅的腿。大功告成，二人得意地扮了个鬼脸，手拉手走进了蒙古包，好像在自己家一样。

巴特尔径直走到未剥完的羊那里拿起刀继续忙活着，图娅走过来看着巴特尔欲言又止。看到图娅有些心不在焉，巴特尔不禁停下手中的活计看向了图娅。

"巴特尔……"

"不行……"

"哎……可是他们认识……"

"说不行就不行，你知道的，我们已经领养了阿茹娜，我们养不活那么多！"

"你一开始不就挺喜欢这俩孩子吗？前些日子我们去接站的时候，你还说这俩孩子的眼睛里有光，和别的孩子不太一样……"

"图娅！再喜欢也得对他们负责任。图娅，我们刚结婚，后面你也要怀孕的，再要俩，四个孩子吃什么？我是党员，我要对他们的人生负责！"

"是预备党员，还没转正呢！"

"那也不行！"

"万一他们死活不走怎么办？"

"没有那么多事儿，吃完午饭，我就把他们送回去。不，我现在就送他们回去！"

巴特尔麻利地处理完最后一只羊，将刀递到了图娅手里，他洗了洗手什么话也没说就进了蒙古包，图娅见状追了过去。

陈海生在屋里正摆弄着巴特尔的马头琴，看到马头琴上面雕刻的马儿，陈海生巴不得单独给掰下来当玩具。苏小雨则琢磨着阿茹娜的小手上面系的桃核，桃核是人用刀刻出来的，虽然造型很是粗糙，却被打磨得光滑锃亮。看到巴特尔风风火火一脸怒气地冲了进来，陈海生吓得赶紧将马头琴放了回去，可是情急之下马头琴并没有放稳，而是哐当一声掉在了地上。此刻的巴特尔不再是陈海生眼里的傻子，而是比狼王更可怕的猛兽，巨大的身躯像一座山一般挡在陈海生面前，浑身散发着不可抗拒的气场。

巴特尔走到陈海生面前，捡起马头琴背在身上走了出去，可是他站在门口想了想又转身回到屋里，一手一个将二人拎出来放到了马背上。

"巴特尔，不是说好了下午吗？"

巴特尔什么话都没说，他怕时间越久心里越难割舍。因为他心里也喜欢这俩孩子。他怕自己的内心不够坚定会反悔，他更怕两个孩子对这个蒙古包产生感情，这对将来收养他们的家庭来说不公平。

阳光照在脸上很温暖，不像昨夜那锋芒般扎脸的寒风。巴特尔骑着马儿载着陈海生和苏小雨奔驰在广袤的草原上。陈海生天真地想，如果自己能够像雄鹰一般俯瞰草原，那么此刻的三人，应该如同蚂蚁般渺小。

"阿爸，我们要去哪里呀？"苏小雨抬头望着满脸心事的巴特尔。

苏小雨的一声"阿爸"犹如晴天霹雳在巴特尔脑海中回荡很久。第一次被人叫阿爸，这让巴特尔方寸大乱，他慌忙勒马而停。苏小雨大大的眼睛像一潭湖水一样看着巴特尔，那天真的笑容瞬间将他坚硬的内心融化，这反而让他有些不知所措。

"嗯，我们……我们去……就去昨晚遇见你俩的地方吧！"

巴特尔思索片刻掉转马头，朝着另外一个方向疾驶而去。

三人来到了一个小山坡上，俯瞰前方的河流和草原。看着眼前的河水，巴特尔的内心泛起阵阵涟漪。

"这里就是狼王伏击羊群的地方，羊群被逼到了这个河流的转弯处，要么跳下河被淹死，要么就会被狼咬死！这就是大自然的生存法则！"巴特尔将二人从马背上抱了下来，三人站在山坡上看着远方。

对于昨晚的恐怖记忆，陈海生一辈子也不曾忘记，以至于多年后，他时常会在梦里同饿狼搏斗而惊醒。

"草原的夜晚很可怕，大家晚上很少出来，特别是没有月亮的夜晚。狼都是成群出没的，它们很聪明，被它们盯上就麻烦了！眼下正是贴秋膘的好时候，遇到了饿狼，别说回上海，像你俩这种细皮嫩肉的南方娃娃，估计连骨头都不剩！"

巴特尔说着带着二人来到了河对面，看着散落一地的羊骨架还有血迹，苏小雨吓得哇哇大哭了起来。直到此时，巴特尔才意识到，自己在草原司空见惯的生死在这些南方来的孩子眼里恐怕是最可怕、最血腥的噩梦，早上陈海生的反应便是如此。

为了安慰二人，巴特尔在地上找了小石子和二人比赛打水漂。陈海生身体条件还好，苏小雨却瘦弱得连水漂都打不起来。

见不得生死却又雄心勃勃，离家万里却又不愿在此安身立命，细皮嫩肉的南方孩子们啊，到底需要多长时间才能应对草原上即将到来的寒冬呢？

看着眼前的小草随风而动，巴特尔有感而发，他拿出马头琴席地而坐，深情地用蒙古语唱了起来。

> 北方富饶的土地上，
> 紫色的花葵多美丽。
> 我在父母的手掌上，
> 无忧地成长多快乐。

悠扬的马头琴声，诉说着草原博大的胸怀与巴特尔对两个孩子的爱。在轻转低吟、跌宕起伏的旋律中，马头琴声第一次真真正正地击中了陈海生内心最深处的那个地方。陈海生从未想过，眼前的这把带"马头"的乐器竟然可以发出直击灵魂的声音。

"阿爸，你唱的是什么啊?"面对眼前高大威猛的巴特尔，苏小雨像个人精一样阿爸阿爸地叫着，但是初为人父的巴特尔却显得有些不好意思。

"小雨，我唱的是草原上的传统民歌，歌的名字叫《小草》，讲的是小草一家人在草原上无忧无虑地快乐成长!"

"是这个吗?"陈海生随手拔了一棵草递到巴特尔面前。

"不，是金棘草!"巴特尔在草丛里找着，拔起一棵递到了陈海生面前，"春天来了，它会开花的!"

"阿爸，小草也有爸妈吗?"苏小雨的天真总是让巴特尔不知如何回答。

"小雨，你傻不傻，小草到冬天就死掉了，哪有什么爸妈?"看到苏小雨只是喊了几句阿爸就格外受宠，陈海生有些吃醋的用力拔起一撮草扔到了一边，倔强地站起来走到了一边。

"如果没有爸妈的种子，哪来的小草呢? 这草原上的每一棵草都有自己的爸妈。虽然冬天来了会死掉，但是只要扎根在草原，春天到了，一家人依旧会在一起快乐地生活!"面对眼前两个天真的孩子，巴特尔几乎用尽了全身的力气才说出了这样拟人化的天真语言。

"哦，我知道了!"为了配合巴特尔，苏小雨假装什么都明白的样子，用力地点了点头。

看着苏小雨和巴特尔之间越发默契，被冷落的陈海生气冲冲地指着马头琴问道:"它叫什么?"

"马头琴!"

"它为什么那么好听?!"

"因为我拉得好!"面对陈海生的问题，巴特尔从来都是区别对待，直来直往。

"你! 哼!"看到没有得到自己想要的答案，陈海生有些生气地转过身去。

巴特尔走到陈海生旁边目视前方笑着说:"陈海生同志，我告诉你，世界上所有的乐器，只有马头琴才有头，看见没? 一件乐器有了头便有了身子，有了身子便有了心脏，也就有了思想和灵魂! 当年成吉思汗带着它征战四方，白天血流千里，晚上就拉着它。它伴随着蒙古族人见过了太多的生死! 所以，它才会有着震撼人心的力量!"

　　"哦!"巴特尔的故事着实让陈海生开了眼界。这个从江苏宜兴农村出来的孩子,以前只见过笛子和箫,平时也是瞎吹瞎玩,几乎从未接触过什么艺术表演,即使年底见过舞龙舞狮、锣鼓队,那更多的是聒噪和热闹。但这一次,陈海生有生以来第一次感受到了音乐的魅力,它让整个世界仿佛在瞬间都消失了,只剩下那悠扬的琴声和那被安抚的心。一眼万年,陈海生几乎在那一刻就决定自己以后一定要拉马头琴。此刻的他心里十分崇拜巴特尔,他甚至想跪下来拜师学艺,但是看着巴特尔得意的样子,倔强的他迫于面子只好假装很不在意。

　　巴特尔骑马载着陈海生和苏小雨在家和保育院的路上来来回回兜了好几圈,他的内心陷入了一次痛苦的选择。自从几个月前和图娅结婚,他天天都想着能够有个自己的孩子,人生第一次有人喊他阿爸,这让巴特尔心意难平。此刻巴特尔的心中如有一头饿狼,正在疯狂地吞噬着他的理性。毕竟,这是长生天的安排!

　　莫日根书记正在和一些党员开会研究落实走访孤儿们被领养的情况,同时对昨晚出现的问题做了深刻的自我检讨。听到陈海生和苏小雨遇到狼群的经历,众人唏嘘不已。大难不死,必有后福,每个人都相信这两个孩子的命运注定不凡!狼群都没能够伤害到他们,他们就是长生天选择的孩子!但是两个野孩子的疯狂也伴随着风儿吹遍了草原,因此没人再愿意冒险收养他们。

　　"我去看过了,巴特尔的羊圈被狼群撕开了一个豁口,狼把羊悄悄地赶出去很远才咬死的。大家发表下意见!"莫书记说完打开茶缸喝了口热茶,倾听着大家的意见。

　　"今年粮食短缺,又逢连年的大旱。前段日子,毕力格家的羊群也被咬死了一些,幸好发现得早!好在没被狼群抢走,能捡回来也算不错了!"

　　"就冲巴特尔救了上海来的两个孩子,我同意他入党!"

　　"去年冬天巴特尔冲进暴风雪拯救了羊群,算是立了大功,也就是他年轻,要是换作其他人,估计早就被冻死了!"

　　"他刚结婚,都说婚前婚后两个人,我建议看看婚后的表现再说!"

　　莫书记正记录着众人的意见,却发现巴特尔冲了进来。

　　"说曹操曹操到,巴特尔,你有什么事吗?"

　　"莫书记,我想领养那两个孩子!"

　　"什么?!"莫日根书记放下钢笔,吃惊地站了起来。

　　"不行,组织上要求,必须接一个,活一个,壮一个。你刚结婚,没养过孩子,把小猫,不对,把阿茹娜养好了就不错了,你哪能养得起那么多的孩子?!你这不是胡来吗!"

　　"莫书记,他们是亲兄妹,又很喜欢我和图娅,你就让他们都到我家来吧!"

"胡说八道，一个姓陈，一个姓苏，怎么就成了亲兄妹了？我看不是你的羊圈出了问题，是你的思想出了问题。巴特尔，你作为一名预备党员，你得对党和国家负责！"

"我是草原上最强壮的搏克沁，我有能力养活仨孩子！"

"仨？那是三个孩子的问题吗？你俩结婚不要孩子了？你和图娅再生上三两个，四五个孩子怎么养活？你以为是放羊呢？！养孩子不是拍胸脯，你先把阿茹娜照顾好再说吧！"

"可是小雨都喊我阿爸了！他们认我这个家！"

"你别说了，你要是不服气就听听大家的意见，赞成巴特尔养孩子的举手！"

看到众人都没举手，巴特尔也没了脾气。他心里明知莫书记不会同意，但是感性驱使着他，如果不来一趟他会不甘心的。

"巴特尔，我知道你是好心，但是规定就是规定，一家只准领一个，你回去吧！"

看着巴特尔悻悻而归，莫日根书记又叫住了他："一会儿别忘了把那两孩子送回保育院！"

"哦……"

看着巴特尔满脸阴沉地走了过来，苏小雨紧紧地抓住了图娅的衣服。看着苏小雨委屈紧张的眼神，巴特尔笑着将苏小雨的手慢慢地拉开，可是苏小雨却用尽了吃奶的力气死活不松手，巴特尔无奈地蹲下摸了摸苏小雨的头，将苏小雨的手轻轻掰开。

纵有万般的不舍，巴特尔还是咬紧了牙关将二人送回了保育院。而莫书记早已在保育院和众人修理起了门窗。冬天来了，门窗要封好，最关键的是不能够再出现孤儿逃跑的现象。巴特尔将陈海生和苏小雨送到乌兰手里，什么话也没说转身便走了。看到巴特尔骑马远去，陈海生心中有着说不出的滋味。他说不清是逃跑计划的彻底失败还是对那个温暖的蒙古包的不舍，或是对巴特尔那悠扬琴声的迷恋。

"哎，巴特尔这是怎么了？"

看到乌兰一脸纳闷的样子，莫书记转过头说："乌兰，你不用管他，下午开会的时候我批评了他，正生闷气呢！过来搭把手！"

"哦……"

"你们俩，过来！"

乌兰走上前去接过了莫书记手里的锤子，而莫书记则领着陈海生和苏小雨进了屋里。

作为党的领导干部，莫书记也有两个年龄相仿的孩子，他太明白这么大年纪的孩子心里想的是什么。婴儿还好，像苏小雨和陈海生这个年纪，被父母遗弃本就是他们这辈子无法释怀的阴影。如果再等到陌生的牧民前来任由人挑选，这在他们心中将会万般抵触。所以，二人才会千方百计地选择逃跑。

莫书记从怀里掏出了一幅中国地图摊开放在床上，笑着对二人说："你俩谁给我说说，上海在哪？"

"怎么，天天嚷着回上海，连上海在哪里都不知道了？"看着二人默不作声，莫书记用起了激将法。

陈海生只知道上海肯定靠近海边，他虽然识字不多，但是"上海站"那三个字他还是认得。陈海生眉头紧皱，密密麻麻的地图让他一脸茫然，被莫日根一激，他随手指了过去。

"在这！"

"这里？确定吗？"

"我……我确定！"

"好，我来告诉你们，上海在哪里。这儿，鸡冠的地方，就是我们所在的呼伦贝尔，你知道从这里出发到你指的这个地方步行要走多久吗？"

"三天！"

"哈哈哈……孩子，我告诉你，你说的这个地方是山东半岛，从咱们呼伦贝尔坐火车过去也得三天，要是走路的话，至少要两个月！"莫日根书记掏出笔指着地图说了下去，"从这里海拉尔站出发得先到哈尔滨，然后到北京，这里是祖国的首都，从首都北京再往南走，经过河北、山东、江苏，最后到这儿，才是你说的上海！"

直到此时，陈海生才看清楚地图上标注的"上海"两个字，如此遥远的路途让苏小雨惊讶不已。

"这么远啊！哥，你不是说很近？"

"如果从咱们保育院步行回上海的话，以你俩的速度，最快也要半年！"

"我俩去镇上坐火车回！"陈海生一脸不服气的样子。

"镇上没有火车，从这里步行到镇上不迷路的话至少要两天。这个季节你俩不被狼群吃掉的话，那就是正儿八经的草原小英雄了！"

陈海生不解地看着在门口的乌兰，乌兰笑着说："他是我们的书记，不会骗你的，莫书记说的都是真的！你们要是想回上海啊，得先在这里长大才行！"

"那长多大才行？"陈海生紧追不舍。

"哈哈哈……那就看你自己了，好好吃饭长身体，要不然怎么保护妹妹！"

莫书记说完接过乌兰手里的锤子将这幅中国地图钉在了墙上，然后走了出去。

陈海生走到地图边，看着回家的路线，长长地叹了口气。

"哥，这么远，我们还回不回了？"

"回。小雨，我们既然能来，就一定能回去！"

"可是晚上有狼啊！"

"那咱们就白天走！"

如果把苏小雨比喻成草原上的小羊羔，聪明可爱的话，那么陈海生便是一头倔驴，一根筋到底。苏小雨心思细腻，懂得察言观色随机应变，而陈海生则认死理儿，他认准的事情，不撞南墙不回头。回上海的念头一旦在心里萌生，如果达不到目的，陈海生绝不会善罢甘休。

莫书记还是低估了陈海生逃跑的决心，他明明已经看到了陈海生眼睛里没有了逃跑的渴望，却不承想他忙着寻找工具修理大门的间隙，二人又悄悄地沿着墙根从众人的眼皮子底下溜了出去。

图娅背着阿茹娜在附近捡着干牛粪，看到巴特尔骑马回来，图娅的心慢慢地冷静了下来。图娅心想：巴特尔是对的，自己婚后一直打算和巴特尔要个自己的孩子，到时候就是四个孩子，以现在二人的能力确实无法承担四个孩子的成长。若是年景好的时候还行，万一遇到白灾或其他意外，丢条人命在草原上也是稀松平常的事情。靠天吃饭的草原上，各种恶劣的环境让图娅在内的每个牧民对大自然都心怀敬畏。

看着巴特尔一声不吭地修补着破损的羊圈，图娅知趣地走进了蒙古包。这是属于巴特尔自己一个人的时间，铁锤敲击钉子的声音，正在诉说着巴特尔心里的不甘。

陈海生和苏小雨一口气跑出了好远好远。夕阳下，二人就像风筝一样恣意摇摆着身体。陈海生张开双臂像飞机一样冲下山坡，像马儿一样释放着自己内心那股沸腾的力量。兄妹二人也不知道跑了多久，陈海生终于累了。他坐在山头上，看着远处的保育院，内心失落极了。那是草原上唯一可以回去的地方，也是眼下他最想逃离的地方。

图娅和巴特尔趴在床上，看着中间熟睡的阿茹娜，巴特尔不言不语，若有所思地发着呆。

"你也别难过了，莫书记不是那种违背原则的人，被拒绝也是理所应当的，这事儿我也有责任。哎……也不知道谁能将那俩孩子领走！"

"照我看，谁都领不走，唉……人小鬼大，不好骗了！"巴特尔说完便倒在了床上，若有所思地看着屋顶。

"那怎么办？"

"谁家都领不走的话，再送回去呗，还能怎么办？你看那小子，活像个小特务，估计谁也看不住！"

"对了，你的胳膊怎么样了，我看看！"

"没事儿。这孩子，有点我小时候的那股倔劲儿，嘿嘿嘿！"

"巴特尔，你的考虑是对的，我们可能养不了四个孩子！"

"也怪我，我真傻，我不应该当着那么多人的面说领养的事儿！这明摆着让莫书记下不来台……"

巴特尔说着从床上爬起来，满怀期待地看着图娅问道："图娅，你刚才说啥，四个孩子？"

看到图娅点了点头，巴特尔喜出望外，他赶紧看了看图娅的肚子，激动不已。

"有动静了？"

"嗯。前几天就一直吐，我没当回事儿，今天我去问了问额姆格，她说是怀孕了！"

"太好了，太好了！"巴特尔兴奋得从床上跳到地上，光着脚在地上又蹦又跳。

"嘘，小点声，别吓着阿茹娜！"

"不行，我得出去跑一圈！"

"大半夜的，疯什么疯？"

"我现在浑身发热，浑身都是劲儿，要不出去跑一圈我今晚睡不着！"

巴特尔说着便穿上靴子走到图娅面前亲吻了她的额头。听到外面马蹄声渐远，图娅拉着阿茹娜的小手笑了。

策马奔腾的巴特尔尽情在草原上呼喊着、奔驰着，看到远处星星点点的火光，一股不祥的预感涌上心头，他赶紧奔了过去。

此刻的莫日根书记正和众人举着火把在草原上找着陈海生和苏小雨。莫书记十分后悔自己在保育院耽误了太多时间，他一直笃信两个孩子肯定躲在了保育院的某个角落。直到大家将兴蒙保育院翻了个底朝天，莫书记才想起组织大家外出寻找。看到巴特尔骑马疾驰而来，莫书记的眼里闪烁着希望的火光。

"莫书记，你们怎么在这，出什么事了？"

未等莫书记开口，巴特尔便先问了出来，这让莫书记的心又悬了起来。

"巴特尔，那俩孩子又跑了，他们没去你家吗？"

"没有啊，什么时候的事儿？"

"就是今天下午，你前脚刚走，后脚孩子就不见了！哎，我正打算去你家呢！你大半夜的骑马出来是要干啥？"

"我……"巴特尔本打算将图娅怀孕的消息告诉莫书记，但是草原上有规矩，孕妇怀孕不满三个月不能说出去，否则很容易流产。思索再三，巴特尔只得说谎，"上次那狼群的头狼我看见了，凶猛得很，我想最近频繁发生羊群受到攻击的事情，就仔细地检查了羊圈。今天把孩子送回去，心里不痛快，所以就出来走走！"

"那你来的路上有没有发现什么不对劲的地方？"

"没，好像没有！要不我再回去看看！"

"我陪你一起！"

看到巴特尔支支吾吾，莫书记知道他肯定有心事，但是他又相信巴特尔的耿直纯良，绝对不会欺骗自己。找了很久都没见孩子的影子，无奈之下，莫书记决定和巴特尔回去看看，同时在大家伙面前证明巴特尔的清白。

巴特尔走后，屋内安静极了，图娅不知何时睡了过去。听到屋外有狗叫声，图娅方才起身披上衣服走了出去。

"是不是孩子又跑了？"看到莫书记和巴特尔一起出现在面前，图娅便猜了个大概。

"哎，图娅，他们没回来吗？"

"没有啊，我刚才睡着了，屋门是从里面锁住的，没见孩子回来啊！我下午的时候看他俩死活抱着我的腿不放，我就知道送他们回去准要出事儿！这么晚了，该怎么办啊？"图娅的心一下子慌乱了起来。

"图娅，你不要着急，我们正组织人员找着呢！孩子跑得慢，不会走太远的。巴特尔，你再去昨天晚上遇到他们的地方看一看，一会儿就在你家集合。我猜，如果到处没人的话，他们只能往你这来了。"

"好！图娅，你不要着急，赶紧进屋去吧，会找到的！"

巴特尔说完便和莫书记骑马分头走了，图娅赶紧进屋双手合十寻求长生天的庇佑。

巴特尔骑马来到了河边，除了萧瑟的寒风和潺潺的水声，他什么都没听到。直觉告诉他，孩子们不可能再到这里来，但是他依旧还是喊了起来。

"海生，小雨，我看见你们了，你们别躲了，赶紧出来吧！我只喊三声！"

"三、二、一！"

巴特尔仔细听着每一处草丛里的动静，突然不远处的草丛有着窸窸窣窣的声音，他赶紧骑马冲了过去。待到巴特尔下马看时，却只看到了几只钻到草丛里的土拨鼠。失望至极的巴特尔赶紧上马，朝着家的方向奔去。既然莫书记已经跟孩子讲了走路到不了上海，那么方圆十几里地找遍的话，应该能找到孩子们的踪影，除非……巴特尔不敢再想下去，他不愿在得到上天的恩赐的时候，再听到一个坏消息，他宁可希望好事成双，哪怕他养不起这两个孩子。

巴特尔急匆匆地下马，看着站在蒙古包门口的众人和面色焦急的图娅，他便知道事情没有想象的那么乐观。看到大家都没有孩子的消息，莫书记又一次无功而返。众人围在图娅家门口默不作声，只剩下火把燃烧发出的噼啪声，这让莫书记懊恼不已。

"哎，都怪我，大意了，早知道就让他俩在你这儿了，这样下去送到谁那里我都不放心啊！对了，乌兰，你回保育院看了没？"

"莫书记，我里里外外都找遍了，床底也看过了，没有！"

"方圆几十里地都找过了，这俩孩子莫不是真插着翅膀飞走了？"看着天色已经渐亮，莫书记依旧一筹莫展，"晚上这么冷，能去哪里呢？哎，都怪我！"

看着东方橙红色的晨曦，众人讨论着各种可能性，图娅却突然大喊一声。

面对图娅的突然吼叫，众人都很尴尬，巴特尔走上前去安慰道："图娅，你怎么了？"

"都别说话！"

听到图娅的话，众人面面相觑。只见图娅闭上眼睛，侧耳倾听。

陈海生的鼾声在图娅脑海中越来越大，图娅突然朝着羊圈走去。拨开拥挤的羊群，图娅愣在了那里，任由羊群将自己包裹。众人围了上来，都被眼前的一幕惊呆了。

晨曦下，陈海生和苏小雨躺在羊圈的一角，倒在一只母羊身上，和几只小羊依偎在一起，呼呼地睡着。逃了一个晚上，陈海生能够想到的地方，只有这个蒙古包。但是他怕再次被送回去，只好带着苏小雨躲进了羊圈。在这寒冷的漫漫长夜拥抱着小羊羔睡了过去。眼光照射在二人的脸上，苏小雨转过身将头埋在了陈海生怀里。孩子终于找到了，众人兴奋不已，却又不敢大声说话，生怕吵醒了这两个不羁的灵魂。

一场始于保育院终于羊圈的惊心动魄的大逃亡终于暴露在了阳光下，莫日根书记强忍着几近崩溃的情绪转过身，声音有些哽咽。在草原上生活了这么多年，他从未像今天这样慌张无助过，哪怕自己的孩子高烧不退，他也不曾这样六神无主。一个蒙古汉子硬生生地被来自上海的两个小鬼打败了。虽然莫书记嘴上不说，但是让他鼻子为之一酸的根本原因并不是找不到陈海生和苏小雨，也不是担心后面受处分，而是他分明看到了陈海生和苏小雨为了追求自由，明知回不去仍旧逃离保育院的那种执着和倔强。

莫书记想到了年幼时候的自己，他曾抓住一只麻雀，额吉却劝他放了它，因为麻雀是不可能被驯服的。年幼的莫日根不信，额吉的话却激发了他更强烈的叛逆心理。于是他去找刚出生的小麻雀，想喂大后驯服它们，但是无一例外都失败了。从那以后，他便明白，有些东西是骨子里带的，正如羊群离不开草原。

莫日根承认，在兴蒙保育院里的南方孤儿中，陈海生是最倔强的孩子，但也是从性格上来讲最像草原人的孩子。他向往自由，他无所畏惧，他桀骜不驯，敢于挣脱束缚，这个孩子注定是属于草原上自由的灵魂……

围绕在身边的羊群渐渐散去，冷风让陈海生下意识地抱紧了怀里的小羊羔和苏小雨。看到图娅和莫日根书记走到跟前，母羊从地上爬起来，小羊也吓得从陈海生怀里挣脱，陈海生失去支撑，一个趔趄彻底趴在了地上。待他抬头看时，却发现眼前好似三座大山一样的剪影站在面前。

陈海生迷迷怔怔从地上爬起，用手遮住照过来的阳光，这才发现眼前的三人正是莫日根、巴特尔还有图娅，身后跟着的更是保育院的大部分保育员还有牧民们。苏小雨满头都是草棒，她有些睡眼惺忪地看着眼前的一切，似乎还没有反应过来，倒头又趴在地上打算继续睡了。图娅赶紧走上前去，脱下外套披在了苏小雨身上，将苏小雨抱了起来。

"我饿了！"陈海生不再惧怕眼前的人们，他理都没理三人径直朝着蒙古包走去。

看着做错事的孩子晕晕乎乎地朝着蒙古包走去，莫书记想要说些什么，陈海生却一头栽倒在了地上。巴特尔见状，赶紧跑了过去。一夜的折腾，陈海生的额头烧得滚烫。

"快！去镇上！"莫书记说着跳上了马，示意巴特尔将孩子交给他。

巴特尔想了想说："我跟你一起去吧！"

孩子安全找到，这让图娅也松了口气。但她为自己昨夜的粗心感到深深地自责，若是自己认真查看下羊圈，或许昨晚就能早点发现陈海生。陈海生的选择也让图娅感到纠结，原本她动了收养二人的心思，好不容易说服自己放下这门心事，二人却又主动找上了门来。图娅此时的心像船儿划过的湖面，荡起的阵阵涟漪再也无法平息。

当陈海生再次睁开眼睛的时候，已经躺在镇医院的病床上了，看到图娅靠在窗前睡了过去，陈海生有些恍惚地挣扎着坐了起来。

"哎，等会儿！别乱动！"听到床吱吱呀呀的声音，图娅惊醒，赶紧走到床头将枕头垫在了陈海生的身后。

陈海生本来就虚弱，经过这么一番折腾，他变得脆弱不堪。看到莫日根书记从门外走了过来，陈海生猛然想起了些什么。

"小雨呢？小雨在哪里？"此刻的陈海生最担心的是苏小雨，他担心莫书记会趁自己昏迷的时候将苏小雨送走。

"海生啊，小雨没事，昨天她还来医院看你，只不过你没醒！"莫书记说着走到床前摸了摸陈海生的额头。看到陈海生已经彻底退烧，莫书记嘴角露出了笑容。

在陈海生昏迷的这几天里，苏小雨一度认为他背信弃义，被别人领走了。乌兰看出了苏小雨的心思，反复跟她讲陈海生发烧住了院，可是人小鬼大的苏小雨在第二天就像没了主心骨一样，哭个不停，非要去镇上。看着苏小雨饭也不吃、水也不喝跟自己较劲，乌兰只好让莫日根书记带着苏小雨去见陈海生。看着躺在病床上输液的陈海生，苏小雨方才收起那份不安的小心思，开心地回了保育院。

当莫日根书记骑马带着陈海生再次回到保育院的时候，已经是他们出逃的第四天了。苏小雨正在院子里开心地玩着老鹰抓小鸡的游戏，众人躲在身后，苏小雨扮演的老鹰正专注地找着突破口，连莫日根书记的马停在了门口也全然不察。陈海生从马上下来，站在门口看着院子里玩耍的苏小雨，像是找到了离散已久的亲人一样。

"小雨！"陈海生眼神坚定地喊着，但是声音很弱。直到陈海生用尽了浑身的力气大喊出来，众人循声望去，苏小雨才看到了站在门口的陈海生。

此时的陈海生已经瘦了一大圈，苏小雨再也忍不住内心的情感，跑向门口紧紧地抱着陈海生哭了起来。

"哥，你可回来了！呜呜呜……"

苏小雨一度认为，陈海生之于自己，只是一起逃亡的伙伴而已。直到陈海生离开的这三天，她才发现，陈海生是自己内心的坚实后盾，是这茫茫草原上唯一的家人。

陈海生内心所有的不快已经伴随着这次的逃亡消失殆尽。回来的路上，他为自己丢下苏小雨的行为内疚不已。作为哥哥的他一刹那感觉自己要做的事情还有很多。当看到苏小雨一个人站在那里当老鹰的时候，陈海生更多的是自责。费尽千辛万苦来到了这里，只为有口吃的能活下去，他不应该带着苏小雨一次次冒险逃跑。万一真有个三长两短，又怎么对得起她呢？那一刻，陈海生放下了对母亲郑叶芬的所有怨恨，打算拥抱眼前自己唯一的亲人。

"你去哪了，我以为你不要我了！呜呜呜……"苏小雨抽泣着伤心不已。

"我……我没不要你，我就是睡了一觉……"面对苏小雨的质疑，陈海生支支吾吾，不知道怎么回答才好。

"我看你躺在床上以为你再也醒不过来了。哥，你死了，我可怎么办啊！"

陈海生帮苏小雨抹了抹眼泪，语重心长地说："小雨，咱们不走了，不走了……"

第五章　小英雄的大阅兵

　　人终其一生都在做选择，一个个选择串联起无数命运的拐点，而一个个拐点与轨迹便也构成了生命最终的轮廓。

　　从镇医院回来的路上，陈海生见识到了茫茫无尽的草原，尝试逃跑了两次后，他明白，凭借自己和苏小雨的力量是逃不出这片草原的。没有月光的草原，漆黑一片，安静得让人心生恐惧。他需要快速长大，这样才能兑现带小雨回家的承诺。兴蒙保育院的孩子越来越少，陈海生和苏小雨也消停了很多。莫书记几乎将全部的心思放到了二人身上，哪怕保育院已经被他里里外外重新加固了个遍，哪怕晚上安排两个人轮流值班，对此他仍不放心，自己还时不时地来到保育院盯着二人。即便如此，在猫鼠游戏中，陈海生和苏小雨总是能够突破重重封锁，一次次地牵手出现在图娅和巴特尔面前。

　　乌兰心里清楚，陈海生和苏小雨除了图娅和巴特尔谁也接不走。但是面对眼前的现实问题，莫日根书记也进退两难。作为党组织书记和这项任务的主要负责人，莫书记不能同意将三个上海来的孤儿都交给图娅和巴特尔抚养。这既违背了领养要求，也对孩子的成长不负责任。陈海生和苏小雨一次次地逃跑也让莫日根书记和乌兰伤透了脑筋，巴特尔只得一次又一次地将兄妹俩送回保育院。

　　陈海生和苏小雨就认准了巴特尔和图娅，要是送到别的牧民家里，万一再逃跑出什么意外，这是莫书记最不愿看到的。

　　图娅几次三番同巴特尔商量收养陈海生和苏小雨，但是巴特尔始终下不了决心。倒不是他不想，而是巴特尔面临着自己的孩子即将出生，哪怕自己愿意，莫书记要是知道图娅怀孕，肯定是坚决不同意的。陈海生和苏小雨让已为人母的图娅心生挂念，二人甚至为此产生过激烈的争吵。

　　"图娅，你是不是疯了，你肚子里已经有一个了，再领养他们俩，怎么可能养得活？"

　　"这俩孩子就往咱家来的，我不收养他们，谁家能收养？"

　　"我不同意！"

　　"你是不是男人，她喊你阿爸了，你就应该负这个责任！"

"图娅，你冷静点好不好，我们哪有能力养活四个孩子，你最近是怎么了？"

"因为我要做额吉了。巴特尔，是你先提出来领养孩子的，他俩大老远跑到家门口，咱把孩子推出去，万一后面他俩有什么意外，这和亲手杀死他们有什么区别？如果真到了那一步，咱俩今后怎么活下去！"

"他们是大上海来的孩子，娇贵着呢，万一以后遇到困难怎么办？"

"巴特尔，我也想为肚子里的孩子积德，你要是不同意，那就先养活他们几个，反正以后我还可以再生。"

"你，图娅……我……唉……"

图娅说完便孕吐了起来，巴特尔欲言又止，着急地给图娅拍着后背。

看到巴特尔劝说不动，图娅也曾私下里找过莫书记，但是莫书记的回答十分坚决，规矩就是规矩，上级领导要求一个家庭只能领养一个孩子。如果是再领养一个，条件允许还能有商量的余地，但是领养三个，谁也无法保证孩子的健康成长。这是对国家的不负责任，他不能开这个先例，更没有这个权力。

陈海生和苏小雨爱逃跑的事情传遍了草原，因此没有牧民愿意接受这两个野孩子。眼看着保育院的孤儿们被一个个领走，莫书记的内心有些动摇了：总要有人收养他们才行，总不能最后剩下两个人一直留在保育院吧。

面对这个烫手的山芋，莫书记一筹莫展，而所有的可能性最终都指向了唯一的答案，那就是巴特尔和图娅。有时候莫日根书记甚至在心里暗想：如果两个孩子再出逃一次，他就跟上级领导汇报巴特尔收养三个孩子的问题。毕竟，无休止地逃跑也不是办法。毕竟，接孩子们来内蒙古的目的就是给他们一个温暖的家，而巴特尔和图娅无疑是陈海生和苏小雨最安全的选择。

陈海生和苏小雨从刚开始的深夜逃跑到后来的白天溜走，再到后来的无时无刻地不想着出逃，这让乌兰伤透了脑筋。而孩子们不定时地出现也让图娅每次出门都有了无尽的挂念，无论白天黑夜，每次听到风吹草动，图娅便慌慌张张地出门查看，她总怕因为自己的大意而让孩子们置于危险之中。甚至孩子们几天没有出现在面前，图娅便骑马到保育院确认二人是否还在。

两个孩子像幽灵一样，让图娅原本平淡的生活变得琐碎不堪。一段时间过后，思想不堪重负的图娅终于爆发了。

这一晚深夜，外面的狗又叫了几声，图娅猛地从梦中惊醒，她起身看了看熟睡的阿茹娜，然后披上衣服走了出去。看到闪过两个黑影，图娅赶紧追了过去，可是围着蒙古包转了一大圈后，图娅却什么也没发现。不放心的图娅又走到了羊群里，挨个拨开里面的羊查看孩子们是不是躲进了里面。看到羊圈的尽头羊群骚动，图娅挤了过去，待她提着油灯照过去时，却发现一头饿狼正在啃食着羔羊，仔细一看又像是陈海生和苏小雨的尸体，饿狼邪恶地看了图娅一眼，龇牙咧嘴地朝她猛地扑了过来。图娅大叫着从梦中惊醒，猛地从床上坐起，满头大汗！

"巴特尔……救我……"

"谁！怎么了……"巴特尔被图娅的大喊惊醒，他摸过身边的蒙古刀，赶紧起身环视着四周。

"我梦见……羊圈……"

"没事儿，别怕！"看着屋里没有任何东西，巴特尔又警醒地拿起油灯走到屋外到处查看。

图娅披上衣服起身来到屋外，远远地看着巴特尔在羊圈里查看羊群。

"图娅，都没事儿，是不是又做噩梦了？"巴特尔一身轻松地走了过来。

图娅看着巴特尔，紧紧地抱住眼前的蒙古大汉说："巴特尔，要不明天咱们去把那俩孩子领回来吧……"

看着眼前脆弱的图娅，巴特尔什么都没说，只是轻轻地抚摸着图娅的头发。同图娅一样，巴特尔也忍受不了这种提心吊胆的生活，他心里同莫日根书记想的一样，等陈海生和苏小雨再次出现在面前，自己一定会排除万难收养他们。

看着孩子们被一个个领走，乌兰也为陈海生和苏小雨担心了起来。

"逃离吧！逃去巴特尔家吧！"乌兰心里想着，这或许是兄妹二人最好的选择。

从一开始的人人紧盯，到后来的故意视而不见；从一开始的人人提防，到最后的人人期盼，逃离本身便有了不一样的意义。从想方设法挣脱保育院到思念巴特尔的蒙古包，陈海生的一次次逃离也让他对这片土地开始有了感情。

巴特尔已经领养了阿茹娜，陈海生和苏小雨的逃跑便有了名正言顺的理由。当梦中再次响起巴特尔的那首《小草》，陈海生便忍不住再一次拉起了苏小雨的手。

夕阳下，兄妹二人终于开启了人生最后一次众望所归的华丽的逃跑……

蒙古包外炊烟袅袅，金色夕照下羊群归圈，当二人手拉手出现在图娅面前，一切仿若草原上的风，拂面而过，自然而又让人心生欢喜。

当巴特尔骑马找到乌兰的时候，乌兰似乎都没有感到一丝惊讶，二人什么都没有说，只是笑着点了点头。巴特尔找到了莫日根书记，提出了自己的请求，莫日根书记反复强调着上级有要求，但也决定将陈海生和苏小雨的特殊情况跟上级汇报。

"巴特尔，你一定要考虑清楚，养三个孩子可不是一件轻松的事情，你要对得起党和国家！"莫书记严肃地说道。

"我们家有一头奶牛，阿茹娜完全没问题。巴图和德德玛已经大了，只要我和图娅有一口吃的，他俩就饿不着！"巴特尔信誓旦旦。

"巴图？德德玛？"莫日根书记笑着看着巴特尔，"看来你是有备而来啊，名字都起好了！"

"嘿嘿嘿……莫书记，就多麻烦你了，孩子还在家等着呢，我先回了！"

二人你一言我一语，表面上是在争论着如何为孩子的未来负责，其实莫书记和巴特尔心里都明白，大家都是在自说自话而已。看着巴特尔脸上洋溢着幸福的笑容，二人相视会心一笑。

莫书记将陈海生和苏小雨的逃跑事件还有巴特尔和图娅的家庭情况事无巨细地写了报告交给了上级党组织。很快，上面的意见就批复下来了：特事特办。

为此，莫书记召集了全体党员进行不记名投票表决，巴特尔忧心忡忡地站在一边，乌兰负责在黑板上统计。

看着同意的那一栏里写满了"正"字，莫书记站起来激动地说："我宣布，根据大家不记名投票的结果，巴特尔领养三个南方孤儿的问题，支部全体党员全票通过！"

结果已定，众望所归，巴特尔激动地和众人一起鼓掌，脸上绽放出了花儿般的笑容。

莫日根站起来看着巴特尔，手扶着他的肩膀说："巴特尔，希望你能够尽到一名党员的责任，圆满地完成组织交给你的重任！"

"嗯嗯，你放心，我会把他俩当成自己亲生的孩子养，绝不给国家添负担！"

"三个孩子的口粮不是小事情，你要有思想准备啊！"

"放心吧，莫书记，绝不给国家添负担！"

在巴特尔自信的承诺中，众人羡慕地看着这三个孩子的草原父亲，也为他们以后的生活感到担心。

巴特尔家有两匹马，图娅骑的是匹公马叫冬青，就是希望草儿能够熬过寒冬，春风吹又青。巴特尔骑的是一匹母马，名字叫作流星，巴特尔从小和流星一起长大，感情非常深厚。

看着流星踏着欢快的步伐回来，图娅心里也有些拿不准。巴特尔面色沉重地下马，一脸严肃地走到图娅面前，有些难过地抱紧了图娅。

"没事儿，巴特尔，我们尽力了就好，或许别的人家比我们更合适呢。"

巴特尔原本想逗一逗图娅，听图娅这么一说，反而鼻子一酸，呜呜哭了出来。作为草原上最坚强的男人，连巴特尔自己都没想到，自己会因为图娅的善良和孩子的到来而感动落泪。

"别哭了，让孩子看见多不好，都怪我私心太重，没有考虑你的感受。巴特尔，别哭了啊！没事儿！你要是喜欢孩子，咱们多生几个就是！"

图娅像安慰一个大男孩一样轻抚着巴特尔的背。巴特尔擦了擦眼泪对图娅笑着说："图娅！"

"嗯？"

"莫书记同意了！"

"同意什么了？"巴特尔的反转让图娅迷惑不已。

"同意他俩在咱们家。图娅，你已经是四个孩子的额吉了！"

直到此时，图娅才明白过来，原来巴特尔和她开了一个玩笑，哭也好闹也好，都是巴特尔故意演戏在逗自己。看着巴特尔一脸得意的样子，图娅气不打一处来，她拎起旁边的马鞭朝着巴特尔追去，巴特尔大喊求饶。

看着眼前的二人打打闹闹，陈海生和苏小雨也摸不准二人到底是真打还是假打。

图娅当然是真打，但也是真开心。二人追逐到羊圈边上，图娅一个趔趄差点倒在地上，巴特尔顺势接住了扑过来的图娅，二人相拥倒地，图娅滚落在巴特尔的怀里。图娅用力地捶打着巴特尔的胸口，终于将心中的怨气撒了个痛快，而巴特尔也激动地抱着图娅吻了起来。这是属于二人的美好时刻，因为他们拥有了草原上最幸福、最美满的家庭。

"图娅，我决定了，孩子们的名字就听你的，叫巴图和德德玛。"

"嗯。孩子大了，什么时候让他们去上学？"

"先在家里待一阵子吧，我怕他们在学校又会逃跑。我先带他们放一阵子羊，等他俩认这个家了，再一起送过去！"

"嗯。"

图娅枕着巴特尔的胳膊躺在草地上，眼中充满了对未来无限的期待。因为图娅从小就辗转了两个家庭，所以她太想要一个稳定的家了。眼下自己刚结婚，便拥有了四个孩子，图娅心想，童话里的公主也不过如此吧。

虽然陈海生和苏小雨成功地来到了巴特尔和图娅的蒙古包，但是陈海生心里并没有打算喊眼前的两个人爸妈。对蒙古语一窍不通的陈海生并不认可额吉这个称呼，虽然草原上所有孩子都喊妈妈为额吉，但是陈海生却十分抵触。因为在江苏老家，额吉的"额"听起来和"屙屎"的"屙"差不多，而"屙屎"在老家就是拉屎的意思。自己怎么会称呼母亲"屙"呢？这一点直到很多年后，陈海生学会了蒙古语才接受。

在陈海生看来，自己只是找到了一个暂时寄居的理想家庭，只是巴特尔和图娅比别人看起来更年轻更顺眼而已。所以，当得知图娅给他起了个巴图的名字，陈海生显得十分抗拒，但是德德玛很快融入了这个家庭，仿佛她本就是巴特尔和图娅的孩子。

饭桌上，一家三口变成了一家五口。图娅和巴特尔看着眼前的二人，内心充满着无限的喜悦。

“阿爸，为什么给我起名叫德德玛啊？”苏小雨好奇地看着二人。

“德德玛是美丽的河水的意思，你虽然是小雨，但是终究能够像这草原上的河水一样美丽！”

“好棒好棒！”苏小雨高兴地拍着手，“那巴图是什么意思？”

巴特尔看了一眼图娅，图娅接着话茬说了下去。

“巴图的意思是草原上强壮的英雄，只有真正的男子汉和真正的英雄才配叫这个名字，你哥哥不愿意叫，可惜了！”图娅摇头叹息。

听到自己的名字是英雄，陈海生便有了些兴趣，他放下饭碗欲言又止。看到陈海生的反应，巴特尔解释着。

“在草原上，并不是每个人都能成为英雄的，只有最强壮的男子汉才能成为真正的英雄！每年秋天的时候啊，草原上都会举办那达慕盛会，谁赢了才能称作英雄！”巴特尔看了一眼陈海生，然后转身问苏小雨，“你觉得你哥会不会成为草原上的小英雄？”

“当然会！他一定会成为英雄的！对吧，哥！”苏小雨噘着嘴看着陈海生。

陈海生只是低着头“嗯”了一声，巴图这个名字便伴随着英雄的印记成功走进了陈海生的心里。

看着巴特尔骑马去放羊，陈海生自告奋勇，图娅将苏小雨留在家里帮忙照看阿茹娜，巴特尔则骑马载着巴图借着放羊的名义增加感情。看着牧羊犬围着羊群跑来跑去，巴图却有些闷闷不乐。

二人待了好一阵子却一直都是无言地沉默。看到巴图没有开口讲话的意思，巴特尔伸了伸懒腰说：“巴图，我去趟乌力罕叔叔那里，你能不能替我暂时照看下羊群？”

“行行，陈海生同志，你能不能替我暂时照看下羊群？”

“不就是放羊嘛，你去吧！”

“呵，口气挺大！行，那我快去快回！”

巴特尔说完将陈海生抱下马，便骑马快速离开了。看着远去的巴特尔，陈海生气愤地拉了几只羊一字排开，他像大阅兵一样训练起了羊。

"你们给我站好了，我现在就是你们的老大，你们要听我的话。哎，你说他那个傻大个儿，凭什么当我爸？我叫陈海生，不叫什么巴图。巴图，多难听的名字啊，想叫我英雄就直接叫英雄不就得了！哎，你干什么呢，我说你呢，你能不能别交头接耳……"

看到几只羊不听指挥，陈海生走过去将它们拽了回来。羊群中一头公羊看到陈海生撅着屁股在它面前晃来晃去，以为跟它示威，一头就顶了过来，将陈海生顶翻在地，一连滚了好几个跟头。

"哎呀，我的屁股。好啊，你敢偷袭我，接招！"

陈海生从地上爬起，与羊搏斗着，一番折腾后陈海生便累得没了力气，躺在地上喘着大气。

巴特尔并未真正离开而是躲在远处悄悄地观察着，他怎么可能会放一个6岁的孩子单独在那。看着巴图同羊群打成一片，被羊顶着屁股翻滚在地上，巴特尔笑着从怀里掏出酒壶喝了一口。动物是治愈童年的良药，看着眼前的流星隆起的肚子，巴特尔打算将出生的小马送给巴图，因为当年流星也是父亲送给他的最好的童年礼物。

"我告诉你们，不要仗着人多就以为了不起，你吃过竹笋吗？切，你见过高楼吗？坐过火车、轮船吗？"陈海生面前蹲着一只母羊，二人对立坐着，既然整一排不太可能，那就只能吃柿子挑软的捏，一只只地来。

"我看来看去就你挺实诚的，我可跟你讲好了，你不要告诉其他羊，好不好？"陈海生左顾右盼之后打算袒露心声，可是面前的母羊只是趴在那纹丝不动。

"行，既然你不说话，那就代表答应了！"

"咩咩……"

"行，一言为定，拉钩吧！"

陈海生自导自演地拉过羊蹄子，强制拉钩走过场。看到母羊要走，陈海生硬是给拉了回来。

陈海生用胳膊搂着小羊羔的脖子坐在那里，望着远处的天际线，他叹了口气说："羊羊，我不愿待在育儿院里，我觉得自己就像三毛。三毛你知道吗？不知道算了，是，我承认，我恨他们，我是爱说谎，可是我是小孩儿啊，他们是大人，大人凭什么骗小孩！我家里还有个姐姐呢！凭啥把我送走啊！明摆着就是重女轻男！看我小好欺负！我是绝不会原谅他们的！绝对不会……"

陈海生自说自话，发泄着自己被遗弃的一年多来心中所有的不快，眼前的羊也越换越小，最后愿意听他唠叨的只剩下怀里想跑也跑不脱的小羊羔。

"咩咩……"

"你咩咩什么，就你有妈妈是不是，我也有妈。等我学会了骑马，我会回去找她的，我要问问她，凭什么把我丢在这不管，凭什么，哎呀……"

因为陈海生怀里的小羊羔几次想逃脱未果，"咩咩"的叫声让母羊朝着陈海生狠狠地顶了过去。

看到小羊羔开心地钻到了母羊的肚子底下吮吸着奶水，母羊不断地闻着小羊的屁股，陈海生爬起来摸了摸自己的肩膀。

"好啊，你这个叛徒！我阅兵，你竟然敢偷袭我！你们肯定是一伙的！欺负我算什么本事！呜呜呜呜……"

看着小羊和母羊的母子情深，陈海生说着说着，像泄了气的皮球一样，坐在地上抹起了眼泪。

看到陈海生坐在地上抹起了眼泪，巴特尔赶紧骑马飞奔了过去。

待到巴特尔走到陈海生身边，却发现陈海生假装什么都没发生似的。虽然脸上的泪痕无法欺骗巴特尔，但是看到陈海生没有受伤，巴特尔也假装什么事情都没发生过的样子。

"陈海生同志，你没事吧？"

"没事儿，好着呢！"

"你眼睛怎么红了？"

"进沙子了……哎！傻大个儿！我想骑马！"

"傻大个儿！你这还学会给人起外号了！我叫傻大个儿，阿茹娜叫小猫，图娅叫什么？"

"她，她叫傻大个儿的媳妇！"

"哈哈哈……"童言无忌，惹得巴特尔开怀大笑。

"傻大个儿，你别笑了，我想骑马！"

"不行，你还小，太危险，得再过两年才行！"

"你让我骑马，我就不跑了！"

"让你跑你也回不去！"

"你！你欺负人！"

"随你怎么说，骑马就是不行！"

陈海生生气地走到一边，抓住一只小羊开始指桑骂槐。

"说，你是不是敌人派来的奸细，快说！"

就这样，巴特尔时不时地假装有事临时消失，而陈海生则继续进行他的阅兵式。伴随着他一次次的训话，羊儿们的配合度也越来越高，到最后，陈海生竟然能让十几只羊排成一排，自己从面前大摇大摆地踢着正步走过，这让巴特尔哭笑不得。

看着陈海生一天天地变得开朗了许多，巴特尔和图娅也倍感欣慰。只是，遭殃的却是羊儿们。每天晚上，图娅都得打着油灯给羊群喂草料。时间长了，晚上喊叫的羊也越来越多，图娅终于忍不住问了起来。

"巴特尔，最近这些羊怎么都没吃饱似的，一回来就叫！你和巴图怎么放的羊？"

"巴图挨个训话呢！"

"训话？"

"就是发牢骚，逮谁说谁，这孩子心里藏着事儿，说说也好！"

"一百多只羊呢，难道要说一百遍？"

"一百遍哪够啊，说了几百遍了！不过，说几百遍能不恨父母的话，那也值了！"

"你爷俩天天这么放羊也不是办法啊！草料还得留着过冬呢！"

"巴图要搞大阅兵，我能有什么办法！估计快完事儿了！我看最近阅兵式阵仗小了，开始一对一谈话了！对了，德德玛怎么样？"

"德德玛也说叫额吉觉得奇怪，想叫妈妈！"

"那是好事啊，你答应了没？"

"嗯，我说她想叫啥就叫啥！"

"那就对了，我们尊重孩子的想法，等他们学会蒙古语了，自然就叫额吉了！"

"嗯！"

"当妈的感觉怎么样？"巴特尔激动地朝图娅的肚子摸了又摸。

"哎，操不完的心啊！"

蒙古包内，三个孩子盖着毯子，一字排开呼呼大睡着。陈海生搞了一天的大阅兵，也打起了小呼噜。图娅掀开毯子，却发现表面上一个个一本正经地头朝上睡着，被子底下的三人却耍出了杂技团才有的姿势。睡梦中，陈海生正牵着苏小雨的手像风筝一样飘浮在草原上，恣意翱翔。

第六章 四岁的海骝马

自从来到图娅家里，哪怕陈海生每天很努力地早起，他也依旧没有在蒙古包里见过巴特尔和图娅。直到后来陈海生才明白，他们并不是睡不着，而是成年人的世界，总会有太多的事情需要早起去做。

阿茹娜边哭边用小手抓着陈海生和德德玛，看到蒙古包内空空如也，二人只得起床给阿茹娜喂牛奶。听到外面有动静，陈海生抱起阿茹娜便走了出去。

夜色中，图娅正用力拽着小马的腿，试图将幼崽从产道拽出来，伴随着流星的嘶鸣，小马驹呱呱坠地。苏小雨看着图娅满手的血，吓得躲在陈海生身后捂住眼睛，但是又忍不住透过指缝去看。

小马驹刚出生就尝试着从地上站起来，几次三番后才跟跟跄跄地走到母马身下吃奶。

"看，它能走了！"目睹一个生命的诞生，苏小雨激动不已。

巴特尔走过来洗掉满手的血渍，前后的一阵忙活让巴特尔满头大汗。每到流星生产，他都格外担心，生怕自己注意不到，如果生产不顺利，很容易就会造成一尸两命的严重损失。

看到巴特尔如释重负，陈海生忍不住问道："哎，为什么人生下来只会爬，马就能走呢？"

图娅走过来接上了话茬笑着说："因为它们面对的环境更加恶劣，如果不尽快适应，就会被狼群吃掉！"

"哎，陈海生同志，我还真就好好地给你上上课！人的孕期大都在十个月左右，但是马儿的孕期却长达十一个月甚至是一年。母马很少在白天生产，知道为什么吗？"

看着二人直摇头，巴特尔眉飞色舞地说了下去："因为白天狼群虎豹出没，这时候生产的话就会有很大的危险，不但没法躲避，还很容易被吃掉！但是晚上的时候就安全多了。小马驹生下来一个小时就能行走，天亮后就能跑，这就是大草原的神奇魔力！"

巴特尔说完从怀中掏出酒壶闷了一口，他看着远处的小马驹叹了口气说："唉，牲口从生下来就会走，就人啊最脆弱，需要慢慢长大才行！"

巴特尔将陈海生拉到身边指着前方说："来，给小马起个名字吧！"

"嗯，我觉得叫闪电，跑得快！"

"我觉得叫暴雨，威力大！"苏小雨在一旁说道。

"照你这么说还不如叫暴雪呢！"

"叫暴风更厉害！"

"大海！"

"飞机！"

"坦克，哈哈哈……"

朝阳升起，陈海生依旧滔滔不绝地开着脑洞和苏小雨在那争辩着，巴特尔走到陈海生的面前蹲下，拍着他的肩膀说："陈海生同志，这匹小马就交给你了，你以后要对它负责！"

"啊，真的?！"面对眼前的这份大礼，陈海生简直不敢相信。

"嗯！德德玛，你还小，等明年生了就是你的了！"

"嗯，阿爸，我有小猫就行了！我照顾小猫，哥哥照顾小马就好！"

"陈海生同志，名字想好了吗?"

"闪电，我想叫它闪电！"

"好，从今天开始，你就负责照顾好闪电！"

图娅接过陈海生怀里的阿茹娜，陈海生便朝着闪电跑了过去。他站在和自己差不多高的小马驹面前，幻想着自己终有一天能够和巴特尔一样用最帅的姿势驰骋在茫茫草原上。

自从巴特尔将小马驹交给陈海生照顾后，陈海生便把它当成了头号任务，不仅隔一阵子就跑过去照看闪电，甚至吃饭也端着碗和德德玛蹲在一边。

吃过午饭，巴特尔正在屋里给德德玛做一个简易的木马玩具，陈海生却急匆匆地从外面跑了进来。

"怎么了?"

"有人来了！"

巴特尔放下手中的活计，走了出去，看到乌力罕失魂落魄地拉着牛车走了过来，巴特尔眉头紧皱，他知道自己最担心的事情还是发生了。

待到乌力罕走近，陈海生发现勒勒车上也是一匹嗷嗷待哺的小马驹。

看到乌力罕垂头丧气的样子，图娅走上前去看了看小马驹，关心地问："乌力罕，这是怎么回事儿?"

"唉，都怪我，没有看紧。昨天去镇上喝了点酒，回来才发现难产，小马身子没顺过来，卡在了产道里，把母马给憋死了。都怪我，唉……我每天都得放羊，如果没有母马带着，我怕这小马也养不活了，我想你这里有母马，兴许能给它条活路……"

巴特尔知道乌力罕好酒，不用多说，肯定是贪杯误事了。他本想狠狠地骂乌力罕一顿，但是看到乌力罕垂头丧气，一直低着头不敢看自己，看在陈海生和德德玛的面子上，巴特尔便将到嘴边的话又咽了回去。毕竟蒙古族是马背上的民族，痛失爱马恐怕对任何一个牧民来说都是难以接受的切肤之痛。

"流星今天刚刚生产，巴特尔，你赶紧把小马驹抱过去吧！"图娅拍了拍巴特尔的肩膀，巴特尔方才愤愤不平地将小马驹从勒勒车上抱起。

如果说方圆几十里的牧民中，巴特尔是最结实的搏克沁，那么乌力罕就是第二结实的。二人从小就认识，长大后，兄弟俩口味也大都相同。巴特尔学摔跤，乌力罕也学摔跤；巴特尔去放马，乌力罕也央求着阿爸去搞一匹小马驹来放；就连追求图娅这件事儿，乌力罕也不曾落下。虽然每每都是巴特尔占得上风，但是兄弟之间的感情从未因为任何事情而改变过。

同样是草原上优秀的男人，但乌力罕身上有一个很致命的缺点，那就是酗酒。图娅曾无数次目睹乌力罕酒后失态的窘相，这对图娅来说无法接受。乌力罕甚至在巴特尔和图娅的婚礼上醋意大发，酒后大闹现场，但是他醒来后却什么都不记得了。即便如此，巴特尔却很看重自己和乌力罕的情谊。乌力罕虽然是个大老粗，长得像黑旋风李逵，但是作为兄弟，只要巴特尔有难处，乌力罕从来没有犹豫过。而乌力罕跟随巴特尔那么多年的理由也很简单，巴特尔脑子灵活，乌力罕根本不用想自己该去做什么、怎么做，他只需要跟随巴特尔的脚步就行了，或者说有些乌力罕拿不准的事情就先看巴特尔怎么做，如果有成绩了，他便毫不犹豫地跟进。这么多年来，巴特尔像一面旗帜影响着乌力罕，而且，巴特尔的选择几乎就没有错过。

小马驹生下来就很重，巴特尔抱着小马驹放到了流星身下，可是母马闻了闻小马屁股上的味道便知道这不是自己的孩子，说什么也不肯接受。看到流星几次将乌力罕的小马驹拱倒在地上，陈海生和德德玛便十分着急。

巴特尔走上前去抚摸着流星，试图在母马不注意的时候给幼崽吃几口奶，可是流星很敏感，马的视野比人的要大一倍，除了自己的屁股后面一部分看不到。虽然在巴特尔的阻挡下流星看不到它身后发生了什么，但是它不断地用蹄子乱踢着，它一直在焦躁地闪转腾挪，试图摆脱别人的孩子。

"要不就留在这里吧，到时候我单独喂它！"看到几次喂奶未果，图娅也怕小马被流星踢死。

"图娅，你本来就有三个孩子了，哪能忙得过来，要不，我去找别人吧!"

"兄弟，放我这吧，毕竟是一条命，交给别人我不放心!"巴特尔拍了拍乌力罕的肩膀，转身走进蒙古包拿着马头琴走了出来。

看到图娅站在流星身边抚摸着它的脖子，巴特尔坐在凳子上调试着手里的马头琴，乌力罕心领神会地站在了一边。陈海生和德德玛打死都不会想到这三个人竟然打算通过拉马头琴来劝流星接受别人的孩子。

陈海生在江苏老家的时候也隐隐约约记得家里养过羊，如果母羊不去及时地舔胎盘闻一闻小羊的屁股，那么以后打死母羊都不会认小羊的。他隐约记得母亲郑叶芬硬生生地将胎盘塞到了母羊嘴里，如此一来，母羊便能闻到小羊身上的味道，否则只能把小羊拿出来单独喂养。动物都是一样的，陈海生觉得让流星接受乌力罕的小马驹几无可能，毕竟乌力罕连胎盘都没带来，就算带过来，马儿可比羊聪明多了。

看着图娅一直在安抚着流星，嘴里用蒙古语嘟囔着，陈海生心想，人怎么可能会和马讲话呢，马儿又怎么会听得懂人话呢？用马头琴和歌声来劝流星更是显得十分荒诞可笑！在陈海生看来，虽然巴特尔、乌力罕和图娅三人表情平淡，好像信心十足的样子，但是他从心底确信巴特尔必输无疑！

悠扬的马头琴声响起，这让陈海生又一次陶醉在了那美妙的旋律中。巴特尔先是轻声哼唱着，然后用蒙古语唱起了那动听的歌谣。后来陈海生才知道，那首歌的名字叫作《四岁的海骝马》。

在草原上，马儿在4岁之前都算是幼龄马，4岁的马儿相当于人类的16到18岁。蒙古族人选择驯马的年龄大多是4岁，因为马儿在这个时候认主人，相当于人类世界情窦初开的初恋。

　　四岁的海骝马

　　奋蹄向草原深处

　　前方朦胧的身影

　　是我心爱的姑娘

巴特尔的歌声饱含深情，唤醒了流星陪伴自己的遥远回忆，他像一位老朋友一般诉说着自己和流星从小一路走来的点点滴滴。巴特尔的马头琴声直击人心，图娅和乌力罕的和声更是让马儿想起它跟随巴特尔一起驰骋草原的美好回忆。巴特尔像一位恋人一样用歌声诉说着自己对马儿的爱，希望马儿能答应自己收下乌力罕的小马驹这个请求。

曲毕，流星变得安静了很多，它仿佛明白了巴特尔对自己的请求和嘱托。看着马儿渐渐温顺起来，图娅看了看巴特尔，巴特尔稍作调整，便朝着图娅点了点头。马头琴声再次响起，图娅一个人唱了起来。而图娅的歌声中并没有歌词，只有旋律，那是蒙古族的传统民歌《劝奶歌》。原来，牧民们经常会遇到牛羊产崽死掉的情况，为了让牛羊接受那些没妈的孩子，牧民们就会唱这首歌。

巴特尔从小喜欢马头琴，孔武有力的臂膀使得他成为远近闻名的马头琴匠人，经过他手拉出来的马头琴声具有穿透人心的力量。图娅身体里所蕴含的是不经打磨的自由的灵魂，从她口中唱出的声音宛如天籁。

如同求人办事一般，巴特尔先是用《四岁的海骝马》作为感情铺垫，有了沟通对话的基础之后，图娅作为一个母亲用歌声提出了她的请求。

看着流星稳定了许多，乌力罕的小马驹也踉踉跄跄地走到母马身下吃起了奶，而此刻的流星因为巴特尔的琴声和图娅的诉求流下了眼泪，巴特尔却早已泪流满面。马儿虽然不会说话，但它通过琴声读懂了巴特尔的心声。巴特尔身后的南方孩子正如同突然出现的小马驹一样，是没了母亲的孩子，而流星同巴特尔一样接纳这个别人的孩子，这正是巴特尔对马儿最大的请求。

巴特尔的母亲过世有些年了，这让他想起了母亲。他怀念自己小的时候，母亲将他抱上流星背上的情景。

三个成年人的合唱将劝奶仪式演绎得如泣如诉，马儿因为歌曲而接受了别人的孩子，这一幕极大地震撼了陈海生，他认为不可能发生的事情却实实在在地发生了。他下意识地看了看巴特尔怀里的那把马头琴，仿佛那是一只散发着巨大魔力的活物，而不只是一把木头制成的乐器。他再次想起了巴特尔说的，马头琴有马头有身子就有了心脏和灵魂。小马驹的遭遇让他联想到了自己，流星接受了乌力罕的小马驹，而巴特尔和图娅接受了自己和苏小雨还有阿茹娜，一切的一切那么相似，苍穹之下，又好像顺理成章。如果他被流星的爱所打动，为何自己对巴特尔和图娅还那么耿耿于怀呢？想到这里，陈海生将阿茹娜递给苏小雨，然后转身回到了蒙古包里。

陈海生像鸵鸟钻沙一样将自己的头蒙在了被子里，一个人偷偷地在被窝里抹起了眼泪，他被歌声感动，更被流星的爱所触动。图娅想进屋安慰一下，却被巴特尔一把拉住。他知道，此时陈海生更需要自己一个人去慢慢地揭开伤口再让它慢慢地愈合。

"孩子叫什么名字？"乌力罕看了看苏小雨和阿茹娜，羡慕不已。

"德德玛，叫乌力罕叔叔，他就是阿爸跟你说的最好的朋友！"

"乌力罕叔叔好！"

"哎，真乖。另一个呢？"

巴特尔看了看屋里，故意大声地说："起了个巴图的名字，但是人家不愿意叫啊！"

乌力罕心领神会，配合着朝着屋里大声喊道："巴图，多么好的名字啊！"

"是啊，乌力罕，巴图是什么意思来着？"

"巴图在草原上可是英雄的意思，看来他不愿意做英雄啊！他要是不叫，给我留着，我结婚后给我儿子叫！"

"好啊！"

再次听到英雄的解释，陈海生从被窝里伸出头看向了屋外。

看到乌力罕的小马驹和闪电在流星身下吃奶，乌力罕羡慕地说："巴特尔，真为你感到高兴，你现在是整个草原最幸福的父亲！"

"你也会的！"

乌力罕坐着勒勒车渐渐远去了，马儿沉醉在了初为人母的喜悦和过往的美好回忆中，苏小雨沉醉在了三人合唱的歌声和马头琴声中。一切伴随着两头小马驹吃下母乳的那一刻，像一幅画一样，定格在了陈海生的脑海中……

很多时候，成年人很难和孩子沟通，大部分原因是彼此对话的位置不平等，无法从孩子的视角去解释一件事情，让孩子产生共情。在兴蒙保育院，莫书记和乌兰说了无数道理，陈海生从来没有听进去半句，但是在劝奶仪式上，大人们什么都没说，却让陈海生什么都懂了。大家都劝陈海生要对苏小雨负责任，但是在陈海生看来，带苏小雨回到她的家才是最大的责任。当巴特尔将小马驹作为礼物交给陈海生去照顾的时候，陈海生肩上突然有了一种责任感，他一下子变得有了牵挂，有了束缚了。

从那天以后，陈海生再也没有搞阅兵式了，而是变得安静沉稳了许多。他开始懂得，既然图娅和巴特尔将放羊的任务交给自己，那么自己就要对眼前的一百多只羊的吃喝拉撒负责。

看着巴特尔躺在草地上时不时地闷一口小酒，陈海生抱着小羊走到了巴特尔面前。望着陈海生马上要掉落的鼻涕，巴特尔赶紧起身给陈海生擦拭。

"怎么了，陈海生同志？有话你就直说，别拿鼻涕虫吓唬人啊！"

"咳咳，我叫巴图！"

"哟，想当英雄了啊！"巴特尔看了看陈海生倔强的样子便知道他醉翁之意不在酒，"说吧，有什么企图？"

"我······我······"

"是男人不，有话直说呗，遮遮掩掩干什么！反正这里也没别人！"

"嗯，我想骑马！"

"没商量！"

"为什么?"

"太危险了，你还小！"

看到巴特尔意志坚决地转过身去，陈海生想了想便抱着小羊羔走到巴特尔面前。

"你都让我负责照顾闪电了，我为什么不能骑马?"面对陈海生的央求，巴特尔视而不见，于是陈海生鼓足了勇气说道："你要是让我骑马，我就叫你阿爸！"

巴特尔正小口抿着酒，听陈海生说完，他大吃一惊，差点呛到。面对信誓旦旦的陈海生，巴特尔打量了一下认真地问道："陈海生同志，你该不会是要什么花招吧？昨天还喊我傻大个儿，今天就要喊我阿爸了?"

"男子汉敢作敢当，那都是过去的事儿了！"

"哟，让你这么一说，我都觉得自己矮了你半截似的！你说话算话?"

"当然算话！"

"哎，这个也不是不可以，就是······"看到陈海生猴急猴急地看着自己，巴特尔故意表现得扭扭捏捏欲擒故纵，不紧不慢地抿了一口小酒。

"就是什么，你倒是说啊！"

"你得保证别和图娅说！你现在身子骨还小，根还没扎实呢，万一出个意外怎么办？就你这个年纪，放我小时候，父母是肯定不让骑马的，否则摔下来问题就严重了！"

"嗨，你放心，我就是骑着玩玩，我保证不说就是了！"

"那行，拉钩吧！"

"拉钩上吊，一百年，不许变！"

巴特尔虽然有些担心，但是他不想放过这个父子交流的机会，况且还是陈海生主动伸出的橄榄枝。他想尽快地让陈海生真正地融入自己的家庭里，成为自己真正的儿子。

巴特尔小心地将陈海生抱上马背，像一个父亲一样认真仔细地告诉他骑马的注意事项。

"绳子抓紧了，一会儿要是想让它停下来，你就往后拉，懂了吗?"

"嗯嗯，放心吧！"

"陈海生同志······等会儿走的时候······"

"巴图！巴特尔同志，我说过了，请叫我巴图！"

"哦哦，行！巴图，等会儿走的时候不要贪快，先学会走再学会跑，知道了吗？"

"哎呀，知道了！巴特尔同志！"

巴特尔说完拍了拍马脖子，流星便慢慢地走了出去。不得不说，陈海生很有天分，从马上摔下来几次后，他也慢慢地找到了感觉，等到完全掌握了平衡后，他学着巴特尔的样子疾驰了起来，看着陈海生越骑越远，巴特尔着急地跟在身后追着大喊。

"巴图，骑慢点！巴图，回来！快回来！"

骑在马上的陈海生越来越兴奋，他转身看了一眼离自己越来越远的巴特尔，嘴角露出了得意的笑容。

"哈哈哈……傻大个儿，回家喽！回上海喽！"

陈海生再一次骗了巴特尔，巴特尔也知道陈海生并不想叫巴图，但是他依旧纵容陈海生在自己面前淘气地表演着。看着陈海生朝着眼前的兔子滩跑去，巴特尔脸色大变。

兔子滩对于牧民来说是一片十分危险的草地，旱獭、野兔还有老鼠在这里四处打洞，地面上的洞已经星罗棋布，马儿一旦跑到这里很容易陷入洞中导致人仰马翻，发生事故，所以，牧民们骑马路过此地从来都是慢慢行走。

看到陈海生没有停下来的意思，巴特尔用力地吹了一声口哨，马儿听到主人的召唤立马停了下来，但此刻为时已晚，流星一脚踏进了洞中，翻滚在了地上，没有防备的陈海生腾空而起，飞到了空中。

"巴图……"

这是陈海生听到的最后一句话，他眼中的世界飞速旋转，时间渐渐变慢，视线逐渐变得模糊，陈海生的脑海中出现了一片白光。陈海生瞬间便置身于那片白光里，四周白茫茫一片，他的身体也变得轻盈了起来。眼前突然像放电影一样出现了自己的回忆，他看到了母亲郑叶芬带他从常州育儿院坐车去上海，再到上海街头将他遗弃，之前他没有看到过的，在此刻仿佛打开了上帝视角，一一补齐。陈海生分明看到了母亲的不舍，他也看到了母亲在上海市育儿院对面的墙角偷偷地观察了自己好多天，直到自己进入育儿院方才转身离开。被母亲郑叶芬遗弃的一幕再次闪现，这让陈海生伤心不已，他跑上前去尝试抓住那虚幻的泡影，可是一切都是徒劳，无助的陈海生蹲在地上哭成了泪人。

"海生，留在那里吧！他们对你都很好！好好吃饭，活下来！"

"妈，我不，我要跟你走！"

"德德玛!"巴图下马后朝着德德玛喊了过去。

德德玛起身望去,透过羊群,她看到了拄拐站在远处、打着石膏包着纱布的巴图。

"哥!"

德德玛再也忍不住心中的情感,开心地朝着巴图奔去。和之前保育院的那次重逢不一样,这次的德德玛并没有之前的撕心裂肺,更多的像是迎接一个回家的亲人。

"哥,你去哪了,我还以为你不要我了!"

"没有,我们都拉钩了。我就是放羊的时候不小心摔倒了,没事儿!"

"你可别骗人,你要是走了,我可怎么办啊!"德德玛紧紧地抱着巴图,奶声奶气地说着,活像个小大人。

"德德玛,我没骗你,咱们不走了,不走了……"

慕强,羡慕强者,追随强者,这是人类最原始的本能。巴图和德德玛在上海时都未曾获得过的高山般宽广、大地般厚重的父爱和安全感,在巴特尔这里足额足份地获得了!陈海生彻底地接受了巴图这个名字,他已经开始尝试忘却从前,做一个和巴特尔一样的草原上的英雄。而巴特尔与巴图的关系正如小马驹闪电一样,健康地成长着。从此,草原上再也没有了陈海生和苏小雨,取而代之的是巴图和德德玛。

伴随着巴图和巴特尔之间的友谊越来越稳固,巴图骑马的技术也日渐成熟,他内心的野性也伴随着马儿像风下的烈火般燎原着。那个内向胆小的陈海生渐渐地走远,迎面而来的是如巴特尔一样坚强勇敢的巴图。巴图渐渐地感受到飞翔的感觉,那种御风而行将烦恼甩到身后的洒脱,那种冲破苍茫探寻未知的勇敢让巴图感觉到了,命运或许可以掌控在自己的手中……

从那以后,巴图将自己全部的心思都放到了马儿身上,自己的牢骚同羊群讲完了,他就对着马儿再讲一遍,倾诉着对遗弃自己的父母的种种不满。渐渐地,巴图不再说上海的事情,而是说着德德玛如何不听话,自己如何同羊群斗智斗勇。如果说巴特尔填补了巴图内心缺失的父爱的话,母亲在他心中的位置则是无人能够替代的。即使巴图对巴特尔崇拜至极,但是他始终还是接受不了开口叫阿爸,更不可能对图娅喊一声妈。

乌力罕送来的是一匹母马,虽然长大后要还给乌力罕,但是巴特尔依旧决定暂时让德德玛照顾它。对巴特尔来说,兄妹俩如何不偏不倚,一碗水端平,这是他作为父亲的第一课。但是在将小马驹托付给德德玛之前,巴特尔仔细地跟她讲明白这匹马是属于乌力罕的,长大后要还给他。看到德德玛点头同意后,巴特尔才正式让德德玛给小马驹起名字。

看着巴特尔和图娅还有巴图站在一旁看着自己，德德玛想都没想便脱口而出："大花，我想叫它大花！"

"哦，为什么叫大花？"图娅有些好奇地问道。

"这不像是马的名字啊，像是小羊小猪的！"巴特尔看了看小马驹，想象到成年后奔跑的大花，便忍不住笑了。

"以前我家……"德德玛说了一半便又改了口，"以前我养了一只大白鹅，我就叫它大花！我们是好朋友，有它在，谁都不敢欺负我！"

"我明白了，你手里的那片白色的羽毛是不是大花的？"巴图恍然大悟。

"嗯，大花对我可好了！"德德玛一脸自豪。

"好，那就叫大花，闪电和大花！有大花在，狼王也不会伤害到你了！"巴特尔笑着说道。

从那天起，河边夕阳下，魁梧的巴特尔牵着马儿走在前面，身后的巴图和德德玛一人牵着一头小马驹跟在身后，点缀了这草原上最美的晚霞！

第七章　白灾

由于劳动强度太大，巴特尔的脚指甲化脓感染了，看到蒙古包里的巴图和德德玛玩得正酣，图娅拿了剪刀和纱布慌慌张张地走了出去。待到巴特尔脱下鞋子的时候，脚上满是血水，指甲盖也已经脱落了一半多，只有根处连着一些皮。

"不是让你少活动吗，怎么搞的？"图娅小心地给巴特尔包扎，心疼不已。

"没事。穿鞋的时候不小心碰到了，这点小伤不算什么，等指甲掉了就好了。"

图娅明知巴特尔撒谎却也无可奈何，她深知作为四个孩子的父亲，巴特尔身上的负担很重。二人心有灵犀，既然巴特尔不想说，图娅便也不再追问。看着巴特尔故作轻松的模样，图娅生气地故意弄疼巴特尔，巴特尔赶紧求饶，而这一切都让站在远处的巴图和德德玛看在眼里。

原来，眼前这个高大威猛的男人并不傻，他也怕疼，只不过，他不愿意把自己最脆弱的一面展现出来，就如同巴图不愿同他敞开心扉。

看着德德玛的大花和自己的闪电在流星身下吃奶，巴图转头看向躺在屋里的阿茹娜，巴图仿佛找到了自己在这个家中的位置。他应该是家里的老大，要照顾德德玛和阿茹娜，他不应该再像野孩子一样让巴特尔和图娅操心了。从这一天起，巴图再也没有管巴特尔叫过傻大个儿，他不但性情大变，脾气也温和了许多。此刻的他暗下决心，一定要为这个家庭做点什么，证明自己不只会捣乱。

巴图不但主动承担了放羊的任务，他开始像一个小大人一样学习如何做一个合格的牧民，也承受着来自草原的禁忌。

羊群中时不时就会有待产的母羊，母羊待产的当天往往不爱吃草，尾巴一直晃个不停。所以，每当巴特尔和图娅忙不过来的时候，就喊巴图过来帮忙。时间长了，巴图也勇敢地去承担了一部分接生的任务。但当看到自己亲手接生的小羊，因为种种原因夭折的时候，巴图也会忍不住流泪。死后的小羊太过幼小，牧民们是无论如何也不忍心去吃掉的，大多数都用来给牧羊犬增加伙食。但是让巴图不理解的是，巴特尔直接将死掉的小羊先扔到房顶上，等肉变腐变臭之后才拿下来扔给牧羊犬。

看着被太阳暴晒几天后变臭的小羊尸体，巴图捏着鼻子忍不住问："为什么不直接给牧羊犬吃呢？"

　　巴特尔将自己小时候父亲告诉他的答案告诉巴图："不能给它吃新鲜的肉，它吃到新鲜的肉之后会对新产下的小羊羔有危险，而且，吃过新鲜的羊肉后，它便再也吃不下剩饭剩菜了！"

　　"哦……"

　　"草原上的规矩就是这样，不能要最好的，那样太贪心，但是也不能做最差的！你以后就明白了！"

　　"哦……"巴图若有所思。

　　上有苍天，下有后土。巴特尔直到成年才明白，世间万物，平衡是多么重要。狼吃羊是天性，但是不能把狼赶尽杀绝，因为狼群的出没让草原上的人们不会肆无忌惮地在这片土地上无尽地索取。草原上的每个物种都有属于自己的空间和位置，这就是巴图所理解的平衡。

　　巴特尔从来没把巴图和德德玛当作孩子来看，毕竟他们已经懂事了，他们来草原之前，小小的心里早已经有了另一个和草原完全不同的世界了。他首先蹲下来尝试和两个人做朋友，然后才是做大哥哥，得到认可后再做好一个男子汉。巴特尔坚信，当自己做得足够好，像一个父亲的时候，巴图终究会开口喊出那一声阿爸的！而且，自打那一个发自内心的拥抱之后，巴特尔相信，巴图会在某天的清晨或傍晚，让"阿爸"这个声音响彻整个草原……

　　巴图是个倔强的孩子，只要他下定了决心做一件事情，那么他很快便能做得很好！放羊这事儿如此，骑马更是如此。在德德玛看来，每只羊都是差不多的，但是巴图能准确地认清每一只羊，就像是一个个活生生的人一样。而不同的面孔代表了不同的情绪与感情，这也是巴图从不孤单的原因所在，因为他有几百个不一样的朋友。巴特尔在远处几次观望之后，终于在一天提前回到了家里，因为他觉得巴图已经对羊群足够熟悉，放羊的技巧也足够成熟，可以独当一面了。

　　每次巴特尔回来，图娅都会询问巴图有没有喊阿爸，而巴特尔每次都摇头。一个多月过去了，巴图看起来已经十足是个牧民的孩子了，可是他依旧未能开口喊巴特尔阿爸。看着肤色变得越来越黝黑的巴图，图娅心想，这头倔强的小野马被伤害得太深，需要付出更多的时间和勇气才能迈过这个坎儿吧。

　　夜深了，三个孩子躺在床上呼呼睡了过去。巴特尔继续拿着木头在那给德德玛做着木马。看着巴特尔用铅笔认真地在木头上比画着，图娅站在一边欲言又止。

　　"图娅，你怎么了，有话你就直接说呗！别在我面前晃来晃去的！"

　　"巴特尔，家里没米了……"

　　听到这里，巴特尔停下了手里的活计，抬头疑惑地问道："怎么会吃得那么快？"

"这俩孩子在保育院的时候听莫书记说长大了就能回上海，所以拼了命地吃饭，要不我们去跟莫书记……"

"嘘——"

巴特尔指了指床上熟睡的三人，和图娅小心地走出了蒙古包。

国家一直对孤儿们有补贴，从上海育儿院转运过来的六十多名孤儿中，每个孩子每个月可以领到五斤大米，但是巴特尔执意不让图娅去领，因为他已经在莫书记和众人面前立下了承诺：不给国家添麻烦！

"图娅，这俩孩子大了，懂事了。国家的补贴不是我不想要，我怕孩子们看到后，会觉得自己和别的孩子不一样，我不想让他们有寄人篱下的感觉。巴图的情况你也看见了，他心事很重，既然把他们当亲生的来养，那他们就和草原的孩子一样。我领养他们的时候说过，不给国家添麻烦，我们先自己解决吃饭问题！"

听巴特尔说完，图娅想了会儿，抬头看了看巴特尔说："巴特尔，我支持你！我看巴图也没有要逃跑的意思了，等他伤好了，就送学校去吧！"

"嗯！"看到图娅一改往日的暴脾气，巴特尔像个孩子一样激动地点着头。

第二天，巴特尔依旧和巴图去放羊，这次他想走得更远些，巴特尔想让巴图把附近的牧场熟悉完，这样以后就不会迷路了。巴图骑着流星，巴特尔骑着图娅的冬青，二人一前一后不紧不慢地走着。巴图也开始询问着草原上牧民们的这种规矩和那种说法，巴特尔像个老师一样，事无巨细地给巴图一一解释着。在巴特尔面前，巴图再也没有了半点怀疑的意思。因为在这个神奇的草原上，连马头琴声都可以让马儿接纳别人的孩子，还有什么奇迹是不能发生的呢？

巴图仔细地检查着羊群中的每一只羊，发现有一只漏网之鱼。巴图将其逮住，看来看去怎么也不认识。看着巴特尔一个人在远处沉思着，巴图将这只漏网之鱼拉到了一边。

这只羊儿也仿佛懂了些什么一样，一动不动地站在巴图面前。所以，从那以后，巴图深信羊群平时在一起的时候，也开小会，和人们聚众议论别人是一样的，要不然为何几百只羊中，只有最后这一只它不走呢？它肯定知道巴图要跟它发牢骚，自知躲不过，所以选择了勇敢面对。

"算了，我不打算说了，没啥好说的！你吃草去吧！"巴图顺手薅了一把草往边上一扔转过身去，可是羊儿依旧没有要离开的意思，仍直勾勾地看着他。

"我真的说够了，这事儿我不想再提了！"巴图像是在和自己的粉丝沟通一般，自信但是又有些烦躁地回头看了看远处的巴特尔，然后凑到小羊跟前说："我知道这对你不公平，但是别人，不对，别的羊不都知道了吗？你问问它们就好了！"

小羊站在那里依旧没有要走的意思，而且还咩咩地叫了几声，仿佛是催促巴图赶紧开始他的阅兵式，这让巴图十分无奈。

"对！我承认，它们说的都是真的，满意了吧！赶紧去吃草吧！"

看着小羊一动不动，巴图的倔脾气也上来了，于是他抱着小羊的脖子把羊扭向一边试图推进羊群，但是很明显，这是一只和他同样倔强的小羊，仿佛巴图不将那些牢骚再说一遍它誓不罢休的样子。

巴图累得满头大汗，最后只能无奈地坐在了地上。巴图从地上薅了一把草递到羊嘴巴，可是羊儿依旧纹丝不动。

"你诚心气我的是吧！你说，我哪儿得罪你了？"巴图将手中的草扔到一边，像一个泄了气的皮球一样坐在了地上。

"好吧！我跟你说了，你可别跟它们讲！"巴图看了看羊，叹了口气说了下去，"拉钩吧！省得你跟它们说我两面派！"

巴图拉过羊的蹄子，让规矩走个形式。说话之前他又转身看了看远处如雕塑一般的巴特尔，才放心坐下小声地说了起来。

"是，我承认，我恨他们。谁？我爸和我妈呗！我是爱说谎，可是我是小孩儿啊，他们是大人，他们凭什么骗我啊！家里还有个姐姐呢！凭啥把我送走啊！明摆着重女轻男！看我小好欺负是不是！我绝不会原谅他们的！绝对不会！我是江苏的孩子，我要回江苏！我才不稀罕这草原呢！什么都没有！我不仅要自己回去，我还要带着小雨回去！"巴图抬头看了看羊，自顾自地说了下去，"小雨啊！就是德德玛！"

巴图斩钉截铁，说到恨的时候咬牙切齿，怒摔手中草。一通牢骚过后，巴图回过头抱着羊的头认真地说："这就是我之前跟它们讲的，可是我现在不这么想了！我现在跟你讲点别的，你千万别跟它们说！"

看到羊儿趴在了地上，巴图顺势也趴在了地上，靠在了羊身边。

"哎，也不知道老家那边怎么样了，其实……我早就不恨他们了！我想和你们一起长大，我想成为草原上的英雄！羊羊，阿爸挺好的！我每次都想喊他，可就是喊不出来！我不像德德玛，她比我聪明，见阿爸没两回就喊了。哎，你说我该怎么办啊……"巴图说完便躺在了羊儿的身上，看着随风飘过的白云，还有翱翔在远处的雄鹰。

草原上的牧民都以肉食为主，陈海生和苏小雨却喜欢吃大米，这在草原上是稀缺的物资。既然已经在莫书记面前夸下了海口，国家的补贴就暂时不能去开口要了。看着日渐长大的孩子，巴特尔也不知道该怎么办才好。

"巴特尔同志，你在想什么?"巴图朝着巴特尔扔了一个小石子，走了过来。

"我在想，一会儿如果我去镇上办点事儿，你能不能把羊群赶回家。"

"我当然能了! 前几天不都是我一个人赶回家的!"

"可是这里离家很远哪!"巴特尔说完指向了远处。

"这里是我们能放羊的最远的地方了。你熟悉完这片牧场，以后不管去哪里，都不会迷路了!"

"嗯，巴特尔同志，你有什么事儿，尽管去办吧! 我一个人没问题!"

看着巴图信誓旦旦的样子，巴特尔笑着说:"行，我去趟乌力罕家里，一会儿就回! 不过你一定要注意，不要让羊群越过这个山头，否则就不好找回来了!"

"放心吧! 我能管理好羊群!"

巴特尔拍了拍巴图的肩膀，骑着冬青便远去了。这一次，巴特尔没有在远处观察而是真的离开巴图去了乌力罕家。往日的巴特尔一直都是乐观的大男孩，看到巴特尔今天愁容不展的样子，巴图心里有着说不出的滋味。看着巴特尔骑着冬青马的身影越来越小，巴图终于鼓足了勇气大喊了出来。

"阿爸……"

巴特尔勒马而停，掉转马头远远地看着巴图，走了几步又停下来大喊道:"怎么了，儿子?"

"我没事儿! 阿爸……"

"儿子……"

"你早点回来!"

"知道了，儿子!"

看着巴特尔兴奋地呼喊着骑马远去，巴图害羞地将自己的头扎到了羊毛里。

这一声阿爸让巴特尔期待了太久，自从领养了三个孩子以来，虽然巴特尔嘴上没有说过，但是每每到了深夜，他的内心一直在问自己:能把这三个孩子养好吗?他当然深爱着这三个孩子，但是他怕自己的贪心会受到苍天的嫉妒与惩罚。一切的一切，在巴图喊出那一声阿爸之后，他的顾虑伴随着滚烫的泪水浸入了这片土地。巴特尔激动地骑着马儿在草原上奔驰，他张开双臂迎接着扑面而来的风，迎接着幸福而又美满的未来。

名字是最短的咒语，当巴图喊出"阿爸"那两个字的时候，仿佛完成了某种仪式。此刻，巴图的内心空灵而畅快! 他在草地上欢快地打着滚，仿佛置身于那片洁白的天堂。一切仿佛又都回来了，"孤独"这个词在巴图的世界里一刹那便烟消云散了。

都说"孤独两个字拆开来看，有孩童，有瓜果，有小犬，有蚊蝇"，这足以构成巴图在江苏宜兴老家一个盛夏傍晚的场景。"稚儿擎瓜柳棚下，细犬逐蝶窄巷中。人间繁华多笑语，惟我空余两鬓风。"孩童瓜果猫狗飞蝇当然热闹，可当这一切都和你无关的时候，这就叫孤独。在巴图的心中，那个称之为家的地方，父亲的回忆已渐渐模糊。印象中，自己在家都是母亲郑叶芬在照顾自己，洗衣做饭教导自己，父亲每次都像私塾里的教书先生般在一边看着，等待母亲郑叶芬打完骂完再过来安慰自己。那种父亲的存在感着实让巴图觉得轻盈而又模糊。从未有一个人像巴特尔那样，愿意倾听自己的声音，愿意同自己平等对话，何况巴特尔又是那么的优秀。当他喊出阿爸时，他觉得，生活好像又都慢慢回来了。虽然草原没有老家的气候湿润，但是今天的空气好像格外的清新。

巴图开心地在草地上捡拾着散落在地上的羽毛，这是他给德德玛最好的礼物。巴图只知道德德玛老家有一只大白鹅叫大花，但是他不知道德德玛为何一直对羽毛情有独钟，耿直的巴图便一边放羊一边收集着更多的羽毛送给德德玛。

羊群越走越远，离那个小山丘越来越近，看着远处肥美的草地，一股少年的英雄气概从心中升腾而起。巴图想把羊群尽快放饱，他想收个早工以彰显自己的能力。今晚不会再有羊儿因为吃不饱而"哭喊"，自己也能尽快回家照看阿茹娜和德德玛，这是对阿爸最好的礼物。

想到这里，巴图驱赶着羊群朝着小山丘走去。他不知道的是，此刻远处正有一双眼睛盯着他，这是巴图未知的禁忌……

巴特尔是个心细的男人，他甚至比图娅更关注自己家的米缸。为了能够让两个孩子衣食无忧，巴特尔思考再三，只得拿起了手中的马头琴走了出去。而巴特尔背着马头琴远去的背影，也让图娅误以为是父子二人放羊时的消遣，殊不知，这去往乌力罕家的路，巴特尔走得无比煎熬……

乌力罕正在煮肉，听到狗叫后，拿着锅铲就走出了蒙古包。无事不登三宝殿，自己前些日子刚把小马驹送到巴特尔那里，没多久巴特尔便来找自己，乌力罕心中掠过一丝不祥的预感。

"怎么，小马驹死了？"看到巴特尔不说话，乌力罕脱口而出。

"不是……"

"那……孩子出事了？"

"也不是……"

"那……那到底是怎么了！"乌力罕着急地看着面露难色的巴特尔，"图娅病了？"

"不是……"

"哎，别站在这了，进屋说！"

乌力罕走进屋里，把锅里煮的羊肉盛了上来。

"这个是被狼群围猎落单的，我捡回来了。往年捡的羊骨头还能剩点肉，现在真的就只剩下骨头了，今年怕是个灾年啊！"乌力罕说着拿出了半瓶酒倒在了碗里，"你来得正是时候，喝点吧！"

乌力罕知道，巴特尔肯定是有难言之隐，要不然他不会如此支支吾吾。在乌力罕看来，酒是良药，一碗下去，什么事情都不再那么难以启齿了。

微风吹动着冬青脖颈上的毛发，蒙古包内，巴特尔和乌力罕二人酒过三巡，满脸通红。

看到巴特尔一直喝酒不提来意，乌力罕终于忍不住问了起来："巴特尔，今天到底有啥事儿，你倒是说啊。从小到大没见你这样过，像个娘儿们似的！"

巴特尔带了些酒意，鼓足勇气将碗中酒一饮而尽。

"家里没米了……"

"你家没吃的了？"

"也不是，巴图和德德玛是南方来的孩子，喜欢吃大米。"

"我听说南方来的孩子，上面不是有补贴吗？"

"是有补贴，莫书记都给留着呢，但是我和图娅商量了，没去领……"

"为啥，巴图和德德玛可顶个大人的饭量了啊！"

"乌力罕，你知道吗，那小子今天喊我阿爸了！"巴特尔说完得意地笑了。

"哎呀，没想到你还有这本事，我本想着这么大的孩子怎么不得养个一年两年的，没想到这么快就认你了啊！来，干了！"乌力罕也大喜过望，赶紧端起碗一饮而尽。

"他们到了我家，就是牧民的孩子！既然是自己的孩子，拿什么国家补贴？"

"你说的是这么个理儿，但是养孩子可不是件轻松的事儿啊，特别是这些南方孩子，可金贵着呢！"借着些许酒意，乌力罕也说出了自己的担心，"不瞒你说，你和图娅刚结婚，阿茹娜还小，巴图这孩子算是小大人了，我就怕他不听话给家里添麻烦！毕竟，图娅是个柔弱的女人！你得照顾好她！"

"是啊，不过，从今天开始，图娅有两个男人保护她了！一个我，一个巴图！说不定是三个男人保她呢。"

"还有一个是谁？"

"在图娅肚子里呢，哈哈哈！"借着酒劲儿，巴特尔忍不住把这个消息说了出来。

"哎呀，巴特尔，看你这得意的劲儿，我真想狠狠地打你一顿！"

　　乌力罕给巴特尔倒满，二人一饮而尽，醉眼蒙眬。乌力罕发自内心地嫉妒巴特尔，但又发自内心地为他高兴。

　　"既然图娅有喜了，我这还有一些大米，一会儿你拿走，就当我随礼了。不过，你这四个孩子压力可不小啊！"

　　"是啊，我现在从丈夫变成队长了！"巴特尔从身边拿过马头琴，小心地拉了起来。

　　像是能够读懂巴特尔的琴声一般，乌力罕哼唱附和着。没有歌词，也没有曲谱，此刻二人一唱一和即兴地表达着自己内心的情感。巴特尔的琴声时而急促时而温柔，时而像无声细雨，转瞬又像暴风雪一般肆虐，最终化作了一团野火在心头蔓延开来。他散落的头发遮住了半张脸，掩饰着他内心的不舍思绪。伴随着鬓角滑落的汗珠，琴声犹如一匹骏马在草原上做着最后的冲刺，而后犹如夏日的晴空惊雷戛然而止，震撼人心却又无比畅快！

　　二人相视一笑，端起酒一饮而尽。

　　"哈哈哈，痛快！实在太痛快了！"乌力罕大笑着看着空空的酒瓶。

　　巴特尔将马头琴递了过去，头也不抬地说："你不是喜欢这把琴？现在是你的了！"

　　乌力罕愣住了！直到此时，乌力罕才知道，原来巴特尔是来卖琴的，他想把琴卖掉去换一些大米给孩子。

　　"巴特尔！这……"

　　巴特尔手中的马头琴音色上乘，乌力罕一直想要这把琴，他曾经无数次提出和巴特尔用马儿换，但是都被巴特尔拒绝了。当心爱之物送到眼前，此刻乌力罕的内心却有着说不出的酸楚。巴特尔为了孩子的自尊心不受到伤害，不去领国家的补贴粮食，但是面对家中的困难却敢于割爱，这已经不是乌力罕以前认识的巴特尔了。巴特尔像是一个真正的男人，他主动来找自己，为了孩子在自己面前放下了身段，这不是乌力罕见过的那达慕盛会上打败所有对手的桀骜不驯的蒙古汉子。

　　乌力罕什么话也没说，他接过巴特尔手中的琴放到了一边，拿出了自己家里不多的大米，递了过去。

　　"巴特尔，你是真男人！我也不是孬种，这把琴我不能要！我看得出来，你舍不得它，我不能乘人之危！这些米你先拿去救救急，剩下的，我们一起想办法！"

　　面对乌力罕的仗义相助，巴特尔心中满是温暖，他抬头看着乌力罕，乌力罕的目光坚定而严厉，他不允许巴特尔放弃自己心爱的马头琴。因为乌力罕太明白心爱之物被人夺走的痛苦，所以，他不愿巴特尔因为孩子的事情而走到这般境地。

　　"我倒是真稀罕这把琴，你留这，我玩几天！"看到巴特尔眼圈红红的不说话，乌力罕将琴小心地放到了一边，"对了，这是我的入党申请书，你帮我看看！"

　　之前乌力罕认为巴特尔入党没啥用处，但是看到巴特尔领养了三个孩子，他就琢磨了起来。毕竟，巴特尔做的事情几乎没有错过。虽然乌力罕还没有琢磨明白自己为什么入党，但是他觉得追随巴特尔的脚步肯定没有错。所以，在巴特尔转正之后，看着巴特尔胸前闪闪的党徽，乌力罕琢磨了很久，便写下了入党申请。

　　巴特尔接过看了一眼说："你这个写得不够好！"

　　"哪儿不好了？"

　　"入党是一种觉悟，你这觉悟不够！"

　　"那你帮我写一份呗！"

　　"那怎么能行！这样，改天我给你认真修改修改！到时候你在这个基础上自己再琢磨琢磨！"巴特尔说完将乌力罕的入党申请书叠起放到了自己的怀里。

　　酒劲儿上来，二人都有些伤感地闭着眼睛半躺在了地上。什么是真感情？恐怕这无声的表达最能表达一切吧！屋子里一下子安静了下来，谁都没有再开口讲话，只剩下锅里咕嘟咕嘟炖着的羊肉的声音。

　　突然一声清脆响亮的炸雷响起，蒙古包外的狗汪汪叫了起来。二人猛地惊醒，赶紧跑了出去。只见顷刻间，远处乌云压顶，天一下子黑了下来。

　　"糟了！"二人几乎同时喊了出来！

　　冬天打雷，这对任何一个人来说都感到害怕。天有异象，必有大灾。从小生活在草原的二人一看便知，暴风雪要来了！上午湿润的暖风让人一度以为天气要回暖了，没想到寒流伴随着暴雪顷刻袭来！

　　"我得赶紧回去了！巴图还在放羊！"巴特尔说着扣紧衣服跳上了马。

　　"哎，大米！"

　　"改天我再来拿！"

　　看着巴特尔消失在风中，乌力罕也赶紧收拾了起来。

　　远方的乌云已经压了过来，大风刮起了蒙古包周围的衣服，图娅边收拾着东西，边着急地看向远方。远处依旧没有巴特尔和巴图的身影。她看了看躲在门后的德德玛又摸了摸自己的肚子。她想骑马前去迎接二人，但是两匹马儿被巴特尔和巴图骑走了，看着蒙古包里的德德玛和阿茹娜，图娅焦急万分。

　　今天的羊群和往常大不一样，一个个都像优等生一样低着头在那吃草，这一次巴图终于踏踏实实做了一回首长。看到没有羊儿捣乱，巴图索性嘴里叼着草棒躺在地上，他哼唱着《四岁的海骝马》，闭着眼听着羊群咔嚓咔嚓吃草的声音，享受这难得的轻松。但是巴图不知道的是，羊群之所以俯下身来认真吃草，是动物的本能，因为它们知道一场暴风雪即将来临。

一只雄鹰俯冲下来，朝着羊群边缘的小羊羔俯冲而去，小羊羔发出咩咩的惨叫，巴图拿起马棒便冲了过去。老鹰的爪子坚硬而有力量，它一下子就将小羊羔的胸腔抓透，小羊在地上挣扎了几声便没了力气。只是这只老鹰被小羊压住了一只翅膀脱身不得。巴图刚开始有些害怕，看到老鹰飞不起来，他走上前一棍子将老鹰打倒在地，老鹰只是扑腾了一下便不动了。巴图怕老鹰装死，赶紧脱下衣服捂了上去。直到此时巴图方才明白，原来老鹰的爪子被卡在了小羊的骨关节缝里，它本想调整姿势却无法脱身。巴图用了很大力气才将鹰爪拔出，看着比自己手掌还要大的鹰爪，巴图心有余悸，他小心地将战利品放到了书包里，心想着晚上可要加一盘好菜了。

看着羊一个个吃得肚子滚圆，巴图焦急地看向远方，乌云已经压过来了，可是巴特尔还没回来，是时候该回家了！巴图将小羊放到了马背上，骑马驱赶着羊群往回走。巴图上马走了没多远，一片雪花落在了他的鼻尖上，瞬间融化。冰冰凉凉的感觉让巴图触电般地摸了一下鼻尖，他抬头朝天空看去，却发现无数片雪花纷纷扬扬地落了下来。

"这是……雪？对，是雪！哈哈哈！下雪喽！下雪喽！"

第一次在草原上看到雪的巴图兴奋不已，大声地围着羊群跑着叫着，全然不知，危险已经靠近。

狼王同往常一样站在高处俯瞰着这一切，群狼在它的指挥下分头跑向了羊群的两翼。很少有人来这里放牧，何况牧羊人是一个乳臭未干的毛头小子。看到一群羊走到了嘴边，狼王怎么可能放过这次难得的围猎机会，于是伏在那里静静地等待着时机。

大雪伴随着寒风落了下来，看着眼前的羊群，群狼躁动了起来，而狼王却始终按兵不动。鹅毛般的雪花簌簌落下，风也越刮越大，巴图从开始的兴奋逐渐变得慌乱了起来。没有了太阳的草原，让巴图在风雪中找不到了回家的方向。伴随着狂风吹起狼王脖颈上灰黄坚硬的竖毛，雪花落到了狼王带有疤痕的脸上，狼王身手矫健地跳上石头，仰天长啸。伴随着一声令下，狼群瞬间冲进了羊群，原本听话的羊群一下子乱了阵脚。狼王的咆哮让巴图大呼不妙，他慌张地拿起马棒大声地吆喝着，可是在狼王的指挥下，一只只饿狼陆续冲进羊群。看到牧羊犬在那狂吠着，一只壮硕的狼冲上去一口将牧羊犬咬死，然后把原本要离开这里的羊群朝着反方向赶去。

"回来！快给我回来！"巴图哭喊着挥舞着手中的马棒骑着马儿驱赶着。可是吃得太饱的羊群哪能跑得动，一个个像气球一样听从着狼群的驱赶。

雪越下越大，风刮得让巴图几乎睁不开眼睛，看着羊群受惊四散而逃，巴图手拿着马棒冲进了羊群，可是却又被惊慌失措的羊群冲击得无法前进。慌乱中，流星踏进了鼠洞，巴图应声滚落山坡，看到狼将羊一只只咬死，他拼命地朝着狼冲去。

"放开我的羊，我和你们拼了！"此刻的巴图如杀红了眼般，宛如一个草原小英雄。

可是当巴图冲进羊群的时候，一只饿狼跳上羊群踩着群羊的背朝他冲了过来，巴图吓得赶紧转身后退，躲到了流星身后。暴风雪让巴图睁不开眼，流星也受伤趴在了地上。

图娅放心不下，借了马骑着赶了过来，待到她辗转几处牧场来到这里的时候，才发现远处躺在地上嘶吼的流星，图娅大喊着赶紧跑了过去。看到流星渗出血的马蹄，图娅赶紧将巴图从雪里拽了出来。巴图冻得嘴唇乌青，几乎要被冻僵。

"巴图，巴图，你阿爸呢？"

"阿爸去找乌力罕叔叔了！"

"下雪了怎么不往回走？"

"有狼，我想保护羊群！"

"命重要还是羊重要！"

"我想回去，可是下了雪，我不认得回家的路了，呜呜呜……"

巴图抽泣着，此刻的他却被冻得没了眼泪，图娅解开衣服给巴图穿上。直到此刻巴特尔才满身酒气地从远处骑马过来。看到图娅怀里抱着巴图，巴特尔赶紧下马脱下衣服给怀有身孕的图娅披上。

"图娅，你怎么来了，谁让你骑马的？"

图娅站起来给巴特尔一巴掌，气愤不已。

"你怎么能够扔下孩子一个人放羊，自己去喝酒？"

"图娅，我去找乌力罕别的事儿。哎，雪太大了，你先带巴图回家，回去再说！"

看到巴特尔身上的马头琴已经不在了，图娅好像明白了些什么。毕竟，巴特尔不是那种不负责任的人，他对酒也没有那么大的嗜好。

"那你呢？"

"羊群被狼冲散了，我去找，别被它们赶远了！"

"现在风雪太大了，一会儿再去吧！"图娅担心地看着巴特尔。

"不行，这么大的雪，万一被狼群围猎了，损失就太大了！我们连羊群都保护不好，怎么和莫书记说保护好这三个孩子？你先回去，我很快就回来！"

"可是……"

"先救孩子要紧！赶紧回去！我没事儿！"

"可是……"

"别可是了，赶紧带着巴图回去，我很快就回来！"

"衣服你穿着！"图娅脱下巴特尔的棉衣递了过去，可是又让巴特尔给推了回去。

"不行，孩子要紧！"

"这么大雪，不穿衣服怎么行，我很快就到家了，你赶紧回来！"

"好。流星受伤了，你带它回去！"

不等巴特尔说话，图娅硬给巴特尔披上棉衣系上了扣子。看着图娅不舍的眼神，巴特尔抱过图娅的额头亲了一口，拍了拍图娅的肩膀。图娅知道，这么大的暴风雪，巴特尔只身前去寻找羊群，只能是凶多吉少，但是目前他俩也别无选择。毕竟，对于牧民来说，羊群和孩子一样重要。这么大的暴风雪，如果羊群全军覆没，那将会是灭顶之灾。巴特尔将图娅和巴图扶上马，图娅泪眼婆娑地朝着家的方向奔去。

看着图娅单薄的身影，巴特尔悔恨不已，他赶紧裹紧衣服朝远处望去。巴特尔在死去的羊身边找到了狼粪，他抽出腰间的蒙古刀割开后发现里面还是湿润的，这说明狼群刚走不久，他闻了闻之后赶紧骑上马朝着远处奔去。如果说狼群要围猎羊群的话，那大概率会将羊群朝着远处驱赶，因为那边很少有人过去。到了那里的羊群，只能任由狼群宰割。所以无论如何，巴特尔也要把羊群找回来。

暴风雪越下越大，乌力罕小心地打开门，看到外面的风雪赶紧关上了门。看着屋内的马头琴，乌力罕内心始终无法静下来，他想了想裹紧了衣服，骑上马朝着图娅家的方向走去。

暴风雪中，乌力罕遇到了艰难前行的图娅和巴图。看到已经晕厥的巴图，乌力罕只得牵着图娅马儿的缰绳，在前方艰难地行走着。看到图娅的马儿行走十分吃力，乌力罕跳下马走到跟前看了看，不禁叹了口气。

"图娅，让巴图上我这匹马吧！"

乌力罕脱掉棉衣披在了巴图身上，冒雪朝着图娅家里艰难骑去。图娅看了看流星流血的马蹄，心疼地拍了拍流星的脖子。看到乌力罕将巴图带走，流星挣脱图娅转头朝着巴特尔的方向跑了回去。

回到蒙古包里，乌力罕赶紧将铁锅里放满水烧了起来。巴图第一次在暴风雪中待那么久，身体早已冻透了，烤火太慢了，唯一的办法就是将巴图衣服脱光，裹着毯子躺在装满水的铁锅里。图娅一直不停地往铁锅底下添着干牛粪，乌力罕也拿来风筒用力地吹着，虽然锅里的水冒着热气，但是巴图依旧冻得瑟瑟发抖。德德玛看着二人的举动，一度认为他们要把巴图煮着吃了。

看到门外风雪不止，图娅裹着厚衣服跪在地上，向上天祈祷，突如其来的孕吐让她紧捂着肚子出门吐了出来。

"孩子，你别吓我，孩子……"图娅疼得摸着剧痛的肚子，跪在地上，流下了眼泪。

雪过天晴，莫书记发动了所有的力量前去寻找巴特尔，众人分散在草原呼喊着、寻找着。在巴图和德德玛看来，雪白一片的世界美丽极了，但是这美丽的背后却吞噬了不知多少生命。

"巴特尔，巴特尔……"众人和图娅一遍遍地喊着。

看到众人停在了一片洼地，图娅骑马走了过去。几十只羊被狼群咬死，吃得只剩下尸骨，血水染红了雪地，点缀了这洁白的草原。牧民们一眼就看出狼群是先将羊驱赶到了这里，等到雪停了才开始围猎的。毕竟暴风雪过后，羊群如同栽在地里的葱一样动弹不得，只剩下被吃的厄运。巴图和德德玛从未见过这么多的尸骨，但是这次巴图和德德玛却没有哭。众人看到这些的时候便知道，巴特尔凶多吉少了。

图娅骑马跨过羊群的尸骸，往远处走去。看到流星和冬青停在远处，众人纷纷奔了过去。大家本以为巴特尔会在马儿身边，可是大家将雪挖开才发现，马儿之所以被困在原地，是因为缰绳卡在了石缝里。

"图娅，大家都找遍了，没看到巴特尔……"

未等莫书记说完，一位长者拎着巴图的书包走了过来。长者愤怒地将巴图书包里的老鹰拿了出来。

"图娅，你的孩子打死了鹰，他触犯了腾格里，这是长生天的惩罚！"老者说完将书包扔在了地上便径直一个人骑马离开了，留下了沉默无言的众人。

面对长者的斥责，图娅什么话也没说，她下马捡起巴图的书包，一个人朝着前方慢慢走去。众人远远追随在身后，生怕图娅想不开出什么意外。毕竟，在和巴特尔结婚之前，图娅的性格在草原上是出了名的极端。没人知道，没了巴特尔这个顶梁柱，图娅这个大大咧咧的女人该如何养活家里的三个孩子。

图娅跪在地上呢喃着："巴特尔，我真该死，肚子里的孩子怕是保不住了，你要是走了我一个人怎么活，呜呜呜……"

图娅知道大家远远地跟在后面，巴图和德德玛就在身边的马背上，她努力平复着情绪，硬生生将眼泪和悲痛又咽了回去。

看着图娅继续走下去，乌力罕本想说些什么，莫日根书记抬了抬手制止了他，众人便也悄无声息地散了去。

图娅坚信狼群是不会攻击巴特尔的，雪地里也没有发现巴特尔的痕迹，所以她更相信巴特尔是被风雪吞噬了。在她的心中，总有一个声音告诉她，巴特尔并没有死……

剩余的羊群被找到了，损失几乎过半，但是这场暴风雪下来，遭受损失的并不止图娅一家。草原上遭遇了百年不遇的白灾，厚厚的雪覆盖住了草地，很多动物都被冻死、饿死了。黄羊、野兔们无法刨开厚厚的雪层吃草，狼群则很快就将它们吃了，没了吃的，生产队的羊就岌岌可危了。

那天过后，图娅每天都会骑着马儿去那片牧场附近寻找巴特尔的身影，但是每每失落而回。巴图天天都在蒙古包门口等待着巴特尔的归来，但是只要远远地看着图娅一个人的身影，巴图的眼泪便不争气地流了下来。看着泄了气的图娅，巴图知道自己犯下了不可饶恕的错误，所以他很快擦干眼泪，默默在家照顾好德德玛和阿茹娜。

巴特尔的离去，第一次让巴图发自内心地对草原产生了敬畏。看着乌力罕将巴特尔的马头琴交到自己手上，巴图难过得哭了起来。上天是不公平的，他只叫了声阿爸，老天便带走了他。哪怕被亲生父母遗弃，巴图的心里都没有这么难过，他心里更多的是愤怒，就像自己心爱的小人书被人抢走当面撕碎……

直到雪渐渐融化，图娅找遍了能够找到的所有地方，依旧未能发现巴特尔的身影。一个大活人消失在草原，不留痕迹是不可能的。图娅的执念并没有感动苍天，直到有一天，有人在雪地里捡到了巴特尔的腰带交给了莫日根书记，看着腰带上被狼咬过的齿孔，莫书记倒吸一口凉气。图娅则发疯了似的骑马来到腰带被寻见的地方，想寻找巴特尔的蛛丝马迹。

"巴特尔！巴特尔！"图娅慌慌张张地站在那里朝着草原呼喊，但是已经过去太久了，怎么会有回音。

"图娅，我估计是风吹到这里来的，你别找了，巴特尔……"莫日根想了想，将后面的话咽了回去，"先照顾好家里的三个孩子吧！"

莫日根知道，人在寒冷的暴风雪中，濒死之前，会产生错觉，觉得浑身发热便脱掉全身的衣服，然后加速死亡。如果巴特尔也是这样的话，那么很有可能就是命丧狼腹了，毕竟那天围猎的狼群是有备而来，他也曾说过那只带头的狼王并非等闲之辈。这或许是狼王的复仇，毕竟遇到陈海生和苏小雨的那晚，巴特尔将狼王打倒在地。即使巴特尔在暴风雪中活了下来，到如今却不见人影，定是凶多吉少了。

图娅虽然不愿相信眼前的事实，但是她知道莫日根书记在提醒她，她已经失去了巴特尔，不能因为这件事再失去三个孩子。想到这里，图娅只得收起了寻找巴特尔的心思。

回到家后，巴特尔的腰带被图娅认真洗干净后放了那里。她不愿同以往草原上失踪的人那样做一个衣冠冢，她坚信巴特尔没有死，她要等他回来……

雪，白色。这种白色让巴图和德德玛感到兴奋，但是这种白色又让巴图感到恐惧，它夺走了草原上无数的生命，它夺走了自己的阿爸，更夺走了自己刚刚拥有的这个圆满的家庭。

从一开始的苏小雨手里的白色羽毛，到后来遇到狼王那晚白色的月光，再到骑马奔逃时腾空而起的一片光亮，暴风雪之后找不到巴特尔的那片雪白，茫茫的白色给巴图内心留下了无法磨灭的印象，以至于往后的很多年，每每看到大片的白色，他的内心都是极度敏感而抵触的。

油灯下，巴图满脸泪痕，三人呆坐在桌子前，看着巴特尔的马头琴，沉默不语。图娅面色苍白，一夜之间生出了很多白发。然而，比这白色灾难更可怕的是，图娅将要面对比以往更艰难的选择……

第八章 三毛与大花

寻找了一个多月，巴特尔活不见人死不见尸，莫书记只能上报失踪，但是大家都心知肚明，饥饿的狼群恐怕早已将他吞噬。考虑到图娅的个性，莫书记还是选择了去她家里看一看孩子们。看到巴图不但变得彬彬有礼而且还帮忙照看阿茹娜，莫书记吃惊不已，曾经保育院的"大魔头"在图娅这里已经变成了一个小大人。

莫书记有一搭没一搭地聊着，看到图娅埋头干活，他原本想告诉图娅自己上报的是失踪。

"图娅，巴特尔他……"

"莫书记，巴特尔他没死，我丈夫一定还活着，我和孩子会等他回来！"图娅打断了他。

图娅情绪低落，莫书记欲言又止。看着躺在旁边的流星，莫书记叹了口气说："那匹马骨折了，喊兽医吧！"

"嗯，我昨天已经跟兽医讲过了……"

小马驹已经开始学会吃草。正在给流星喂水的巴图听到后不解地问："喊兽医干什么？流星不就是崴了脚吗？"

"孩子，草原上没有三条腿的马，一旦马腿骨折了，就是等死！"

莫书记说得没错，马儿的腿部肌肉及生理结构天生就是为站立而存在的，哪怕是睡觉，马儿也是站着睡的。如果马儿长期躺着，就会因为身体一侧供血不畅而患上缺血性组织损伤甚至是肌肉坏死，这和人长期卧床不起会生褥疮是一个道理。卧倒在地的马儿还会因为肺部积液不能及时排出导致严重的肺部感染。所以在草原上，如果一匹马儿伤到了马蹄，那等待它的基本上只有死亡。哪怕是在科技发达的今天，运动员的足部肌腱受了伤，那基本就意味着运动生涯的终结。赛马场上的马儿如果遇到了马腿骨折，兽医通常会在第一时间就为马儿实施安乐死，否则等待它的基本上是无尽的痛苦和最终的死亡。

福无双至，祸不单行。因为流星踏入了鼠洞，所以没多久马蹄就发炎感染了。暴雪中，流星忍受着带伤的马蹄试图回到自己的主人巴特尔身边，这让它的伤口恶化了。

看到兽医拿着针管给流星注射，巴图死命地想阻止，却怎么也挣脱不出莫书记的束缚。

"我不要流星死，我不想让它死……呜呜呜……"

看着马儿挣扎几下便停止了呼吸，巴图的心彻底碎了。巴特尔下落不明，流星也死了，这对巴图来说是一个沉重的打击。看着闪电和大花围在流星身边嗅了又嗅，马儿之间的母子之情戳中了巴图和德德玛脆弱而敏感的心。德德玛再也忍不住内心的难过，哇哇地哭了出来，巴图也索性放开嗓子哭了个痛快。

看到图娅强忍痛苦却又假装什么都没有发生过的样子，巴图知道自己犯下了不可原谅的错误。如果自己听话不去那里，如果自己不贪心，如果自己在保育院等待被人领走，如果自己在深夜逃跑那晚没有遇到二人……那么，这个新组建的家庭便不会遭受如此的灾难……

"图娅给这个家庭带来了灾难。"这个谣言很快便随着巴特尔的失踪传遍了整个草原，那个流传已久的克夫谣言又一次被人们谈论了起来。大家都觉得图娅是个不幸的女人，克死了父母还有丈夫，也有很多人认为是巴图触犯了腾格里而遭受了惩罚。面对这一切，原本性格刚烈的图娅也不去辩驳，只是默默承受着，因为她的家里还有三个自己的孩子。

看到乌力罕送来了红糖，巴图才明白，图娅肚子里的孩子没有保住。望着卧床不起的图娅，巴图默默承担起了放羊的重担。

从乌力罕那里借来的大米吃完了，巴图也懂事地吃起了棒糙粥。入冬后的雪时不时地下着，厚厚的积雪覆盖了整个草原，巴特尔早已带着巴图踏遍了周围所有的草场。巴图常常赶着羊群走很远很远，他知道哪里的雪化得快一些，在这里羊群吃草就不需要用蹄子刨开厚厚的雪层。在巴特尔的熏陶下，巴图早已伴随着黝黑的皮肤成长为一名成熟老练的牧羊人。

白灾之后，一些吃不到草的动物冻死饿死在雪地上是再常见不过的事情，巴图经常拿着一根绳子，将冻成冰疙瘩的黄羊拖回家。

巴特尔的离去让图娅消沉了好一阵子。有巴特尔在的时候，她可以无忧无虑地做一个任性的女孩，但是巴特尔走后，她不知道该如何面对剩下的人生。先前两个人养活三个孩子都挺辛苦了，现在自己一个人面对三个孩子，图娅的内心有些退却了。之前她有草原上最幸福的家庭，但是现在她却成为众人的笑柄，她的内心正承受着前所未有的打击。

这一天下午图娅正和德德玛在门口洗衣服，看到巴图眼圈乌青地回来，图娅就知道巴图肯定是在外面打架了。看着巴图一声不吭地回到蒙古包里，图娅赶紧走进蒙古包追问了起来。

"巴图，谁欺负你了？"

"没人欺负我！"巴图说起话来仍旧一副怒气未消的样子。

平日里巴图饭量极大，所以半年来巴图身体长得很快。看他那一副理直气壮的样子，想必也没吃亏，图娅赶紧问道："你跟谁打架了？"

"我没打架！"

"你不说是吧？不说别吃饭了！"看着倔强的巴图，图娅的暴脾气一下子顶了上来。

"不吃就不吃！"巴图说完便脱了鞋上床，用被子蒙着头躺在那里赌气。

没过多久，便有牧民骑着马找上门来。看着额尔敦将小胖从马上抱下来，图娅便知道了个大概，因为小胖脸上的伤更严重，不仅眼圈青黑，而且嘴角也像是被蜜蜂蜇了一般。

"图娅，你看巴图把我家孩子给打得！"额尔敦气愤不已。

"巴图，你给我出来！"图娅小时候就很男孩子气，别人家长也经常找上门来。无论是不是图娅的错，图娅的家长总会二话不说先揍她一顿，然后再讲道理。看到额尔敦带着伤员前来讨伐，图娅怒气冲冲地朝屋里走去！她将巴图从被窝里拽了出来。

"是不是你打的？"面对站在面前的小胖，图娅质问。

巴图嘬着嘴一脸不屑地看着小胖，自信的气场让小胖有些胆怯地拉紧了额尔敦的胳膊。

"你哑巴了？是不是你打的？"看着巴图的横劲，图娅脸上十分过意不去，但是她又打不得，只得正颜厉色地训斥着。

"是我打的！小胖，我就打你了怎的！"巴图不但没有认错，反而气势汹汹地指着小胖。

"图娅，你看看你家孩子，哎，怎么管的嘛！"看着自己孩子被当面欺负，额尔敦气愤不已。

"巴图，你怎么说话呢？赶紧给人家认错！"面对巴图的强势，图娅有些尴尬。

"我没错，要认错也是他认错！"巴图指着小胖的鼻子提高了嗓门往前凑，大有再打一架的气势，"小胖，你敢不敢说我为什么打你！"

"不管为啥，动手打人就不对！"额尔敦不但没讨到好，反而自己孩子又被巴图指着，此时气不打一处来。

看到小胖吓得躲在了额尔敦身后，图娅转过身问："巴图，你为什么打人家？"

"小胖，你说，你倒是说出来！"巴图火气未消，依旧指着小胖。

"阿爸，我们回家吧！"看到巴图咄咄逼人，小胖也没了脾气，央求着额尔敦。

"图娅，你看你这孩子……太欺负人了……"讨说法不成又被辱，额尔敦脸色十分难看，如不是图娅在一边，估计额尔敦早就亲自教训巴图了。

"巴图，不管说什么都不能动手打人，赶紧给人道歉！"看到巴图不但不知悔改，反而咄咄逼人，图娅渐渐没了耐心。

"我没错，我就不道歉！"

看到额尔敦在面前，巴图像个没人管教的野孩子，图娅气得拉过巴图朝着屁股打了起来。

"为什么打人？"

"说不说，说不说！"看着巴图昂着头，一副倔强的样子，图娅只能继续打下去。

"不说，我就是不说！"

面对巴图的叛逆，图娅将心中所有的不快朝着巴图狠狠地发泄了起来。巴图的屁股被图娅打得灰尘四起，可巴图就是一声不吭。看到巴图已经被图娅教训了，额尔敦心中便也痛快了不少。

"行了行了，图娅，你一个人养活他们也不容易，不道歉就算了，别打了！我们先回了！"

"不行。我就不信没人管得了你，你说不说！欺负人家还有理了你！"

"不疼，一点也不疼。不说，我就不说！就不说！"

"你这样下去怎么对得起国家，怎么对得起你阿爸！你太让我失望了！"图娅打了一阵子，累得腰酸背痛，毕竟她刚流产不久，经过巴图这么一折腾，图娅眼前一黑，瘫软在了地上。

"图娅，孩子还小，算了，我们先走了！"

看到图娅面无血色、有气无力的样子，额尔敦有些过意不去。看着小胖得意地上马要走，巴图终于忍不住指着小胖说："我没犯错，是他说我阿爸死了，是个没爸妈的野孩子，我才打他的。"

"你阿爸就是死了，暴风雪中被狼吃了！"

"你胡说，我阿爸没死，我昨晚还梦见他了。我阿爸没死，呜呜呜……"巴图再也忍不住心中的委屈，大声地哭了出来。

"南方来的小孩，不服气滚回去，别在这抢我们的粮食吃！"

图娅原本疲惫的心在这一刻被震撼了，这也是巴图第一次在自己面前喊巴特尔阿爸。也正是巴图的那一声阿爸让巴特尔得意忘形贪杯误了事，巴特尔还没来得及将这个消息告诉图娅就走了，少年的执着让图娅感动。巴图之所以打死都不说，不是因为自己承担不起，而是他不想说出自己阿爸已经死了这个事实。

额尔敦听完，才知道自己被孩子骗了。额尔敦看了看小胖，才知道自己理亏，拎起来就打，直到小胖也嗷嗷大哭了起来。

"我让你胡说八道，我让你胡说八道！"

"哎呀，阿爸，你到底是哪一伙的？阿爸，别打了，疼！"

"小兔崽子，还学会骗人了！"

小胖越说，额尔敦打得越用力。说谎是牧民最讨厌的恶习之一，对此额尔敦将丢掉的脸面通过小胖肉嘟嘟的屁股狠狠地找补了回来。

"额尔敦，你也别打了，小孩子之间闹着玩没事儿，但是巴图打人就是不对……这不怪孩子……"

"图娅，是我对不起你们，我们孩子错了。哭，你还好意思哭！回家我再修理你！"额尔敦说着便把小胖扔上马，骑马远去了。

为了照顾图娅的心情，善良的额尔敦故意狠狠地在图娅面前把小胖收拾了一顿，而巴图的行为也让图娅心中升起一股暖意。孩子不但认可了巴特尔这个阿爸，而且还知道护着家里人了。图娅擦了擦巴图的眼泪，紧紧地将巴图抱在了怀里。

女人本柔弱，为母则刚。图娅很快意识到自己不应该在孩子面前表现出哪怕一丝丝的脆弱。图娅无法想象，如果自己没有收养巴图和德德玛，巴特尔走后，自己一个人抱着嗷嗷待哺的阿茹娜在蒙古包会是什么样的生活，没人说话交流的日子肯定会让她崩溃。正因为有了巴图和德德玛，家里才不会死一般寂静，德德玛玩耍的样子安抚了图娅破碎的内心，巴图也像一个男子汉一样承担起了一部分工作，终将成为图娅新的依靠。两个孩子的嬉闹玩耍让图娅觉得自己并不孤单，毕竟还有三个孩子陪伴在身边。此刻的她不应该沉沦，而是应该重新振作起来，承担起抚养三个孩子的责任。

深思熟虑之后，图娅仿佛一夜之间从一个依偎在巴特尔厚实肩膀上的柔弱女孩成为撑起一片天的女强人。白天，图娅尽量表现出一切都正常的样子，巴图也可以帮忙照看德德玛和阿茹娜，自己则尽可能做好一个额吉该做的家庭工作，一切的想念与委屈只会在深夜的时候伴随着泪水无声滑落。

面对端上来的棒楂粥，巴图肿着眼睛直发呆。下午发生的一切在他心里还未放下，对巴特尔的内疚和思念填满了少年对草原的美好回忆。

看到巴图和德德玛真真正正地长大了，图娅决定送二人去育红民族小学。在那里，有更多上海送来的孩子，他们在一起应该不会像现在这般孤单吧。

"巴图，吃点吧！"

"我不饿!"

"吃完了,我明天送你和德德玛去学校。"

"我不饿,阿爸什么时候回来,我就什么时候吃!"

巴图说完径直跑到了床上捂上了被子,谁都不理会。

孩子的世界是单纯的,睡一觉起来便什么都忘记了。图娅一家的生活也伴随着巴图和德德玛被送到学校而走上了正轨。看到一群孩子在学校里欢快地笑着闹着,图娅心里感到踏实了许多。日子,终于可以按部就班地继续往前走了。

面对班里那些曾经熟悉的面孔,巴图和德德玛的脸上也露出了难得的笑容。

萨仁花老师将巴图和德德玛安排在了靠窗的倒数第三排,二人一桌。而教室最后一排坐的便是小胖,巴图的出现让小胖显得浑身不自在。

萨仁花老师是位五十多岁的中年妇女,戴着眼镜,一副慈祥的样子,光是看到她就能够让人感受到温暖。为了让巴图和德德玛更好地融入班级,萨仁花老师决定上一堂特别的才艺展示课,一来解放孩子们的天性,二来让孩子们更好地了解彼此。虽然这种才艺展示课已经上过很多次,但是每个人如果都知道对方的才艺和爱好,相处起来会更加融洽。萨仁花深知蒙古族孩子们天性勇猛,上海来的孩子们从先天条件上则弱了一些,她希望用才艺展示来建立每一个孩子的信心。

"这节课我们还是老规矩,每个小朋友介绍一下自己,然后再展示一下自己的特长,再次相互认识一下好不好?"

"好!"

大多数牧民家的男孩子都选择了摔跤,女孩子多唱蒙古语民歌或者跳舞,而上海来的孩子们就显得拘谨了许多。看到众多同学在讲台上大方地展示着自己,有的同学甚至模仿能力超群,不但能模仿牛羊叫,而且还能模仿萨仁花老师的言行。有些孩子天生就是乐天派,能够以一己之力逗得大家前仰后合。看着巴图和德德玛开心地咧着嘴笑着,萨仁花老师也舒了一口气。

眼看着一个个小伙伴介绍自己并展示着自己的才艺,很快就轮到了巴图。巴图眉头紧皱,因为他既不会唱歌又不会跳舞,巴特尔阿爸教给他的几首歌已经被前面的同学们唱过了,不知道展示什么特长的巴图手心直冒汗。

"我……我叫巴图,我……我的特长是……是……"巴图本来准备的是爬竹竿,但是教室里只有门框没有竿。前面同学们的才艺都十分精彩,轮到巴图的时候,他不禁有些紧张,说话也结结巴巴了起来。

"是什么呀,巴图同学?"

"是结巴!"人群中有人逗得大家哈哈大笑。

这时，巴图闭上眼睛平复了下心情缓缓地说："老师，念小人书算不算特长?"

"当然算了，大家鼓掌!"

巴图从书包中拿出《三毛流浪记》，封面上是一只小羊跪在地上喝着母羊的奶，而母羊则在舔着另外一只小羊，三毛穿着短裤短衫吮着手指头看着羊儿。他特意将封面展示给大家看了一圈，惹得众人发出啧啧惊叹。

上课后，图娅一直没有离开，因为巴图和德德玛第一天来到学校，她有些不放心，便走到教室后窗边上偷偷地看着。

"从前有一家人有七个孩子，他们叫作大毛、二毛、三毛、四毛、五毛、六毛、七毛……"

此时众人的哄堂大笑并没有让巴图感到慌乱，他反而有一种成就感，因为书上就是这么画的。

"三毛不但是个苦孩子，而且还是个好孩子，他倔强、勇敢、知道是非，他搭救人家的孩子，捡到钱包还给穷苦的老师，还有他非常痛恨流氓、恶霸……"

巴图越讲越自信，最后索性不看书，直接背了出来。看到巴图嘴里讲着，书也不看地讲完一页翻一页，图娅被触动了。那本小人书陪伴了巴图多少个日日夜夜，巴图看了多少遍才能做到这样张口就来。三毛这个被人遗弃的孩子放在巴图的身上不禁让人联想到命运竟是如此相似，看到巴图手中那本皱皱巴巴的小人书，图娅捂着嘴转身离开了。

巴图在上海育儿院的那一年里，每当想家的时候就翻一遍《三毛流浪记》。虽然这本少年儿童出版社出版的书在1959年就已经在上海各大新华书店售卖，但是远在祖国边陲的呼伦贝尔大草原上，所有牧民的孩子都是第一次听到这个故事。巴图讲故事的能力让萨仁花老师刮目相看，三毛离奇的身世让小朋友们听得入迷，在巴图翻完最后一页的时候，课堂里爆发出了热烈的掌声。

对于牧民的孩子来讲，唱歌跳舞大家并不羡慕，因为人人都会，但是巴图手里的那本小人书却是让他们两眼放光的宝贝。以至于在学校的很长一段时间里，巴图因为拥有这本小人书而成为同学们心中的香饽饽，同学投来崇拜的目光也让巴图获得了极大自信与满足感。

德德玛看到巴图成功地展示了自己的特长，于是她打开课本，里面有许多根灰色的羽毛，还有一根白色的羽毛。德德玛想了想，问道："老师，背诵古诗算不算特长啊?"

萨仁花老师示意大家安静，笑着对德德玛说："当然算啊! 德德玛，你打算背诵什么古诗?"

德德玛并不像巴图那么紧张，而是十分从容地拿出书本里那根白色的羽毛说：

"我最好的朋友是一只鹅，它叫大花，这就是它的羽毛。我想背诵一首《咏鹅》。"

"那太棒了！大家给德德玛鼓掌！"

德德玛认真地想了想，略带回忆地背诵了起来。

"《咏鹅》，唐，骆宾王。鹅鹅鹅，曲项向天歌。白毛浮绿水，红掌拨清波。"

看着这个奶声奶气的小女孩，同学们不吝掌声，给了德德玛很大的鼓励。此刻的德德玛以最短的时间成功地完成了才艺展示。虽然掌声雷动，但是她并没有像巴图那样感到激动与兴奋。曾经最先嚷着要回老家的巴图现在已经完全忘记了回上海的事情，但是德德玛看着手里的鹅毛却陷入了回忆。

德德玛从未跟巴图讲过，她为什么一直收藏着手里的那根白色的鹅毛。巴图曾经问过德德玛家里的事情，德德玛除了说过自己家是一座蓝房子，她有一只大鹅叫大花之外，其他的便什么都不愿讲了。刚才背的《咏鹅》又让德德玛再一次想起了自己原来的名字——苏小雨。

苏小雨生长在铁路边上，母亲苏静春独自一人将她带大。她从小就没有见过自己的父亲，她唯一的印象就是母亲长得很漂亮，而且一直在铁路沿线捡煤渣，家里生活过得很辛苦。铁路线附近的人家少，她唯一的伙伴就是家里养的一只大鹅，苏小雨给它起名大花。印象中，每每自己清晨醒来，母亲苏静春便已经出去了，她自己吃完留在桌子上的饭后只能和大花一起玩。很多时候母亲苏静春回到家已经很晚了，是大花陪着苏小雨度过了无数个等待的白天黑夜。

在苏小雨看来，大花是自己生命中除了母亲之外最知心的朋友。所以，苏小雨小心地收集着大花每一根掉落的羽毛，她希望等有一天收集得足够多，便可以做一对翅膀，和大花一起飞出这座监狱般的蓝房子。

看到苏小雨收集在书本里的一根根的羽毛，苏静春也会忍不住问："小雨啊，你收集那么多鹅毛干吗？"

"妈，我要做两个翅膀，像天使一样。我要和大花一起飞到天上去！"苏小雨说着用羽毛在桌子上摆出一个翅膀的形状。

看到苏小雨天真的样子，苏静春笑着说："等你长大了，自然就飞上天了，等那时候，你能回头看妈妈一眼就行了！"

"我可是天使，我不但要飞上天，我还要带着妈妈一起飞！"说这话的时候，苏小雨格外严肃认真。毕竟，有哪个孩子不爱自己的父母呢？何况，她只有母亲。

苏小雨的懂事总是让苏静春感动不已，晚上二人总是在蜡烛前用手做着鸟儿的形状。看着投射在墙上的影子时而变成小狗，时而变成小鸟，苏小雨开心地学着。

随着家里能吃的东西越来越少，苏小雨仿佛也明白了些什么。直到有一天，她被鹅的叫声惊醒，才发现，母亲苏静春已经将大花的脚绑了起来。得知母亲打算将大花卖掉换些粮食，苏小雨说什么也不肯。她哪知道，此时的苏静春已经几天没有吃东西了。看到苏小雨抱着大花坚决的样子，苏静春也要落泪了。毕竟，卖掉大花换来的粮食也只够俩人吃几天，后面该怎么办呢？

苏母本打算等苏小雨睡着之后再去，可是苏小雨用绳子把自己和大花绑在了一起，硬生生地和母亲熬着。很快苏母便上火了，毕竟，和一只家禽相比，能活下去最要紧。苏静春愤怒地将苏小雨暴打了一顿，剪断大花和小雨之间的绳子，然后拎着大花便走了出去。

苏小雨哭喊着追出去："你天天不在家，都是大花保护我的。我爸去哪里了，你从来都不告诉我，你现在把大花卖掉，我就没有家人了！"

正是苏小雨的这句话，让苏静春彻底破防了，自己一个人操持这个家，几乎没怎么管过苏小雨，平日里苏小雨也确实很懂事，听到她已经把大花当作家人，这让苏静春的怒火平息了下来。但是，生活终究是生活，她还是要让苏小雨有饭吃才行。苏静春站在原地犹豫再三，最终狠心拎着大花走了，苏小雨哭喊着用力拉扯着大花的翅膀，从大花的翅膀上拽下了那根白色羽毛。

"苏静春！你是坏人！你是坏人！呜呜呜……"

苏静春像极了一个优雅的大户人家小姐的名字。苏小雨大喊着，表达着自己内心的愤怒，但这依旧阻挡不了母亲拎着大花离她而去。

苏静春走过胡同的转角便泪如雨下，她夺走了自己女儿最心爱的朋友，称之为"家人"的朋友，但是，她又有什么办法呢？在拎着大花走向市场的路上，她看到了被遗弃在街头的脏兮兮的孩子。苏静春拎着大花站在畜禽摊前，看着一只只鸡鸭被商贩熟练地开膛破肚，她犹豫了很久。

也不知道哭了多久，苏小雨哭累了便趴在地上睡了过去。待到苏小雨醒来的时候，已经是下午时分了，苏小雨也不知道母亲是什么时候回来把自己抱到了床上。苏小雨一言不发地看着苏静春，苏母什么话也没说，但是屋外大花的叫声却让苏小雨眼前一亮。看到母亲并没有卖掉大花，原本绝食抗议的苏小雨终于开心地吃起了饭。她哪知道，苏静春是在摊前帮人做了一下午的工才赚了一点钱买来一点粮食。

第二天一早，苏静春认真地给苏小雨扎着马尾辫，将苏小雨打扮一新。而那碗热腾腾的蛋炒饭让苏小雨吃惊不已，苏小雨从来没有吃过这么好吃的蛋炒饭。饭后，苏静春带着苏小雨沿着铁路线走了很久很久，最终走到了城里。作为补偿，苏静春给苏小雨买了她喜欢的扎头绳，这也让苏小雨完全忘记了昨天的不快，沉浸在快乐中。

看到有商贩在那叫卖糖葫芦，苏小雨站在那里馋得迈不开腿。苏静春摸了摸自己的口袋，实在是没钱了，苏小雨也很懂事地拉着母亲的手离开了。看着苏小雨一步三回头的样子，苏静春让苏小雨在一边等着，自己过去和卖糖葫芦的人讲了好一阵子。原来，苏母并没有钱买一整串糖葫芦，她一直在商量能不能卖她半串，可是哪有卖半串的说法呢？也不知道苏静春跟那人说了些什么，那人转头看了看苏小雨，毫不犹豫地拔下一串递给了苏静春。

有了糖葫芦，苏小雨简直不敢相信，自己这一天像过年一样幸福。看着苏小雨拿着糖葫芦给自己吃，苏静春笑着摇了摇头，可是苏小雨执意不肯，无奈之下，她只好吃了一颗。酸酸甜甜的味道，让苏静春眼圈红红的。

"妈，你怎么了？"看到母亲有些反常，苏小雨纳闷地问。

"没……没事儿！小雨长大了，懂事了，知道照顾妈了！糖葫芦真好吃！"苏静春一边吃着一边抹着眼泪平复着自己的情绪。

"妈，等我长大了，我要把那些全买下来，一次吃个够！"

"嗯！"

看着苏小雨小口小口地舔着，苏母突然转头对苏小雨说："小雨，你在这等着。我昨天把首饰拿给人去修了，我去取一下！"

"我也去！"

"你在这等我会儿，我一会儿就回来了！"

"好！拉钩！"苏小雨说着朝着母亲伸出了小拇指。

"嗯！拉钩！"

苏静春摸了摸苏小雨的头，转身便走了，她走得很快，以至于苏小雨只是低头咬了一口糖葫芦，再抬头看时便不见了踪影。

苏小雨不知道的是，她身后就是育儿院。苏静春打算将苏小雨遗弃在这里，希望能够有好心人领养她，最不济，育儿院就在身后，苏小雨等不到苏静春应该会自己走进去的。

苏静春绕了一圈走进育儿院，看到孩子们虽然穿着简陋，但是好歹还有口粥喝。几天没吃饭的苏静春看到孩子们碗里的粥，肚子咕咕叫了起来，她赶紧走到厕所外面的水龙头那里咕咚咕咚喝了个水饱。两个护士从厕所里走了出来，苏静春擦了擦嘴角打算转身离开，但是护士们的对话却让她停下了脚步。

"最近孩子越来越多了，真不知道后面还能不能住得下！"

"是啊，唉，也不知道去年送走的那一批孩子怎么样了！"

"应该比咱这里好吧！要不然国家送他们走干什么！"

几天没吃饭，苏静春的反应有些迟钝，直到两个护士走远，她才赶紧追了上去。

"护士，您刚才说去年送走一批孩子，送哪里去了？"

"哦，送到内蒙古去了，后面可能还要送走一批。"

"那孩子的父母以后想领回家怎么办？都送去内蒙古了以后往哪找去？"

"要是想领回家，就别往这送啊！送来了就不好说了，总得让孩子们活下去吧！哎，您是来找孩子的还是送孩子的？"

"哦，没、没事儿了……"

看到护士投来异样的目光，苏静春赶紧转身离开了。她原本想暂时将苏小雨寄托在育儿院，等条件好一点再领回家，但是，如果孩子会被送走，有可能一辈子都见不到了。这是苏静春最不想看到的。

看到苏静春像丢了魂的样子，护士想了想说："哎，去上海吧！上海总归有饭吃的！"

"哦，谢谢！"

"上海总归有饭吃的"，护士的声音一直在苏静春脑子里回响着。她和苏小雨坐在育儿院门口的长凳上想了很久，最后，苏静春终于起身拉着苏小雨坐上了去往上海的火车。

苏小雨上车就睡过去了，等到她醒来的时候，已经到达上海了。这是苏小雨对来时路的最后记忆。

苏静春一路打听着，朝着上海市育儿院走去。因为有了之前的约定，所以苏小雨并不怀疑母亲会遗弃自己。坐到上海市育儿院门前的长凳上，苏静春终于喘了口气。这里的育儿院修建得比老家的要气派，把苏小雨放在这里，苏静春心里也踏实了些。

苏静春拿着水壶走进了育儿院，以讨水的名义打探着有没有将孤儿转运到别处的计划。在得知没有之后，苏静春心里的石头方才落了地。

看着苏小雨在那坐着，苏静春摸着苏小雨的头说："小雨，我们玩'一二三木头人'好不好？"

"好！"

苏母走过马路对面，苏小雨将窝头放下，站在那里捂上眼睛。

"一、二、三，木头人！"

待到苏小雨回头的时候，苏静春已经走到了马路中间。几次过后，苏静春的位置从马路中间到了马路对面。

看着母亲每次都输，最后一次，苏小雨故意拖慢节奏喊得很慢，给母亲足够的时间。

"一、二、三，木头人！"

这一次苏小雨回头看的时候，远方却没有了母亲的身影。正在苏小雨迟疑的时候，却发现苏静春已经站在了她身边，吓了她一跳！

"抓住你了！哈哈哈！我赢了，哈哈哈！"

看到苏静春奇怪的行为，苏小雨十分不适应，她坐在凳子上说："妈，我们回家吧，我想大花了！"

"行！"

苏静春坐在了凳子上，有些紧张地搓着手，然后说："小雨，妈再去买点大米，你在这等我会儿！"

"妈，我和你一起去！"

"你在这等我会儿，好不好？"

"行！那你可快点！"

"嗯！"苏静春转身走了几步又走回来，"小雨啊，别人找你搭话你不要跟他们乱讲！"

"妈，你放心吧，大花陪着我呢！"

苏小雨说着从书包中拿出了一根鹅毛晃了晃，苏静春欣慰地站起身朝着马路对面走去。

苏静春转身离去的时候，苏小雨丝毫没有觉察到有什么异样。就这样，苏小雨慢慢等着，直到过了好长时间苏静春还没回来，苏小雨就有些急了。眼看着天都黑了，她有些害怕地哭了起来。

当天晚上，苏小雨害怕地躲进了旁边的花丛里，期待着母亲能够回来。她认真地看着来来往往的行人，心想母亲肯定会回来，然而她等来的只有深夜遗弃孩子的人们。看到有些人把婴儿放到了旁边的门口匆匆离去，有些母亲哭着不舍离去，被男人硬拉着离开，苏小雨才知道，自己待的这个地方是育儿院，也就是上海市育儿院。

因为书包里有窝头，所以苏小雨一直等到第三天，可苏静春还是没有来。苏小雨知道自己被母亲遗弃了，她起身开始朝着家的方向走去。可是，家在哪里呢？苏小雨走了一整天，也不知道到底要去往何方，除了记得家在铁道边上，房子是蓝色的之外，她什么都记不得了。

苏小雨在上海的街头走到天黑，也没能寻见母亲的半点踪迹。望着城市里四处游荡的流浪汉，苏小雨有些害怕，想来想去又转头走了回去。

"再等一天吧！等把书包里的窝头吃完再说！"苏小雨心里这么想着，又回到了原来的位置继续等待着。

　　苏小雨心里想着，如果等到第四天母亲还不来，她就自己走进育儿院了，因为自己实在没有东西可以吃了。所以，当看到陈海生的母亲领着他在自己面前来来回回走了几次之后，苏小雨便知道，陈海生马上就要被母亲遗弃了。

　　心意难平的苏小雨看到郑叶芬用着同样的手段欺骗陈海生在那等待，当时就拆穿了她，怒斥她是骗子，只不过陈海生并没有相信苏小雨。原本打算那天就进育儿院的苏小雨，有了陈海生的陪伴，心里也踏实了很多。当陈海生的眼神随着路灯的亮起变得暗淡时，苏小雨内心的痛苦便不再那么强烈。她意识到，自己并不是个例，眼前的陈海生正比自己更痛苦地接受着这份遗弃与成长。

　　小胖和自己的同桌虽然是牧民的孩子，但是既不会唱歌也不会跳舞，便直接走上讲台表演了一段摔跤。两个小胖子走过德德玛身边，膀大腰圆的二人蹭到了德德玛伸出来的胳膊，德德玛才从自己那段痛苦回忆中抽离出来。看到台上两个小胖子同学表演着摔跤，德德玛方才慢慢地恢复了心情，笑了起来。

　　当身处险境的时候，德德玛并没有时间去想这些，她同巴图一样，对亲生母亲恨之入骨，但是来到了课堂上，自己刚才的才艺展示让她再一次回忆起了那不堪的过往。德德玛并不像巴图那样怀念故乡，她唯一惦念的就是自己的大花。

第九章　生存法则

　　小胖的名字叫布和，在蒙古语中是结实的意思。上次二人的冲突发生在放羊的路上。布和一个人赶着羊群等待着父亲额尔敦，看到了巴图骑着马心生羡慕，二人就此产生了争吵。布和身高和巴图差不多，但是体重却相差很大。虽然布和吃得白白胖胖的，但是被激怒的巴图却丝毫不输给他。之前那次布和输了气势，看到巴图来到了学校，布和自然不会放过报仇的机会。

　　放学后，布和老早地就在巴图回家的路上等着。冤有头债有主，看到对方来者不善，巴图将德德玛推到了一边。

　　"巴图，上次我还不认识你，故意让着你呢，敢不敢再跟我比一次？"布和胸有成竹地将书包扔到了一边。

　　"这有什么不敢的！比就比！"

　　如果德德玛不在的话，巴图早就借故开溜了，因为在教室里，他已经看到了布和摔跤的实力，毕竟好汉不吃眼前亏。上次的巧胜多是因为自己怒火攻心，而真正比摔跤的话，自己实在是没有把握。看着布和没有罢休的意思，巴图别无选择，只能硬着头皮迎战。

　　知耻而后勇，自从上次输给了巴图，布和回家便苦练摔跤技巧。最近一段时间，他的技艺更是突飞猛进。虽然身边有两三个小伙伴想一起上，但是他只想和巴图一对一较量。

　　巴特尔唯独还没来得及教巴图的就是摔跤。狭路相逢勇者胜，在蒙古摔跤手布和面前，巴图突然变成了软脚虾一般，被一次次地摔倒在地上。

　　"服不服？"

　　"不服！"

　　布和得意地看着一次次被压在身下的巴图。巴图宁死不屈，布和只得一次次将巴图摔倒在地。

　　看到巴图被摔得没了力气，布和只得说："算了，今天就先到这吧，别传出去说我欺负上海来的孩子！"

　　看着布和捡起书包得意扬扬地离开，巴图内心有着说不出的疑惑。为何自己就摔不过布和呢？难道摔跤这种看起来简单粗暴的活动真的有技巧在里面？巴图摸了摸被摔疼的屁股，艰难地站了起来。

布和之所以想和巴图单挑，一方面是想报私仇，另一方面他打心底看不起这帮上海来的孩子，他们太过娇嫩，不堪一击。

布和犹如巴图回家路上的拦路虎，几次遭遇后，巴图浑身上下都是淤青，但是巴图死活不让德德玛跟图娅说。巴图认为要想让布和彻底改变看法，只能用实力打败他。

这种局面持续了一周多的时间，巴图也在一次次的摔跤中撑得更久了一些。他搞不明白，为何自己在布和面前，腿脚始终使不上力气，而布和的腿脚则像是长在地上一样，任凭巴图如何去扛也挪不动。直到周末，巴图看到了前来家里帮忙的乌力罕，他心中瞬间燃起了希望。乌力罕是除了巴特尔之外排名第二的搏克沁，如果他能够教自己摔跤技巧，或许自己很快就能够打败布和。

看着乌力罕帮忙加固修补完破损的羊圈后，巴图拉着乌力罕走到一边说起了悄悄话。

"你是不是我阿爸最好的朋友？"

面对巴图的质疑，乌力罕有些摸不着头脑，他点了点头说："是啊！怎么了？"

"我之前听阿爸说你俩是草原上最厉害的搏克沁，是真的吗？"

"是真的，不过，我没你阿爸厉害！"

"那你能教我摔跤吗？我想学摔跤！"

不做亏心事，不怕鬼敲门。巴特尔在的时候，乌力罕就曾直言不讳地说自己喜欢图娅，所以在巴特尔走后，乌力罕经常来图娅这里帮忙。一来是照顾这个家庭，安慰一下图娅，毕竟草原上的流言蜚语让很多人对图娅望而却步，图娅的蒙古包几乎成了孤岛，此刻的她比任何人都需要帮助；二来乌力罕是想如果有可能，他愿意再次追求图娅，图娅依旧是他最喜欢的女人，虽然她已经和巴特尔结过婚，可乌力罕一点也不在乎。

一开始面对巴图的质问，做贼心虚的乌力罕以为巴图看穿了自己的心思，吓得手心直冒汗，听到巴图想学摔跤，乌力罕不禁大喜过望。他曾经想过，德德玛本来就很喜欢自己，如果追求图娅，最大的阻力就是巴图。从小在草原长大的乌力罕突然想起了自己小时候，如果不是被人欺负，自己当年也不会央求着阿爸学摔跤。如果借着这个机会能够得到巴图的认可，那么自己就又朝着图娅近了一步。

"没问题！从明天开始，每天下午放学，我来教你!"

"一言为定!"

看着巴图伸出的小拇指，乌力罕有些憨憨的，不知所措。

"就是拉钩!"

"哦!"

乌力罕不好意思地将自己粗壮的手指伸了过去。巴图总算有了老师，而且是那达慕盛会上的高手。在乌力罕的指导下，巴图的摔跤技术突飞猛进，还学会了隐藏自己的实力。所以即使掌握了一些摔跤的技巧，他也每次都假装弱不禁风的样子，被布和一次次打倒在地。巴图想要的是一招制敌，而不是让对方察觉出自己的长进。那段时间，除了学蒙古语，巴图最热衷的就是在乌力罕这里练习摔跤。在布和的刺激下，巴图几乎入了迷，连做梦都在摔跤，有时候看到不听话的羊，他也搂过来摔上一跤。

从一开始的实打实摔在地上，再到后来轻松地把巴图摔倒在地，布和一度出现了幻觉，明明自己有时候还没有用力，巴图便大喊着被自己摔倒在了地上。直到有一天，布和只是用指头轻轻地戳了一下巴图，巴图便夸张地倒地，众人哈哈大笑过后，布和认为，巴图已经完全被自己打倒了。

练了个把月后，巴图终于有十足的把握放倒布和，所以在一天的放学路上，巴图提前走到了布和前面。看到巴图第一次拦住布和的去路，几个小伙伴哈哈大笑了起来。在布和看来，巴图英勇的样子像个小丑一样可笑。

当布和以为这是巴图作为哥哥在德德玛面前逞能和表演的时候，他看也不看就从巴图身边走过了。毕竟这么长时间以来，布和赢得毫无新鲜感。他甚至觉得，巴图都在那么努力地表演了，自己再摔下去，有点太过分了。但是，他显然低估了巴图的决心。

眼看着布和几人笑着从自己身边走过，看都没有看自己一眼，巴图一把拽住了布和的书包将他拽了回来。

"布和，我已经准备好了!"

此时的巴图已经不再是南方来的弱小子，他一改常态，从小绵羊变成了一头凶猛的饿狼。

"布和，先说好了，今天不管谁倒下都不准哭!"

看到巴图一本正经的样子，布和还有身边的两个小伙伴哈哈大笑了起来。

"巴图，你该不会是演戏上瘾了吧! 是不是我之前太手下留情了? 要不是看在德德玛的面子上，我早就让你哭了!"

"别啰唆了，来吧!"

"行，这可是你自找的! 巴图，今天我就让你看看什么叫真正的蒙古族人!"布和说完将书包递给小伙伴，外套一扔，气势十足！

　　而此刻的巴图也摆出了坚实的马步。看到巴图有备而来，布和二话不说大喊着就冲了上去。若是换作以前，没人能够抵挡得住布和的肉弹攻击，就连大人被布和助跑后猛撞一下也会有点吃不消。但是巴图却只是将腰一闪，狠狠地搂住了布和的脖子，顺势一甩，让布和失去了重心，摔倒在了地上。

　　看到布和躺在地上一动不动，两个小伙伴脸上的笑容顿时僵住了。布和的肉弹竟然被巴图给破解了，这也让德德玛震惊不已。

　　如同两个古代剑客决斗一般，巴图站在那里一动不动，任凭布和倒在自己身后。两个小伙伴刚打算上前一探究竟，只是被巴图瞅了一眼便都吓得停了下来。

　　伴随着一阵猛烈的咳嗽，布和从地上费劲地爬起，眼前的巴图仿佛突然变成了一个勇士，显得高大不可侵犯。巴图的一招制敌成功地震慑了布和，他知道，此刻的巴图已经完全蜕变了，迫于面子，布和只得硬着头皮又一次冲了上去。一次又一次的进攻化作一次又一次的摔倒，布和完全没了招架之力。

　　"看什么看，一起上！"被摔急眼的布和朝着旁边的两个小伙伴喊，三人一起朝着巴图冲了过去。

　　即便如此，巴图还是稳稳地站在那里，如同将自己的双脚紧紧地扎进了泥土一般，任凭三人怎么用力也无法撼动巴图分毫。眼看着三人的体力快要支撑不住了，巴图用尽了全身力气将三人甩开，三人跟跟跄跄地倒在了地上。

　　看到巴图朝自己走来，布和吓得赶紧求饶。

　　"巴图，不打了不打了，我错了！"

　　然而让布和吃惊的是，巴图并没有打算继续和他较量下去，而是伸出了手把他从地上拉了起来。巴图的实力和以战止戈的策略成功地折服了布和。看着巴图像一位大侠一样拉着德德玛的手走远，身边的两个小伙伴赶紧给布和拍打身上的尘土。

　　"哎，布和，你说巴图今天怎么了？"

　　"会不会是他阿爸灵魂附体了！要不然怎么这么厉害！"

　　听到两个小伙伴这么一说，布和浑身起了鸡皮疙瘩，他赶紧对两个人说："你俩别瞎说，以后谁也别欺负巴图了，他是真正的蒙古族人！"

　　"你不是说他是南方来的野孩子吗？"

　　"以前是，现在不是了！"

　　"哎，巴图大哥，等等我！"

　　正所谓识时务者为俊杰，看到巴图的摔跤技能如此超群，布和赶紧捡起地上的书包，大喊着追了上去。

摆平了拦路虎，也就摆平了育红民族小学的所有刺儿头，巴图成功地融入学校的正常生活中，作为一个真正的蒙古族人赢得了大家的尊重。

解决了学校的问题，巴图开始将更多的心思放到了家里。平日里图娅一个人背着阿茹娜一边放着羊，一边操持着家里的衣食起居。巴图想尽可能多地学一些技能帮图娅多分担一些。

乌力罕时不时地出现在图娅面前，帮她解决一些生活上的困难，这本是一件好事，但是出现的频率过高就引起了巴图的警觉。因为他在学校听到了一些关于乌力罕和图娅之间的传言。当然，这些事情都是通过小跟班布和听来的。虽然大多数时候巴图不愿相信，但是看到乌力罕有事没事就往家里跑，这让巴图对乌力罕产生了极大的抵触情绪。

德德玛倒是很喜欢乌力罕这个大胡子叔叔，因为乌力罕每次来都会带些好吃的。图娅明白乌力罕的心思，但是她从来都没有表现出半点同意的意思，她坚信巴特尔还会回来。但有时候家庭的重活儿也确实需要一个得力的帮手，乌力罕就这样心甘情愿地帮衬着。寡妇门前是非多，二人之间的闲话就这么传了出去。

虽然乌力罕教会了巴图摔跤，但是每次放学回家，只要看到乌力罕在，巴图就表现出极大的抵触情绪。而乌力罕也屡屡被迫提前放下手中的活计，离开图娅家。图娅想尝试着和巴图沟通，她想让巴图知道自己和乌力罕之间并非他想象的那种关系，但是思索再三后图娅没能开口。和一个孩子解释大人的感受，图娅想了想都觉得荒诞。

打那以后，图娅便尽可能地自己多干一些，让乌力罕少来找自己。但是草原上的汉子从来都不遮掩，喜欢就是喜欢，乌力罕甚至几次借着酒劲直接表达了自己的心意，图娅听到后坚决拒绝。巴特尔在图娅心中依旧占满了所有的位置，作为巴特尔最好的兄弟，乌力罕的表白对图娅来说等同于对友情和爱情的双重背叛。几次争吵之后，图娅警告乌力罕不要再来家里，而乌力罕也自知太过心急，索性在图娅面前消失了好一阵子。

伴随着乌力罕来家里的次数越来越少，巴图要做的家务也越来越多。看着巴图奋力地提着奶桶往屋里走，图娅的内心如春风拂过般温暖。那个渴望长大后飞回上海的陈海生好像消失不见了，图娅眼中看到的只有懂事的巴图。

上次的白灾给草原带来了很大的损失，粮食供应也一时间紧张了起来。如果不是巴图的意外发现，他怎么也想不到，家里已经困难到如此地步。从一开始的粥，到后来用砸碎的骨头熬的汤，他们吃得越来越稀，而自家的米缸也早已空空如也。

这天周末，小伙伴们约好了一起去捡牛粪，看到德德玛自告奋勇非要跟着去，图娅便给了德德玛一个很小的筐，但叮嘱巴图一定要早点回来。

吃过半碗棒糁粥后，巴图故意留了肚子，与其说和小伙伴们约定了去捡牛粪，倒不如说是去抓野鸡搞野外烧烤。野鸡的耐力不好，一次起飞之后飞不多远就无法短时间内再飞，这是由野鸡的肌肉构成决定的，身体内没有足够的酶来分解运动产生的乳酸，所以起飞一次后只能过会儿才能将肌肉中的乳酸分解殆尽。小伙伴们约定好了一起抓野鸡，这对巴图来说，是一次前所未有的体验。若不是德德玛跟自己反复做了承诺，巴图是无论如何也不会带她去的。

看着德德玛还打算将饭吃完，巴图在桌子底下踩了德德玛一脚说："走吧，德德玛，捡牛粪去！"

德德玛心领神会，立刻将碗放下，背起箩筐跟着巴图出门去。

"不吃完饭就走啊？"

"吃饱了！"

"巴图，别走太远，捡不满没关系，早点回来！"

"知道啦！"

巴图走了一段忽然停了下来，他不停地翻着口袋，一副慌乱的样子。

"怎么了，哥？"

"德德玛，我忘带盐了！"

每个小伙伴都有明确的责任分工，有的负责骑马，有的负责带刀，有的负责带火镰，巴图则负责最重要的一个环节——带盐！如果烧鸡没有盐那将会食之无味。想到这里，巴图懊恼不已。于是他将筐放下想了想说："德德玛，你在这等我会儿，我回家去拿，马上回来！"

"好！"

巴图走了几步又不放心，转过头用铲子画了一个圈说："我回来之前，你不准离开这个圈！"

"嗯！"

"看我飞毛腿，五分钟来回！"巴图说完便飞速地朝着蒙古包跑去。

做饭的时候没有偷一点盐巴，现在回去拿的话就有点费劲了。巴图边跑边想着如果被发现该怎么和图娅解释。蒙古包外晾着一排洗过的衣服，巴图做贼似的跑过去藏了起来左顾右看，蹑手蹑脚地朝着蒙古包走去。

透过门缝，巴图悄悄地看着里面的动静，生怕被图娅发现，但是让他怎么也想不到的是：此刻的图娅正在屋里拿着自己和德德玛吃过的碗舔着剩下的饭渣，看着图娅饥饿的样子，好像是几天都没有吃东西了，桌子上的饭渣也被她一点点擦到碗里吃了下去……

眼前的一幕让巴图彻底怔住了，他没想到，表面坚强的图娅背地里竟然这么狼狈。一刹那，巴图的眼泪唰地下来了。趁着图娅没注意，他赶紧转身跑了回去……

巴图仔细回忆着最近一段时间图娅的一举一动，好像每次吃饭的时候图娅都在忙着别的事情，二人吃完饭就去上学，回到家就去捡牛粪，完全没有留意到图娅有没有吃过饭。哪怕自己被生母遗弃，哪怕自己流浪街头，巴图也从未这么狼狈过，他并没有饿到饥不择食的程度，但是图娅饥饿的样子却让巴图心疼。

尽管巴图强掩悲伤，但是德德玛还是看出了他的反常，看到巴图眼圈红红的，德德玛问道："哥，你怎么了？盐拿来了吗？"

"没、没怎么。德德玛，家里的盐也刚好没了！"巴图说着背起粪筐自顾着朝前走去。

"你是不是哭了？"

"没。我就是有点迷眼了……"

"哥，你等等我，走慢点！"

来到草原后，德德玛从未见巴图这么伤感过。虽然她不知道巴图回去的路上发生了什么，但是看着他孤独的背影，德德玛便知道，图娅肯定没有批评他，一定是有别的事情触碰了巴图坚固却柔软的心……

看着巴图边走边抽泣的背影，德德玛小跑着追了上去。巴图走得很快很快，留下了草原上一前一后两个瘦小的身影。

众人到了约定的地方，三五个小伙伴齐聚一堂，每个人都拿出了各自准备的东西。等到巴图的时候，巴图却谎称家里已经没有盐了。正在大家灰心丧气的时候，布和贡献了他的光和热。布和之所以叫小胖是有原因的，他倒不是不信过巴图，只是他觉得，上海来的孩子口味普遍偏轻，喜欢吃甜食，但是自己爱吃咸味的食物，所以布和带了一份盐巴出来。

草原上的孩子一般过了8岁才让学骑马，按照迷信的说法，孩子6岁之前都没扎好根儿。生性好动的孩子如果从马背上摔下来，怕是凶多吉少。相比之下，8岁孩子的身体平衡和协调能力达到成熟，哪怕摔下马受伤也不会伤到元气，这个时候学骑马刚好是最佳的年龄。

论骑马的水平，小伙伴中属巴图最好，所以骑马撵野鸡的任务就交给了巴图。其余的人挖坑、捡牛粪，做生火准备。看到大家分头忙活着，巴图二话没说骑上马儿就冲了出去。图娅为了这个家所受的委屈让巴图无法接受，他的心仿佛被刀割一般的痛。原本巴特尔和图娅是一个幸福的新婚家庭，他一开始来这个家庭的动机就是为了逃跑，善良的牧民收留了他、包容了他，还为此付出了生命的代价。因为自己的到来害得图娅也没饭吃，想到这里巴图难过极了，他只能策马扬鞭，走出去好远好远。

等到小伙伴们都等不及了，巴图方才骑着马儿回来，当然，手里自然拎着一只野鸡。拔毛、和泥、火烤，众人兴致勃勃，唯独巴图提不起精神来。野鸡的香味让众人直咽口水，布和拿着小刀将野鸡拆分成几份。因为德德玛最小，所以布和将鸡翅先递给了德德玛。布和小心地撒上盐后，还没商量好鸡腿怎么分，小伙伴就狼吞虎咽地抢着吃了起来。一只野鸡根本没有多少肉，几个伙伴三下两下地吃得只剩下骨头了。看着心满意足的众人，巴图默默地背上筐拉着德德玛走了。

众人都以为巴图是因为没有吃到野鸡而失落，唯独布和看出了巴图内心的落寞，这个自己心中的小大哥肯定藏着不为人知的心事。当众人呼喊巴图的时候，布和制止了大家，任凭巴图带着德德玛往家的方向走去。

茫茫草原上，巴图边捡着牛粪边琢磨着如何解决吃饭的问题。巴特尔阿爸走了，他便是家里唯一的男子汉了。刚开始的时候德德玛吃不惯羊肉，只吃大米。白灾过后，德德玛也懂事多了，开始吃一些粗粮和肉了。但是春天不会马上来，总得有个解决办法才是。一筹莫展的巴图也没了心思，他将筐放到地上，失落地看向了远方……

直到天快黑了，巴图才背着满满一筐牛粪回到了家里。看着图娅端上来的稀饭，饥肠辘辘的德德玛狼吞虎咽地喝了个底朝天。看着桌子上稀稀的汤水，巴图心事重重，手攥得紧紧的。

"你怎么不吃？"

"我、我吃过了，你赶紧吃！"看到巴图有些反常，图娅隐约觉察到了什么。

巴图饿得肚子咕咕叫，他想了想只是吃了几口，剩下一半放在了碗里，然后走到床边抱起了阿茹娜。

"巴图，你怎么吃这么少，是不是哪里不舒服？"

"我不饿！"巴图刚说完，肚子就不争气地咕咕叫了起来。

看到巴图又使小性子，图娅将巴图拉到桌子上呵斥道："肚子都饿成那样了，还跟我说谎！赶紧吃饭！正在长身体的时候，不吃饭怎么能行！"

"你咋不吃？"巴图情绪激动了起来。

"我说了，我吃过了！"

看着图娅慢慢地将锅里剩下的粥用勺子盛到碗里递了过来，巴图将碗往桌子上一放，气愤不已。

"你骗人!"

"我骗谁了?"

"你就是骗人,你根本就没吃饭。我今天上午都看见了,你根本没吃饭,吃的都是桌子上的剩饭!"

直到此时,德德玛才明白,原来巴图回来取盐的时候,撞见了图娅。

"瞎说,我那是怕浪费!"

"骗子,你就是骗子,你就是没吃。你不吃,我就不吃了!"

巴图说着把重新盛好的饭又推到了图娅面前,然后哭了起来。

"我答应过阿爸照顾你的!你不吃,我喂你吃。"

巴图说着走过来拿着勺子把粥往图娅嘴里送。图娅刚开始闭紧了嘴,后来忍不住颤抖着流下了感动的泪水。

"妈,你快吃吧。你饿死了,谁来管我们啊!"

德德玛的一声"妈"让图娅破防,她接过巴图的碗说:"好,我吃,我吃……"

图娅本不想让孩子看到自己无助的一面,但是巴图和德德玛的懂事让她感到了家的温暖。第二天一大早,她便骑马去了乌力罕那里。

"图娅,巴图到现在都不肯叫你额吉,你去领国家补贴的粮食又怎么了?"看到图娅又一次来借大米,乌力罕为图娅的执拗愤愤不平。

"我和巴特尔说好了,不给国家添麻烦,他们就是我自己的孩子!"

"可是冬天才刚刚开始啊,后面呢,后面怎么办?图娅,要不你干脆把孩子送给别人吧,想要孩子的家庭有很多,在别人那里总比在你这过得好些啊!你也不用因为这几个孩子耽误了自己啊!"

"你到底借不借,不借算了!"

看到乌力罕话中有话,图娅转身就走,乌力罕见状赶紧拉住图娅。

"哎,早就给你准备好了,拿去吧!"

"多少?"

"拿去吧……"乌力罕早知道图娅会来找自己借米,所以早早地将粮食装好放在了那里。巴特尔的决定是对的,但是眼下的情况显然有些不合时宜,乌力罕想劝说图娅去莫书记那里领她的粮食,毕竟这么下去不是办法。看着图娅一次次记着账,乌力罕压根就没打算让图娅还。

"多少?"图娅当然知道乌力罕的心意,但是她不愿辜负任何一个帮助过自己的人,每一份恩情她都认真地记在了本子上。

"十斤……"

图娅从怀里掏出小本本，本子上记上了：乌力罕，十斤米。

"乌力罕，谢谢你！我会还的！"

"唉……没打算让你还……"

看着图娅消失在风雪中，乌力罕直摇头。有什么办法呢？他恨图娅的固执，但是又爱她的这份坚定与执着。

图娅知道，下雪的时候正是狼群围猎黄羊的大好时机。回到家后，她拿起了家里的猎枪背着阿茹娜，巴图骑马载着德德玛，四个人一起去碎石坡那里等待着，不一会儿，头顶和肩膀上已经落了厚厚的一层雪。

"妈，你怎么知道狼会在这吃黄羊？"四人趴在雪中等了很久，看到雪地里空空如也，德德玛终于忍不住问了出来。

"你看这地方，三面包围，我经常在这个地方看到黄羊骨头，狼群肯定会把黄羊赶到这里来，然后猎杀。"图娅说完了看褟褓里的阿茹娜。此刻的阿茹娜正在酣睡，她拉过德德玛冻得通红的小手搓了搓焐热。

"妈，它们什么时候才来啊？"

"任何时候都要等待时机，时机没来之前一定要有耐心！估计快了！"

图娅说完朝着巴图看去，此时巴图的眼睛瞪得像个铜铃一般。因为之前自己放羊的时候被狼王围猎，巴图手里紧握马棒，一副报仇的样子。潜伏的时间久了，图娅也有些打瞌睡，德德玛则不知何时已经睡了过去。

"快看！"

巴图兴奋地将二人喊醒，只见一群黄羊从远处呼啸而来，两边的则是群狼。狼王依旧站在高处，俯视着周围的环境，如同军事家一般。狼群分三面打围，只在后面和两侧撕咬驱赶黄羊，留下一个豁口让黄羊拼命奔逃。奔跑的路上，没有一只狼真正咬死黄羊，它们真正的目的是要制造慌乱和恐惧，到最后一网打尽。

"看，它们要动手了！"图娅对于狼群的判断十分精准，话音刚落，只见狼王一路狂奔冲进了羊群里。

"什么时候开枪？"看到狼群血腥的屠杀，巴图有些按捺不住。

"等它们咬死之后再说！"

"上次就是这群狼吃了我们的羊，我认得那只脸上带疤的狼王！要不打死它，它死了狼就不会伤害羊群了！"之前看到一些小羊羔被狼一口咬死，此刻巴图恨得咬牙切齿。

"不行，本来今年冬天就没吃的，如果杀了狼王，牧民的羊群会遭到报复的！"

"那咱们来这干啥啊！"

"等它们吃得差不多了，我们去捡一些回家！"

"那这枪岂不是白带了？"

"枪是保护自己的，并不是伤害别人的！"看到巴图愤愤不平，图娅凑过去小声地说，"巴图，我知道是狼群吃了咱们的羊，但是任何事情并不能够只从对方身上找原因，它们虽然凶残，也是为了生存。"

"有仇不报非君子！你把枪给我，我打死它们！"

"巴图，羊群遇袭你我都有很大的责任。如果你没有给狼群袭击的机会，那么你就不会受到伤害！这就是自然法则！巴图，并不是所有的仇恨都得用仇恨化解的！最起码，你自己要先变得强大起来才行！"图娅语重心长地说，只不过年幼的巴图听不懂。是啊，人生在世，不称意的时候多了去了，自己从小的遭遇与不公都用报仇的方式去解决的话，那等待自己的只有无穷无尽的痛苦。怨恨除了能够滋生出新的怨恨之外，别无他用。

"可是它们快吃完了！"德德玛有些着急地指着前方。

"就让它们多吃点吧，它们吃饱了就不会祸害羊群了！"

看到饥饿的群狼贪婪地啃噬着黄羊，图娅犹豫了很久，最终她还是没有开枪。等到狼群吃饱散去了，几个人才慌忙起身跑了过去。

地上全是黄羊的骨架，肉所剩无几。目睹一群鲜活的生命片刻就变为累累白骨，这让巴图和德德玛大受震撼。狼群是拼了命才有一口吃的，而他俩却从来没想过每天吃的东西是怎么来的。从那天起，二人对食物好像有了不一样的感受。

"别愣着了，赶紧干活吧！"

大家将骨头装进了袋子，收获满满。而巴图和德德玛再也没有了刚开始来到草原见到骨架时惧怕的样子，他们终于见惯了草原上的生死，而这些残酷的生存法则只会让他们变得更加强大！

第十章 离歌

图娅四处借大米的事儿很快就传到了莫书记这里，原本莫书记打算过阵子再找图娅谈一谈，但是额尔敦很快就前来告状了。额尔敦是个放牧能手，家里只有布和一个孩子，家庭条件也比较殷实。得知图娅家的情况后，他便径直来到了莫书记办公室要求领养图娅家的孩子。

看到额尔敦站在道德的制高点上说着，莫书记开始琢磨起来。他是了解额尔敦的，以额尔敦的觉悟不太可能主动提出这事儿。或者说，如果额尔敦有着强烈的意愿，当初他就应该提交申请了，何必非得等到现在呢？听额尔敦说完，莫书记沉默了好一阵子。

"莫书记，你倒是说话啊！我到底能不能领养巴图和德德玛？"

"额尔敦，你老实告诉我，这真是你的主意？"

"莫书记，你又不是不知道，我在家里可是一家之主，没有孩子他额吉说话的份儿！"

"行，那你就对着腾格里发誓！"

"啊？发什么誓？"

"你发誓，如果你撒谎，那么你的羊群就得不到腾格里的庇佑！"

"这……"

"怎么，你不是发自内心地喜欢孩子吗？"

看到额尔敦迟疑了，莫书记笑着说："我看是布和出的主意吧！我去学校的时候就听到萨仁花老师说过，布和刚开始对上海来的孩子有意见，还提出不和巴图挨着，后来是巴图通过摔跤赢了他，他才认了巴图这个朋友！萨仁花老师刚打算找他俩单独聊聊，结果发现两人抱在一起成了好兄弟，关系非常要好！哈哈哈，是不是这么回事儿？"

"哎，莫书记，你既然早就知道了！还让我在这演什么！"见事情败露，额尔敦如释重负，他坐下拿过莫书记的茶缸咕咚咕咚一饮而尽，心里反倒觉得痛快。

"布和天天回家跟我说，巴特尔走了，图娅一个人带着仨孩子太困难。我寻思着巴图和德德玛也挺懂事的，孩子之间玩得好接过来帮忙照顾几天也没什么！"

"不行，这事儿我说了不算！"

"咋就不行了，图娅家里现在都没米下锅了，总不能眼睁睁地看着孩子们饿死吧！"

"哦，你听谁说的，有这么严重了？"

"你去打听打听，方圆几十里的牧民哪个没有借给过图娅粮食！"

"照你这么说，三个孩子现在在家饿着肚子了？"

"孩子们估计是饿不着，但是图娅只剩皮包骨头了，听说她放羊的时候好几次都因为吃不饱饭晕倒了……"

"你听谁说的？"

"布和听他们班同学说的。莫书记，图娅一个女人家，不领国家救济粮，她哪来的粮食嘛！再说，眼下白灾严重，车都开不进来，国家的救济粮不也没运进来？！你说她靠什么养活三个孩子！"

看着额尔敦一脸严肃的样子，莫日根书记知道谣言从来都不是空穴来风。事关孩子们的吃饭问题，莫书记很快就放下了手头的工作，打算亲自去图娅家一探究竟。可就在莫书记要离开的时候，电话响了起来。无奈之下，莫书记只得重新回到了办公室，准备忙活上级交代的新任务。

图娅将捡来的黄羊骨架洗干净，放到锅里。看着没什么肉的骨头，煮过之后还是有不少肉。看着锅里翻滚的黄羊肉，巴图和德德玛直咽口水。

"要是有米饭就好了！"德德玛由衷地发出感慨。

巴图看了看德德玛说："德德玛，你不小了，得学会多吃点肉了！吃肉才能长个子！"

"哦……"

看着德德玛期待的眼神，图娅走到米缸前悄悄地打开盖子，里面早已干净见底了，家里的玉米面也剩下不多了。眼看就要过年了，也不知道这个年拿什么给孩子们吃呢？图娅正想着，外面传来了直升机的轰鸣。

"妈，是飞机！"

"嗯，估计是国家的救济粮到了！"

直升机像一只大蜻蜓般从三人头顶划过，发出巨大声响，这也是巴图童年难忘的回忆。因为大雪封路，运送补给的车队难以到达，为了保障牧民的生活，国家派了军用直升机，将粮食投放在了草原上。大蜻蜓上投下的一个个降落伞，像极了秋天时的蒲公英，一袋袋物资犹如天兵天将般从天而降，落到了广袤无垠的白色草原上。

都说小孩子的话是最灵验的，德德玛前脚刚说完想吃大米，就看到一个降落伞摇摇晃晃地朝着蒙古包飘来。

"往这飞！往这飞！"巴图和德德玛兴奋地呼喊着朝降落伞飘来的方向追去。

风势减弱，那一朵"蒲公英"像离群的小羊羔一样，摇摇晃晃地朝着图娅的蒙古包飘来。看到巴图和德德玛从远处一直跟随着"蒲公英"朝着自己这边跑来，图娅也激动地跑了过去。

离地面很近的时候，降落伞失去了动力，径直朝着羊圈那边砸了下去。麻袋被羊圈划破了一道口子，哗啦啦散落一地的全是德德玛梦寐以求的洁白的大米。

看到眼前堆成小山的大米，三个人都惊呆了。巴图和德德玛一度以为自己是在做梦，甚至他们做梦也没有见到这么多的大米。

羊群被这么一个庞然大物吓得挤到了羊圈的一角，所幸麻袋落在了羊圈外面，否则后果不堪设想。

"妈，大米，哦哦哦，有大米吃喽！"

巴图和德德玛发疯似的跑过去一头扎进了大米堆里，看到德德玛跑过去抓起一把放到自己嘴里，图娅赶紧制止。

"德德玛，先别吃！"

望着正颜厉色的图娅，德德玛吓了一跳，如果不是图娅解释，德德玛一度以为米里面有毒，她赶紧将嘴里的大米吐了出来。

"妈，怎么了？"

"这是国家的粮食，我们得还回去！"

"哦！"

看着图娅伸出的手，德德玛又把偷偷装进口袋的大米掏了出来。

"我们捡完就给送回去，到时候政府会发给我们的！"

"嗯！"

德德玛的懂事也让巴图刮目相看，虽然很多事情巴图并没有告诉德德玛，但是德德玛却什么都懂。其实巴图不知道的是，改变德德玛最多的并不是巴特尔和图娅，而是巴图自己。德德玛虽然很多事情都不知道，但是她深知能够让一个桀骜不驯的野驴回头的人，一定是对的。最淘气的巴图来了草原半年就成了自己心目中大哥哥的样子，因此德德玛自己也不甘示弱，她想让图娅看到，巴图能做到的事情，其实她也可以做到。

锅里的黄羊肉一直在咕嘟咕嘟地炖着，三个人却趴在雪地上小心地将大米收集起来。图娅回到屋里拿了针线，认真地将麻袋缝好，在巴图的帮助下，她将重重的大米搬上了勒勒车。

黄羊肉已经炖得很烂了，三个人端着汤碗开心地喝着。就在刚才他们完成了一件光荣而又神圣的事情。当然，在那个饥饿的年代，没人知道大米会落在谁家，也没人计较大米多了还是少了，但是勤劳朴实的蒙古族人，让巴图和德德玛感受到了图娅身上那种如白雪般纯洁而又诚实的高贵品质。后来巴图问图娅，如果那年冬天没吃的会饿死，图娅后不后悔将那一大麻袋粮食送回去？图娅的回答却是：如果自己的孩子真的饿死了，自己肯定会后悔，但是她更后悔的是自己作为额吉没能够在孩子成长的过程中教会他们人之为人的高贵品质，这将是她一辈子的遗憾。

人的一生都在寻找那些能弥补童年缺憾，那些让我们的人生更加完整的东西，比如亲情、爱情，诚实与正直。成年人的世界大都是为了生活而活，而童年时期的纯真快乐却最接近生命的本质。图娅深知巴图和德德玛甚至连自己都渴望的粮食就在眼前，但是你一旦苟且了，那么以后整个人生都将是缺憾的，这些缺憾将会伴随着一个人走完或满意或残缺的余生。

看着图娅赶车将粮食运走，德德玛遗憾地说："哥，我们家要是有这么多大米就好了！"

"德德玛，会有的！肯定会有的！"

如果说巴特尔用男人的雄心和朋友般的姿态让巴图折服的话，那么图娅则是用超出巴图期待的坚韧感动了这个内心坚强的孩子。此前在巴图眼里，图娅只是一个任性而野蛮的女孩而已，或者说图娅只是巴特尔的妻子而已，没有了巴特尔，巴图都不相信图娅能照顾好这个家。但是，如今图娅的每一次举动都深深地触动着巴图内心那铜墙铁壁般的心房。

巴图知道巴特尔对自己有诉求，他知道巴特尔想让他喊阿爸，他知道巴特尔好面子想在别人面前显摆，但是图娅并不一样，图娅对巴图和德德玛是完全没有诉求的爱。她只是告诉自己什么是对错，并不会因为自己是从上海来的孩子就对自己犯的错手下留情，更不会因为自己喊不喊她额吉而有半点强求。图娅当然不是欲擒故纵，只是巴特尔的离去让她的心变得更坚强了而已，她不再像以前一样任性，因为自打三个孩子走进蒙古包的那一刻，作为额吉的她便已失去了任性的资本。巴图和德德玛还有阿茹娜喊自己额吉或者妈妈也好，不喊也好，他们都是自己的孩子。

巴图是个慢热的人，他也想和德德玛一样喊着妈抱着图娅的脖子，但是男女有别，巴图始终拉不下脸来，更开不了口。看到图娅走远，巴图拉过德德玛，从德德玛的头上扒拉出两个宝贝。

巴图将手伸到了德德玛眼前，慢慢打开，里面安静地躺着两粒大米。二人一人一粒放到了嘴里，开心地笑了。

前往公社的路上，图娅反复计算着，还有多少天才能熬过这个寒冬，只要春天一来，日子就好过多了。思前想后，图娅还是心里没底。如果巴特尔在就好了，图娅每每困难的时候常常这么想，虽然巴特尔已经离开一个多月了，但是她依旧渴望着奇迹发生，她渴望有一个完整的家，一个有巴特尔保护自己的完整而温暖的家。图娅一个人赶着马车如同蚂蚁一般缓缓行走在雪地草原，身后留下的车印好像是萦绕心头抹之不去的伤痕。

每每遇到白灾，国家都会用直升机空投的方式运送粮食。而善良的牧民们从来不会昧下哪怕一丁点的集体财产。莫日根书记原本打算骑马去图娅家看看，但是上级的电话却让他不得不先留下来负责收集粮食，然而额尔敦的话却让莫书记一直惦念不已。

看到图娅前来送粮，莫书记方才认真仔细地打量了下，才一个多月没见，图娅早已退却了之前的那股倔劲儿，变得温和了许多，也苍老了许多，人更是瘦了一大圈。在莫书记看来，甚至都有些瘦脱相了。额尔敦说得没错，图娅确实生活困难，眼前这个倔强的女人，让莫书记肃然起敬。

在莫书记办公室，图娅尽量装作风轻云淡的样子，她坐在那里仍有些紧张地看着莫书记。

"图娅，我看你最近瘦了不少啊！巴特尔……"

"莫书记，我男人没死，我家里有粮食！孩子们没有问题！"图娅知道莫书记早晚会问自己，于是直截了当地说了出来。

"图娅，我不是那个意思。我是听说你最近到处借粮，之前国家补贴的大米我都给你留着呢，这次来正好，就一起拿回去吧！"

"莫书记，巴特尔说过了，不给国家添麻烦。要不等他回来后，我再跟他商量商量……"

"图娅，都一个多月了，要是活着的话，人早就回来了……"

"莫书记，我丈夫会回来，我也能养活他们！"

"你一个女人家，国家给的补贴也不拿，怎么养活三个孩子？"看到图娅有些执拗，莫日根书记有些生气，"你这么下去，是让孩子受罪，如果孩子有个什么三长两短，我们怎么跟国家交代？"

图娅本想说什么，但是又沉默了下来。仿佛那些粮食是丈夫存在的证据一般，自己若是拿了那些粮食，自己心里就会默认巴特尔死去的事实。图娅知道自己在骗自己，但是此刻的她依旧没有勇气去面对。

"哎，也难为你了，一个人拉扯三个孩子，换作谁都不是件容易的事儿。要不，先送走一个给别的牧民，等巴特尔回来了，再去领回来，怎么样？"

"我丈夫会回来，我能养活他们！"

"图娅，你咋就不明白呢？他们是国家的孩子，你我说了都不算。过几天上级领导就去你家回访，如果巴特尔回不来，恐怕你只能留下阿茹娜了！图娅，你可得想清楚啊！"

"莫书记，巴特尔会回来，就算是捡遍草原上所有的牛粪，我也要把他们养大！"

看到图娅执拗地跟自己犟着，莫书记只得关上了门，他小声地对图娅说："图娅，这么说吧，有人把你给举报了，说你没能力养活三个孩子，所以过几天上级领导回访，就是针对你来的！"

"什么？！谁举报的我？"

"我要是知道的话就不在这当书记了！今天下午旗里打来的电话，我问了是谁，那边说是匿名举报。图娅，现在不是意气用事的时候，为了孩子们，你可得想清楚啊！"

看着图娅失魂落魄的背影，莫书记长叹一口气。毕竟，凛凛寒冬才刚刚开始……

空投的粮食用了一天的时间就收了上来。看着额尔敦的领养申请，莫书记早早地回了家。他知道图娅遭受了巨大的精神压力，但是作为党支部书记，他想尽自己可能去帮助图娅。因为他比谁都清楚，除了图娅，没人能够领走那两个孩子，但是他又清楚，组织上决不允许两个孩子生活在这样的环境下。

看着屋里挂着的领袖像，莫日根起身来到了米缸前。正在写作业的阿都沁被莫日根喊过去帮忙。阿都沁撑着米袋子，莫日根将米缸里所剩不多的大米全都倒了进去，妻子乌日娜赶紧跑过来制止。

"莫日根，你把米都给了图娅，阿都沁吃什么？"

"图娅一个人带孩子困难，我们得帮她！"

"可是国家明明有补贴粮食的……"

"乌日娜，图娅之前和巴特尔说好了，不想让孩子自尊心受到伤害，她是个固执的女人，非要等巴特尔回来呢，再这么下去，我看她马上就要疯了……"

"你把大米都拿走了，那我们的孩子怎么办？"

"额吉，我可以吃肉！"

"你闭嘴！"

"乌日娜，南方来的孩子吃不惯草原的东西，我们孩子不缺吃的就行。图娅都能为孩子牺牲，我作为党支部书记，更是要照顾好这些孩子！阿都沁已经是小大人了，德德玛和阿茹娜却还小啊。儿子，好样的！"看到乌日娜抓住米袋子不松手，莫日根索性放手坐在了一边。

"乌日娜，养活这些孩子对我们牧民来说很容易，但是让他们把这里当作自己的家，不让他们幼小的心灵留下阴影却很难。图娅的考虑是对的！"

"图娅可以把孩子给别的牧民，你不是说很多人都跟你申请了吗？"

"就图娅现在的状态，她失去了丈夫，再从她怀里抱走孩子，那和杀了她有什么区别？还有，就巴图和德德玛那样，你认为谁能管得了？饭得一口一口吃，事儿也得一步一步来不是？你说我这事儿该咋办，咋办都得罪人！哎……我当初就不该答应巴特尔，是我害了他！现在如果再让上面把孩子从图娅身边带走，到时候我就是害得他们家破人亡的罪人了！我这书记也别做了，干脆去蹲大牢得了！"

看到莫日根愁容不展，乌日娜欲言又止，她想了想将米袋子放到了桌子上，转身就出去了。

"阿爸！"

"嗯？"

"额吉出去了……"

"哦……"

"阿爸，我支持你！"

阿都沁知道莫书记在演戏，乌日娜也知道自己阻止不了莫书记帮助图娅。毕竟，这也不是夫妻之间的第一次争吵了。夫妻这么多年下来，乌日娜是了解他的，莫日根就是这样的热心肠，拿自己家的东西办公家的事儿也不是一次两次了，也正因如此，莫日根在牧民们心中的地位很高。

看到阿都沁识破了自己拙劣的表演，莫日根一把将他搂过来亲了亲说："这才是我儿子！"

回到家后，图娅一个人骑马来到了巴特尔失踪的地方，她呆呆地望着远方，脑海中回想起莫书记的话。图娅并不是不想去领国家的补贴粮，而是她心里一直憋着一股劲儿。自己从小就被人说成不祥之人，辗转了两个家庭都不完整了，好不容易和巴特尔组建了一个完整的家庭，众人又说自己逞能养不活三个孩子，为了弥补自己童年的阴影，她努力地和巴特尔经营着这个五口之家，刚刚有了起色，自己的丈夫又失踪了。这一刻，图娅的内心是崩溃的，她开始怀疑自己，自己是不是真的是一个不祥的人，能带来灾难的女人。否定自己的过程是痛苦的，所以她宁愿认为巴特尔还活着，饥饿和困难杀不死人，但是流言可以。图娅之所以一直没有去领国家的粮食，就是想证明自己可以，因为她不认命。

如果将自己的人生归纳为两部分的话，那么第一部分就是结婚前被人指指点点，十分叛逆的图娅；第二部分便是从此刻起，作为三个孩子的额吉。图娅一个人来到这里——巴特尔消失的地方，其实更像是自己内心的一个道别。从此刻开始，她要彻底放下巴特尔，全力以赴了，为了三个孩子。因为她别无选择。图娅想证明自己可以做一个合格的母亲，她开始反击命运的捉弄与人生的无常……

莫书记骑马来到了蒙古包，看到图娅不在便在屋里打量了一圈。巴特尔的马头琴还在，德德玛照看着阿茹娜，显得熟练而懂事，只是奶茶却稀了一些。巴图打算将米倒入米缸，却看到缸里有尘土，他用力拿起米缸倒了过来，却意外地发现了压在米缸底下的那个小本本。为了不让莫书记发现，巴图赶紧将地上的本子藏了起来。

莫书记本打算找图娅好好聊聊，可眼下图娅不在，他只能择日再来。一家人已经其乐融融，到底要不要让图娅将孩子送走呢？两个上海来的孩子终究是懂事了，可是巴特尔却不在了，看到门口堆得满满的干牛粪，莫书记心里平添了几分惆怅。

莫书记走后，巴图方才小心翼翼地打开本子，发现里面密密麻麻的竟是图娅和各家各户借米的记录。他是小伙伴们的小英雄，在学校的时候他也用《三毛流浪记》和许多同学换来了一些关于自己家的小秘密。望着眼前的这些，巴图赶紧跑了出去。他需要和莫日根书记确认他听来的小道消息到底是真还是假，因为他需要为这个家做点什么。

巴图一路小跑着追出去很远，德德玛在门口远远地看着巴图和莫书记聊了很久。虽然她不知道巴图问了些什么，但是德德玛隐约觉得，巴图最近很是反常。

图娅回家的时候，巴图已经煮好了淡淡的骨汤，还有掺着糙米的薄稀饭。

图娅花费了一天的时间同巴特尔告别，从那里回来的图娅比以前更坚强了，看到巴图已经做好的饭，图娅比以前更有信心了。只是，巴图却一言不发地看着桌子上的饭。

"巴图，你怎么了？"

"妈，莫叔叔来送大米了！"

听德德玛说完，图娅起身走到了米缸那里，看到自己的小本子已经不在了，图娅便也猜出了巴图的心思，"巴图，那些是我借的，后面还要还的，你不用担心！"

看着德德玛看着自己，巴图什么话也没说便端起碗一饮而尽。

天冷了，德德玛吃完饭就躲在被窝里和阿茹娜玩，不一会儿就睡了。巴图打着油灯和图娅检了一遍羊圈。以前拥挤的羊圈因为一个月前的那次损失显得稀疏了很多。

寒风中，巴图一言不发地拿着油灯跟在身后，图娅想了想转身问道："巴图，是不是莫书记跟你说了些什么？"

巴图没有回应，也没有否认，他想了想说："明天我去小胖家！"

"去小胖家干什么？"图娅知道巴图的心思，语气故作轻松。

"我不想让德德玛被别人领走！"

"巴图，谁让你走？莫书记跟你说的？"

"没有，莫书记什么都没说，是我自愿的！"

"你们都是我的孩子，谁都不许走！回屋睡觉！"图娅说着生气地接过巴图手中的油灯，朝着蒙古包走去。

巴图跟在身后，猛地走到前方挡住了图娅。看到巴图的反常，图娅语重心长地说："巴图，你要相信我，你阿爸昨晚都托梦给我了，他在上面保佑着我们呢！我们一定能挺过去的！"

巴图咕咚一声跪在了地上，朝着图娅磕了三个头，眼泪汪汪地说："是我对不起你，要不是我不听话，阿爸就不会走。我知道你很久都没吃过饱饭了，我明天就去小胖家，要不然德德玛和阿茹娜也没得吃……"

"不行，你们都是我的孩子，谁都不能走！明天我就去找莫书记，他怎么能跟你说这些！"

"不是莫书记说的，是我自己要走的。我去那边能照顾我自己，等我阿爸回来了，我再回来，我还要让他给我拉马头琴，我还要他教我唱歌！"

巴图说着便哼唱起了《小草》，唱着唱着，巴图和图娅哭成了泪人。自己刚下定决心好好陪孩子们走下去，巴图就提出要离开这个蒙古包，这让图娅又一次感受到了来自命运的捉弄。图娅认为，巴图的懂事除了内疚之外，肯定和今天下午莫书记前来送米有莫大的关联。他们是上海来的孩子，国家将他们送到自己家里，本应该不是再次承受生活的痛苦的，生活的重担不应该落在孩子身上。一刹那，图娅觉得自己幼稚极了，她应该早去领回属于自己家的那份补贴。看到巴图受委屈难过的样子，固执的图娅终于妥协了。

思考再三之后，图娅扶着巴图的肩膀，认真地说："巴图，你不用想那么多，咱们家还有米，很多很多，国家给的，我都存在莫书记那里了，你等着，我今晚就去取回来！"

莫书记离开图娅家后并没有回家，他在办公室认真地复核处理粮食分配的工作。白天去图娅家，巴图跟他的一番话让他对南方孤儿的安排工作重新思考了一番，他不知道该如何处理眼前这个心思细腻的孩子。最近组织上要下来走访，如果发现图娅家现在的情况，恐怕自己再怎么帮助也无能为力了。自己太了解巴图和德德玛这两个孩子了，莫书记心想：如果真的有那一天，到底送到谁家，他们才能正常地成长呢……

白天工作繁忙，只有深夜的时候他才能够静下心来。看着外面的雪又下了起来，莫书记愁上心头。戒烟很久的他打开了抽屉，犹豫再三后终于点了一支烟，站在窗前抽了起来。烟雾缭绕中，莫书记感受到了祖国此刻面临的巨大压力。

为了不让巴图带着心事睡觉，图娅连夜骑马朝着莫日根书记家里奔去。得知莫书记并没有回家的消息后，图娅一口气辗转来到了党支部。

油灯下，莫日根书记躺在椅子上闭着眼睛，思考着最近发生的一切。图娅的敲门声打断了他的思绪，看到图娅急匆匆的样子，他猛地从凳子上站起，心里忐忑不安地看着她。

"莫书记……我想……我想领回国家给的补贴粮！"

看着喘着粗气头发上沾满了雪花的图娅，莫书记紧皱的眉头舒展了开来。

"哎呀，图娅！你早该这样了！国家给每个孩子每月五斤大米，一人一年两套衣服，还有八块钱的生活费。我给你留了很久了！"

"莫书记，我想明白了，我得好好把他们养大！哦，对了，把你今天给我家的大米也扣出来吧！"

"我的那份以后再说！图娅，我最近看你脸色蜡黄蜡黄的，你可得养好身体啊，你吃饱了才能养活他们！"

"我没事，你放心就好！"

莫书记从未像今天这样开心过，他带着图娅来到了仓库，把图娅的那份补贴单独拿了出来。看到每一份大米都有日期和巴特尔的名字，图娅心里不再有负担了，畅快不已。

"莫书记……"

"嗯?"

看到莫书记兴高采烈地给自己收拾着，图娅想了想问道："今天下午巴图是不是跟你说了些什么?"

莫日根脸上的笑容逐渐消失，他抬头看着图娅，陷入了沉思。

东西收拾完后，图娅牵着马驮着大米还有衣服走在回家的路上。雪下得越来越大了，图娅的腿有些软，她只好拍了拍冬青马，骑了上去。莫日根书记很认真地和图娅讲了最近乌兰夫主席传达的精神，组织上要求认真落实每一个孤儿的生活现状。对于达不到要求的家庭，组织上会酌情进行调整。虽然图娅深得孩子们的喜欢，但是图娅现在的单亲状态是最大的问题，更何况，陆续有一些符合条件的牧民已经递交了领养申请。今年的孤儿转运工作已经结束，这对图娅来说十分不利，图娅不得不面对可能要母子分离的处境。

风越刮越大，图娅的脸反而越来越烫，她意识到自己下午的时候在外面吹了太久的寒风，加上身体虚弱，这会儿烧得厉害。图娅刚开始还能在马上坐直身子，可是越往后面，她越觉得晕得厉害，只好渐渐地趴在了马背上。

图娅眼前越来越模糊，终于还是眼前一黑从马上摔了下来，昏迷在了雪地上，而马背上的大米也掉在地上洒落了一些。冬青闻了闻图娅，试图唤醒她，可是图娅烧得太厉害，完全昏睡了过去。冬青闻了闻雪地上的大米，开心地吃了起来，幸好漏出来的大米并不多。冬青没有撕开米袋，而是默默地站在那里等待着图娅醒来。

伴随着一片白光，昏睡在雪地里的图娅走进了另外一个世界中。在这个世界，图娅的身体飘了起来，她来到了蒙古包外，像是电影回放一样，图娅看到了下午时分莫日根书记和巴图的对话。

"莫叔叔！"

"怎么了巴图？"

"我听小胖说，他们想把我和德德玛领走，是吗？"

"别听他们胡说，没这事儿！"

"他说他阿爸都去找你好几回了。莫叔叔，你是书记，不能骗我！"

看着气喘吁吁的巴图，莫书记下马认真地对巴图说："你们是国家的孩子，如果巴特尔阿爸回不来，你额吉是养不了你们三个的！"

"莫叔叔，如果我走了，是不是德德玛和阿茹娜就能留下来了？"

当巴图说出这话的时候，莫书记愣了一下，他简直不敢相信自己的眼睛。之前最不省心天天嚷着回上海的陈海生，眼下说出这么懂事的话，这都是巴特尔和图娅的功劳啊！

"暂时吧，如果你额吉有足够的粮食，或许能留下她俩！"

"莫叔叔，我愿意去小胖家，你回去和领导汇报吧！"

"这是你额吉的意思，还是……"

"她不知道，这是我自己的决定，我都考虑好了！"

"行，我会好好考虑你的意见的！"

草原上的每个蒙古包里都有一个故事，巴图成熟得不像个孩子，这让莫书记纠结万分。

看到二人的对话，图娅着急地走过去说："不行。谁都不能走，我不许你走！"

可是此时的图娅如幽灵一般存在于梦境中的白色时空，任凭她如何阻止二人，却发现依旧无能为力，因为莫日根和巴图根本看不到她。

看着额尔敦骑马前来将巴图和德德玛带走，图娅着急地追逐。

"那是我的孩子，还我孩子！"

当她骑上冬青去追逐的时候，却发现前方是流星和巴特尔。

"巴特尔，你怎么在这里？！"

"图娅，是你坚持让我去领回来的孩子，你得把他们养大啊。答应我，不要放弃我们的孩子！"

"巴特尔，你不在了，我喘不过气来！"

"图娅，你可以的！快起来，别睡了，孩子还在家里等你呢！"

"你去哪？"

"我也回家，我们的孩子在等我呢！"

图娅顺着巴特尔指的方向看去，一个瘦小的孩子面目模糊，在远处等着巴特尔。

"额吉……"

那孩子的一声"额吉"让图娅觉得毛骨悚然，那不是德德玛的声音，也不是阿茹娜的样子，那是自己肚子里的孩子啊！

看到那个未成形的孩子用几乎透明的小手伸过来触摸自己，图娅猛然从梦中惊醒。此时冬青正用鼻子蹭她，图娅趴在那里积蓄着力量。看到面前洒在地上的大米，她颤颤巍巍地抓了一把，将夹杂着草棒和尘土的大米送入嘴中，像野兽一样用力嚼着。

"我不能死，我要活下来。我不能死，我的孩子，等我回来！"

图娅这一睡就是半宿，等她完全有了力量爬起来往回走的时候，已经是深夜时分了。

巴图和德德玛二人一开始拎着油灯在门外等候，但是呼伦贝尔的冬天实在是太冷了，二人冻得满脸通红。眼看着远方一直没有出现图娅的影子，兄妹二人只好轮流在外面等候。

草原的夜安静得吓人，外面只有风声，德德玛自己一个人在屋里害怕，只好又搓了搓手走了出去。

"哥，咱妈怎么还没回来，再等下去天都快亮了，要不我们去找她吧！"

"我们走了，阿茹娜怎么办？再等等吧！德德玛，你先回屋暖和暖和吧！"

"哥，我不冷！"

时间越久，巴图越烦躁，他拉着德德玛回到了屋里。

"德德玛，我觉得肯定是遇到问题了！要不然早就回来了！你在家看着阿茹娜，我去看看！"

德德玛转头看向空空的蒙古包，立马紧紧地抱着巴图的胳膊说："哥，我害怕！"

"自己家里，有什么好怕的！"

"外面太黑了，我就是觉得害怕！"

"那就一起走！"

巴图想了想，将阿茹娜里三层外三层地包好，抱着阿茹娜走了出去。

雪下得很厚了，虽然没有月光，但是在雪的映照下，三人就像童话里的小矮人。

图娅看着远方的灯光，以为自己还没有醒，她怕自己还陷入梦境中无法醒来。于是她用力地咬破了自己的手指，看到流出来的鲜血，感觉到钻心的疼痛，她才知道，那是自己的三个孩子。

"巴图！德德玛！"

听到远处传来了喊叫声，巴图和德德玛兴奋地回应着。

"听到啦！"

看着冬青驮着的大米和新衣服，巴图和德德玛像是过年一样开心。

家里的米缸被图娅用大米装满了，还剩下了一些。德德玛直接趴在了米缸上，一副幸福的模样。

"妈，这下能安全过冬了！"

"嗯！"

天很快就要亮了，德德玛着床就睡了过去，图娅却躺在床上怎么也无法合眼。看到巴图在床上翻来翻去，图娅摸了摸巴图的额头。

"怎么了巴图，不舒服吗？"

巴图起身点燃了油灯，披着被子坐在了火炉边。看着巴图心事重重，图娅也披上衣服走了过去。

"巴图，咱家里有粮食了，你就不用多想了，明天我就去把借的粮食还回去！"

"我和小胖说好了，我明天去他家，他爸拿粮食来，这样德德玛就能留下来了。"

"巴图，你别听他们胡说，我不会让你走的！"

"今天我都问过了，过几天上面就来人回访，我先过去几天，等他们调查结束了，我再回来！"

"巴图，你和德德玛、阿茹娜都是我的孩子，谁也带不走！"

"我已经决定了，你不用劝我了。到时候别告诉德德玛，好不容易在这里安家了，我不想再让她走！"

"巴图，你别说了，我是不会同意的！"

"对不起，是我害死了你的孩子……"

"什么?!谁告诉你的?"听到巴图说出孩子的事情,图娅震惊不已。

"乌力罕和别人喝酒的时候不小心说出来的……"巴图坚定地看着图娅,"以前是我太不懂事了,是我害死了阿爸和你的孩子……"

"巴图,是他胡说的,你不要信这些,我明天就去找乌力罕算账!简直就是胡说八道!"

"其实,你梦里也说过……"巴图说完后,图娅沉默了,"你不用说,我啥都知道,我不想再给这个家添麻烦了。阿爸走之前说过让我保护你,他还说过,草原上的每棵小草都有自己的爸妈,虽然冬天来了会变黄,但是只要扎根这草原就不会死掉,春天来了,一家人依旧会在一起。不管我去谁家,巴特尔永远是我阿爸,这里永远都是我的家!"

听巴图说完,图娅一把搂过巴图,她看到巴图眼神坚定的样子,仿佛已经失去了眼前这个孩子。

"巴图,你不许走。你走了,家里的活儿谁来干?我怎么向你死去的阿爸交代?"

"阿爸没有死,他肯定会回来的,你不用劝我了,明天一大早我就走,到时候别告诉德德玛……"

巴图成熟得让图娅感到害怕,她差点误以为是巴特尔灵魂附体。一个6岁的孩子,才不到半年的时间,怎么会有这么成熟的想法。虽然图娅想极力挽留,但是面对上级领导的回访调查,她深知自己的挽留是苍白的,这一点,莫书记也跟她分析得很明白。毕竟,当初上级领导只是暂时同意将三个孩子放到巴特尔这里,考察期没过,为了孩子们的安危着想,任何人都会给孩子们再找一个完整的家庭。何况,有那么多比自己完整的家庭正在等待着……

巴图说完便裹着被子回到床上躺下了,而图娅却再也无法入睡。

或许自己一直以来坚持的原则是错误的,或许巴图的选择是对的。如果巴图去了额尔敦家里,有小胖做伴,她不用太担心,而且家里的粮食也足够养活德德玛和阿茹娜了。这或许是没办法的办法,甚至可能是万全之策。

夜静得可怕,看着床上睡着的三个孩子,图娅仿佛能听见自己的心跳声。三个孩子穿越了茫茫人海来到了自己身旁,她多么想摇醒他们,告诉他们,自己有多么的不舍,她多想他们三个都能留下来,就这样彼此陪伴着慢慢地老去……

或许这个孩子从未真正的属于巴特尔和自己,图娅缓缓起身拿出了之前巴特尔留下的酒,倒了一碗,一口喝了下去……

第十一章 那一声妈

这个世界上，没有无缘无故的爱，更没有无缘无故的恨。从一开始瞧不起上海来的孩子们，到后来不打不相识，小胖布和从巴图开始，与南方孩子们成了最好的朋友，因为他们那里有小胖最缺的东西——来自草原之外的世界和不一样的童年故事。

孩子之间的友谊是纯粹的，当小胖得知巴图家里的困难，回到家毫不犹豫地和父亲额尔敦提出让巴图来自己家住的想法。额尔敦也喜欢孩子，只不过生了小胖之后，妻子达尔玛的肚子一直没动静，这也让他头痛不已。额尔敦一开始也想过去兴蒙保育院领养个孩子，只不过小胖死活不同意，他怕新来的孩子会抢自己的零食和玩具。出于对孩子的爱，额尔敦也就放弃了这个想法。

自从上次去图娅家讨伐未果之后，额尔敦发现了巴图身上有难得的正直品质，这也是自己孩子布和身上所缺乏的。但是每每额尔敦抬手要教训布和的时候，他便心软了，过度的溺爱让布和的性格变得自私，这也是额尔敦一手酿成却又无力改变的。但是额尔敦发现，自从孩子和巴图在一起之后，布和懂事了很多，不再像以前那样自私，开始懂得体恤父母了。布和开始学会了理解父母的感受，开始学会了和别人分享。

当布和提出要求额尔敦帮助图娅家的时候，额尔敦也很意外。自己本就喜欢孩子，如果布和也支持自己，那还有什么好说的。额尔敦明知道不符合规定，但是他仍旧打算借着布和的名义去试试，毕竟，图娅领养了三个孩子就是最好的案例。诚如布和所说，只要争取，总会有结果的。额尔敦从莫书记那里了解到上级回访的事情，很快就从布和传到了巴图这里。虽然巴图和小胖之间有过节，但是巴图却从未怀疑小胖说的话。得到莫书记的确认后，巴图便一个人来到了额尔敦家里。

得知巴图愿意来自己家，额尔敦大喜过望。巴图只有一个要求，那就是多准备一些粮食，好保证德德玛和阿茹娜能够顺利通过上级回访，以便留在图娅身边。

巴图不像图娅那样感性，同巴特尔在一起的那段时间里，他学会了如何做一个合格的牧民，那就是果断而勇猛，如同狼群围猎羊群一样，有些事一旦错过了就万劫不复了。莫书记虽然嘴上没有回复他，但是他知道这应该是眼下最好的解决方法了。上级回访的时候不会提前通知任何人，所以，巴图选择了第一时间先去小胖家。哪怕图娅已经从莫书记那里领回了大米，但那终不是长久之计。

如果说挫折使人成长，那么悲剧则让人清醒。这天晚上，巴图一宿没合眼，离别的痛苦甚至让他有些恍惚，他甚至觉得，自己就像三毛，从上海到内蒙古，从一个蒙古包流浪到另一个蒙古包。

额尔敦表现出了极大的诚意，第二天一大早便驾着马车来到了图娅这里，马车上还有两大袋粮食。有了国家的补贴和额尔敦的粮食，图娅足以面对任何领导的回访，毕竟，除了巴特尔没回来之外，她几乎不缺任何东西，包括对孩子们无尽的爱。看着额尔敦从车上卸下粮食，布和高兴地搂着巴图的肩膀，好似离别已久的亲兄弟。而图娅最终还是选择了妥协，同意了巴图的做法。毕竟，这样至少能够让德德玛留下。至少，额尔敦是一个值得托付的人。

真正的离别往往是无声的，虽然图娅的内心无比煎熬，但是她只是站在那里，她也只能站在那里。巴图什么话也没说，和小胖坐上马车，静静等待着额尔敦载着自己离开。看着图娅无助的眼神，巴图多么想喊她一声妈，但是他始终无法鼓足勇气，因为他不知道自己的心里是否已经给她空出来自己母亲原有的位置。

阿茹娜的哭喊声准时响起，德德玛从蒙古包中醒来，屋里空空如也，烧开了水的茶壶在炉灶上冒着热气，这种场景让德德玛觉得非同寻常，她赶紧穿好衣服起身朝外面走去。

看到图娅站在那里目送着巴图离开，德德玛揉了揉眼睛走到图娅身边。看了好一会儿，德德玛才反应过来。

"哥，你去哪?"

德德玛的一声清脆的"哥"打断了巴图的思绪，他原本打算悄悄地离开，因为自己曾无数次承诺过，不会离开德德玛。面对德德玛的突然出现，巴图有些支支吾吾地说："德德玛，我去布和家，过几天就回来!"

德德玛看了看眼前的米和面，还有巴图那落寞的背影，猛然惊醒。

"哥，你骗人! 你是不是走了再也不回来了，你是不是不要我了? 哥，我以后不吃米饭了。哥，你别走，呜呜呜……"

德德玛边哭边跑着追了过去，图娅的眼角也留下了泪水，她赶紧转过头，怕巴图看见自己柔弱的样子。此刻的她多想和德德玛一样追上去留下巴图，但是她什么也做不了。

德德玛的一句"你骗人!"深深地触碰了巴图内心深处封存许久的回忆。他再一次回想起当年在上海市育儿院门口被母亲遗弃时的情景。在梦中，他无数次跑过去追逐弃自己而去的亲生母亲郑叶芬，他无数次后悔当初在离别的时候只是在那呆呆地坐着。

看着德德玛摔倒在地，图娅跌跌撞撞地赶紧追了上来。此时，巴图再也忍不住心中的情感，于是从车上跳下来，大喊着朝图娅奔去。

"妈……"

心里高筑的城墙伴随着这一声呼喊轰然崩塌，巴图再也不愿离开这个残缺却又让他无比留恋的家。

从一开始的希望满满，到后来的心灰意冷，再到离别时的绝望，这一声呼喊，图娅期待了好久好久。生活总是如此，在你充满希冀等待的时候，永远都是猝不及防的当头一棒；当你心灰意冷要放弃的时候，却总会在黑暗里发现一束亮光，照亮那遥不可及的远方。

"妈，我舍不得你。妈，呜呜呜……"巴图奔跑过去扑在了图娅怀里，哭着喊着。

"妈……我不想走，呜呜呜……"

"孩子，不走了，咱不走了，我的孩子啊……"像第一次逃离保育院遇到狼群的时候一样，巴图和德德玛紧紧地抱着图娅的脖子，仿佛漂泊的船儿终于找到了可以停靠的港湾。图娅怀里搂着巴图和德德玛，泪流满面。

如同自己骑马逃走的那次一样，当巴图转头看向追过来的巴特尔的时候，他才明白自己心中的那份不舍。直到真正要分别的这一刻，巴图心里才知道，原来图娅的爱像一颗种子，早已扎根自己的心房。

额尔敦眼圈红红的，什么话也没说，布和则紧紧地握住了他的手。那个让兴蒙保育院最头疼的野孩子，那个让莫书记发动群众踏遍草原寻找的陈海生，已经完全消失不见了。在额尔敦看来，巴图是真正的蒙古汉子！看到娘仨紧紧抱在一起，额尔敦转身上车走了。

额尔敦知道巴图是巴特尔真正的孩子，他不可能再去图娅家之外的任何一个蒙古包。他并没有把粮食拉走，而是答应先借给图娅用几天。每每额尔敦酒后谈起此事，必然辛酸落泪。很快，巴图喊额吉的事情伴随着额尔敦对孩子的夸赞传遍了整个草原。如果不是额尔敦在关键时刻帮了自己，图娅或许真的就熬不过这一关了。图娅曾一度认为，那个匿名举报自己的人就是额尔敦，但是到了后来她很快就打消了这个想法。再怎么说，额尔敦是自己和三个孩子的恩人。

从一开始很多人就觉得，领养这么大的两个淘气鬼肯定得有个几年才能认父母，没想到，只是几个月的时间，巴图和德德玛就完全变了个人。更有好事者，借着送孩子去学校的名义，亲眼去看巴图的变化。如同草原上的牛羊一样，初生牛犊不怕虎，又蹦又跳上天入地的是那个叫陈海生的孤儿，若不是亲眼所见，没人会相信眼前这个皮肤黝黑沉稳懂事的孩子名字就叫巴图。

上级领导的回访如期而至，因为图娅是唯一一个收养了三个孤儿的家庭，自然是回访的重点对象。虽然巴特尔不在了，但是此时的母子四人，早已成为了一家人。看到一家人其乐融融，屋里堆满了粮食，领导便也没说什么。当听到巴图叫图娅妈妈的时候，莫书记咽下了原本打算说出的话，回到办公室又重新写了一份报告交了上去。

随着走访调查，巴图的懂事越发让上级领导刮目相看，原本拆散巴图和德德玛的计划伴随着众人的口碑最终化为了泡影。就这样，巴图和德德玛终于安全地留在了图娅家里。

有了国家补贴的粮食，家里比以前过得要容易些。巴图也不再那么死命地吃饭渴望长大，离开草原回上海的念头伴随着草原上的小伙伴们的笑声早已被抛到了九霄云外。

如果说骑马让巴图对这片草原有了眷恋，那么巴特尔的马头琴则是彻底击碎巴图心理防线的那枚重磅炸弹。马头琴声如同一把尖锐的匕首，直插巴图的心脏，让他毫无还手之力。在巴图心目中，那不仅仅是一把乐器，它更像是有着魔法的武器。马头琴的琴弓是用马尾的鬃毛制成的，它可以读懂人的七情六欲，它可以让人忘却烦恼、忘记悲伤，它甚至能够和马儿心意相通进行交流。巴特尔阿爸的马头琴一直摆在家里，巴图时不时地摆弄几下。除了蒙古语，学马头琴是巴图最大的心愿。

春节很快就要到了，天气也越来越冷了，巴图从未感受过零下三十几度的低温，烧开的水泼在空气中瞬间就可以凝成冰。为了取暖，他每个周末都和德德玛在草原上捡牛粪。

这一天下午，巴图和德德玛捡完牛粪在河道上打呲溜滑，却看到远处有一辆拖拉机载着十多个年轻人朝着旗里驶去。

看到两个孩子站在冰上看着他们，队长宝音朝着二人大喊："嗨，回家告诉你们的额吉，今晚有演出……"

巴图和德德玛回道："你们是谁？"

队长看了看众人，异口同声地喊道："我们是乌兰牧骑……"

"知道啦……"

拖拉机上有一面迎风招展的红旗，直到此时巴图才看清楚红旗上写的四个大字：乌兰牧骑。

乌兰牧骑，蒙古语原意为"红色的嫩芽"，其实就是下乡演出的红色文化宣传队，是内蒙古牧区特有的文艺团体。1957年，政府为了满足人民的精神文化需求，特别拨出经费抽调能歌善舞的年轻人组成了乌兰牧骑，长期在草原上辗转演出。当时乌兰牧骑一般为十二个人，虽然演出条件十分简陋，但是大家都抱着极高的热情，以天为幕布，以地为舞台，为草原牧民们送去欢乐和鼓舞，传递着党和国家的声音与关怀。因为牧区面积太大，所以轮到在巴图所在的地方演出，已经春节临近了。

听说乌兰牧骑晚上要演出，巴图和德德玛早早吃完饭便去了学校。刺骨的严寒并未阻挡人们的热情，大家纷纷帮忙着搭着简易的舞台，有的人在舞台前方点起了篝火。

巴图则和小伙伴们一起去后台看着宝音队长和队员在那化装。一切准备就绪后，天空中却突然飘起了雪花。牧民们有很多是骑马几十里地赶过来的，如果雪下大了，会影响大家回家。队长宝音抬头看了看，然后放下了手中的节目单，他把正在忙活的莫书记拉到了一边。

"莫书记，演出要一两个小时，这雪万一下大了，我怕影响大家回去啊！"

"宝音队长，你的意思是？"

"要不就推迟到明天，或者下次再演！毕竟安全第一！"

莫书记想了想说："今年的雪是下得有点多，一天两天也不一定能停，今晚下了雪，明天再来也不太现实啊！"

"实在不行，节后呢？"

"你们来一趟不容易，舞台都搭好了，春节前能演一场，这是最好的。宝音队长，你们是不是有什么不方便的地方？"

"那倒没有。因为之前演出，有过类似的事故发生，所以我就跟你商量商量。"

"那么着，我去问问大伙的意见！"

"行，只要大伙没意见，我们一定全力以赴！"

看着大家期盼的眼神，莫书记走到篝火前征求意见。毫无疑问，大家的呼声很高，哪怕雪下得再大，大家也都能等。针对离得远的几户牧民，莫书记专门走过去挨个询问，希望他们可以提前往回走，但是谁都没有走的意思。相比阻碍回家的大雪，乌兰牧骑给大家带来的欢乐与精神食粮能够治愈那时的一切痛苦和创伤。

一切准备就绪，莫书记简单介绍后，宝音队长正式开场。

"今天，乌兰牧骑巡回演出队能够到咱们这里来演出，感到非常高兴，感谢大家冒雪前来支持！乌兰牧骑是一个综合性的文化单位，在毛主席思想的光辉照耀下，贯彻执行党的文艺方针，向广大的牧区传达社会主义新文化，为占领和巩固农村牧区社会主义文化阵地而积极努力。乌兰牧骑在党中央和内蒙古自治区党委的关怀和领导下，虽然做了些工作，但是以党和人民对我们的要求来衡量，还有很大差距。

我们演出水平有限，希望大家多多批评和指导！"

宝音队长的一番话引来大家热烈的掌声，但是有些人不耐烦地催促着宝音队长赶紧开始。

"今晚的节目单有，出场式《我们是文化轻骑队》、对口词《哨兵》、舞蹈《驼峰上的民兵》、快板《改天换地》、舞蹈《好社员》、女生齐唱《草原上升起不落的太阳》、好来宝《牧马英雄》、顶碗舞，最后是马头琴独奏《春天来了》！"

一个个节目的演出，让大家热血沸腾，而富有活力的年轻人让巴图心中充满了无限的憧憬和向往。

雪越下越大，但是依旧阻挡不住大家的热情。虽然宝音队长和队员们穿着薄衫被冻得不行，但是他们依旧被牧民的热情所感染，在大家一次次的掌声中开心地舒展着肢体，一展直穿云端的歌喉。

巴图简直看得入了迷。印象中，只有在过年的时候老家有舞龙舞狮队，但那只是看个热闹，眼下乌兰牧骑的表演堪称殿堂级，每一个节目都深深地影响着他。

夜已经很深了，但是没有一个人提前离开。马头琴独奏是巴图最期待的节目，当宝音队长拿着马头琴坐在篝火旁，众人都安静地看着，空气中一下子都安静了，只有木柴燃烧的哔哔剥剥声。

宝音队长用力搓了搓手，缓缓地拉起了那首《春天来了》，悠扬的琴声如同春风一般钻进了每个人的心里。宝音队长的每一个架势，巴图都认真地看在眼里。虽然宝音队长很瘦，但是他的马头琴技艺并不逊色于巴特尔，苍劲有力的琴声让巴图沉醉，他心里默默地想，或许他已经找到了自己一生为之着迷的心爱之物。

《春天来了》是草原民歌，大家耳熟能详，伴随着宝音队长加快的节奏，大家围着篝火载歌载舞一起动了起来。如果可以，巴图甚至希望时间能够定格在这美妙的夜晚，因为它太美了，美得让人窒息，美得让人怀念，美得让人期待着春天的到来……

自从图娅拒绝了乌力罕之后，乌力罕再也没有出现在图娅面前，但是乌力罕却私下里一直关注着图娅的情况，他知道有些伤痛需要时间去抚平，他想着等有合适的机会再去跟图娅表白。乌力罕一心惦记着图娅，家里人都心知肚明，本来图娅命硬的谣言随着巴特尔的离去被再一次哄传，而乌力罕的额吉甚至以死相逼。为了避免夜长梦多，额吉便托人给乌力罕介绍了一个叫娜布琪的女孩。

这次乌力罕便和娜布琪一起来到了学校看乌兰牧骑的表演，看到身边有三个孩子的图娅已经完全变了副模样，乌力罕的内心又泛起了涟漪。图娅的脸上不再有之前的那份生硬与火爆，而是写满了女性的温柔与贤惠。看着身边的娜布琪，乌力罕的心又一次被拨动了。图娅早就听说了乌力罕相亲的事情，看到二人手拉手走到了一起，图娅尽量假装自己没看见，故意走得远远的，生怕乌力罕觉得难为情。

回到家后，巴图就央求着图娅教自己弹马头琴。虽然图娅的马头琴功底比巴特尔差得太远，但还是会一些的，看到巴图天天围着自己转，图娅只好从基本功开始教起。巴图则下了死功夫，从白天到晚上拉个不停，这让图娅和德德玛头疼不已。时间一天天过去，巴图终于能拉出个差不多的调调来了，伴随着巴图跑调严重的《春天来了》，春节如约而至……

图娅专门为巴图和德德玛做了一身蒙古族服装，穿着新衣服的德德玛在镜子前照了又照。巴图也宛如一个小英雄，英俊而干练。7岁，巴图已经7岁了，他审视着镜子中的自己，黝黑的脸上早已褪去了来时的稚气。在来到这个世界的第七个年头，巴图拥有了新的名字，新的衣服，新的朋友，还有新的家庭，原先的那个陈海生伴随着身上的一袭蒙古长袍彻底消失了……

经过了半年多的学习，巴图和德德玛也终于学会了一些蒙古语。在巴图和德德玛看来，妈妈和额吉更像是两个角色，妈妈是生自己的那个人，而额吉就是眼前的图娅，此刻的母亲。

没有一个冬天不会过去，也没有一个春天不会到来。当巴图还有德德玛将包的歪歪扭扭的酸菜羊肉馅水饺下到锅里的时候，难熬的日子终于要过去了……

第十二章　绿松石项链

呼伦贝尔的春天来得很晚，但终究还是来了。

长时间的操劳让图娅的身体每况愈下，白天的时候，图娅需要放羊，晚上回来还得给母羊接生。有时候往往一宿都睡不了几个小时。虽然巴图和德德玛晚上会帮把手，但是毕竟二人回家得先写作业，第二天一大早还要去上课。况且，巴图年纪还小，并不懂得怎么给母羊接生，所以更多的时候，都是图娅一个人从白忙到黑。眼看着羊圈里要生产的母羊实在是太多了，图娅只得硬着头皮去找乌力罕来帮忙。

当乌力罕看到图娅骑马赶来时，还以为家里出了什么大事，眉头紧皱。

"图娅，出什么事了？"

"家里有十几只母羊要产崽儿，我一个人忙不过来，你晚点去帮帮我！"

"啥时候？"

"晚一点吧！等孩子们睡了，你再过来！"

"好！"

看到图娅骑马远去的背影，乌力罕嘴角上扬，露出了久违的笑容。

虽然乌力罕对娜布琪没什么感觉，但是娜布琪也是个不错的女孩子，乌力罕想找理由分开却不忍伤害善良的娜布琪。就这样，日子一天天地过着，乌力罕从不主动接近娜布琪，因为他心里一直想着找个合适的机会再找图娅谈一次。如果图娅态度很坚决，那么他就打算和娜布琪走下去了。至少，得到了图娅肯定的答复后，自己也就死了心了。乌力罕还是了解图娅的，毕竟，她是个固执的女人。

乌力罕从怀里掏出了准备很久的绿松石项链看了看，心想是时候做个了结了。

母羊要生崽的时候，会在羊圈里一直摆尾巴，所以一入夜，图娅就拿着油灯在羊群中仔细检查着，看到有要生产的母羊就将它隔离出来。和人一样，有些母羊第一次怀孕当妈妈，生产的时候没有经验就会害怕，过度的紧张有时候会导致难产，即使正常生产下来，有些母羊也会本能地躲避自己的孩子，造成小羊冻死饿死的现象。以前巴特尔和自己轮流照看，所以并不算繁重的活儿，但如今这样的工作，图娅一人将会忙活整整一夜。

巴图回家做完作业后帮着图娅在羊圈忙活了好一阵子，看到巴图提着油灯打盹睡，图娅让他回屋睡觉。巴图回到屋里也不闲着，摆弄了一会儿马头琴后趴在桌子上便睡了过去。

夜深了，雾气渐起，乌力罕如约而至。

此时的图娅正忙着给几只羊接生，满头大汗。看到图娅自顾不暇，乌力罕挽了挽袖子，麻利地接过了图娅手中的活计。男人毕竟是男人，原本繁重的工作，在乌力罕手里如同下棋一般轻松，他一个人在羊圈里闪转腾挪，遇到不听话的羊，他一只手就能将其制服，让母羊老老实实地给小羊喂奶。乌力罕干起活来比图娅麻利太多，给刚生下来的小羊清理身上的胎衣和黏膜，点火烘烤，喂奶……这只羊刚照顾好，另一边又开始生产了起来。这些看似简单的事情在图娅这里，每一件做得都异常辛苦。

马不停蹄地忙活了好一阵子之后，二人方才有了片刻喘息的时间。

"喝口奶茶吧！"图娅说着递来一条毛巾，还有一杯热奶茶。

"那几只摇尾巴的，估计要晚点！"乌力罕说着看向了羊群中剩下的几个待产的母羊。

"嗯。乌力罕，你算是帮了我大忙了，不过挺晚的了，要不你先回去吧！剩下的我来照顾就好！"

自己忙活的时候，图娅时不时地朝蒙古包看去，这让乌力罕觉察出了图娅的心思，他不假思索地说："行！我喘口气就回去了！"

乌力罕将奶茶一饮而尽。夜色下，图娅的脸在油灯的照射下美得像一幅油画，让人心动。乌力罕将碗递给图娅，图娅顺手接过，乌力罕却没有松手。

"图娅，你最近还有梦见他吗？"

"有！"

"他有跟你说什么吗？"

"他说让我等他！"

"图娅，都半年多了，整片草原都找遍了……"

"乌力罕，你不要说了，你走吧……"

"图娅，孩子的事儿，巴特尔那天跟我说了，你还年轻，你需要有自己的孩子……"

"他们就是我自己的孩子！"

"图娅，你明白我的意思，不管是谁的孩子，他们都需要有个阿爸！"

乌力罕说着说着激动了起来，他走到图娅面前紧紧地抱住了图娅。看到乌力罕失去理智朝着自己吻了过来，图娅拼命地挣扎躲开。

"乌力罕，你不要这样！乌力罕，你住手！"

看到乌力罕依旧没有放手的意思，图娅狠狠地给了乌力罕一巴掌。

这一巴掌让乌力罕彻底冷静了下来，他意识到了自己的失礼和冲动，看到图娅整理着衣服和头发，他尴尬地转过了身去。

"图娅，对不起，我……"

"乌力罕，你走吧！"图娅很快便让自己冷静了下来，她努力地装作什么都没发生的样子。

这时，乌力罕从怀里掏出了那个绿松石项链递到了图娅面前说："图娅，当年巴特尔只是比我早了一步，要不然我也要找你提亲的。你考虑考虑，三天后我再过来……"

乌力罕将项链塞到图娅手里便转身离开，而这一切，都让半夜起来撒尿的巴图躲在门后看在了眼里。

图娅忙完回到屋里，看到巴图抱着巴特尔留下的马头琴睡了过去，图娅费力地将巴图抱到床上。看着床上熟睡的三个孩子，图娅百感交集。孩子需要父亲，图娅何尝不明白这个道理。除了巴图有些抵触外，德德玛并不讨厌乌力罕，阿茹娜懂事后，比他俩更需要一个有父亲的完整家庭。这些话，莫日根书记也跟她讲过。只不过，眼下她无法做到让别人走进自己的心里，她一直说巴特尔还活着，是因为自己始终不愿接受巴特尔已经去世的事实。

绿松石项链很漂亮，巴特尔以前一直想买给她，只是太过贵重，图娅拒绝了。这件事情只有自己和巴特尔知道，乌力罕作为巴特尔最好的朋友，二人无话不谈，他应该是从巴特尔那里知道了自己的喜好。乌力罕笨笨的真诚还是让图娅的内心起了些许波澜，她小心翼翼地坐在镜子面前将绿松石项链戴在了脖子上。镜子中的图娅美得像一幅油画，带着生活中的粗粝质感，却传达着温柔和细腻。她终究还是一个女人，一个爱美的女人。

因为好奇的阿茹娜老是扯自己的头发和项链，所以在收养阿茹娜没多久后，图娅便将巴特尔送给自己的那条印第安羽毛项链放到了抽屉里。当图娅拉开抽屉把乌力罕的绿松石项链放到首饰盒里的时候，那条羽毛项链如同揿下按钮，瞬间将半年来的痛苦释放了出来。图娅原本以为自己已经同巴特尔告别了，自己已经释怀，此刻的她才感觉到那种痛苦，如同蚂蚁啃噬的充满每一寸肌肤的痛苦。

很多时候，人们面对巨大的悲伤并不会及时地去做出反应，而是会若无其事地带着这份悲伤一直走很远。可是突然有一天，大脑终于反应过来那份巨大的悲伤，情绪会在刹那崩溃，然后在那原本就要愈合的伤口上再撒上一大把盐。

而这一切，都被躺在床上装睡的巴图看了个清楚。图娅趴在桌子上几乎一夜没睡，当巴图醒来的时候，图娅早在外面又忙活了起来。

周末，巴图一个人骑着马赶着羊群漫无目的地在草原上溜达，看着羊群在那安静地吃着草，巴图一口气骑马来到了湖边，望着眼前冰冻的湖面，巴图沉思了很久。冰已经没有之前那么厚了，他下马走到了湖中心，拿着石头用力地砸了很久，终于在冰面上砸出了一个窟窿。看到湖水从冰面下冒出，巴图从口袋里掏出了那条绿松石项链，扔了下去。

童话之所以叫童话，大概是因为只有孩子才会相信吧。虽然图娅每天都念叨着巴特尔没有死，但是她心里知道，哪怕她不愿接受，现实依旧冰冷而残酷。但巴图比任何人都坚信，巴特尔只是失踪了，他总有一天还会回来，因为他心里父亲的那个位置除了巴特尔阿爸之外，谁都替代不了。他不愿看到乌力罕追求图娅，在他的心目中，图娅只属于巴特尔阿爸。他不愿接受乌力罕这个如张飞一般粗糙的汉子，更不愿再有别人走进自己的家……

约定的时间很快就到了，下午时分，乌力罕带着一些糖果和糕点来到了图娅这里。乌力罕想好了，与其躲着孩子倒不如直面现实。图娅如果不答应，自己就死了这条心了；图娅要是戴上了自己送的项链，那么早晚都要告诉两个孩子的。

看到图娅脖子上空空的，乌力罕的心里有些许失落。而图娅的眼里有些闪烁，她的内心是犹豫的，她不知道该怎么面对乌力罕。

二人尴尬地沉默了一会儿，乌力罕鼓足勇气问道："图娅，项链呢?"

"哦，在那呢……我怕阿茹娜扯，就没戴……"

巴图拉着德德玛的手从学校回来，看到乌力罕的马在门外，巴图便知道，今天应该就是二人感情做决断的时候了。他有些得意地朝着蒙古包走去，因为自己早已将那条项链扔掉，他们之间的感情是不会有结果的。

图娅有些犹豫地拿着首饰盒，她知道自己戴上项链就代表答应了乌力罕，但是此刻的图娅却慌乱不已，看着桌子上断了弦的马头琴，图娅决定拒绝乌力罕。并不是她对乌力罕没有感情，而是她觉得娜布琪是个好女孩，值得拥有乌力罕的爱。自己本就是个名声不好的女人，她若是因为孩子而接受了乌力罕，二人的感情之路是不会有结果的，那将会是另一段充满荆棘的痛苦之路。

屋里安静极了，仿佛能听到两个人的心跳声。图娅打开首饰盒打算把项链还给乌力罕，可是却发现里面的项链早已不翼而飞。

看着图娅有些慌乱地翻着抽屉，乌力罕问道："怎么了?"

图娅转身刚打算开口的时候，却发现巴图和德德玛正手拉手站在门口看着屋里。

"屋顶坏了，我让乌力罕叔叔来修屋顶的!"看到巴图用仇视的目光看着二人，图娅赶紧指了指屋顶。

"哦，对！我出去找点木头……"乌力罕看了看屋顶上断裂的几根榆木，站起身来走了出去。

看到桌子上有好吃的，德德玛开心地走了过去，巴图却瞅了德德玛一眼不让她动。

图娅反复地找了几遍抽屉后转身看着巴图问："巴图，你见我项链没？"

"没有！"

看到巴图想都没想就气冲冲地回答了，图娅便知道肯定是巴图搞的鬼，毕竟，他是对乌力罕意见最大的。

"德德玛，告诉我，项链去哪里了？"

德德玛看了看巴图说："妈，我不知道，什么项链？"

乌力罕从外面拿了两根榆木棍，走到蒙古包里，脱了鞋站在凳子上假模假样地修了起来。

图娅又翻了翻抽屉依旧一无所获，想来想去这件事除了自己根本没人知道，首饰盒里的项链肯定不会无缘无故地就不见了，若是德德玛戴着玩，她不会单独只拿走乌力罕送的那个，想来肯定是巴图没错了。

看着巴图躲闪的眼神，图娅正颜厉色地问道："巴图，不准说谎，项链藏哪去了？"

"被我扔了！"

"为什么扔了？"图娅看了看乌力罕，面露难色。

"阿爸托梦告诉我的，他说他没死。我不想再找新阿爸！德德玛也不想！"

巴图说完便气冲冲地跑了出去，图娅若有所思地关上了抽屉。乌力罕则假装什么都没发生过一样从凳子上下来。

"图娅，今天我就先不修了，改天再说吧。"

"乌力罕，我找到了就给你送过去。"

乌力罕苦笑着说："先去找孩子吧。"

看到巴图骑着马儿走远，图娅只得骑着乌力罕的马儿追了过去。

乌力罕穿上鞋走到门外，看着远去的母子二人，心情失落到了极点。看着德德玛同自己站在一起，乌力罕的脚步显得十分沉重。

"德德玛，赶紧回屋做作业吧！叔叔就在这等着你额吉回来！"

"嗯！"

看着德德玛回到了屋里，乌力罕坐在马槽上痛苦地脱下了鞋子，里面不知何时已经被巴图放满了碎石子，看着地上略带血迹的石子，乌力罕长叹了一口气。那一刻，乌力罕甚至想，如果自己不是巴特尔最好的兄弟，或许巴图便不会那么排斥，或许图娅就能接受自己。眼下，这段萦绕心头的感情终究是被彻底地画上了一个句号，孩子们有了自己的想法，图娅的生活也走上了正轨。今后，乌力罕便彻底断了眼前的念想，开始新的生活了。

巴图骑着冬青马一口气跑到了巴特尔消失的地方，呆呆地望着远方。图娅缓缓骑马走了过来，什么话也没说，就陪着巴图静静地待着。

过了好一阵子，巴图的气也消了，他转过头对图娅说："妈，我错了，我不该对你说谎……"

图娅苦笑着说："巴图，我没打算接受乌力罕叔叔，但是即使拒绝别人，你也应该要有礼貌。"

"哦。"

"巴图……"

"妈，我把项链扔到湖里去了。"

"我不是问你这个，我想问你阿爸什么时候托梦给你了？"

"妈，昨天晚上的时候，他说让我好好照顾你。"

"哎……其实，昨晚快天亮的时候，我也梦到你阿爸了……"

"巴图，你先回家吧，乌力罕叔叔等着呢！"

"妈，你呢？"

"我想一个人待会儿……"

"嗯……"

巴图骑着乌力罕的马儿回去了，图娅一个人呆呆地望着远方，嘴里呢喃着："巴特尔，你放心，我会照顾好孩子们的……"

回到家后，图娅将桌子上的糖果重新装在了一起，吩咐巴图给乌力罕送了回去。图娅亲手埋葬了再次组建一个完整家庭的可能，从那一刻起，她完成了一个从女人到母亲的彻底转变，全身心地以额吉的身份投入了这个家庭中。先把三个孩子养大了再说吧，每到深夜，图娅总是这么劝自己。

天气一天比一天暖和，草原也终于再次变得嫩绿，这是巴图和德德玛最喜欢的春天。但这也是图娅最累的春天，大量母羊在春天产仔，图娅晚上给小羊羔喂奶，给母羊接生，第二天又去放羊，长时间没日没夜地操劳，终于压垮了她的身体。巴图甚至不记得，图娅已经有多久没有上床睡觉了。这天早晨，图娅在那挤着牛奶，或许是蹲太久了，或许是几天没怎么合过眼，当图娅起身拎着牛奶往回走的时候，却突然晕倒在了离门口不远的地上，奶桶滚落，图娅一睡不醒。

当巴图发现的时候，图娅不知道已经倒在地上有多久了。巴图和德德玛将图娅用力拖上勒勒车，德德玛抱着阿茹娜，兄妹三人哭着朝镇医院赶去。

手术室外，巴图抱着阿茹娜和德德玛焦急万分地等待着。检查结果出来后，面对眼前的三个孩子，医生只说没什么事儿，就是营养不良。当医生坚持让巴图回去喊家里大人来的时候，巴图心想：既然医生说没什么大事儿，图娅只是营养不良累倒在地，这种事情肯定不能去找莫书记，否则这会让莫书记产生更多的想法。额尔敦大叔虽然人很好，但是酒后嘴把不住门，唯一能够依靠的只有自己最讨厌的那个人——乌力罕。

得到了图娅的确定答复后，乌力罕回去很快便着手安排自己和娜布琪的婚礼。乌力罕倒不是因为赌气而选择加快完成婚事，而是他觉得既然图娅已经拒绝了自己，自己就没必要再因为这件事情而纠结。乌力罕是典型的蒙古汉子，性格直来直去，行就继续，不行那就彻底断了念想。对于自己仅有的情史——暗恋并追求图娅这件事，乌力罕从头至尾早都和娜布琪讲过很多次，包括图娅的拒绝，但是娜布琪并没有半点怀疑的意思，她选择相信眼前这个男人。

在很多人那里，感情就像一道选择题，选择和谁过什么样的生活，但是在乌力罕这里如同一道判断题，只有"是"或者"不是"两个选项，做完一道题错了就继续做下一道，不纠结，不留恋。乌力罕更希望能和这草原一样，春天播下种子，秋天收获一个可爱的儿子。

乌力罕和娜布琪正准备着婚礼该置办的东西，看到巴图骑马跑来，乌力罕没有犹豫就放下了手中的事情来到了医院，当然，是和娜布琪一起。

面对着医生递过来的报告单，乌力罕着急地问道："医生，我看不懂这个，你就告诉我，图娅怎么样了？"

医生看到巴图和德德玛在一边欲言又止，乌力罕更是催促。

"哎，没啥，都是图娅的孩子，你倒是说啊，到底是怎么了？"

"大问题没有，但是长期的过度劳累导致身体每个部位或多或少地都出现了病变。我这么说吧，她身上的这些毛病都是五六十岁的妇女才有的，可是图娅明明还很年轻啊！"

"那怎么治？"

"只能回去多休息，多调养！不说吃多么好的东西，至少得吃饱才行啊！长期营养跟不上，再这么拼命地干下去，身体很快就垮掉的！"

乌力罕和巴图将图娅送回家，娜布琪也回家取来了一些红糖。看着躺在床上面无血色的图娅，巴图放下碗筷跑到外面心疼地坐在马槽上直抹眼泪。

羊群是集体的，虽然每年每家每户会有几个损耗的指标，但是大家一般都留到入冬以后再去用，因为天冷了，羊肉能存得住，吃得更久一些。但是因为去年的白灾，图娅家的羊群损失严重，所以平时生活上自然就没有什么荤腥。为了来年能过得好一些，图娅只能从自己嘴里省着，把更多的能吃的给了巴图和德德玛。巴图一直纳闷，为何别人家过年能有羊肉吃，自己家就常年吃不到，这也是后来，巴图才明白的道理。变绿的草原只能为牛羊提供更多的食物，让牛羊产崽繁衍，但是家里依旧缺乏能够给图娅补充营养的荤腥。

看着德德玛从地上捡起的灰色羽毛，巴图灵机一动，心里有了主意。原来，前些天放羊的时候，巴图就看到湖心岛上经常有野鸭飞来飞去，心想里面肯定会有野鸭蛋。之前，巴图在宜兴老家，他也是经常和小伙伴们去掏鸟蛋。如果能够找一些野鸭蛋回来，那便是最好的补品了。

看到巴图将马槽放到了车上，德德玛一脸疑惑，直到二人悄悄地到了湖边，德德玛才明白，原来巴图打算用马槽当作小船，划到湖心岛上。对，就是之前巴图扔项链的那个湖。

巴图首先将绳子绑在了马鞍上，然后自己用套马杆朝着湖心岛划去。为了保证安全，巴图将绳子的另一边绑在了自己的腰上。巴图反复嘱咐德德玛，如果自己落水，那么就让德德玛赶紧牵着马把他从湖里拉出来。

湖水清澈见底，巴图一个人拿着套马杆小心翼翼地划着。湖心岛看着很近，实则很远，很明显，巴图带来的绳子长度不够。看着还有十几米就到岛上，巴图索性解下了腰间的绳子，径直朝着小岛划去。德德玛站在岸边看着巴图紧张不已，手心攥得紧紧的。

巴图刚一登上岛，一群野鸭便轰的一声飞了起来。看着草丛里一窝野鸭蛋，巴图兴奋得像野猴子一般跳着叫着。

"德德玛！看，是野鸭蛋！"

"哥，你多拿几个，我也想吃！"

"放心吧！"

巴图兴奋地转过头打算动手捡鸭蛋，却发现有一只野鸭没有飞走，而是张开翅膀眼巴巴地看着自己，巴图吆喝了几声，母鸭却纹丝不动，张着嘴呱呱叫着。

"闪开！快走！我就是借你个蛋，又不是要你的命！"

看到巴图走了上来，母鸭更是发了疯一样浑身的毛都竖了起来呱呱叫着阻拦着眼前的侵略者。但是巴图毫不在乎，弯下腰去捡着鸭蛋，母鸭甚至跳飞到了他的头上拧了他一下，恼羞成怒的巴图抓起泥土块将母鸭轰走。

巴图将外套脱下来系好，将野鸭蛋小心地放了进去。一窝有六个野鸭蛋，草丛中大概有三窝。巴图刚开始把第一窝野鸭蛋全部捡完，想了想后又放回去了三个，不能全部拿走，这样母鸭回来没了孩子应该会很伤心吧。看着衣服里的九个野鸭蛋，巴图满意地回到了岸边的马槽里。

屋里一下子安静了起来，图娅在睡梦中被这份诡异的安静猛然惊醒。她的生活早已被巴图和德德玛的打闹声还有阿茹娜的哭笑声填满，潜意识告诉她，有些地方好像不太对劲。她拖着疲惫的身体从床上起来，喝了一杯奶茶才勉强有了些力气。

图娅在门口连着喊了几声都未见巴图和德德玛的身影，她开始有些慌乱。看到冬青还有马槽同时不见了，图娅赶紧朝着湖边跑去。

巴图小心翼翼地划到扔下绳子的地方，他用套马杆将绳子从水中捞起。就在他低头看的时候，却发现湖底有一个闪闪发光的东西。巴图猛然想到，这不就是自己之前扔的那串绿松石项链吗！

之前图娅责备巴图的时候，巴图曾经打算回来找过，但是奈何那时冰层太厚，巴图找了半天也没找到。后来图娅没有再追究，这件事情也就不了了之了。今天的意外发现，终于可以弥补之前的过失了。巴图先是小心地将绳子捞起重新系在自己的腰上，然后尝试用套马杆将项链挑起。可是套马杆太过光滑，试了几次之后，项链一次次从杆上滑落。看到马槽里来之不易的鸭蛋，巴图不得已只好解下腰间的绳子，将套马杆插在那里，自己则拽着绳子回去了。

"一二三四……"德德玛一个个地数着衣服里的野鸭蛋，高兴得合不拢嘴。

"哥，一共是九个！回去刚好一人三个！"

"德德玛，咱俩一人一个，阿茹娜一个，剩下的都给妈吃！"

"行，哥，我听你的！"

"德德玛，你再等我会儿，我回去取个东西！"

"什么啊？"

"一会儿你就知道了！"

有了前两次的划水经验，巴图大胆了许多，他趴在马槽里用两只手当作船桨往前拨拉着。到了套马杆所在的位置，巴图小心地将绳子重新绑到腰间，然后小心地用套马杆慢慢地往上提，在一次次的失败后，巴图搅起水底的污泥，差点将项链弄丢。于是他拿起套马杆换了另一头，将末端的皮绳缠绕成一坨，然后又一次小心地将项链挑了起来。眼看着项链在杆的另一头被挑起，巴图兴奋不已，长长的套马杆被巴图从水里慢慢挑起，那串绿松石项链终于顺着杆儿滑落在了巴图手里。套马杆头重脚轻，当巴图伸手去拿项链的时候，握着杆儿的另一只手很难让杆儿保持平衡，套马杆倒向了马槽的另一侧，小小的马槽瞬间失去了重心，巴图一个趔趄掉进了水里，马槽也倒扣在了水面上。

　　看着眼前这一幕，德德玛吓坏了，她赶紧拍着马儿试图将巴图从水中拉出，可是马儿却丝毫没有意识到风险，仍旧站在原地吃草。看着巴图所在的水面冒了几个气泡就只剩套马杆漂在水面上，再也不见了人影，德德玛着急地去拉绳子，可是绳子离湖岸的距离太远，德德玛的力气太小，任凭她怎么拖拽都无济于事。此时的德德玛乱了阵脚，吓得哇哇大哭了起来。

　　不会游泳的巴图瞬间落入三米多深的湖中，仿佛从人间掉入了地狱。冰凉的湖水瞬间灌进了他的耳朵和嘴巴，让他完全失去了方向。猛呛了几口水后，他只觉得嗓子火辣辣的，慌乱中他感觉到了德德玛尝试拽自己但是并没有拽动，巴图只好自己在水下奋力地拉着绳子。可是距离实在是太远了，巴图在水中折腾了没几下便没了力气，渐渐地，他失去了意识。

　　此刻的巴图像一朵漂浮在蓝天上的云朵，自在而轻盈，来自遥远故乡的模糊画面伴随着湖水在他的脑海回荡。

　　图娅一路循着车辙印小跑着来到了湖边，看到德德玛在那哭着喊救命，还有漂浮在水面上的马槽，图娅差点昏过去。

　　"你哥呢?"图娅几乎发疯似的喊道。

　　"妈，在水里，用绳子拉!"

　　图娅赶紧捡起地上的绳子，拼命往湖边拉扯，但是距离太远了。图娅转身将绳子放在肩膀上，发了疯似的弯下腰用手拽着快速地跑了起来。快到岸边的时候，喝了一肚子水的巴图也漂在了水面上，图娅冲进齐腰深的水中将巴图抱到了岸上。

　　"孩子，醒醒! 巴图，你醒醒!"

　　看到巴图面无血色苍白的脸，图娅慌乱地掐人中，给巴图按胸，做人工呼吸。可是此时巴图却像个死人一样一点反应都没有。情急之下，图娅只得抓住巴图两只脚奋力地扛在了肩上，让巴图整个身子倒挂着，然后在湖边跑了起来。

　　"巴图，千万别睡，额吉在这呢! 巴图啊，千万别睡啊! 额吉在这呢!"图娅嘴里不断地呼唤着巴图的名字，急得流出了眼泪。

　　图娅一圈圈地跑着，而背后巴图则完全没有动静，像一只死去的羊挂在图娅的背上。看着图娅越跑越用力，甚至跳了起来，德德玛只觉得头皮发麻。正当图娅和德德玛都要崩溃的时候，终于，巴图哇的一声将肚子里的湖水全部吐了出来。

　　图娅赶紧将巴图放在了地上，她伸出颤抖的手放到了巴图的鼻子上，又趴在了巴图的胸前。直到巴图缓慢地睁开眼，图娅的眼中方才掠过一丝欣喜，但是很快图娅的眼泪就落了下来。她紧紧地将巴图搂在怀中，瞬间崩溃地哭了出来。

"妈……"

劫后余生，图娅几乎吓破了胆。看到巴图笑着喊自己，图娅愤怒地朝着巴图就是一巴掌。

"你疯了！带着你妹妹来这！"

"你闲着没事儿去湖里干什么？你死了不要紧，德德玛呢？你怎么这么不懂事！"

"你要是死了，我怎么办？我怎么向国家交代，怎么向你亲生父母交代？"

此刻的担心伴随着巴图的微笑全部转化成了愤怒，图娅瞬间回到了结婚前那会儿的暴脾气，巴图和德德玛也从未见过图娅如此愤怒过。

只不过，无论图娅表现得多么的严厉，甚至在巴图脸上留下了红红的掌印，巴图却依旧笑着。

看到怒气未消的图娅，巴图缓缓地伸开紧攥的手，将那串绿松石项链递到了她面前。

"妈，你就是我的亲生母亲，你就是我亲妈，你不要生我气了，我错了！"

"那也不行，你的命比这串项链重要，你知不知道！"图娅接过巴图手中的项链顺势摔在了地上，依旧愤怒不已。

"你衣服呢？"

图娅早已被气昏了头脑，看到冻得瑟瑟发抖的巴图，才想起脱下自己的衣服给巴图披上。

德德玛慢慢地拎着巴图的外套走过来说："妈，哥看你病了，想给你找点好吃的……"

图娅接过德德玛手中的野鸭蛋，瞬间愣住了。原来，巴图不是为了玩耍，也不是为了捞这串项链，而是为了这几个给自己补身体的野鸭蛋。知子莫若母，看到巴图为了尽孝心差点把命搭进去，图娅再次抱紧巴图哭了起来。自己亲手将巴图从阎王爷那里拉了回来，她从刚才的惊惧到瞬间被感动，此刻的图娅心情复杂极了，她只能用眼泪来表达，而巴图却一直笑着。半年多来，他始终觉得自己对不起这个家，直到今天，他终于算是为图娅做了点事。

当图娅端上煮熟的野鸭蛋，一脸红掌印的巴图开心地笑了。图娅拿起一个小心地剥完壳递给巴图，巴图看了看又递给了德德玛，德德玛看了看香喷喷的洁白的野鸭蛋又递到了图娅的嘴边。

"妈，这是给你养病的，我和我哥一点都不馋！"

看到德德玛说完咽了下口水，图娅被两个孩子的孝心感动了，她强忍着泪水说："这不还有很多吗？一人一个！"

看着德德玛一直摇头，巴图说："妈，你吃吧！你要垮了就没人照顾我们了！"

"妈，吃吧，快吃吧！"德德玛说着将鸭蛋硬往图娅嘴里塞，"你吃我们就吃！"

"好，我吃，我吃！"

"不行，你得吃一大口！"看着图娅不舍得咬，德德玛不依不饶。

图娅眼中闪烁着泪花，她咬了一大口，露出了金色的蛋黄。图娅吃完将鸭蛋递给了巴图，巴图又轻轻地咬了一口递给德德玛，德德玛开心地咬了一小口。看着彼此的嘴唇上有着黄黄的蛋黄，三人哈哈大笑了起来。这一晚，巴图和德德玛吃完一口后再也没有继续吃下去了。为了额吉的身体，他们俩表现出了前所未有的坚持，亲眼看着图娅将鸭蛋一口一口全吃了下去。

不知道是鸭蛋的作用还是孩子们给自己的精神力量，第二天醒来，图娅觉得浑身是劲儿。看到桌子上的那串绿松石项链，图娅一大早便骑马去了乌力罕那里。

乌力罕新婚燕尔，屋里装饰得十分喜庆，看到娜布琪脖子上也戴着一串绿松石项链，图娅坐在那里有些拘束。

"图娅，吃块喜糖吧！"娜布琪热情地招待着，这反而让图娅觉得很难为情。

"前几天给你们添麻烦了，我也不知道巴图过来喊你们！"

"嗨，图娅，只要你没事儿就好！咱俩之前的事儿，我都跟娜布琪说过了，以后我俩就是你的亲人，有什么事儿尽管说就行！"

"没错。图娅，我觉得你很了不起，别看我和乌力罕已经结婚了，可我现在心里啊还是个大姑娘呢，你现在都是三个孩子的妈了！后面我生了孩子啊，还得跟你请教呢！"

"不说这个了。娜布琪，乌力罕，谢谢你们了！我就先回了！"

"要不吃了饭再走吧！"

看到娜布琪热情挽留，图娅起身说："不了，孩子们还在家等着我呢！我就是病好了想亲自来谢谢你俩！"

图娅怕乌力罕的直爽会让娜布琪心里不舒服，所以道谢过后便起身离开，乌力罕看了看娜布琪，娜布琪也识趣地留在了屋里。

"乌力罕，对娜布琪好点！"

"图娅，你放心吧！我会的！"

"娜布琪说得对，巴特尔在的时候，总觉得自己是个爱美的小姑娘，现在当额吉了，很多想法都变了！"

"图娅，说这些做什么？"

图娅想了想，拿出了那串项链，乌力罕看过后有些不解。

"乌力罕，昨天，巴图差点因为这个被淹死……"

"图娅，我没听懂……"

"乌力罕，娜布琪带的那串，是我去旗里买的。当初举报我的人就是你吧！"

"图娅，我……"

看到乌力罕有些窘迫，图娅紧接着说："乌力罕，我知道你是好心，我不怪你。我今天来是想告诉你，哪怕我捡遍草原上所有的牛粪，我也要将他们抚养大！"

图娅说完便转身离开了，留下了惊愕的乌力罕。自从被图娅拒绝后，乌力罕十分坦诚地将自己和图娅二人之间的事儿几乎都告诉了娜布琪，除了那串绿松石项链。

原来，那天图娅得知项链被巴图扔到了冰冻的湖里之后，她便骑着马儿去了镇上，既然主意已定，就不能让乌力罕误会。图娅找遍了整个镇都没有那一款绿松石项链，供销社的人说，这种物品只能去旗里才能有。图娅便骑马去了旗里，当图娅买完项链的时候，她才猛然发现，供销社的对面就是政府，图娅仿佛明白了些什么。当她走到门口的时候却被门卫拦了下来，细心的她只好谎称想反映南方孤儿的问题才得以被放行。但是当图娅登记的时候却发现了乌力罕的登记记录。至此，一切真相大白。

图娅明白，乌力罕是为了自己好，他曾无数次劝自己，作为蒙古女人一定要有自己的孩子，不能被上海来的三个孩子所拖累。因为在乌力罕看来，再怎么亲，他们始终是别人的孩子，没有血缘关系。但是让乌力罕不明白的是，图娅无法抛下这三个孩子，放弃额吉的这个身份去重新开始自己的生活，她想践行自己和巴特尔的承诺，她想向那些曾经看不起自己的人证明自己可以。

如果不是巴图为了这串项链差点付出了生命，图娅甚至到死都不会提起匿名举报的事情。一切种下的因都会结出意想不到的果，她想让乌力罕知道，并不是所有的善意都能被接受和理解，她不希望这段不该发生的缘分再次给这个家庭带来任何的意外。

从乌力罕家里出来后，图娅再一次骑马来到了湖边，看着碧绿的春水，她奋力地将那串绿松石项链扔进了湖里……

第十三章 大时代

从1959年被父母遗弃在育儿院门口，到1960年来到内蒙古，时间的洪流裹挟着一切不断向前，巴图、德德玛和阿茹娜也在图娅的照顾下熬过了最难的1961年。

一年多的学习，让巴图和德德玛完全学会了蒙古语，他俩终于明白了"额吉"这两个字在草原上所蕴藏的深刻含义。在1962年的新年第一天，诚如巴特尔所言，巴图和德德玛终于从以前的"妈妈"改口叫了"额吉"。伴随着阿茹娜牙牙学语，一声声额吉让岁月无声划过，在图娅的额头上留下了道道印痕。

身处草原的三个孩子就像金棘草一般，扎根草原，顽强而快乐地生长着。伴随着一个个前来撮合的媒人被图娅拒绝，她也渐渐地成为草原上三个南方孤儿的孤独的额吉。

图娅不希望那串绿松石项链再次给自己和孩子们的生活带来困扰，所以才鼓起勇气去找乌力罕提起了匿名举报的事情，但正是图娅想冰释前嫌的举动却在乌力罕心里埋下了一颗自卑的种子。

乌力罕的爱是自私的，他想通过匿名举报假借上级领导的手让巴图和德德玛离开图娅，如此一来，图娅也不至于整天到处借米，无论他能不能和图娅在一起，至少，图娅带着尚未懂事的阿茹娜，还可以再组建新的家庭，拥有她自己的孩子。坦白地讲，当得知图娅因为巴图而流掉了自己和巴特尔的孩子，这让乌力罕心中对巴图产生了些许恨意。巴特尔是自己最好的兄弟，如果没有巴图，那么至少自己的兄弟还能有后，他觉得一切的一切都是巴图和德德玛闯入了这个原本圆满的家庭所造成的。乌力罕觉得，自己可以养活别人的孩子，这没什么，但是因为别人的孩子而流掉了自己的孩子，这让他无法接受。所以，当乌力罕决定迈出匿名举报那一步的时候，他的内心是痛苦的。他想让这个顽固的女人获得幸福，他几次三番地劝说，图娅都未曾接受。

如果图娅不曾知道，乌力罕甚至认为自己的举动是无私而正义的，但是当图娅亲口说出那句话的时候，乌力罕羞愧难当，此刻的他仿佛成了一个卑鄙无耻的小人。一个七尺男儿用如此下作的方式阻碍图娅收养三个孩子，如果这件事情传出去，乌力罕恐怕无法继续在这片土地上继续正常生活下去。

从那以后，这个只有图娅和乌力罕知道的秘密成为乌力罕心头的一块心病。如果没有那场席卷草原的运动，或许深埋在乌力罕心底的那颗自卑的种子便不会野蛮生长。

其实乌力罕的婚后生活过得很不错，但是自己一路走来总是比不过巴特尔，这让乌力罕的内心有着些许的自卑。当巴特尔的遗孀图娅说出自己匿名举报的不齿行为后，乌力罕更是有着出风头的强烈渴望，他迫不及待地想在自己曾经喜欢的女人面前证明自己的力量。乌力罕甚至认为，自己之所以当初没能和图娅在一起，全是因为莫书记。如果当初上级回访的时候，莫书记坚持让巴图和德德玛离开图娅，那么自己和图娅就能够在一起。当善良的天平开始失衡，当白开始变成灰，乌力罕逐渐成为恶魔的旗手。他羡慕莫书记的权力，同时他憎恨莫书记的大公无私。

当着众人的面，乌力罕俨然成为"正义"的使者，他痛斥着莫日根书记在转运孤儿的过程中贪污，在乌兰牧骑演出的时候置众人的生命于不顾。人群中也有些人违心地说着莫书记的坏话，甚至有些南方来的孩子也跟在后面煽风点火。

看到乌力罕颠倒黑白，是非不分，图娅坚决找到乌力罕理论，可是恼羞成怒的乌力罕却试图在借粮食的事情上诬陷图娅。他想摧毁眼前这个女人，然后让这个女人回过头来向他乞求。但是，他显然低估了图娅的坚强，面对众人的言不由衷，图娅义正词严地维护着莫书记，她坚信组织会还莫书记清白。在图娅的眼中，乌力罕所做的这一切，都只不过是虚张声势而已。

面对图娅这颗眼中钉，乌力罕极尽所能想泼污水，但最终都因为没有证据而不了了之。毕竟，无论面对谁的审查，图娅是收养了三个南方孩子的额吉，她因此失去了丈夫还流掉了自己的孩子，她直到孩子快要饿死了，才去拿回国家的补贴粮，有谁能够质疑图娅对国家的忠诚呢？

祸兮福之所倚；福兮祸之所伏。"不给国家添负担！"巴特尔当初的这句话为图娅这个家庭带来了沉重的生活负担。图娅有时甚至想，当初巴特尔为何在众多党员面前逞能夸下海口，这句话为自己带来了太多的不堪。但是，恰恰是这句话，在那个年代保护了图娅和三个孩子。

莫书记在经历了长时间的审查和磨难后，终于重新回到了岗位上。莫书记深知，时代所迫，每个人都有言不由衷的地方，深谙人性的他选择了放下过去，和什么都没发生一样重新开始了自己的工作。看着莫书记挨家挨户地走访，做贼心虚的乌力罕悄悄地搬离了草原，去了没人知道的地方，从此以后，大家再也没有见到他了。后来，有的人说乌力罕改了名字，也有人说，他成天酗酒，最后脑血管破裂早早就走了。总之，那个草原上强大的男人，终于被自己的心魔打败。没人愿意再去提起乌力罕这个名字，生活也很快抹去了那些不快的回忆，而莫书记的热情仿佛让人觉得那不堪回首的过往都不曾发生过。

孩子们长大后，图娅曾经让人打听过乌力罕的下落，毕竟，在自己最难的时候，是乌力罕不顾一切地来照顾自己。遗憾的是，乌力罕仿佛人间蒸发了一般，大家一直都没有关于他的消息。

1977年10月21日，国家宣布恢复高考。

伴随着知青们掀起的学习热潮，巴图也准备了起来。这一年，巴图23岁，此时的他已经完全成长为家里的顶梁柱。很多时候，巴图深夜从梦中醒来，他常常在想，外面的世界到底是什么样子的，曾经的父母还活着吗？

伴随着改革的春风一同吹来的是寻亲团。看到有些一起来到草原的孤儿被亲生父母领回去的时候，巴图愤怒不已，但是愤怒之余，他潜意识里更多的是对亲生父母的怨恨，他有时候也想回去找父母，亲口质问他们为何遗弃自己。直到此时巴图才明白，他其实一直没有忘记江苏老家，包括生养他的亲生父母。他以为自己忘却了，但其实那段回忆只是被他深埋在了内心中一个不起眼的角落，当寻亲团陆续前来，那份执念便会又一次萦绕心头。他甚至害怕自己的亲生父母会和那一串被丢弃的绿松石项链一样，从未消失，只是你找不到而已，或许有一天，会以另一种姿态突然出现在你面前，让你措手不及。

半年多过去了，巴图和德德玛害怕出现却又期待出现的那个人并没有来。寻亲团陆陆续续地来了又走，走了又来，也有一些孩子主动去上海找到了亲生父母，但是有些结局并不尽如人意。当有一些家庭看到一个穿着蒙古袍的孩子出现在自己家的时候，他们更担心的是自己的财产，他们身边的孩子更是因为遗产而闹翻脸，把那一丝丝仅有的血缘关系斩断。也有些孩子回到上海待了一段时间后，因为理念不合又重返草原。

人类的悲欢并不相通，当那些活生生的案例一次次摆在眼前，巴图和德德玛也便忘却了这件让人失望的事情。毕竟，图娅才是自己的额吉，遗弃他们的人早已在脑海中变得模糊了起来。

1978年的8月8日，那达慕盛会伴随着改革开放的号角如期而至。此时的小胖早已不是之前那个爱哭的少年，而是变成了比巴图更结实的蒙古汉子。和巴特尔一样，巴图每年都是很难被打败的搏克沁，倒不是因为巴图有多么大的块头，而是因为他有一颗永不服输的心。23岁的德德玛早已出落成了一个古灵精怪的大美女，她仿佛就是年轻时的图娅，脾气火爆，争强好胜。尤其在骑马这件事儿上，没有几个女孩子能比德德玛更强，乌力罕的那匹小马驹最终还是成为德德玛的大花，从小和大花长大的德德玛和马儿的默契无人能比。18岁的阿茹娜穿着蒙古盛装在那走秀，虽然巴图和德德玛知道阿茹娜是从上海来的孩子，但是阿茹娜的鼻梁高挺，眼窝深邃，完全不像个汉族人，更像是土生土长的本地少数民族，而且阿茹娜的个性也像传统的蒙古族女人，勇敢善良，也正因为如此，阿茹娜一直都以为自己就是图娅的亲生女儿。

三个孩子都长大成人，巴图也如愿以偿地参加了高考，而伴随着他再一次赢得那达慕盛会的摔跤比赛，好消息终于也传来了。

蒙古包外挂满了拆洗的床单和三个孩子的衣服，家里困难的时候，巴图和德德玛很少闹矛盾，但是自打阿茹娜长大后，就变成了三个和尚没水吃的状态。阿茹娜彻头彻尾地生长在图娅还有一个哥哥、一个姐姐的爱护之下，虽然自打记事以来没有父亲，但是热闹忙活的家庭让阿茹娜像一匹脱缰的野马，自信而又个性十足。三个孩子天天在家因为鸡毛蒜皮的小事而闹得不可开交，这让蒙古包里充满了欢声笑语，也让图娅耳根很难有片刻的安静。图娅并没有去参加那达慕盛会，此时三个孩子都不在家，这对她来说是难得的清净。

伴随着时代的发展，邮差也将胯下的马儿换成了摩托车。

"图娅，考上了！考上了！"还未到跟前，邮差便按着喇叭大喊了起来。

"图娅，是大学录取通知书！恭喜你啊，图娅，快看看是哪个学校！"

怀着激动的心情，图娅在身上擦了擦手，小心地打开了信封。

"上海的音乐学院！真好！"

"巴图是旗里最好的马头琴手，去音乐学院也算是去对了！只不过啊，这草原上的小马驹，还是跑回上海去喽！"

"嗨，在哪不都一样！巴图报之前跟我商量过，也就是咱们内蒙古没有音乐学院，要不然他就报内蒙古的了。"

"北京也有音乐学院啊，为什么往上海跑……"

"北京的音乐学院是你想考就能考的啊？没事儿赶紧送你的信去！"看到邮差哪壶不开提哪壶，图娅又气又笑。

上海来的孩子要回上海，这在草原上除了养父母外，也是大部分人都不愿看到的事情。即便如此，也并非所有父母的爱都那么圣洁无私。毕竟，有谁会愿意将亲手养大的孩子再拱手送给遗弃他们的那个人呢？大多数时候，人们不愿再提起南方孤儿的事情，以至于后来上级领导回访的时候，听到"孤儿"二字，有些父母直接将领导赶出门外。因为在他们眼里，那就是他们自己的孩子，这些孩子已经在这草原上扎下了根，不再是上海来的孤儿。渐渐地，除了像巴图这样记得住自己老家的大孩子，大部分南方孤儿都已随着岁月的车轮在雪地上留下了印痕却很快又被青青草原所覆盖，消失得无影无踪。

图娅走到屋里，拿着通知书走到了挂着的相框前。相框里有三个孩子从小到大的照片，还有自己和巴特尔年轻时候的合影。

"巴特尔，看到了没，我们的孩子考上大学了！"

"巴特尔，你听到了吗？"

看着相框里的巴特尔，图娅激动地伸出颤抖的手摸了上去。

相框上已经布满了一层薄薄的灰尘，图娅小心地将通知书放到桌子上，取下相框擦了又擦。

看着桌子上的通知书，图娅对着相框看了很久，她深吸一口气，缓缓地翻过来拆下了相框的背板。在图娅和巴特尔的合影后面压着的，是一张被隐藏起来的老照片，照片是巴图小时候的一家五口的全家福，泛黄的黑白老照片背后写着的则是巴图老家的地址。图娅看着手里的这张老照片，陷入了沉思，回忆再一次将她拉回到了十八年前那个冬天，自己第一次痛打巴图的那天晚上。

巴特尔的离去让图娅无法接受，她不知道该怎么活下去，而额尔敦也是那个时候带着小胖来到了自己家里，丧夫之痛加上巴图的任性让图娅第一次打了巴图。但是当巴图说出了自己是为了巴特尔而打架的时候，图娅方才放弃了自己心中打算轻生的念头。也就是那晚，图娅意识到，是时候让巴图和德德玛去上学了。

那一晚，巴图和德德玛早已睡了过去，图娅则给巴图和德德玛拆洗着书包。细心的图娅在洗之前发现了书包的一角有一片硬硬的东西，看到书包边缘处的针脚，图娅想都没想就拆开了。在书包的夹层里，图娅发现了那张用油纸包裹的全家福。

看着照片背后的详细地址，图娅有些慌乱。原来，这个孩子并不是孤儿，他有他的家人，很明显，是父母没办法才将他送到育儿院的，但是孩子的父母却希望孩子长大后能够再回去。巴图刚刚融入这个家庭，只要将这张照片撕掉，那么他以后将永远都是自己的孩子，留着它，后面条件好了，孩子或许就会自己要求回去找亲生父母。思前想后的图娅最终还是选择将那张照片藏在相框背后，就这样藏了十八年。

图娅一直想着等巴图长大变得足够成熟的时候就告诉他，可是不知道有多少次，看着巴图喊自己额吉的时候，图娅便瞬间失去了勇气。

孩子考回上海了，自己年纪也大了，是时候该告诉他了。

巴图考上大学的事儿传遍了整个旗，那个从南方来，天天喊着要逃跑的孩子终于要回到上海了。

慈母手中线，游子身上衣。图娅认真地给巴图洗着、缝着衣服，生怕漏掉些什么。

"额吉，上海那边很暖和的，用不着这么厚的棉衣，你就不用忙活了！"

"那怎么行，不管去哪儿冬天都会冷的！"

细心的巴图也看出了图娅不舍的心思，他走到跟前握着图娅的手说："额吉，你放心吧！我会回来的！"

巴图像英雄一样，胸戴大红花，在鞭炮声中坐上了去往海拉尔的公共汽车。图娅拉上巴图的手，塞给巴图一卷零钱，嘱咐道："穷家富路，记得写信！"

"额吉，你放心吧！德德玛、阿茹娜，你们好好照顾额吉，听见没？"

"知道了！你放心吧！哥！"

看着汽车远去，图娅手里紧攥着那张全家福，她犹豫再三最终还是没有将它告诉巴图。十八年了，孩子终于要离开自己了，巴图这一走就是三年，或许，还要更久。

坐在火车上，巴图感慨万千，十八年前，自己曾经无数次想过带着德德玛踏上南下的火车，然而十八年后的今天，他终于南下，却不复当年的心情。此刻的他无比牵挂额吉，更多的是对草原的不舍。考去上海并不是巴图的选择，只是他的特长马头琴在全国能够录取的专业少之又少，北京的音乐学院他是不敢奢望的，填报上海的音乐学院是仅剩的唯一选择。草原让巴图彻底治愈了童年被遗弃的创伤，但同时激发了他对用知识改变自己命运的渴望。或许，这都是冥冥之中注定的缘分吧！

当巴图沿着当年从上海到内蒙古的那条铁路再次回去的时候，他依旧不忘看着路两边，试图再次寻找那个蓝色小屋。他知道，那么多年过去了，早已物是人非了，只不过路边的蓝房子早已变成了巴图的一个心结。

从上海站的出站口走出来的时候，巴图仿佛觉得时间瞬间被加速，仿佛昨天还牵着苏小雨的手在这寻找回家的路，今天就长大又回到了这里。

一座座高楼不知何时拔地而起，看着眼前热闹的大上海，巴图心里竟然有些许不适应，在他看来，那些高楼遮挡了自己的视野，让他有些喘不过气来。虽然自己当年只在上海市育儿院待了一年，但是彼时的上海宛如自己的地盘一般，他晚上数次偷偷溜出育儿院，然后在这座城市里探索着回家的路，而此时的巴图更像是一个外人，一个从远方来的客人一般，与这个世界格格不入。

看着学校道路两边的每一棵树，巴图仿佛都像见了老朋友一般触摸着，这是在草原上不曾有过的风景，记忆中的一切仿佛又在十八年后都回来了，可是一切的一切却仿佛再一次失去了。巴图离开了额吉，离开了那个温暖的蒙古包，一头扎进了这座冰冷的城市里。

在学校的日子里，巴图将更多的时间用在了学习和创作上。因为他知道，他要在这里求学，毕业后他将再一次回到养育自己的那片青青草原。

巴图的离开让图娅十分不习惯，她一度像巴特尔离去那段时间一样失魂落魄。当你不曾拥有时，你无所畏惧，但是当你拥有之后你便会更加的不舍。一想到巴图去了遥远的上海，图娅总会在半夜惊醒。毕竟，当年巴图的一次次逃跑早已在图娅心里留下了几乎是条件反射般的阴影。时间长了，图娅就变得患得患失了起来，她总有一种预感，那就是巴图的亲生父母并没有放弃巴图，而且他们一直在寻找着。有时候她会在吃饭的时候猛地走出门去观望，当德德玛和阿茹娜问起来的时候，她却总说听到了巴图在喊她。

巴图深知额吉的心病，便时不时地写信寄回到家里。看着邮差送来一封封的信还有巴图攒下的生活费，图娅紧紧揪着的心方才慢慢地伴随着脸上的笑容舒展开来。

巴图常常一个人在教室里拉着马头琴写着自己的曲子，在这里，他有着旺盛的创作欲望，他将从小到大一路过往的阅历和对故乡的思念全都写进了歌里。

巴图上大学的动机和别人有着本质的不同，很多同学都是为了投身仕途，能够改变自己的命运，而从内蒙古到上海的求学之路对巴图来讲却是一次寻根之旅。他毕其一生都在寻问：我是谁？

我是谁？是郑叶芬的儿子还是图娅额吉的儿子？是江苏人？是内蒙古人？还是上海人？在巴图的心里，他对自己的定位是模糊的、纠结的，他好像蒲公英的种子一样飘来飘去，却始终无法在任何一个地方找到自己的根。如果说自己已经扎根草原，为何自己现在还在上海？他本可以选择其他的大学其他的专业，可是他现在就在上海，虽然自己嘴上没说，但是他就是缺乏勇气来真正面对过去的那个自己。

音乐学院本是一个施展才华、寻找艺术真谛的地方，但是周围的同学都热衷于政治学习和国家大事，巴图并不苟同，他认为选择了这个专业就要专注于这个领域，所以，当巴图将全部的精力用在了创作上的时候，他在同学中就仿佛是一个怪胎。甚至有的同学形容巴图是捧着金饭碗要饭，更有甚者说巴图是拿着金粪叉子来上海捡牛粪的牧民。

面对这些，巴图丝毫不去理会，他在潮湿的上海寻找着自己，寻找着艺术的真谛。后来巴图发现当自己与周围的同学无法交流的时候，他索性留起了头发蓄起了胡须。这样的一个怪人却引起了班上一位女同学的注意，她就是来自北京的李文慧。

和所有同学一样，李文慧眼里的巴图犹如精神病患者一般，他在班上话不多，同学联谊他也不去，真正引起她注意的是巴图的马头琴声。

巴图经常一个人下课后来到自习室练习自己新写的曲子，而李文慧是在一次回教室取落下的课本的时候，才第一次听到了巴图的马头琴声。

班里别的同学多是知青下乡，国家恢复高考后才拿起书本考进来的，和他们不一样的是，巴图是童子功。他从小在草原上除了放羊就是拉马头琴，单从音乐功底来讲，巴图的音乐功底是最扎实的。健硕的臂膀加上他对马头琴的理解，已经让他的音乐有了很高的造诣。而来自北京的李文慧，自己母亲就是部队文工团的艺术骨干，所以她从小接受了音乐的熏陶，听了无数国内外名家的音乐，巴图的马头琴让李文慧一下子就有了惺惺相惜之感。

那一晚，李文慧就像个小学生一样，坐在台下整整听了一晚，而巴图则完全沉浸在琴声中，直到他练完起身准备回宿舍，才发现李文慧不知何时已经坐在了台下。刚开始巴图对李文慧并不在意，在他看来，大家的心思压根就没用在提升专业技能上，眼前的这个女孩子也不过如此罢了。而李文慧平时也很少展示自己的音乐功底，直到有一天巴图实在忍受不了旁边有人的创作环境，打算让李文慧离开的时候，李文慧却毫不客气地指出了他音乐中存在的问题。

面对一个女孩的挑战，巴图自然不屑一顾，可是同样不服的李文慧当场上台用钢琴弹奏了一曲，这才让巴图刮目相看。音乐会说话，真正的较量从来不需要开口去争论，二人刚开始是钢琴与马头琴的单独较量，再到后来的合奏，一曲下来，畅快淋漓。

与君初相识，犹如故人归。就这样，李文慧成了巴图生命里的第一个异性知己。而这种友谊却遭到了班上同学们的嫉妒，特别是很多男同学看到邋遢的巴图身边总是有一个漂亮女孩跟随，心里都不是滋味，更有甚者写匿名信举报二人搞男女关系，有伤风化。面对流言蜚语，二人只需要在教室里弹奏一曲他俩创作的音乐，"美女"与"野兽"的流言便不攻自破了。

上海求学的日子，李文慧的陪伴让巴图不再孤单。因为出身干部家庭，所以李文慧成了众多人追求的目标。面对众多同校男生的骚扰，李文慧总是用巴图作掩护，成功地甩开了一拨又一拨的追求者。而巴图自然而然地成为众矢之的，除了几个要好的舍友外，基本没落下什么好的人缘。

男女之间不太可能存在纯真的友谊，时间长了，难免会产生感情。而学校中秋联谊会上，巴图和李文慧的联袂演出惊爆了整个校园，那种传统与西方的碰撞，流行与经典的结合，让众多音乐学院的学子看到了二人在音乐上取得的巨大成就。一夜之间，二人不再是众人眼里的怪胎，而是才华横溢的神仙眷侣。而在众人的羡慕声中，李文慧率先捅破了那似有似无的窗户纸。

这一天，李文慧约巴图来到了学校楼顶的天台上。望着夜空中难得的圆月，巴图深深地陷入了思乡之情无法自拔。中秋节本该是家人团圆的日子，他却想省一些路费没有回到故乡，悲伤从心头涌起，让巴图倍感孤独。坐在天台的巴图等待了很久都没有看到李文慧的身影，他本打算回去却发现李文慧拎着一个书包走了过来。看到李文慧一脸得意地将书包递到自己面前，巴图发现里面装的却是两瓶白酒还有一袋花生米。

"文慧，这哪来的，学校可不让喝酒啊！"

"管他呢，我出去买的！怎么，蒙古族汉子还怕喝酒啊？"

"那倒不是，我这不是怕被学校抓到受处分！"巴图说完起身走到门口，将门用破凳子堵了起来。

"你傻不傻，你从外面堵上，来人的话你难不成要跳下去啊！"

"最起码能把'犯罪现场'收拾收拾吧！"

巴图放心地回到天台，小心地坐了上去。看到巴图在自己书包里翻来翻去，李文慧纳闷地问："你找什么，一袋花生米不够？"

"不是，文慧，你忘记带酒杯了。"

"带什么酒杯啊！一人一瓶，谁都不许耍赖！"李文慧说完便打开酒瓶给巴图递了一瓶过去。

"我可跟你说好啊，你喝醉了我可不负责背你回去！"

"为啥？"

"我怕保安看见了把我送派出所。"

"行，别磨蹭了，你赶紧的吧！"

二人碰了一下酒瓶，李文慧咕咚咕咚喝了两大口，这阵仗看得巴图一愣一愣的。

"哎，李文慧，我没看出来啊！你今天是不是诚心想灌醉自己给我机会啊！"

"我也没看出来，你也会油嘴滑舌啊！"

"哈哈哈……"二人说着便哈哈大笑了起来。

这一瓶酒来得恰是时候，借着月色，二人将心里所有的不快全吐了出来。巴图这才发现，李文慧是一个不简单的女孩，她家庭背景好，对求知也有着和自己共同的价值观，她想把音乐做好，而不是追求干部身份和职位升迁。半瓶酒下肚后，李文慧也终于知道了为何巴图从内蒙古跑来上海，整日像流浪汉一样放逐自我，因为那是巴图生命的底色，一个流浪的灵魂。

巴图原以为李文慧酒量很大，但是喝了一半多，李文慧就有点醉意了。看着李文慧摇摇晃晃的样子，巴图赶紧将她从天台边上拉了下来。深秋圆月下，二人背靠背，聊着理想和现实，聊着当下和未来。不过二人的说话声很快就让查夜的保安大爷听见了，大爷便拿着手电筒走了上来。听到有人推门，二人仓皇地收拾起东西躲到了角落里。

保安大爷看着遗落在地上的半瓶酒，二话没说拿起来就闷了一口，看着天上圆圆的月亮，大爷转身便拎着酒瓶走了。只不过，大爷将门从外面锁了起来。看着大爷差点就朝着自己走来，李文慧吓得紧紧地搂住了巴图的胳膊，好在有惊无险，大爷或许是被那半瓶酒诱惑了，或是被眼前的月色所感染思念起故乡，只是眼下的二人却深陷窘境。看着被锁上的门，巴图想用木棍撬开但无济于事，二人只能回到天台。

看着自己手里剩下的半瓶酒，巴图喝了一口说："文慧，看来我们只能等到天亮来人给开门了！"

文慧什么话也没说，夺过巴图的酒瓶就咕咚咕咚喝了两口。在男女有别的年代，用同一个酒瓶喝酒，无异于间接接吻，这已经超出了巴图的想象，但是文慧接下来的行为更是让巴图永生难忘。

"文慧，你是不是喝醉了？你怎么能用……"

未等巴图说完，文慧便顺势将巴图扑倒在了地上，看到文慧要吻自己，巴图像一头受惊的野马，慌乱地推着文慧的脸不让她靠近，任凭文慧使出了全身的力气，巴图也没有让文慧得逞。

巴图想逃跑却无济于事，此刻的文慧仿佛一头饿狼，而巴图仿佛一只无助的小羊羔。

冷静下来的二人感觉空气都是多余的，巴图使劲儿扇了自己两巴掌，反复警告自己不能逾矩。因为他比任何人都明白，女孩的清白比生命更重要，既然自己没有能力对人家负责，就绝不能乘人之危。

"巴图，你是不是觉得我……"看着站在远处走来走去的巴图，被拒绝后的文慧显得十分沮丧。

"没、没有。文慧，你不要这么想，我完全不是这个意思！"

"那你到底是什么意思？"

"文慧，我、我只是不想影响你的前途……"

巴图深知自己和文慧门不当户不对，自己的条件太一般了。李文慧有着很好的家庭背景，她回北京应该会有更大的舞台，而自己早已铁了心要回内蒙古，不可能给她更好的条件，他确实不想因为自己的私人情感而耽误李文慧的未来。

就这样，二人沉默了很久。中秋的夜有些凉，最后二人背靠背一直挨到了天亮。

要不是楼管员来楼顶晒衣服，估计二人不知道还要被关在楼顶多久呢。

眼看着就要毕业分配工作了，李文慧单独和巴图谈了几次，无非就是想让巴图和自己一起去北京，而巴图却从未动摇过要回内蒙古的决心。看着每次谈话都是无疾而终，二人也越走越远。

上海的冬天虽然没有呼伦贝尔那么冷，但湿湿的空气依旧能钻透那薄薄的衣衫，让人觉得阴气刺骨。看着图娅额吉给自己缝补的棉衣，巴图忍不住思乡之情，潸然泪下。夜晚，他穿上额吉给自己缝的棉衣，一个人来到了教室，拉起他创作的曲子。这一天也是巴特尔阿爸离开巴图的第二十个年头，巴图将无尽的思念化作了歌声哼唱了出来。

归乡的路
窗外思绪划过
映入眼前的是熟悉景色
疲惫的我已无法诉说
心灵的寄托
那是我对思念的执着

请你跟我一起看那美丽天河
请你跟我一起寻找心灵的归宿
请你跟我一起看那大雁飞过
请你跟我一起看那骏马掠过

琴声滑过回声很零落
夕阳的云朵像纯净的灵魂
漂泊的心已飞向北方
微风吹过，荡起我心中的小河

请你跟我一起看那美丽天河
请你跟我一起寻找心灵的归宿
请你跟我一起看那大雁飞过
请你跟我一起看那骏马掠过

敞开胸怀，拥抱蓝天

策马奔腾，自由翱翔

曲毕，巴图早已泪流满面。未等他的心情完全平复，却从教室的最后面传来了掌声。巴图以为是李文慧，等他擦了擦眼角的泪抬头看去的时候，却发现是打扫卫生的楼管员。

楼管员平日里负责整栋楼的开门和打扫卫生的工作，若不是上次他和李文慧被锁楼顶的事情，内向的巴图可能到毕业也不会留意眼前这个和蔼可亲的人。楼管员将巴图请到自己的宿舍里，也就是楼里的一间储物室。

楼管员年纪不大，她端过一盘苹果，热心地问："巴老师，您拉得那么好，刚才怎么哭了？是不是遇到什么难处了？"

"说出来怕您笑话，出来三年了，突然发现有些记不得亲生父母的样子了……"

"毕业了，有什么打算？"

"我想申请回内蒙古，那里毕竟是我的家！"

"你算是很用功的了，这几年，我总是半夜看到你在这练琴。去年元旦晚会的时候，我也看了你的演出。你这么优秀，为什么不考虑留下来呢？毕竟上海的机会多些！"

"在这里还是有些不太习惯……还有，我是家里的老大，我得回去照顾我妈。"

"你爸呢？"

"我爸在我小的时候就不在了，是我妈把我养大的！"

楼管员笑着从相框中取下一幅照片递给巴图说："我小时候家里穷，兄妹三个，最小的弟弟刚生下来没多久就死了，之后我妈就狠心把我大弟送到了育儿院。当时本来打算送我去，可是怕我年龄大了会自己跑回来……生活不容易啊！"

巴图接过楼管员手里的全家福照片，心中像是被击中了一般，那上面的小男孩正是小时候的自己！虽然过去了很多年，但是母亲郑叶芬的样子伴随着这张照片轮廓逐渐清晰了起来。他今晚之所以陷入思乡的情绪无法自拔，除了想念家里的额吉之外，他猛然发现任凭自己怎么回忆，却再也记不起亲生父母的样子了。如今，拿着楼管员的照片，他竟然在最失落的时候找到了自己失散已久的家人。巴图强忍着内心的激动，像什么都没发生一样将照片递了回去。

"那些年确实不容易。"

"是啊！后来我妈也后悔了，去育儿院找的时候，我弟就不见了……回家后，我妈就大病了一场……"

"怎么，他死了吗？"

"没有。听说是被送走了，送到内蒙古去了。"

"没去找吗？"

"真不怕您笑话，巴老师。后来我妈实在是想得不行，就和我一起去内蒙古找了，但是内蒙古实在太大了，我们怎么打听都打听不到。不过去内蒙古的时候，我听到了马头琴的琴声，喜欢得不得了，所以你经常去的那间教室，我就没有锁门，就是想听你拉马头琴……"

"原来是这样，谢谢你！"

"没啥。巴老师，你是内蒙古来的，毕业后回去肯定就是领导干部了，如果有机会的话，你可不可以帮我打听打听，我弟弟的名字叫陈海生。"

"我弟弟的名字叫陈海生"，这句话在巴图的脑海中回荡了好久好久，他仿佛又置身于一片空白之中，但他很快从那回声中抽离出来，生怕被眼前的亲姐姐看出什么破绽。

"行……"

"巴老师，如果不方便的话，就算了！"

"没有，方便……"

"这照片后面有地址，巴老师，如果你遇见了我弟弟，就让他按照这个地址回家就行！"

楼管员又一次将照片递到了巴图手里，巴图拿着照片想了想，点了点头。

起身离开的时候，巴图看了看楼道里的张贴栏，楼管员的名字那一栏写着：陈海燕。陈海生的亲姐姐，陈海燕，自己几乎忘记了那个一直叫燕子的姐姐大名叫陈海燕。造化弄人，巴图没有想到，重逢竟是这样的令人猝不及防。自己的亲姐姐已经陪伴自己三年，直到毕业前自己才知道。

此时的巴图已经蓄起了长发，也留起了胡须，任凭亲生父母站在自己面前，估计也没人会相信眼前这个皮肤黝黑的蒙古族汉子会是出生在江南水乡的陈海生。

面对陈海燕的诉求，巴图回到宿舍考虑了很久。他没有告诉陈海燕自己的身世，他选择了将这个秘密深埋在心底。

巴图在学校的表现十分优秀，虽然组织上一直想让巴图留校任教，但是在巴图的坚持下，领导最终还是同意了他回内蒙古的申请。当李文慧无意间看到巴图的申请后，二人之间的感情就伴随着一纸申请书画上句号了。

1981年的初夏，还有一个月就要毕业回内蒙古了，巴图收拾自己行李的时候，又发现了那张陈海燕递给自己的全家福。他看了看照片背后的地址，考虑很久后，坐上了前往江苏宜兴的客车。

伴随着客车行驶在曾经熟悉而又陌生的道路上，童年的回忆渐渐清晰了起来。

在村口，巴图站在路边凝望着连接村里的那座桥，那里曾经是自己和小伙伴们捉鱼的好地方。他提前下了车，一步一步地朝着村里走去。村里的变化很大，很多印象中老旧的房子已经翻新。但是，那条街道却不曾改变过，顺着那熟悉的石板路，巴图终于找到了那魂牵梦绕的老宅。

望着熟悉的街道和老旧的砖墙，还有未曾改变过的家门，原本被丢掉的回忆，此刻纷纷涌上心头，那童年的梦啊，这一刻终于变成了现实。任凭巴图如何控制自己却也无济于事，他跪在地上失声痛哭了起来。

院子里的小狗跑了出来汪汪地叫着，两位白发苍苍的老年人相互搀扶着从院子里走了出来。看着眼前这个留着长发蓄着胡须的青年，陈忠海赶紧将巴图扶了起来。若不是巴图身上背着的马头琴，二人一度以为眼前这个胡子拉碴的人是要饭的。

"孩子，你这是怎么了？快起来，地上凉！"

看着眼前的巴图，郑叶芬和陈忠海二人连忙将巴图扶起请到了家里。

巴图接过陈忠海泡的茶喝了一口，心情才平复过来。望着眼前的二老，巴图心里宽慰了很多。小院清扫得很干净，家里虽然没添什么值钱的物件，但是家具被重新放置。墙上的相框里，有一张自己小时候被单独放大的照片。虽然陈忠海行动迟缓，但还是那么精瘦，人也很精神。年轻时候的郑叶芬脾气火爆，家里的事情都是她说了算，或许是操持整个家太费心血，此刻的郑叶芬显得苍老得多，但是眼神中却充满着乐观向上的坚定的力量。

"刚才……"看到巴图喝了口茶观察着屋里，一言不发，陈忠海好奇地问了起来。

"哦，前几天谈了个女朋友，刚分手，一个人在外面，有点想家，让您见笑了。"巴图故作镇定地解释着。

"为啥分了啊？"郑叶芬关心地问。

"工作分配的问题，不在同一个地方，我没法同时照顾两方的父母……"

"年轻人分分合合很正常，异地的话是很麻烦，但是为人父母的都能理解，能复合就尽量复合吧！有时候啊，这人走着走着，一个转身就一辈子都见不到喽！"郑叶芬说着便笑了起来。

"年轻人，吃过饭了没？刚好中午了，要不就留下吃个饭吧！"看着巴图膝盖上的泥土，陈忠海给郑叶芬递了个眼色。

"哦，不了，我下午回去还有事！"巴图说完赶紧站了起来。

"不急，你不吃饭没关系，刚泡好的茶，喝完再走吧！"

看着碗里的茶，巴图既已站起，只好说："那打扰了，我可不可以借个厕所？"

"去吧，在外面墙角。"

郑叶芬刚说完，巴图转身便走了出去。

巴图走到厕所，一切都还是原来的样子。他从最底下一块砖开始往上数，数到第八块的时候，巴图用木棍小心地戳了戳周围砖缝里的泥土，他小心地将活动的砖取出，拿出了藏在砖洞里的小铁盒。二十多年了，童年藏下的铁盒早已锈迹斑斑。巴图小心地打开，里面是竹蜻蜓、弹珠，还有《三毛流浪记》被撕掉的那上半册……

巴图喝完茶后，礼貌地同二老告别，他并没有带走铁盒，而是在铁盒内放了一枚1981年的一分钱硬币后又原封不动地放了回去。这个铁盒将永远替他保守那个童年的秘密……

回到上海后，已经是晚上了。巴图又一次来到了上海市育儿院，周围的一切变化太大，但门口的那条长凳却依旧在。

育儿院院内已不再如从前般热闹，马路上再也没有了那么多饥不择食的流浪汉，冷清的门口也不会再有当年那么多的弃婴。巴图走过去坐在长凳上，看着马路对面沉默良久。三年来，巴图曾经尝试过再次融入这座城市，可是他发现，草原上的生活早已让他脱胎换骨。他不再喜欢说谎，他不喜欢伪装自己，他更重感情而不是职位和利益，眼下的大城市让他感到烦躁，他更向往骑着自己的闪电驰骋在草原上的日子。和那些胸怀大志的同学相比，他更愿意回到内蒙古草原，那个简单而自由的地方，像一棵金棘草一样在风中自由摇荡。

1981年7月，一列火车缓缓从上海站驶出，暴雨如同海绵一样涤荡着这座城市的离合悲欢。27岁的陈海生终于大专毕业了，他头靠在窗前，指尖配合雨声在桌子上轻轻敲打着，有些人在陈海生的脑海中一闪而逝，就像站台上的行人。他从怀中掏出酒壶闷了一口，烈酒让他恍惚，他不知道，如果昨天的明天就是今天，那么回忆过去与期待未来又有什么区别？他要离开这座城市了。时光走笔，岁月成章。雨水仿佛让他置身于情感的汪洋大海，陈海生打开笔记本写下了《远方的你》。

> 远方的家有鸟儿歌唱
>
> 山川间万里牧场
>
> 远方的天有云霞光芒
>
> 期盼你在我身旁
>
> 远方的云是你的心房
>
> 洁白地向我飘荡

远方的你是温柔善良

流星下许下愿望

繁星点点篝火轰轰烈烈

抚摸着你的脸

舞蹈翩翩琴声幽幽远远

牵起了你我爱恋

绿草轻轻山峦重重叠叠

想翻越你我心田

云朵绵绵湖面漪漪涟涟

远方的你是思念

当巴图再次回到草原的时候，已经过去三年了。德德玛考上了本地的卫校做了一名护士，阿茹娜则在本地的小学做幼儿园老师。正如巴特尔当初说过的那样，扎根草原，一家人在一起。

看到巴图又回到了自己的身边，图娅激动得落了泪。这个曾经最不省心的孩子，如今学成归来，在国营养马场做了宣传干事，同时加入了乌兰牧骑。

为了忘记自己和李文慧之间的感情，巴图将全部的精力都用在了工作上，他试图忘记自己人生中不可能实现的那一段爱情童话。虽然李文慧后来几次三番给他写过信，但是巴图依旧理性地将信留在身边，没有回复。他知道，总有一天，这份感情会变淡直至被遗忘。

巴图的回归终于让图娅如释重负，多年来背负的压力，在这一刻终于得到了解脱。虽然图娅希望巴图能够在外面有所成就，但是图娅更怕流言蜚语。很多人说巴图走了就再也不回来了，大上海那么精彩，没人再愿意回到这个贫瘠的草原。图娅一辈子为了养活这三个孩子，如果巴图真的留在上海没有回来，图娅不知道自己将如何面对生命不能承受之痛。

从巴图回来的那天起，草原上再也没有人说过图娅半句坏话。三个孩子都成才了，大家投来的都是对图娅的羡慕和佩服。岁月的车轮滚滚向前，被碾压过的岁月不过是尘埃，终将尘归尘土归土，那些等待在月光下的愿望，终将再次迎接朝阳。

"额吉，我不走了，我会留在草原，一家人在一起！"

当巴图说出这句话时，图娅觉得自己这一辈子，值了……

第十四章 不曾想起，从未忘记

德德玛从小喜欢收集羽毛，她说自己想要做一名天使，去医院做护士这份工作成功地满足了她做天使的愿望。阿茹娜能歌善舞，去幼儿园和孩子们打成一片，是受人尊重的老师。原本生活可以这么平静且安稳地过下去，但是一个从上海打来的寻亲电话打破了这一切。

"你好，我是当年负责南方孤儿的书记。对对，您请讲！"自从孩子们成年后，面对南方城市打来的寻亲电话，莫书记每年不知道要接多少个，毕竟当年有三千孤儿来到了内蒙古。

"我想问一下，能不能帮我查一下，有没有一个叫苏小雨的孩子？当年去内蒙古的时候应该有5岁了，是从上海市育儿院转过去的。"

"哦，当年的孩子名字太多，时间过去太久，我都不记得了，后来也基本上都改了名字，我给您查一下，有消息的话我给您回过去。"

"太感谢了！我前几天还往您那里寄了一封挂号信，里面有她小时候的照片，到时候您拿着对比下。"

"好的，好的。"

挂号信是今天刚收到的，莫书记挂掉电话，看着桌子上苏小雨小时候的照片，他一眼就认出了，那就是小时候的德德玛。

虽然大多数时候打来的寻亲电话基本上能够掌握的信息都很模糊，但是莫书记也习惯了例行公事般安慰鼓励那些寻找孩子们的父母。但是，眼下这位母亲显然是准备充分。莫书记思索再三，还是带着信找到了图娅，平日里孩子们都在单位上班，只有图娅一人在家。看到莫书记一脸惆怅的样子，图娅也猜出了几分。

"图娅，这是德德玛的生母寄过来的信还有报纸。我看了，在上海那边是个很有钱的人。"

图娅接过信里的剪报和德德玛小时候的照片，笑着说："真好，这样以后德德玛就不用愁了！"

看着图娅故作开心的样子，莫书记想了想说："图娅，你真舍得让孩子去找亲生父母？"

图娅叹了口气说："当然舍不得。家里的牛羊丢了，我都要心疼很长时间，何况是个孩子呢！但是就和天上飞的鸟儿一样，长大了自然就要离开自己啊。刚开始的时候，听见有人来寻亲，我吓得一宿都睡不着，后来慢慢地也就想开了，生老病死哪一样能躲得开呢？都得去面对不是！"

"图娅，你能想开就好！这些年过来，你一个人不容易啊，好在这三个孩子都很孝顺，大家都很羡慕你！"

"嗯，我现在已经很知足了！"

"那周末孩子回来的时候，你跟德德玛商量商量。决定了，我再告诉那边！"

"嗯！"

看着莫书记要离开，图娅想了想又追问道："莫书记，巴图还有阿茹娜的父母打过电话来吗？"

"目前还没有，怎么了，图娅？"

"没事……"

"放心吧！等有了消息，我先告诉你！"

"嗯！"

自巴图去上学那天开始，到如今已经四年多了。四年来，图娅每天都听到寻亲团的消息，看到草原上的孩子来来回回，图娅心里有着说不出的滋味。自己的孩子终究也会有这一天的，图娅心想着。从巴图上车离开的那一天起，她品尝到了离别的滋味，所以她开始尝试说服自己，自己一定不能因为自私不让孩子回去找亲生父母。她怕突然有一天孩子的亲生父母出现，将孩子带走的时候自己会承受不住那份伤痛，所以图娅用四年的时间来说服自己。但是，当莫书记拿着信找到她的时候，她的心还是揪了一下。嘴上说着自己根本不在乎，但是她只是以为自己准备好了而已。

巴图的回归让她心里感到十分踏实，但是轮到德德玛的时候，图娅心里完全没底。德德玛从小就古灵精怪，刚开始来这个家的时候，巴图脾气古怪，但是巴图的孝心一直很坚定，德德玛就不一样，从小她就懂得察言观色。虽然德德玛在自己家里二十多年了，但是图娅依旧觉得这个孩子心里一直藏着事儿。

看到挂号信上的日期是1982年8月8日，也正是二十二年前，三个孩子从上海来到了内蒙古。那一天图娅和巴特尔骑马开心地去迎接，她永远也忘不掉。看到寄来的剪报上，对方是个很有实力的企业家，此时图娅的心里更没了底，她拿不准德德玛会不会离开自己，离开这个家。

德德玛因为医院的事情繁忙，所以周六的时候，阿茹娜是第一个到家的。看到巴图和德德玛还没回来，阿茹娜便张罗着准备晚饭。

图娅看到巴图骑着马儿从马场回来，图娅便拉着巴图走到了羊圈那里。

"啥时候的事儿?"巴图听完后十分震惊。

"就是前天，听说上海那边条件很好。我心想，你们都大了，就当着你们三人的面儿，把这事儿说开了!"

"额吉，我还是觉得我先单独和德德玛谈一谈比较好。"

"有啥好谈的? 你们大了，是得回去看看自己的亲生父母了!"

"莫书记也是，他就说不知道就是了。上海那边既然那么有钱，当初遗弃她干啥? 德德玛本来心思就多，我怕她去了就不想回来了!"巴图直言快语，这也是图娅最担心的。

"我就知道你脾气急，所以提前跟你说这些，就是要提醒你。一会儿德德玛回来了，你俩可千万别把阿茹娜的事儿也说出来。她打小就在这蒙古包里长大，一直以为自己就是我亲生的，不像你和德德玛，你俩最起码心里还有所准备。阿茹娜现在整天在幼儿园和孩子一起，心思还简单，这事儿等后面再找机会跟她讲。"

"额吉，我知道了! 可是……"正当巴图义愤填膺地想阻拦这件事的时候，布和骑着摩托车载着德德玛从旗里赶了回来。

看到二人亲昵的样子，巴图好奇地问道:"他俩啥时候好上了?"

而图娅也疑惑地摇了摇头说:"我也不知道啊，德德玛从没告诉过我!"

布和继承了他父亲额尔敦优秀的基因，长大后也成了放牧能手。布和脑子灵活，胆大心细，他家是方圆几公里牧民中过得比较好的。只是大家都不知道的是，布和从小开始就喜欢德德玛了。当年得知巴图家里困难，布和央求父亲把巴图和德德玛都接到家里来。只不过，当时布和还是那个胆小的小胖，他只好让父亲额尔敦去找莫书记，这也是二人在一起后德德玛才知道的。可是德德玛哪能看得上布和? 所以一直就对他爱搭不理的。布和采用了最土的战术，那就是死缠烂打。无论任何时候，只要德德玛有需要，布和总是赴汤蹈火，不计成本地帮忙。时间长了，德德玛就对布和产生了依赖，再到后来便觉得没了他生活不太习惯，最后德德玛还是勉强接受了布和。关于这些，德德玛并没有要告诉图娅还有家人的意思。德德玛长相好，单位里给介绍的公子哥比比皆是，是选一个有权有势的人，还是选一个爱自己的，她目前也没想好。

原本打算提前下车不让额吉看到，没想到却让二人候了个正着。尴尬的德德玛欲盖弥彰地掩饰着，布和则像做贼似的仓皇而逃。

回到屋里，阿茹娜忙活得也差不多了。一家人坐在一起时，阿茹娜能明显感到巴图和图娅的脸色不太对。巴图原本想质问德德玛和布和之间的事儿，但是被图娅制止了。

看到桌子上气氛凝重，德德玛有些不耐烦地说："怎么都这样啊，不就是让布和捎带我回家来了！搭个车怎么了！你们一个个都不说话看着我，至于吗？"

"不是这个事儿！"看着德德玛一副无所谓的样子，巴图瞪了她一眼。

"你瞪我做什么？我不就是谈个对象。哥，别以为我不知道，你不是一直给你那个同学写信来着吗！叫什么李文慧还是李慧文来着，毕业回北京的那个！"

"哎，你再乱说小心我封住你的嘴！"

"别只许州官放火，不许百姓点灯，你能偷看我的日记，我凭啥不能偷看你的信！我觉得你们之间的信比我跟布和都肉麻！"

"哥，你什么时候谈的对象啊？我和额吉都不知道啊！你不是说在上海没交女朋友吗？"听德德玛这么一爆料，阿茹娜也有些吃惊，没想到每个人都藏着自己的小秘密。

"没谈对象，就是交流下艺术创作，写写歌词什么的。"

"拉倒吧，人家都说要来找你了！写歌词用得着来家里写吗？"

"哎，你还说，堵不住你嘴了是吧，你给我过来！"眼看德德玛越说越多，巴图急了，起身围着桌子想抓住德德玛。

看到二人越闹越不像话，图娅头疼地拍了拍桌子，严厉地说："都老实点！坐下！"

"额吉，你让我哥先坐下！"

"巴图，你先坐下，谈对象的事儿以后再说！"

看着巴图安稳地坐下，德德玛方才得意扬扬地坐在了桌子对面。

图娅起身从床头柜子上拿出了那封信，递到了德德玛面前。

"德德玛，这是你的信！"

"额吉，我没外地的朋友，该不会是写错了吧！"

"你看完再说！"

德德玛幸灾乐祸地打开里面的信，信里掉出了一张自己小时候的照片，看着那张剪报上母亲的照片，德德玛的脸色唰地一下子变得煞白。

早在前些年寻亲团来内蒙古的时候，德德玛还渴望母亲能够来找自己。她甚至在巴图到上海的第一天便问他，有没有在铁道边看到那个蓝房子。巴图则认真地告诉她，看到了很多很多蓝房子，可是不知道哪一座是她家的。可是后来伴随着一次次等待的落空，她也曾单独去找过莫日根书记，她怀疑是不是有自己的消息没有告诉她，或者额吉隐瞒了什么。在莫书记将所有工作记录给她看时，她终于明白，那个遗弃自己的人并没有来找她。几次三番过后，她便彻底放下了那份执念。但是每每看到医院里每天都有孤寡老人病在床头无人照顾，德德玛便想起了自己的母亲，不知道此时她过得好不好，有没有人照顾。在德德玛的印象中，母亲很漂亮，但是她依旧没有再嫁人。相依为命的母女二人过得很辛苦，不知道母亲现在会怎样。后来，伴随着追求者越来越多，德德玛便也将此事抛在了脑后。

此刻，母亲猝不及防地以一个成功人士的姿态走进了她的生活，不知为何，德德玛的心中却产生了很大的抵触。在医院的工作让德德玛见识到了太多的社会现实和种种不公。面对众多的追求者，德德玛坐过自行车、摩托车，当她坐上汽车，她感受到的是有钱真好。当然，德德玛并不认为自己是个拜金女，她觉得小时候吃了太多的苦，有钱就能够使自己过得更好，追求美好生活总没有错。

人的感情是复杂的，当你关心的人过得不好的时候，你会很失落；当你关心的人过得比你好很多的时候，你会更失落。苏静春事业有成，让德德玛产生了更多的仇恨，她恨苏静春遗弃了自己，她恨母亲遗弃自己后还能过得那么好。

看到德德玛一言不发，图娅缓缓地说："前天你亲妈打电话给莫书记了，说是找到了让他回电话，这封信也是上海那边寄过来的。这次我把大家都喊回来，就是想告诉你，德德玛，回去一趟吧！"

看着德德玛一言不发，图娅说："你啊，从小心思重，我知道你心里肯定还惦记着那边，那个年代都不容易。回去一趟，去认认亲，我总归要离开你们的！"

"德德玛，我认为这事儿你得考虑清楚……"看着德德玛犹豫不定，巴图打算劝说。

未等巴图说完，德德玛便看着众人斩钉截铁地说："我去！"

德德玛的态度和自己预想的一样，只不过令图娅没想到的是，德德玛甚至都没有推托，没有迟疑，答应得如此干脆，好像她一直在等待着这一天的到来。

"额吉，你放心，我会去上海找她！"看到众人没缓过神来，德德玛又补充了一句。

图娅用了足够多的时间来做好充分的准备，当她听到德德玛的回答时，她心里依旧觉得被狠狠地揪了一下。好在她早已决定让德德玛去找亲生母亲，所以，即使面对德德玛的爽快回答，图娅依旧笑着说："去了好好聊聊，毕竟对方条件不错，你现在还没结婚，人生还能重新开始！"

"嗯，我知道了，额吉。"

面对德德玛不疼不痒的回答，阿茹娜看向了巴图。此时，巴图火冒三丈，他没想到德德玛会是个白眼狼，他更没想到，德德玛甚至懒得掩饰，哪怕她表现出不愿意去的样子，额吉心里都会好受一些。德德玛的表现在巴图看来就是忘恩负义，这让巴图暴跳如雷。

"德德玛，你出来！我跟你聊聊！"巴图说着揪起德德玛便走了出去，而这一次图娅并没有阻止二人。

"德德玛，你疯了吗？当着额吉的面，你怎么能这样？"巴图朝着德德玛吼了出来。

"那我该怎么样？老死不相往来吗？"德德玛毫不退让。

"我不同意你回去。我们是额吉的孩子，额吉把我们养大，不能这会儿离开她！"

"我没说要离开额吉，我只是去见一下亲妈而已！"

"额吉就是我们的亲妈！我不同意你去！"

"哥！你可以决定自己去不去找亲妈，但是你决定不了我！我就要去！"

"你这是忘恩负义，白眼狼！"

"我只是想去看看她，这样也算白眼狼？"

"我看你就是看上人家的财产了吧！你看你现在的打扮！工作那么久了，攒下钱了吗？"

"我爱美，我愿意。我又没花你的钱，亏你还是大学毕业呢！哥，你思想太封建了！"

"反正我不同意，你这样对额吉太不公平了！"

"哥，你怎么了？我只是想去看一看而已，我并没有说不回来！别在这教育我，我看你就是吃不着葡萄说葡萄酸，没准你自己在上海的时候早就去找自己爸妈了吧！是不是他们挺穷的，你就没联系了啊！"

看到德德玛越说越离谱，巴图狠狠地给了德德玛一巴掌。

德德玛瞬间蒙了，她本以为自己在开着不轻不重的玩笑，没想到巴图却恼羞成怒。从小到大，这也是巴图第一次打她。德德玛委屈地哭着回到蒙古包，拿起书包便骑马远去了。

这个家庭的平静还是被打破了，看着两个孩子争吵，图娅心里有着说不出的滋味，她着急地想拉住德德玛，却被奋力甩开了。看着任性的德德玛骑马远去，阿茹娜搀扶着图娅重新回到了屋里。

"巴图，你怎么可以打你妹妹？"

"我看她早都该打了！思想完全变质了！"

"她说得没错，而且我也赞成她回上海！"

"额吉，我不是反对她去上海，我是觉得她现在就是一个白眼狼！你看看她的态度，怕是一去不回了！"

"哥，姐就是说话难听点，可你也不能出手打人啊！"

"你少说话，你懂个啥！如果你有这么一个有钱的妈，你不去？"

"哥，你这话说得就不对了。我可跟姐不一样，多有钱的妈，我都不去！"

看着眼前的二人你一言我一语地说着，图娅的胃里涌上一阵腥味，她忍不住往桌子上吐了一口，才发现那是一大口鲜血。巴图和阿茹娜还没反应过来，图娅眼前一黑便倒下了。

自从收到信后图娅就吃不下饭，一想到孩子可能会离开自己，图娅心里就觉得堵得慌。虽然她曾经和无数人说过，孩子长大了就该去找亲生父母，可是真到了这一天，她才发现，自己也是一个自私的俗人，她做不到像英雄一样，将自己亲手养大的孩子拱手相送，但是她又清醒地知道，这一天早晚会来。正如巴特尔离开一样，虽然她心里有一万个不情愿，但是她仍然要接受这个事实。

图娅很快就被送到了德德玛所在的医院，当德德玛拿着检查结果出来的时候，兄妹三人都沉默了。

"是胃癌……"此时的德德玛也没了之前的倔强，一副做错事的样子。

"那该怎么办？"阿茹娜着急地问道。

"医生建议转到大医院去治疗，要不然最多能活半年……"

"转到哪里啊？"

"去北京吧！"巴图说完起身便走了出去。

面对额吉得癌症的消息，读过大学的巴图比谁都清楚，这都是因为额吉省吃俭用，饮食不规律导致的。眼下的一切让他思绪很乱，德德玛要去找亲生父母，在他看来无异于一去不复返，阿茹娜至今都不知道自己的身世，他甚至都还没成家立业给额吉生个孙子，额吉的身体就熬不住了。

望着床上昏睡的额吉，此时的巴图开始有些理解德德玛的心情了。自己面对患病在床的额吉心中尚有一丝后怕，开始胡思乱想起来，德德玛天天在医院，看到了那么多的生老病死，她自然要比自己考虑得多。或许德德玛是对的，她越早回去，人生的遗憾就越小，如果哪天对方不在了，那说什么也没用了。握着额吉的手，巴图开始后悔，他后悔自己没有及时带额吉做身体检查。如果额吉有个三长两短，自己该如何肩负起这个家呢！事到临头懊悔迟。巴图想了想，然后找到了主治医师，仔细地询问了额吉的病情。

"图娅患的是胃癌，现在发现是中期，主要是长期的不规律饮食导致的。当然这个和心情也有很大关系，如果长期抑郁，也会出现消化问题……"

"医生，我想问下怎么治疗？"

"保守的就是做放疗和化疗，但是那样会对自身免疫系统造成巨大的伤害，我更建议去北京做胃部切割手术。"

"把胃切掉吗？"

"切掉一部分。胃像一个气球，可以收缩，将癌变的那一部分切除，术后还可以正常吃饭，只不过食量要小很多。如果术后能够保持健康饮食，能活三五年甚至更久。现在这种手术在北京已经很常见了。"

"有什么副作用吗？"

"相比化疗来讲，那些副作用基本可以忽略不计了。唯一的风险就是怕术后复发，还有就是费用比较高，一般家庭要承受较大的经济负担！"

"费用大概多少？"

"几千块吧！"

面对医生的回答，巴图有喜有忧。喜的是，转院做手术的话，额吉活下来的概率就很大；忧的是，高昂的手术费用，自己刚参加工作一年多，不知道该如何去解决。

巴图将阿茹娜叫到楼道尽头，二人商量着怎么凑手术费。

"我一个月工资三十多，一年下来也就攒了三百多。阿茹娜，你这边有多少？"

"哥，我的工资和你没法比，我这也就能拿出一百多。"

"那和手术费用还是差得远，你能去和同事借点吗？"

"能借但也借不了那么多啊！哥，其实我有一个办法！"

"不行！"

"哎，我还没说呢！"

"没说也不行！德德玛一心想去上海，这个时候跟人家借钱，那岂不是给了德德玛忘恩负义的好借口？再说了，你拿了人家的钱，你就得受人家摆布，额吉知道了肯定不会同意，这份骨气咱不能丢！"

"额吉将我姐养大，和她亲妈借点钱怎么了？"

"打住！这事儿就到这儿了啊！别让我再说第二遍！"

巴图说完拿了一个石子蹲在地上，挨家挨户算了起来。

"布和那边估计能借个一百多，莫书记这里差不多也能有个百十块……"

"总共多少？"

"一千多，还是差得远！"

"让我姐跟她同事们借一部分呢？"

"就她？挣的还不够花的，能借个几百块就不错了！"

"那还剩一千多呢!"

望着地上长长的一串数字，巴图将能够借钱的所有朋友又在脑海中过了一遍。

想了很久后，他对阿茹娜说："阿茹娜，你先回去照顾好额吉，我出去趟。"

"哦……"

"对了，钱的事儿，你先别跟德德玛说。"

巴图说完便转身离开了。额吉的手术肯定是要做的，但是巴图不想麻烦任何人，特别是德德玛。思索再三，巴图决定给文慧拍个电报，希望能够从她那里得到一些帮助。毕竟文慧在北京还是有些关系的，和她借点钱的话，没人知道，自己以后也可以慢慢还。

图娅从病床上醒来的时候，三个孩子都在身边，看到德德玛一脸内疚地趴在床头哭泣，图娅只是摸了摸她的头。图娅在心中感慨地想：这个丫头啊，自打进家门的那一天起，她就知道，这个孩子是留不住的。

当巴图把真实的病情告诉图娅的时候，图娅并没有丝毫的意外。孩子们陆续参加工作的这两年里，她对自己的身体还是有数的，她无数次觉得胃部不舒服，偶尔咳出血来，她也只是当作胃痛吃点药就挨过去了。

图娅觉得，人是带着使命来到这个世界上的，做人有时候就不能太容易满足了。当你心满意足的那一天，老天便认为你的使命已经完成了，这时候你的生命就可以结束了。此刻图娅内心的求生欲望比谁都强烈，她不想死，她想看着几个孩子成家立业，她想抱孙子，再看着孙子一点点长大……

当巴图说出决定给她转院的时候，图娅点头同意了。回上海的事情因为图娅的生病暂时告一段落了，德德玛也没有再提了。

巴图回到单位和同事们借了一些钱，正如他所料，德德玛并没有借来多少，阿茹娜却意想不到地得到了众人的帮助。七拼八凑后，巴图手里终于有了一千多，此刻的他正焦急地等待着文慧的来信。很快文慧的电话就直接打到了莫书记这里，莫书记通知巴图对方会在晚上七点再打过来。巴图早早地便去了莫书记那里，他有些紧张地看着手表和桌子上的电话。之前是自己辜负了文慧的一片好意，不知道文慧会怎样对待自己，但是眼下文慧却是自己最后的救命稻草，如果文慧拒绝帮助自己，自己也不知道去哪里解决剩下的钱。

当电话响起的时候，巴图甚至被吓了一哆嗦。他紧张地拿起电话只是喂了一声，便不知道该说什么了。

"巴图，医院已经联系好了，钱你也不用担心，出发的时候告诉我，我去接站。"

"文慧……"听到文慧装作什么也没发生的样子，巴图感动不已，一股巨大的力量让他原本脆弱的心一下子变得有了依靠。

"怎么了?"

"文慧,我……"

"哎,等来了北京再说吧!定好了时间给我发电报就行,反正你在路上还要走几天。"

"嗯!"

"那我挂了啊,电话费挺贵的!"

"嗯!"

听到嘟嘟嘟的挂断声,巴图不舍地缓缓地将电话放到了桌上。

看到巴图一副失魂落魄的样子,莫书记关心地问:"怎么了?出什么事了?"

"没、没事……"

"巴图,你额吉不会有事的,你放心就好。钱不够,我再组织大家凑一些!活人总不能让尿憋死了不是?不要有压力!"

看着莫书记给自己投来的鼓励的目光,巴图紧紧地拥抱了眼前这个如师如父的人。

"莫书记,谢谢你!额吉做手术的医院,我同学已经联系好了。"

"你这坏小子,那是好事儿啊!还给我唬得一愣一愣的!你这点啊,像你阿爸,不学好!"莫书记说着拍着巴图的肩膀,感慨不已。

很快,兄妹三人带着图娅从呼伦贝尔一路辗转来到了北京,而前来迎接的文慧也十分体贴地将兄妹三人安排在了医院附近的招待所里。

看着贤惠体贴的文慧,图娅眼里对她有着说不出的满意。文慧的父亲是军区里的干部,良好的家教让文慧有着军人般的作风,刚正不阿,一身正气。

好在北京的医疗技术比较先进,当再次复查的时候,发现图娅的病情并没有之前描述的那么严重,整体指标相对比较乐观。

手术前,图娅单独喊巴图在楼下转了转。看到附近没人,图娅便缓缓地坐在凳子上,握着巴图的手,满是紧张。

"巴图,你说我这一进去,万一睁不开眼怎么办?"

"额吉,你放心就好。文慧给找的是最好的大夫,你这种手术啊,不要紧的。"

"巴图,其实有件事情,我一直瞒着你……"

"额吉,手术完了再说。天大的事儿都不着急。"

"巴图,你是个好孩子,难道你不想知道你亲生父母住哪吗?"

"不想。额吉,你和阿爸就是我的亲生父母。"

"傻孩子，说什么气话！"

图娅说着从口袋里掏出了那张皱皱巴巴的照片递了过去，那是和楼管员陈海燕给的一模一样的合影。

"额吉，这是……?"

"从你的书包的夹层里找到的，我本想着等你长大了就告诉你，可是越往后你越听话，我就越舍不得。你上大学走的那天，我一宿没睡，最终还是没有勇气给你，我就是舍不得你……哎……"

看到巴图拿着那张皱皱巴巴的照片看，图娅叹了口气接着说："人哪，就不能做亏心事，要不然会遭到报应的！你看看我，现在就是这样，我应该早点告诉你的！这样你在上海的时候还能回去看看他们！我老了，不行了！也变得怕死了！你阿爸刚走那会儿，我天天想寻死，可是后来看着你们在身边，慢慢地就舍不得死了。我这次进去，如果没出来……"

"额吉，你别说了，没事儿的！"

"巴图，你听我说完。你是家里的老大，如果我醒不过来，照片的背面就是你亲生父母所在的地方，听我的，去找他们！德德玛已经有她妈妈的地址了，这个我不担心，我最担心的就是阿茹娜！她一直以为自己是我的孩子，我到现在也没想好怎么跟她讲，但是她亲生父母的地址，莫书记知道，到时候你去找莫书记要来给她！这样，我在下面也能安心睡一觉了！"

"额吉，你没事儿的！"

"文慧是个好姑娘，我知道你没跟我讲是还没想好，感情这事儿啊，只要你不后悔，剩下的就看缘分了。人家条件挺好的，你也不用有什么顾虑，走到哪里，你都是额吉的孩子！知道了吗？"

"嗯……"

巴图看得出来，面对这一次进手术室，一向勇敢的图娅变得胆小而脆弱了。那一天下午，图娅像是在说临终遗言一般，将自己所有想交代的后事、想跟每个人说的话都和巴图说了一遍。图娅说了很久很久，艰难的时候她从没怕过，因为一无所有；等日子过好了，反而牵挂多了起来。巴图知道安慰图娅没用，只得默默听她讲着。

当图娅被推进手术室的时候，她紧紧地握住了三个孩子的手不愿松开，仿佛那一刻就是永别。

兄妹三人站在廊道的尽头等待着。看着自己手里的那张合影，巴图内心有些愧疚。自己偷偷去看了亲生父母，心中已经无憾了，但是德德玛没有，她应该去探望。

但是德德玛的言行让巴图愤愤不平，从曾经无话不谈再到价值观的巨大分歧，德德玛的改变让巴图无法接受。

图娅的手术很成功，当她在病房里醒过来的时候，看着眼前的三个孩子，图娅流下了感动的泪。或许只有真正经历了生死，有些事情才能真正看淡。此刻的图娅已经别无所求，她不再想必须让孩子留在身边，她不再奢望看到儿女成家立业、儿孙绕膝的热闹，因为她从鬼门关走了一遭，完全释然了。此刻的她只希望自己的三个孩子能够健康地生活下去，自己别无他求。

每个人都会有老的那一天，但是当图娅被推进手术室的那一刻，她最挂念的还是自己的孩子。想到这里，感同身受的图娅想到了孩子们亲生父母的那种思念之情。毕竟他们都是从母亲身上掉下来的肉，自己尚且如此不舍，何况他们的亲生父母呢？图娅彻底放下了心中的执念，躺在病床上的她已经有了自己的决定，那就是告诉每个孩子自己的身世，越早找到亲生父母，孩子们的选择就越多，自己的遗憾也就越少。由他们去吧，毕竟血浓于水，那份亲情是无法割舍的，心无挂碍了，才能得到心灵上真正的自由。

图娅转危为安，文慧也松了一口气。得知巴图是文慧大学时的同学，李文慧的父亲李耀兵专门抽时间约见了巴图。

司机带着巴图驶进了一个军属大院，巴图跟随李文慧来到了一个二层小楼里，屋内虽然不是很大，但是布置得很简洁大气。客厅内摆放着一架钢琴，墙上挂着李文慧的父母穿军装的合影，浓浓的军人风格。巴图在大学的时候就知道，李文慧的母亲是文工团的艺术骨干，所以从小便耳濡目染走上了音乐这条路。

桌子上摆了简单的几个菜，李文慧的父母都在厨房忙活着。看到巴图来到家里，李父放下了手中的活，走到了客厅和巴图闲聊了起来。

"李叔叔，这次多谢您的照顾！"

"没什么。人这一辈子啊，只有两种朋友，一个是大学时候的同学，另一个就是部队里的战友。你和文慧是大学同学，这份情谊很难得。你的身世，我都听文慧说了，难得你有这份孝心啊！"

面对巴图，李父并没有摆什么架子。在李父看来，巴图确如文慧所言，是个正直善良的孩子。面对文慧的母亲许晓霞，巴图则显得些许紧张。

"叔叔您过奖了，这都是做子女的应该做的。"

"我听文慧说你现在是乌兰牧骑的副队长了？"

"因为平时养马场的宣传工作没那么多，所以就去了乌兰牧骑。能跟着团里去很多地方，这也是我采风创作的好机会。"

"对未来有什么想法没有？"

"还没想过。我是额吉养大的，我想先把她照顾好，剩下的就是多做些自己喜欢的文艺创作！"

"爸，你这都成面试了！饭好了，边吃饭边聊吧！"

"行，我听说内蒙古人都能喝，今天刚好我休息，咱们就来个不醉不休！"

巴图本不打算喝酒，他来之前都和文慧讲好了。可是面对文慧一家的帮助，自己又难以推托，只好跟随着李父的节奏一杯杯地喝了起来。

虽然才一年多没见，但是巴图的蜕变让文慧也明显地感受到了。此时的巴图变得成熟稳重了，不再像以前那般恣意挥洒自己的才华，而是懂得了如何内敛，将更多的感情收在了内心深处。在上海的日子对巴图来说更像是一段旅行，他无时无刻不思念着草原，跟随乌兰牧骑演出的日子，巴图更是将艺术创作提升了一个维度。一年多来，他将对文慧的思念化作创作的源泉和力量，将自己的心性慢慢地打磨沉淀了下来。

文慧的父母对巴图都很满意，酒过三巡，李父已经不胜酒力，舌头已经开始有些大了。文慧的母亲许晓霞接过话茬跟巴图说："巴图，我听说你拉马头琴拉得很好，乌兰牧骑确实不错，有没有考虑来北京？我们文工团现在就需要你这样的人才。"

巴图深知文慧父母请自己来家里的意思，听到文慧母亲抛出橄榄枝，巴图认真地说："阿姨，我之前想过，可是我走了，我怕额吉没人照顾……"

"那就接到北京啊！北京条件不比草原差，开车回去也不算远。"

"嗯，我回去有机会就跟她商量商量……叔叔、阿姨，这杯我敬你们！"

面对文慧父母的好意，巴图不好直接拒绝，但是他深知，图娅怎么会离开草原来北京呢？面对自己喜欢的人，他只能再一次将这份深爱伴随着烈酒喝了下去。

看着躺在沙发上呼呼大睡的李耀兵，巴图帮忙收拾完碗筷后，便起身离开了。热心的许晓霞还特意为巴图单独准备了一份饭菜，让巴图带回了医院。司机将二人送到医院楼下，文慧执意要将巴图送进去。

路灯下，二人就这样悄无声息地走着，如同回到了那美好的大学时期。巴图知道，文慧在等自己，她希望自己能够来到北京这个大舞台。可是巴图深知，自己的家庭条件不允许，而且两个家庭的条件太悬殊了。一个大男人走投无路的时候，是文慧帮助了自己，但同时，一种自卑感涌上心头。连自己的额吉生病都无法照顾，自己拿什么来照顾文慧呢？不是巴图不愿寻找更高的创作舞台，而是他觉得自己不配，因为文慧太优秀了。他只想让自己变得更强大，强大到能够以一种平等的关系来审视这段感情。

两个人在路灯下走得很慢很慢，文慧早已知道了巴图内心的答案。看着马上就到住院部门口了，文慧停下了脚步，二人就这么相对而站，沉默无语。

"文慧……"

正当巴图开口说话的时候，文慧紧紧地抱住了巴图。那种无声无息的爱像潮水一般将巴图淹没，酒精充斥着巴图的大脑，他多想倾诉自己内心的情感，可是他又不能，此刻的他只能将这份爱用力地捆绑。

当文慧松开巴图的时候，她的眼中早已噙满泪水。未等巴图伸手去擦拭，文慧猛然在巴图脸上轻轻一吻，像逃兵一般转身小跑着离开了。

那冰凉的一吻像一剂强心针，融化了巴图心头所有的不快。看着地上自己的影子，巴图并不觉得孤独。原来，爱真的不曾消失，那个人一直未曾离开过……

第十五章　母亲的选择

　　为了不让巴图有经济上的负担，文慧提前将图娅的住院费垫付了，因为她深知术后的休养也需要钱。虽然巴图坚持将凑的一千多块钱先还给李文慧，但还是被拒绝了。

　　文慧几乎每天都带着饭来医院照顾图娅，也正是从文慧的口中，图娅才知道当年巴图放弃了那宝贵的留校资格。换作以前，图娅更希望巴图能够回到身边，但是眼下图娅却为巴图的决定后悔不已，她更希望巴图能够有更好的未来，他应该是开创一番事业的男人，而不仅仅是自己身边的儿子。图娅坚信是自己的执着影响到了孩子对未来的选择，眼前巴图和文慧二人之间的感情应该也是如此。想到这里，图娅开始反思自己，她开始在想自己什么时候变得自私狭隘了，又是在什么时候成为阻碍孩子们发展的累赘了。

　　图娅恢复得很快，术后的观察期过了之后，图娅担心费用负担不起，执意要出院回家休养。在文慧开车将一家人送到车站后，巴图还是依依不舍地踏上了回草原的列车。看着火车从繁华的北京开出，一路驶向贫瘠的草原，图娅心里十分不是滋味，巴图应该留在上海，或者留在北京和文慧组建新的家庭，可是这一切都晚了。

　　因为兄妹三人都要上班，所以三人决定轮流请假回家照顾额吉。虽然图娅一再坚持自己可以照顾自己，但是兄妹三人还是执意要等图娅完全康复了再说。

　　回到蒙古包后，巴图第一时间就将借来的钱先还了回去，自己的工资足够补贴家用了。看着三个孩子忙前忙后地伺候着自己，图娅内心更是烦乱不已。在她看来，她完全能够照顾好自己，兄妹三人的照顾让她觉得自己像个没用的人。

　　只过了一周，图娅就将兄妹三人都喊了回来。这次她做了一个重要的决定，那就是让三个孩子都回去寻找亲生父母。当自己被推进手术室的时候，图娅满脑子想的都是自己的孩子，自己尚且如此，孩子们的亲生父母如果也有这么一天，那内心将会是何等痛苦。将心比心，图娅释然了，她决定做一个真真正正的额吉，放开手让孩子们去飞翔，而不是剪断他们的翅膀。

　　看着一家四口又坐在了一起，兄妹三人便知道图娅应该是为了德德玛回上海的事情，而此时的图娅正在做着艰难的决定。

"德德玛，你不是从小就想飞上天吗？我前几天自作主张去莫书记那里打了个电话，你上海那边的妈妈给你汇过来一些钱，说是让你们坐飞机过去。我已经让莫书记给开好介绍信了，到时候见到了父母好好说话，多待一阵子陪陪他们，不急着回来！"

"额吉……"

"德德玛，你从小心思细，虽然你第一个开口喊我妈，但是我知道你心里有很多话对谁都没讲过。这次去上海，把想讲的都讲出来，别憋在心里，带着过去生活会很痛苦！"

"嗯……"

"额吉，我不去！"巴图心里依旧十分抵触。

"长大后，就你去过上海，你不去怎么能行？我这病也好了，你们谁都不用在家陪着我。巴图，我问过了，从上海到江苏宜兴的路不远，到时候你也去趟宜兴，看看你那边的父母！"

"额吉，我哪也不去！"

看着巴图一脸的固执，图娅说："巴图，你去把我的首饰盒拿过来。"

只有他翻过图娅的首饰盒，他知道盒子里面装的还有阿茹娜的秘密，巴图一脸震惊地看着图娅，图娅笑着点了点头。

在首饰盒的最底层，有一个隔板。图娅小心地用剪刀卸下钉子，打开隔板，里面有一个长长的白色布条，图娅取出看了看，递到了阿茹娜面前。

"额吉，这是什么？"

"阿茹娜，这是你亲生父母在上海的地址。"

阿茹娜大惊失色，她慌忙接过布条看，上面果然写着一串上海的地址，落款的日期也刚好是自己的出生年月。

"额吉，你的意思，我也不是你亲生的？"

看到图娅点了点头，阿茹娜哈哈大笑了起来，她起身拿过一个镜子走到图娅身边。

"额吉，你别开玩笑了，你看我哥和我姐，那和咱俩完全都不是一个长相，咱俩明显长得一样，高鼻梁，深眼窝，我怎么可能是上海人？"

"阿茹娜，我没骗你，这个是你被送来的时候缝在衣服上的。"

"额吉，你就别开玩笑了，我也没说不去，我陪我哥我姐去上海就是了！"

"阿茹娜，你们仨是一起从上海被送来的，准确地说，你是你哥和你姐在育儿院门口捡的。"

阿茹娜转头看了看巴图和德德玛，二人却都吃惊地看着图娅，他们不明白为何图娅选择将阿茹娜的身世也说出来，阿茹娜还年轻，额吉没必要在这一刻和盘托出。

"哥，是这样的吗？"

看着巴图什么话都没说低下了头，阿茹娜有些不信，她转头问道："姐，是不是真的？"

"你们不会是合起伙来逗我玩的吧？！"看到大家默不作声，阿茹娜有些惊慌失措，她赶紧走到额吉面前拉住额吉的手，"这不可能，额吉，我怎么可能不是你亲生的？我不相信！"

图娅什么话也没说，只是拉过阿茹娜的手紧紧地握在了手里。

"额吉，快说你是骗我的，我不要去上海，我不要去上海！"

看到眼前阿茹娜哭得像个泪人，巴图对德德玛的默不作声更觉得气愤了。阿茹娜的反应更符合巴图内心的期待，她像是图娅养大的孩子，最起码她心里有额吉，但是德德玛从开始就没有一点人情味。巴图明白额吉说得都对，但是他心里就是咽不下这口气，看着此时面无表情的德德玛，巴图转身走了出去。

巴图一个人骑马来到了巴特尔失踪的地方，眺望着远方，仍旧对德德玛的反应气愤不已。图娅深知巴图内心的固执，便骑马追了过来。

"巴图，额吉这么大年纪都想明白了，你怎么就这么固执呢？"

"怪不得她从小就收集羽毛说要飞上天，现在她终于翅膀硬了，要飞回上海了！"

"巴图，就算是鸟儿，长大了也要各自离巢的！"

"德德玛就是忘本，白眼狼。如果她妈是个穷光蛋，她会回去吗？我不回去，当初就是他们遗弃的我，凭什么你把我拉扯大了我再回去！他们不配做我的父母！"

未等巴图说完，图娅一巴掌扇了过去。

"够了，羊羔喝奶都得跪着，再凶残的狼也会照顾自己的妈妈，你怎么能够这么说你的父母？当年要是有吃的，谁会把自己的孩子送出去？你糊涂！我看你这大学白念了！你这几天就带着德德玛去上海，阿茹娜也去。"

"我不去，要去也让他们自己去！"

"巴图，德德玛不像你想的那样，你知不知道，德德玛曾经救过我的命！"

巴图有些不解地看着图娅："什么时候？"

图娅看了看巴图，缓缓地说："你还记不记得你阿爸离开后的那段日子，我什么也没做，一连好几天就躺在床上……"

"记得……"

"我和你阿爸属于自由恋爱，当初我俩是私订终身后才结的婚。当时我俩爱得很热烈，我们许下承诺，不求同年同月同日生，但求同年同月同日死。虽然现在想来都有些可笑，但是当年你阿爸离开的时候，我一个女人家曾经想过寻死，可是德德玛看出了我的心思，她一刻不停地守在我身边。有一天我想喝下毒药的时候，她拉着我的衣服说，她饿了……德德玛这个孩子啊，心思比你细，她肯定看出来我想寻死，所以就一直用力拉着我不让我喝。我看着她的眼睛，她好像是在说，你不要死，你死了我和我哥怎么办……巴图，你不要怪德德玛，她有她自己的想法，我相信她会处理好自己的事情。巴图，草原上的雄鹰飞得再高再远，影子也依旧留在草原，去找你爸妈吧！"

"我已经忘了他们长什么样子了！额吉，我哪也不去，这里就是我的家！"虽然德德玛小时候的这件事让巴图感到震惊，但是固执的巴图依旧不愿接受。

看着巴图一副油盐不进的样子，图娅缓缓地说："巴图，如果你真的为额吉好，那你就应该去找你的亲生父母。因为，他们来找过你！"

"什么？！"

看着巴图一副打死都不相信的样子，图娅顿了顿，缓缓地说了下去。

"当年你上大学刚走没几个月，江苏那边就来了寻亲团，当他们找到了莫书记，莫书记第一时间就知道了他们是你的亲生父母。对了，还有你那个姐姐，也来了！"

"什么，不可能！"面对图娅说的这一切，巴图简直不敢相信，他明明去见过二老，他的姐姐也明明在学校做楼管员，如果他们来找过自己，那么怎么可能认不出自己呢？

"当初莫书记单独找到我，问我要不要跟他们见面聊聊。我躺在床上想了一宿，我知道你不会走，我也知道早晚有一天会有人来找你们三个，但是我没想到他们会来得那么快！"看着巴图一脸怀疑的样子，图娅知道，这很难让巴图接受，"陈海燕，你的姐姐叫陈海燕，你父亲叫陈忠海，你妈妈叫郑叶芬……"

"额吉，他们真的来过？！"巴图一直以为额吉是在骗自己，但是当图娅说出了这些名字后，巴图没有理由不信。

"嗯……"

"那你怎么说的？"

"当我看到他们拿出的那张合影时，我就说其实家里也有一张，只不过想等你长大后跟你讲，但是你上学走了，心想着没准等你在上海待几年或许再跟你讲你会容易接受些。所以，我就把你大学的地址和班级告诉了他们……"

图娅的眼神有些湿润，转念间她仿佛又回到了那个让她内心备受煎熬的下午。

莫书记带着巴图的亲生父母和姐姐来到了蒙古包，图娅则毫无保留地将自己发现的那张照片拿了出来，她坦言自己的不舍与自私，也感谢他们没有放弃巴图。看着相框里巴图考上大学戴着大红花的照片，一家人泪流满面。

"您是恩人，谢谢您抚养了我的儿子！"郑叶芬哭着给图娅跪在了地上，图娅赶紧将郑叶芬扶起。

"该感谢的是我。刚开始的时候，我因为这个孩子失去了丈夫，所以我恨你们，但孩子是无辜的，你们不应该遗弃他。后来我也想明白了，我该感谢你们，感谢你们让巴图做了一回我的儿子。这些年过得虽然苦了些，但是我很快乐！"

图娅拿着当初巴图留给自己的学校地址递了过去。

"当初，你给我在照片上留了这个地址，现在我把孩子的地址给你们！"

陈父颤抖着接过图娅递过来的纸条，看着图娅真诚而又温暖的微笑，一家人被图娅的无私而感动。

"可是，额吉，他们怎么找到家里的？"

"上海市育儿院，因为当初你和德德玛在那住了一年，你俩天天逃跑，所以一问就知道了。我本以为他们拿到了你的地址就会立刻去找你，但是你回来的时候，我看到你没有说这件事情，我心里就嘀咕，难道是他们没有去找你？但你回来后好像是有什么心事，我以为是他们去找过你。我一直等你告诉我，可是你一直没有提，直到那天德德玛的事情，我才知道，原来，他们并没有去打扰你！但是我马上要做手术了，你作为家里的老大，思想压力够大了，所以那天我想了很久也没有把这件事告诉你……"

听图娅说完，巴图的内心像是被狠狠地捅了一刀。原来，自己的父母早就去看过自己，原来陈海燕去学校做楼管并不是偶然。想到陈海燕对自己诉说着她弟弟的事情，想到自己回到老家，父亲陈忠海喝茶时颤抖的手，想到母亲郑叶芬装作若无其事的样子，一切的一切，原来都是他们在演戏，他们在等待着自己的原谅，他们一直在等自己回家……

"巴图，你小时候，我打过你、骂过你，可是你现在长大了，任何事情，我都不会再替你做主了，你需要学着自己去做决定了！额吉不会一直都在，希望你要对自己以后的人生负责！"

"嗯……"

巴图眼圈红红的，此刻他的内心受到了巨大的冲击，望着天边火红的云彩，他脑海中掀起了滔天巨浪，无法平静……

阿茹娜在德德玛的陪伴下来到了莫书记这里，当莫书记拿出了当年的转运档案，阿茹娜看到当初的记录和照片，才终于相信了自己是上海孤儿的事实。

德德玛按照之前苏静春留下的号码拨了过去，电话那头传来的是一个沉稳而干练的女人的声音。

"喂，请问是哪位?"听到那久违的声音，德德玛浑身的汗毛都竖了起来。虽然过去了那么多年，苏静春的声音未曾在她脑海中有哪怕一丝丝改变。

"我下周六过来!"德德玛说完便挂断了，她知道，电话那边的人一定知道自己是谁。

很快，电话就拨了回来，而德德玛转身便拉着阿茹娜离开了。看到图娅将三个孩子的身世都告诉了他们，莫书记感慨万千，此刻的他对图娅只有佩服。面对上海那边的来电，莫书记又将刚才的事情说了一遍，而得知德德玛也就是苏小雨自己决定回去找苏静春的时候，电话那边却只传来了"谢谢"两个字就匆忙挂断了。生离死别，在草原上几乎年年都在上演，但是面对当年一手接过来的孩子纷纷回到了上海，莫书记心里也有着说不出的滋味。一个个鲜活的生命，生在草原，长在草原，到如今亲生父母的寻找让养育他们的额吉心如刀割。这躲不过避不开的人生聚散啊，真的让人感受到在命运面前的那种苍白无力……

这次回上海，兄妹三人却有着截然不同的三种状态。德德玛是最期待见面的，这么多年来，她一直对苏静春将她遗弃怀恨在心，虽然在草原长大，但是她的内心是孤独的，一种寻根的渴望从小到大从未泯灭过。巴图是左右为难的，他一方面为额吉的无私而心疼，他不愿离开这片养育自己的土地，另一方面他又被亲生父母的默默等待而触动，这次回去该用什么姿态来面对他们呢，是彻底原谅他们，还是痛诉心中的不满? 这对巴图来说进退两难。阿茹娜完全没有任何期待，她唯一伤心的就是自己竟然不是额吉的亲生女儿，她没有对亲生父母的渴望和期待。从记事儿开始，她的脑海中便全部都是额吉和草原，对于她来讲，见不见亲生父母对自己来说可有可无，她甚至有些排斥。自己已经有了疼爱她的额吉，如果说有一丝丝期待的话，那就是自己的生父。从小阿茹娜就缺少父爱，每每看到别人家的孩子回家和阿爸在一起，阿茹娜心中便对相框上的巴特尔阿爸心生怀念，阿茹娜心中父亲的角色是缺失的。此时出现的父亲，她并不排斥，但是对于遗弃自己的生母，她则毫无期待，这次出行对她来说只是为了完成额吉交代的任务而已。

三人坐车辗转来到了哈尔滨机场，第一次坐上飞机，三人都很激动。在苏静春买的头等舱里，巴图和德德玛坐在一起，阿茹娜单独坐在对面的窗户边。看着巴图从上次提出自己同意回家之后便不再同自己讲话，从小一起长大的德德玛当然知道此时巴图内心的想法。巴图开始是最想逃走的，但是最后他反而是最不想离开的，德德玛知道他脾气执拗，便也没有在他气头上跟他辩驳。看到他同自己一起踏上了回上海的飞机，德德玛看了看外面机场上忙活的工作人员，想了想还是握住了巴图的手。

"哥，你是不是特别恨我回上海找爸妈?"

"这是你的权利，毕竟额吉都老了，她也没有上海的亲妈有钱。哎，有钱就是好，马上就要上天了!"

"哥，你还记不记得，最开始的时候，是你拉钩说一定要带我回上海的!"

"那时候你还小，懂什么?"

"哥，我那时候是比你小，但是我什么都懂，育儿院门口你妈要走的时候你不也没看出来吗?"

"那不一样……"

"哥，我其实啥都记得!"

巴图看了看德德玛，欲言又止地转过了头。

"我老家是安徽芜湖南陵县苏家巷村，我妈刚开始打算把我送到安徽这边的育儿院，但是不知道为什么，可能是怕我再跑回去吧，于是带着我从安徽老家坐火车到了上海。我妈的名字叫苏静春。哥，这些我全都记得!"

听到德德玛说出了自己老家的详细地址，巴图完全傻掉了，他疑惑地看着德德玛，眼中仿佛有一万个为什么。

"我知道你想问什么，你是不是想问我为什么当初在火车站骗了你? 为什么我知道老家的地址却不回去?"

"对啊，为什么?"

"我其实从一开始就知道我妈不要我了，我是看你来了，我才没走的……"

"那你为什么现在要去找她?"

"我不像你。哥，这么多年来你已经完全忘记了你的老家了，可是我没有……我一直没有原谅她，我恨她，我这次去就是想问她，为什么这么狠心，把我丢到离老家那么远的上海……"

"我、我不信，去内蒙古的时候你也可以跟莫书记说想回老家的……"

"哥，伤害过你一次的人，还会伤害你第二次的。其实，咱们坐汽车从育儿院去火车站的时候，我在路边看见她了……"

"那你之前怎么不跟我讲……"

"我不想说，当时没有当场喊停车下去质问她，质问她为何遗弃我，是我目前唯一后悔的事情……"

听德德玛说完，巴图不禁倒吸一口凉气，眼前的小女孩并不像自己认识的那个德德玛了，或者说，自己从未真正了解过她。在巴图眼里，眼前的德德玛满脑子都是仇恨，这不像是寻亲，更像是德德玛苦苦等待的复仇之旅。巴图终于明白了为何这么多年来她始终没有融入这个家庭，因为她心里从未忘记过遗弃她的母亲。他也渐渐明白了，为何德德玛一开始就可以喊巴特尔阿爸，喊图娅妈妈，原来在她被遗弃的那一刻，她便放弃了她的生母，一切的一切都是为了长大后的这一刻！此时眼前的德德玛仿佛从天使变成了魔鬼，一个没有感情的冰冷的魔鬼！

"哥，你还记不记得我俩见面的那一天？"

"记得……"

"就在那一天之前，我妈把我扔在了那里……"

德德玛又一次将那段从未跟人讲起的经历跟巴图说了一遍，这也是时隔二十多年巴图第一次知道那天发生的详细故事，一个被遗弃的另一个版本的故事。

"哥，你知道吗？我知道我妈不会再回来了。我一个人伤心地在那大哭，难过极了……"

德德玛讲完后，巴图不知道是悲还是喜。原本他以为德德玛没有感恩之心，对额吉的养育之恩只字未提，现在看来，她好像并不是，她只是有一个心结一直没有打开而已。可悲的是那么多年过去了，德德玛依旧未能从童年的噩梦中走出来，反而越发极端了。

"德德玛，我误会你了。可是，你都这么大了，是不是该试着原谅她了？"

"哥，你原谅他们了吗？"

飞机起飞，阿茹娜紧张地看着外面，巴图有些头晕，他躺在座椅上闭着眼睛，尝试捕捉此刻自己内心最真实的感受，可是他还是有些恨他们，面对德德玛的质问，他选择了沉默。

因为起飞的重力，三人短暂处于失重状态，那种若即若离的感觉犹如巴图的内心，悬而不下，让人感到慌张，此刻的他紧紧地握住了德德玛的手。

"哥，你知道我天天在医院看到那些老人去世的时候，我心里会怎么想吗？我想，在她走之前，我一定要见她一面，亲口问她，当初为什么遗弃我！还有，哥，你知道我为什么选择跟布和在一起吗？"

"我正想找你聊呢，你们单位那么多优秀的年轻人，你怎么就和他走到一起了？你俩在一起多久了，为什么不和家里说一声？"

"哥，我之所以跟布和在一起，是因为他从来不骗我，我痛恨欺骗！"

德德玛说完，巴图仿佛什么都懂了。一个人在童年的时候一旦被欺骗过、遗弃过，那么这辈子再难忍受别人的欺骗了。此刻的巴图完全放下了对德德玛的偏见，飞机也趋向于平稳，服务员推着小车来到了跟前。

"同志，您要喝点什么？"

看到推车上有各种水果、饮料还有茅台，巴图指着问道："酒是免费的吗？"

"是的！"

"给我来一杯！"

此刻的巴图比任何时候都想喝酒，这几天发生的一切都超出了他的认知，一切都像这架飞机一般超出了自己的控制。他接过空姐端过来的酒杯，一饮而尽，又把杯子递了回去。

"再来一杯！"

空姐看了看巴图又倒了一杯，巴图再次一饮而尽。

"同志，给我也来一杯吧！"德德玛刚说完，阿茹娜也从旁边递过来了纸杯。

阿茹娜接过空姐递过来的酒一饮而尽，但是她只是想尝尝而已，结果被酒呛到了。德德玛接过酒杯，连着喝了三杯。看见一瓶酒被巴图和德德玛喝完，空姐只好回去又开了一瓶。

那个年代的茅台是10元一瓶，飞机头等舱都是免费供应酒水的，几杯酒下肚后，巴图的心也安静了些。那么多凌乱的思绪如同一堆毛线，巴图终于在德德玛这里找到了那个线头，剩下的只能一点点慢慢捋吧。伴随着飞机引擎的嗡嗡声，巴图闭眼沉思，没多会儿便睡了过去。

虽然苏静春一再要求去机场接自己，但是德德玛拒绝了，她不想在机场就情绪失控。得知德德玛和巴图还有阿茹娜在一起，苏静春听从了德德玛的意见，在家等待着。

德德玛之所以不让苏静春接自己，其实她怕自己没有勇气去面对这个记恨了二十多年的人。如果自己去找她的话，至少自己随时都有转身离开的机会。

拿着苏静春给的地址，三人从机场一路来到了一个干净的弄堂。德德玛拿着手中的白色鹅毛，和巴图、阿茹娜按照门牌号一家家找着。才走了没几步，德德玛便停了下来，在弄堂的最里面，一栋蓝色的房子格外扎眼，那就是小时候苏小雨对陈海生讲的蓝房子，只不过，从老家来到了这里。

德德玛径直朝着蓝房子走去，从打开的大门看进去，院子很干净，有一个小菜园，菜园的旁边隔出了一小块地方，里面有一只大鹅在那走来走去。苏小雨不敢相信它到底是不是大花，但是敞开的大门如同苏静春的怀抱，家的味道迎面扑来。

德德玛看了看巴图和阿茹娜，然后点了点头。德德玛深吸一口气将鹅毛收起，一个人走了进去。墙上的蔷薇花开满枝头，蔷薇花下有一个长凳，那个长凳是上海街头最常见的那种，也是和当初育儿院门口一样的长凳。巴图拉着阿茹娜坐在了长凳下，和阿茹娜诉说着当初见到她的情景。

德德玛刚一走进院子里，大鹅就嘎嘎叫了起来。德德玛脱掉鞋子走进了客厅，客厅宽敞而明亮，大厅里摆满了用羽毛做的天使和娃娃。一个拖地的人背对着她，德德玛紧张地敲了敲门，那人转过身，德德玛紧张地咽了口唾沫，却发现那根本不是自己熟悉的面孔。看到德德玛一身蒙古袍，保姆笑着朝二楼指了指。

德德玛一步步走上二楼，楼梯上摆满了苏静春这么多年来的成就，和众领导的合影，还有获奖的高光时刻。到了二楼，偌大个空间里什么都没有，只有在角落里有一个沙发还有美式装修的开放厨房，以及墙上的一只极简风格的钟表。这时，苏静春像个贵妇一样在客厅中央的地毯上光着脚做着羽毛平衡。

羽毛平衡是一种类似于瑜伽的静心艺术，将众多大小不一的木棍像鱼骨架一样鳞次栉比地叠在一起，最末端则是放一根羽毛。这很考验操作者的心性，有时候喘气大了都会造成失败，更别说心浮气躁了。

德德玛的脚步很轻，苏静春竟然没有发现，她背对着德德玛在那认真搭着骨架，二楼此刻只有钟表嘀嗒的声音。多少年来，那个离开自己的背影，德德玛一辈子都不曾忘记，若不是阳台上翻越而过的猫让苏静春分了心，她大概还没有发现早已站在门口的德德玛。

当苏静春转头朝着阳台看去的时候，德德玛那一刻激动得手都抖了起来。那么多年过去了，苏静春好像老了很多，但又显得那么的年轻。她的身材还是那么好，精心化过妆的容颜也没有显得那么苍老，精致的衣服让德德玛一下子看到了自己小时候的苏静春。

此时的德德玛早已不再是那时的苏小雨了。母女对视的那一刻，时间仿佛停止了，苏静春的脑海中只有钟表嘀嗒的回声。虽然苏静春为这一天准备了很久，她也尽量平衡自己内心的躁动，但是这一刻，她仍旧慌乱无比。

苏静春强忍着心中的激动，缓缓地将手中的骨架放在地上。伴随着脑海中的钟表声由大变小，苏静春很快就平复了情绪，和德德玛想象的不同，此刻的她变得冷静而严肃。

"过来这边坐吧！"苏静春指着屋子里仅有的沙发，慢慢地走了过去。

没错，苏静春甚至没有喊苏小雨的名字，这让德德玛多少有些意外。来的路上，她反复想象母女相见的时候，她该如何打破那份温情，直接质问苏静春，而眼下的氛围，不温不火，恰到好处。

德德玛坐到了窗边，苏静春则为德德玛端了一杯咖啡放到了桌子上。

苏静春看着德德玛，看了一会儿后缓缓地说："小雨……"

"我叫德德玛!"德德玛毫不客气地掠了回去。

"哦，德德玛，你……这些年在那边挺好的吧……"

"幸亏你把我扔到了育儿院门口，没有饿死，额吉对我挺好的!"

"小雨，不，德德玛，我……我挺后悔的，后来躲在墙角好几天，看到你被汽车拉走，我还追了很久……"

"你追汽车的时候我看到了……"

当这句话从德德玛嘴里亲口说出来，苏静春惊愕不已。她仿佛又一下子明白了，苏小雨确实是个任性而记仇的孩子。

"你爸当年爱喝酒，喝完酒就打我，后来有了你之后，他还经常打你。为了躲开这个家，我就和他离了婚，自己带着你……那些年很辛苦，我一个女人家又养不活你，但是我又不想送回去让那个酒鬼带着你，所以……我觉得我的人生挺失败的。我心想着，把你送走或许你还能有个新的开始。我之所以活到现在也是想，或许哪天你会需要我做些什么……"

"你们是因为相爱才生的我吗?"

"什么意思……"

"如果彼此不相爱，为什么生下我，为什么让我来到这个世界上?"德德玛愤怒不已。

"小雨，有时候我们是无法自己选择来或者不来的……"

德德玛看了看屋里的装饰，生气地问道:"你有多少钱?"

"我在上海开了几家餐厅，赚了些钱，哦，你等会儿……"德德玛的单刀直入并没有让苏静春感到意外，苏静春的平静反而让德德玛有些不知所措。来之前她听说过很多人因为财产产生隔阂，所以她打算尽量把氛围往最差的方向引，这样自己便可以将一些话借着愤怒说出来，而眼前的苏静春却平静得让她觉得无所适从。

苏静春起身走到卧室，从卧室取出一份材料放到了桌子上。

"你看看，没问题的话，就签个字吧!"

"这是什么?"

"遗产继承合同。"

"什么意思?"

"你走之后，我就一直一个人。曾经你爸来找我要了一些，后来他酗酒喝死了，你也没见过他，这都不重要。我后来也没再组建新的家庭。现在积攒了点家业，你是我唯一的孩子，我想把财产都留给你!"

"你以为我是图你的钱才来找你的吗?"德德玛的计谋并没有得逞，但是苏静春的示好却让她更觉得反感了。

"不是，你刚才问我有多少钱，我以为……"

"我和额吉是很穷，但是有几百只羊和一大群人陪着我们。我活得很快乐，我不需要你的臭钱。你为什么找我?"

"小雨，我、我只是想让你过得好些……"

"叫我德德玛，我不叫小雨! 哼，有钱真好，你和我额吉比起来简直像两个年代的人!"

"如果你需要，我的一切都可以给你和你的额吉……"

德德玛气愤不已，她站起来将咖啡泼到了苏静春的脸上。

"我不需要。如果你希望我过得好，你当初就不应该把我扔到上海来; 如果你想我过得好，你现在就不应该打扰我和我额吉。"

面对着德德玛的歇斯底里，苏静春的平静让人感到可怕，她拿纸巾擦了擦脸，看着愤怒的德德玛，站起来深深地鞠了一躬。

"小雨，对不起，妈对不起你……"

"你不是我妈，我叫德德玛，你认识的那个小雨，已经死了，我们以后不要再见面了!"

德德玛准备了很多套方案来应对和苏静春的唇枪舌剑，可是苏静春的平静却让她一拳打到了海绵上，无力可施。此刻的德德玛只觉得愤怒，苏静春的不冷不热甚至有些阴阳怪气让德德玛浑身发抖，她说完便气冲冲地转身下楼离开了。此时的德德玛更像是个逃兵，她并没有找到胜利者的感觉，甚至连想要的怒气冲冲吵一架都没有实现，因为苏静春的反应让她根本吵不起来。

看到德德玛气冲冲地走出大门，坐在门口等候的巴图和阿茹娜追了上去。苏静春站在窗前看到兄妹三人离开，沉默良久后方才转身回到卫生间打开了水龙头。看着脸上的咖啡渍，她先是笑了，此刻的苏静春觉得自己像个小丑，她洗了洗脸看了看镜子，笑着笑着却失声痛哭了起来。

自己的女儿自己最了解，她知道德德玛今天来找自己一定是想大吵一架，但是她没有配合德德玛的表演，她用一种近乎有钱人特有的傲慢姿态面对了这次会面。她觉得德德玛之所以找自己，就是为了发泄心中的不满，她发泄完了，以后应该就不会再回来了。

德德玛跑出去很远很远才停了下来，面对刚才的会面，她也觉得难受，当她拿起咖啡泼在苏静春脸上试图激怒她的时候，她感觉到苏静春的内心甚至没有泛起一丝的波澜。无论自己怎么激怒苏静春都无济于事，德德玛甚至觉得自己输了，输得一塌糊涂。苏静春像那座蓝房子一样，敞开胸怀做好了一切准备，任凭德德玛发泄着不满，但是这样的会面又有什么意义呢？结束了，一切都结束了。那么多年的执念，终于在这一刻当面对峙时说了出来。德德玛看着手中的鹅毛，蹲在路边哭得一塌糊涂……

　　没人知道为何德德玛进去才几分钟的工夫就跑了出来，没人知道为何气势汹汹的德德玛逃得如此狼狈，更没人知道苏静春为何选择用这样冰冷无情的态度面对前来讨债的德德玛。或许，这都是，母亲的选择……

第十六章　你迟到的许多年

德德玛曾经想过，自己和苏静春的会面一定会以吵架收场，但是一定是自己占上风，可眼下的会面让她觉得失败至极。苏静春那种以有钱人的眼光站在道德的制高点审视德德玛来上海的目的，甚至都准备好了合同，这对她来说简直是赤裸裸的人格侮辱。

德德玛将自己关在酒店里，回想着白天见面时候的一切。闹中取静的别墅区，有一个自己的小院，还有保姆，更让人气愤的是，她竟然没有自己想象的那么老，甚至有着这个年龄段所散发的女性独特的优雅魅力。总之，苏静春的优越条件更让德德玛觉得她对不起自己，这让她心中仅剩的那点亲情彻底转化为仇恨。想到这里，德德玛深深地叹了口气，不管怎样，一切就这样结束吧！

巴图和阿茹娜在酒店的露台上看着夜景，街道灯火通明，高楼鳞次栉比，这让阿茹娜感受到了大城市的独特魅力。可是，这样的风景，巴图不知道看了多少回，他曾经多次在教学楼顶和李文慧谈天说地，看着城市的万家灯火。

“哥，想什么呢?”

“我是谁，我从哪里来，我要到哪里去……”

“想明白了吗?”

“还没有!”

“行了，瞧你一本正经的样儿，跟个小孩似的。哥，你看上海的夜景多美啊!”

“再美还不是看不到美丽的星空，找不到星星怎么回家呢?!”

“哥，你说我姐这么对她亲妈是不是不太好?”

“她从小就这样，记仇!”

“她亲妈那么有钱，如果她要是认了的话，下半辈子都不用愁了……”

“哎……不管怎么说，她心里舒服了就行。总不能带着这个疙瘩活一辈吧……”

“哥，明天我们先去宜兴吧!”

“怎么，你怕了?”

“我怕什么啊，我从小就没见过他们，不像你和我姐。我没仇可报。我们先去宜兴，然后从上海回家。”

"我还是不想去……"

"哥，你该不会也记仇吧？"

"两码事儿。哎，阿茹娜，说心里话，今天看到德德玛和她妈这样，我挺害怕的！我不知道见他们的时候该怎么做，我甚至都不知道我的手到时候该放在哪里……我一直没想好，他们都去学校看过我，但是我像个小丑一样，偷偷地回家，然后撒了个谎又灰溜溜地逃走……"

"你去见过他们？"

"嗯……我毕业前去的……"

"怪不得额吉说，你来了上海肯定要去找他们，还是额吉了解你！"

"额吉啥时候说过？"

"就是被姐气住院那回，额吉手术完成后跟我说的。"

"她怎么知道的？"

"她猜的。她说你对亲生父母很抵触，按理说你这么大了又这么孝顺，听到我姐要来上海就气得不行，这不是当哥的该有的反应。所以，她猜你肯定见过他们了。而且只有你觉得没有必要再见面的时候，你才会做出那样的反应。"

"哎……"

"额吉还说，你这人不藏事儿，有啥都表现在脸上，不像我姐，她这一辈子没看透过我姐心里在想啥！"

"是啊！额吉说得没错，我以为我很了解她，其实并不是……阿茹娜，你马上就找到亲生父母了，心里是怎么想的？"

"我啊，没怎么想，我就当陪着你和姐来旅游了！反正我生下来就被他们扔到育儿院门口了，他们和我的感情没你和姐那么深，就当认个亲，满足额吉的心愿吧！哎，哥，你有没有觉得，额吉做完手术之后，有点怕死了？"

"怎么怕死了？"

"就是最近发现她老是去擦相框，有一次还跟我说，要我去定做一套寿衣准备着，怕哪天没人在家。"

"真的？啥时候的事儿？"

"就是轮流照顾她的时候，她还不让我跟你讲。当时她还跟我探讨人如果死了会去哪里之类的，搞得我也莫名其妙……"

"哦……"

听完阿茹娜的话，巴图似乎有些明白了。经历了生死之后，额吉更想在走之前早日完成她心里未完成的夙愿，认亲这一关肯定是在她计划内的，只不过因为德德玛这么一闹给提前了。而自己内心所有的秘密在额吉面前仿佛都是透明的，额吉虽然什么都没说，但是她却是最明白自己的人。

作为大哥，巴图觉得阿茹娜说得有道理，毕竟德德玛的认亲失败了，甚至是一塌糊涂。阿茹娜来之前并没有联系，万一对方也和苏静春一样，以为自己为了财产而来闹得不可开交，那么这趟寻亲之旅未免也太糟心了些。毕竟自己的父母对自己是敞开怀抱欢迎的。或许先回宜兴老家，那里的小桥流水会让德德玛和阿茹娜的心情好一些。或许，他们会在宜兴老家多待几天，等大家心情好了再往回走。

坐在上海前往宜兴的汽车上，巴图的屁股挪来蹭去，内心忐忑不已。看到德德玛心事重重，巴图有意打开了话匣子。

"德德玛，其实我也有小秘密没有告诉过你！"

"你还能有什么秘密……"

"你知道我为什么叫陈海生吗？"

"你出生在上海？"

"当然不是。我老家是江苏的嘛！"

"你们村叫什么海？"

"也不是……"

"你爸是海军？"

"你咋知道的？"

"我记得最开始遇见你的时候，你穿的是海魂衫，我还羡慕了很久，当时想跟你借着穿几天，但没好意思说……"

"那是我爸从部队带回来的。他是海军，当时他跟他们班里个头最小的那个战友要了一件留给我穿的。我爸叫陈忠海，所以给我起名叫陈海生！"

"哥，我想休息会，你不是说老家有好多好吃的吗，一会儿好好琢磨晚上吃点啥吧！"

"哎，你不听拉倒！"

汽车沿着公路穿过成片的茶园和竹海，几年前的路线又被重走。巴图已经想好了，他打算按照额吉的意思，拥抱他们，原谅他们。所以出发前，巴图特意给村里打去了电话，让村干部告诉家里人，自己会在下午时分到达村口。

三人在村口的桥头下了车，打算徒步走到家门口，顺便也带着德德玛和阿茹娜认识一下自己当年回家的路，还有那沿途的风景。可是让三人都大吃一惊的是，村口的桥那头，几乎全村的人都站在那里等待着他们。横幅上用毛笔写着：陈海生，欢迎你回家！

　　巴图的回家场面让三人大吃一惊，也让德德玛羡慕不已，她想要的其实也是这样的欢迎仪式，虽然是穷山村，但是那宽广的怀抱让人觉得感动和温暖。

　　看到这么多的人，原本就紧张的巴图更加紧张了起来，他看了看德德玛和阿茹娜，往前走了一步。巴图扫视了一圈，人太多了，他并没有从人群中看到父亲陈忠海和母亲郑叶芬的身影。

　　"我叫巴图！内蒙古呼伦贝尔来的孩子……我额吉叫图娅……我阿爸叫巴特尔……"

　　"今天……我回来了……"

　　巴图使出了全身的力气朝着对面喊去，可是桥对面的人群依旧沉默着。

　　"我是陈海生，我爸叫陈忠海，我妈叫郑叶芬。"

　　巴图焦急地扫视着人群中的父母，但还是没有看到人群中有人走出来。

　　"我不恨你们了，你们出来吧！"

　　巴图话音刚落，一阵风儿吹动路边的竹林，唰唰作响，此时的人群让开了一条道。巴图的脸上开始露出期待的笑容，这一刻的重逢，他已经期待太久……

　　可是，团圆的一幕并没有出现，陈海燕和丈夫抱着父母的遗像从人群中走了出来……

　　巴图的表情瞬间凝固了……

　　这根本不是巴图想要的结果。此刻的他甚至在想姐姐陈海燕是不是在开玩笑，三年前自己独自探望二老的时候，明明都还身体健康的，怎么可能就不在了呢？

　　看到对面的遗像，德德玛和阿茹娜的内心被狠狠地戳了一下。来的路上，为了哄德德玛开心，巴图兴高采烈地说着村里多好玩，要多住几天，但是此刻，没有人比巴图更伤心、更无助。德德玛虽然痛恨苏静春，但是苏静春好歹还活着，但是此刻，巴图的父母却已经不在了……

　　屋内，摆放着父母的遗像，巴图呆呆地跪在地上一句话也说不出来。刹那的悲伤让他变得面无表情甚至麻木。

　　"弟，前些年咱爸喝酒喝得厉害，后来肝上得了病。他去上海治病的时候，咱妈到上海市育儿院去问过，去了好几回都没有你的消息。当年负责转运的医生基本都调走了，咱妈就坐在育儿院门口的凳子上一连发了几天的呆。后来，一个叫陈小青的护士回去的时候看到了就问咱妈找谁，从她那里才知道你被转运到了内蒙古的呼伦贝尔。

　　"后来我带着咱爸妈就去了，没想到你很有出息，考上了上海这边的大学。去的路上咱妈就说你额吉要是不让我们见面，我们就不走了，但是你额吉很善良，把你学校的地址给了我们……

"去学校的路上，咱妈突然说这对你额吉不公平，既然你考到了上海，肯定会回来找我们，所以爸妈就一直在家里等着，等着你回来……

"后来我们在家里等了好久，爸妈知道你肯定还没有原谅我们，所以就让我去学校当楼管员，顺便照顾你。每个月，他们都会借着看我的名义，顺便来看你……妈常说，她觉得你很孤独，心里装着事儿，所以她就一直和爸等着，等着你原谅他们。

"那晚我鼓掌，是因为爸妈在旁边听到你拉的曲子后感动得哭了。我记得很清楚，那一晚你唱的是《请你跟我》……

> 归乡的路
> 窗外思绪划过
> 映入眼前的是熟悉景色
> 疲惫的我已无法诉说
> 心灵的寄托
> 那是我对思念的执着
>
> 请你跟我一起看那美丽天河
> 请你跟我一起寻找心灵的归宿
> 请你跟我一起看那大雁飞过
> 请你跟我一起看那骏马掠过
>
> 琴声划过回声很零落
> 夕阳下云朵像纯净的灵魂
> 漂泊的心已飞向北方
> 微风吹过，荡起我心中的小河
>
> 请你跟我一起看那美丽天河
> 请你跟我一起寻找心灵的归宿
> 请你跟我一起看那大雁飞过
> 请你跟我一起看那骏马掠过
>
> 敞开胸怀，拥抱那蓝天
> 策马奔腾，自由翱翔

"我怕爸妈的失态会让你发现，所以才故意鼓的掌。也就是那晚我觉得咱爸的病情实在不能再等了，才将你拉到宿舍跟你聊了那些事情，希望你能原谅我们，因为那时候，咱爸妈就在里面房间听着……"

陈海燕说着说着啜泣起来，她强忍着激动的心情说了下去。

"和你聊完后，咱爸妈像没了魂儿一样，他们知道你肯定认得照片上的人，但是你没有认，这说明你打心里不想认我们，所以那晚咱爸哭了很久……"

"他俩回家之后就吵了一架。咱爸觉得自己时间不多了，想来学校认你，但是咱妈死活不让。咱妈就觉得对不起你，更对不起把你养大的额吉……"

巴图抬头看着屋里的茶几，仿佛回到了当年的那个夜晚。回到家里的陈忠海已经病入膏肓，而郑叶芬则执意阻拦。

"不行，叶芬，我活不了几年了，我得去找他！"

"不行！"

"他是我儿子，我怎么就不能找他？"

"是我把他遗弃的，孩子还没原谅我们，不能认！他马上毕业了，你跑到学校去闹腾，你让孩子怎么做？认你还是不认？不能在这个时候影响他的前途。"

"叶芬啊！你我都一把老骨头了，我是怕哪天再也认不到了啊！"

"我是妈，人家也是妈，你就这么认了，当妈的心里是什么滋味？忠海啊，海生是咱俩的亲儿子，人家养活的可是别人的孩子啊！人心都是肉长的，咱可不能昧了良心啊！"

听郑叶芬说完，陈忠海颤抖地拿起桌子上的茶碗却抖到不行，陈忠海想拿酒喝却被郑叶芬夺了下来。

"还喝，再喝就不用见孩子了！忠海，等到孩子毕业了再说吧！"

看着自己抖得厉害的手，陈忠海用另一只手压住，忍不住抽泣了起来。

"后来你私下里回了趟老家，咱爸妈看到了激动得不行！咱妈晚上给我打电话说，她激动得都把咱爸的胳膊给掐紫了……"陈海燕说着忍不住苦笑了一下。

巴图仔细回忆着那天的情景，二老从院子里走出来的时候确实是郑叶芬挽着陈忠海的胳膊，他还记起陈忠海的胳膊端茶的时候抖得厉害。

"年轻人分分合合很正常，异地的话是很麻烦，但是为人父母的都能理解，能复合就尽量复合吧！有时候啊，这人走着走着，一个转身就一辈子都见不到喽！"

巴图再次回想起那天母亲郑叶芬说的话，心碎不已。

"你毕业后的那年年底，咱爸就突发心梗去世了……"

"咱妈呢？咱妈身体明明很好的！"

"咱爸去世后，咱妈心里很内疚，后来精神也有些不正常了。她常常给我打电话说晚上梦见你责怪她，我说要带她去内蒙古找你，她死活不肯，老说对你额吉不公平。后来我听村里人说，她经常去村口桥头上坐着，一坐就是一整天。后来她和邻居说她怕死之前见不到你，所以前几天非让我带她去内蒙古。我本来跟她约好了月底等我辞职回来就去，可是她却怎么也等不了了，还说梦里梦见你已经原谅她了，所以那天她非要自己买票去上海找我，然后……呜呜呜……"陈海燕已经泣不成声。

"然后怎么了？"

"那天雨下得特别大，她坐的车翻到了山下……呜呜呜……从山上滚下来，我当晚赶回家的时候，她已经快不行了……"

弥留之际，郑叶芬招呼陈海燕，陈海燕趴到了郑叶芬的耳边。

"海燕，我要走了！"

"妈，你不要这么说，你没事儿的！你坚持住，我们说好了明天去找海生的！去找海生啊！妈！"

"海燕啊，我唯一放不下的就是海生，他在学校的样子我看着心疼。他要是回来，你跟他说，我怀他的时候，他在我肚子里，我感觉很幸福。哪怕他不认我，你也告诉他，他不在的时候，我从来都没有觉得孤单过……"

"爸、妈，我回来了，我是海生啊……爸、妈，孩子不孝，我是海生，陈海生……"巴图手颤抖着再也忍不住内心的情感，伏在地上大哭了起来。

阿茹娜紧紧地抱住了德德玛的胳膊，流下了感伤的泪。

树欲静而风不止，子欲养而亲不待。或许这句话用在巴图身上最贴切不过了。巴图还是迟到了，他迟到的这些年，错过了父母期盼的无数次团圆……

巴图本以为自己是家里最成熟的那个，现在看来，自己幼稚极了。他像个孩子一样和父母赌气，又忍不住想念，他偷偷地溜回家，以为自己潇洒的转身会此生无憾，可是他后悔极了。他伏在地上哭喊着，涕泪横流。任凭他头磕得再响，父母都已经不在了……

他无法想象，父母会在教室后面偷偷地看着自己在那埋头创作。他更无法想象，当陈海燕说出自己的家庭身世的时候，他假装若无其事地接过照片便转身离开。而此刻父母就在屋内，那将会是一种怎样的绝望。他更无法想象，自己的母亲郑叶芬就像个疯子一样打着伞在大雨中浑身湿透等待着那趟进城的车……

或许，车从山上滚落的时候，郑叶芬的脑子里想的应该就是今天母子团聚的画面吧。

　　图娅是伟大的，她将别人的孩子抚养成人，而且在他们长大后将他们推到了亲生父母的身边。郑叶芬也是伟大的，她迫于生活不得已将陈海生送到了育儿院，但是她为此后悔了一辈子，在找到孩子后，她没有急着去相认，而是因为巴图没有原谅自己而选择了等待，为了孩子的前途选择不去打扰，她甚至因为想念而变得疯狂，但是她做到了一位母亲在那个年代能够做到的一切……

　　父母在，不远游，游必有方。巴图不知道自己这次远游的时间是不是有些太久……

第十七章　金牌月嫂

巴图在老家住了好多天，他几乎是一直跪在堂前，从早到晚，呆呆地回想着这些年发生的事情。在德德玛和阿茹娜的眼中，巴图一直都是乐观坚强的哥哥，而此刻的巴图仿佛被抽走了灵魂一般像个无助的孩子，二人不忍打扰便离开了院子。

江南小村的景色很美，从没出过草原的阿茹娜更是饶有兴味。袅袅炊烟和夕阳下靠在墙根发呆的老人们让人觉得时光一下子慢了起来。

二人走到桥头，看着桥头的车站牌，德德玛淡淡地说："青口村……"

看着桥下哗啦啦流过的溪水，阿茹娜不禁想起了一首元曲。"枯藤老树昏鸦，小桥流水人家，古道西风瘦马。夕阳西下，断肠人在天涯。"一切的美好在此刻却让阿茹娜感受到了可怕的孤独，好一幅晚秋夕照图，好一个凄凉悲苦的团圆。

接连的寻亲失意让阿茹娜的心中怅然若失，她突然了解了为何之前那些来上海寻亲的孤儿最后大都又回到了内蒙古，因为这里好像是另外一个世界。阿茹娜第一次来到祖国的南方，她很难在这里找到共鸣。花草树木，一切都太过美丽，但是对于阿茹娜来说和草原相比又显得过于复杂。如果不是巴图和德德玛陪在自己身边，她大概会放弃寻亲，落荒而逃了。相比于未知的恐惧，好像那个人并没有那么重要。

临走之前，陈海燕热情地款待了巴图兄妹三人。看着一大桌的美食，德德玛和阿茹娜却怎么也没有胃口。毕竟，这不是大家心里想要的结果；毕竟，这会让巴图心中一辈子都充满了遗憾。可是巴图就像饿死鬼一样，拼命将那些自己多年未吃到过的食物统统塞进了自己的胃里，仿佛要填满自己那空洞的灵魂。

回上海的车上，三人都沉默了。作为幼儿园老师，阿茹娜常常在想，她天天教给孩子们的那些童话故事，到底存不存在呢？是不是现实世界都像丛林般复杂并充满着残酷？如果一个故事开始的时候是悲剧，那么会以什么样的篇章来结尾，还是说人生如逆旅，根本就没有人在乎故事有没有结尾。

巴图知道，经历了两次悲痛的结局，此时的阿茹娜更需要自己的鼓励。离开宜兴的时候，作为大哥的他强颜欢笑，假装若无其事很轻松的样子。

直到三人来到了布条上那个地址的时候，面对他们的却是破败的厂房和待拆迁的筒子楼。传达室空空如也，只剩下了门口一只小狗在那汪汪叫着。巴图喊了好久也不见有人，索性推门走了进去。

院内杂草丛生，墙上写着"拆"字，看着那些几近腐烂的门窗，阿茹娜心里反倒释怀了很多。此刻的她害怕重逢，那种让人痛不欲生的相聚已经让阿茹娜没有了哪怕一丝的期待。

顺着布条上的那个门牌号，阿茹娜找了过去，钢铁做的楼梯已经锈蚀到几乎一踩就要塌掉，三人来到二楼那个门牌号前伫立良久。终于，三人的最后一站要结束了。看着被雨水蚀烂的门上挂着一块碎花布，阿茹娜小心翼翼地推开那扇门，生怕有什么小动物从里面蹿出来。当门被推开的那一刻，阿茹娜心想，一切终于可以结束了，她终于可以悄无声息将自己的寻亲之旅完成，然后回家了。

和其他破败的房子不同，眼前的这个屋子里物品摆设却一应俱全。三人走了进去，床上还有叠好的被褥，桌子上已经落下了厚厚的灰尘。阿茹娜幻想着当年自己应该就是出生在这样的一个小房间里。可是除了曾经有过的生活痕迹外，屋里什么都没有留下。不过，当年能够住在这种宿舍的人，应该也算是比较体面的人吧。床上的蚊帐早已被老鼠咬得全都是破洞，阿茹娜小心地走到桌前，看到桌子上有一个小铁盒，她小心地拿起来看了看，是当年铁盒装的刮胡刀。阿茹娜小心地打开铁盒，却在里面发现了一张纸条，纸条上写着的是"黄浦敬老院，1976年8月1日，周美之"。

巴图接过阿茹娜手中的纸条，想了想说："阿茹娜，或许你爸妈留着这间屋子，就是等你回来。你妈妈的名字应该就叫周美之。"

"那我们去敬老院吧！这里很久都没人住了。"德德玛说着便摸了摸胳膊上竖起的汗毛。

伴随着机器的轰鸣声，外面的小狗叫了起来，三人走出房间，却看到了一些人带着工具和机械前来拆迁。

三人就这样站在院子里亲眼看着工人们开着机器几下将这筒子楼推倒，留下了一地的废墟。

或许，这就是命运，哪怕再晚来一天，布条上的地址就会从这个世界上彻底消失，可能阿茹娜便再也没有了机会去敬老院寻找那个人。

站在黄浦敬老院的门前，阿茹娜有些不解地问："哥，我妈应该没有老到要住敬老院吧！"

"或许是无儿无女觉得太孤单吧！"德德玛对此感同身受，想到孑然一身的阿茹娜的母亲，她不太理解为何苏静春那么有钱，都没有再找一个人，或者再生一个孩子，不过一切都不重要了。

"不太清楚，世事难料，或许在这上班，或者当年在运动中受过伤，现在需要特殊照顾呢，都有可能。不过，好在知道你妈妈的名字了。走吧，过去问问。"

巴图走到传达室，传达室大爷看着巴图问道："你找谁？"

"大爷，我想跟您打听一下，周美之在不在这里？"

"谁？"

"周美之。"

"你是谁？"

"我是他的朋友。"

"你从哪里来？"

"哦，我从内蒙古过来的。"

"你找他什么事？"

"我们以前是从上海市育儿院送到内蒙古的孤儿，这次回来想找一下当年的亲人。"

大爷戴着眼镜一副严谨而认真的样子看了看巴图问道："几个人？"

"三个。"

"登记！他可是我们这儿的金牌月嫂，最近找他的人还真是不少！"

巴图朝着远处的德德玛还有阿茹娜招了招手。好在周美之真的在这里，这让心如死灰的巴图又一次燃起了一丝希望。至少阿茹娜的母亲留下了字条，至少周美之还活着。或许，阿茹娜的会面会让这次寻亲之旅能有一个美好的结局吧。

传达室的大爷带着三人走过敬老院的走廊，阿茹娜小心翼翼地跟在最后面，她仔细地观察着遇到的每一个中年女性，脑海中勾勒着母亲可能的样子，是坐在轮椅上还是躺在病床上，或者是一个健健康康的乐天派？但是敬老院里的老人们的状态却让阿茹娜觉得并不乐观，那些没人照顾的老人，眼神中仿佛没有了光彩一般，显得暗淡无光，这和自己在幼儿园看到的孩子们的眼眸完全就是两个世界。

"人在那呢，中间那个就是。"大爷走到活动室，对着活动室中间的那个人指去。

传达室大爷的声音洪亮，众人纷纷停下了手中的活计，朝着三人看了过来。

活动室中每个老年人手里都有一团毛线在那学着织毛衣，屋内只有一个肥胖的中年女性，头也不抬地在那拖着地，整个活动室此刻也只有她在那埋头忙活着。

看着那个中年发福的女性身影，阿茹娜激动地喊了出来："周美之！"

那个陌生的身影终于转头看了过来，看到女人满脸的汗水，一脸茫然地看向自己，阿茹娜再也忍不住心中的激动，朝着女人走了过去。眼前的这个女人虽然衣食无忧，但是身处这样的环境中，却显得那么的格格不入。天天和老人们在一起，仿佛余生已经坠入了无尽的尘埃中，除了伴随着一个个生命走向尽头。

阿茹娜走上前去一下子抱住了眼前的这个女人，她害怕自己的妈妈和德德玛一样不愿相认，她更害怕会和巴图一样，子欲养而亲不待。

"妈，我是小猫。妈，我是小猫啊。呜呜呜……"

然而这个女人有些手足无措，她呆呆地愣在原地，任凭阿茹娜哭诉着。看到大家投来异样的目光，这个女人才拍着阿茹娜的肩膀疑惑地问："孩子，你找谁？"

"妈，我是小猫啊！"

"你妈叫什么名字？"

"周美之，金牌月嫂周美之啊！"

"嗨，你找错了！周美之不是我！是他！"阿姨说完如释重负，她转身指向了不远处的一个中年男人。此时，这个中年男人早已泪流满面。

阿茹娜抹了抹眼泪看了过去，男人正在教轮椅上的一位老爷爷织毛衣。周美之，金牌月嫂？三人无法想象，原来阿茹娜的亲人就是眼前的这个中年男人！

"我、我找周美之……"

"孩子，他就是周美之！"

"金牌月嫂周美之？"

"是啊，金牌月嫂周美之，他就是！孩子，月嫂不一定就是女的啊！大家说对不对？"此刻的阿姨仿佛明白了些什么，她朝大家兴奋地喊着。

"对！"众人被父女相认的场面所感动，活动室的老人们几乎使出了全身力气喊了出来。

巴图和德德玛突然间明白了，眼前这个叫周美之的男人就是当年他们遇到的那个拎着篮子的眼镜男。虽然时隔多年，他身体有些发福了，但是仔细看去，那份书生气依旧未减。面对突然出现的阿茹娜，周美之显然做梦都没有想到，眼前这个突然闯进来的女孩就是自己的亲生女儿。

一开始他还经常去筒子楼那里询问看门的大爷，后来时间长了，他索性留下了一张纸条便再也没去过。这么多年过去了，他早已习惯了一个人的生活，此刻的他甚至比阿茹娜更慌乱。

直到周美之将三人请到了自己的宿舍里，阿茹娜还是没有回过神来。这和自己想象的完全不一样，甚至让人觉得有些荒谬。自己本来是找生母的，却找到了一个叫周美之的父亲。

周美之住的宿舍不大，二十平方米左右，但是收拾得很干净。

"想不到你们三个走到了一起。当初那晚你们走后，我还跟着你俩走了很远，看到你们上了大路，我才离开的。想不到啊，真的想不到……"得知巴图和德德玛就是当年自己救过的两个孩子，周美之感慨不已。

"是啊，我俩也没想到，今天还能再次见到您！"

"当年我心怀愧疚，那么做也是迫不得已。后来我就当了月嫂，我没有别的孩子，平时就住在敬老院，顺便照顾老人。哦，养老金我都攒好了，这个不需要你操心。"面对阿茹娜，周美之说话语无伦次，像个孩子一般紧张不安。

看到床上织了一半的毛衣，阿茹娜好奇地问："这是给谁织的毛衣？"

"伊莎……"

"谁？"

"伊莎，你的乳名叫伊莎，不叫小猫……"

直到此刻，阿茹娜才真真正正地知道了自己的名字，这个听起来颇为洋气的名字仿佛解开了为何阿茹娜有欧洲血统的原因。

看着阿茹娜有些不解地看着自己，周美之打开柜子，拿出一件件红色毛衣摆在了床上，后来床上放不下，他又小心地放在了地上。从大到小一共22件，上面都用黄色毛线绣着"伊莎22岁""伊莎21岁"……一直到"伊莎1岁"。

"这都是我织的，每年一件。当时你也穿了一件，不过那时候刚开始学，织得不好……"

从小没有见过巴特尔的阿茹娜看到眼前这个笨拙的男人，感受到了浓浓的父爱，看到周美之一直不停地搓着手，阿茹娜紧紧地抱住了眼前的这个男人，喊出了那一声自己从小到大从未喊过的："爸！"

面对这二十多年期盼的一声，周美之的手缓缓抬起，他不知道该放在哪里，又缓缓地放下。

"爸！"

周美之就像一只老鼠被放到了大庭广众之下，局促不安，他从来没有想到父女二人会毫无预兆地再次重逢，他甚至有些害怕地想躲开阿茹娜。但是阿茹娜的第二声"爸"终于让眼前的这个男人泪目，他颤抖的嘴唇终于吐出了一个字："哎！"

"孩子啊！我的孩子。"情感的闸门突然被打开，周美之的眼泪终于如洪水般倾泻而出。眼前这个心思细腻的男人啊，那么多年来，只能将这份怀念深深地藏在心底，他甚至还做到了金牌月嫂，但是当自己的孩子出现在自己面前时，他卸下了所有的伪装，瞬间变成了当年那个遗弃伊莎的茫然无措的年轻父亲。

看到那件最小号的毛衣，德德玛再也忍不住走了出去，巴图也转身跟在了后面。巴图和德德玛至今清楚地记得，当初小猫在篮子里身上穿的那件皱巴巴的毛衣，原来正是出自这个男人笨拙的手艺。这门手艺也让他一直对阿茹娜牵挂至今，而且也将她带到了敬老院。

老人们被护工们推着轮椅或搀扶着走在院子里。看着公示栏里先进党员那一栏贴着周美之年轻时候的照片，巴图和德德玛感慨万分。

"德德玛，你说我们的命运是不是就像是从孤儿院到养老院的过程……小时候我们天天眼巴巴地等着父母来，后来老了又眼巴巴地等着孩子们来。"

德德玛看了看远方，敬老院的围墙内，几乎所有老人的目光都呆呆地望着不远处的大门。德德玛什么都没说，此刻的她是孤独而落寞的。至少巴图他村里的人都在迎接他的归来，至少周美之每年都为阿茹娜织一件毛衣，但是自己的母亲苏静春除了一门心思挣钱之外，好像没有表现出对自己有任何愧疚和歉意，眼看这次的寻亲就要结束了，但是德德玛的心里却感觉自己又被重新遗弃了一次。

"哥，你说为什么小孩撒了尿了没人嫌弃，人老了就没人管呢？"久病床前无孝子，德德玛在医院见过太多，看到周美之能够伺候这些老人还成为金牌月嫂，她心里不禁产生了疑问。

巴图看了看远处给老人喂饭的护工，老人的嘴里漏得满身都是，护工一次次地给老人擦拭着。巴图叹了口气说："或许，因为他们的妈妈都不在了吧。"

巴图转过头认真地看着德德玛说："德德玛，直到回老家我才知道，原来父母真的会死！"

德德玛心中有些触动了。"是啊，父母在家便在。如果苏静春不在了，好像自己的这些愤怒和怨恨都显得毫无意义了。"

"德德玛，或许你该试着原谅你妈，带着仇恨生活真的会很痛苦！"

"唉，也不知道阿茹娜的妈妈长什么样子……"德德玛并没有回答巴图，而是径直走向了远处。

阿茹娜和周美之二人手拉手走着，像是真正的久别重逢。阿茹娜在幼儿园工作，她的思想就简单得多，毕竟她伺候过更多孩子的吃喝拉撒，她比谁都能够理解，一个男人养活一个孩子是多么的困难，所以她很容易就接纳了眼前看起来笨笨的父亲。

周美之并没有急着回答阿茹娜母亲的问题，而是带着兄妹三人来到了一家莫斯科餐厅。在餐厅的展示墙上，贴满了这家餐厅从建立以来的历史。

周美之身着西装，打着领结，用心地指着墙壁上挂着的当年援华的苏联专家老照片说："那个戴眼镜的就是我，旁边的就是你的妈妈娜塔莎。"

从黑白报纸上剪下来的照片都已经有些泛黄，三人仔细地看着。照片里面的周美之和当年巴图和德德玛遇到的时候几乎一模一样，青涩而稚嫩，旁边站着的则是一个五官立体的苏联姑娘。直到此时，大家才知道，阿茹娜之所以有欧洲血统，是因为她母亲本来就是外国人。

四个人找了一个靠窗的位置，周美之放好碗筷，喝了一口茶水，方才缓缓地讲起了当年的故事。

"爸，我妈是苏联人？"

"嗯。你妈妈的中文名字叫周美琼，是我给起的。当年苏联专家来到上海指导重工业发展，我是中方技术组专家之一，我们当年就是在这家餐厅的这个位置相识的。"

恍惚间，周美之的眼睛里有了神采，他仿佛再一次回到了当年二人初次相识的那晚。

周美之是为数不多会俄语的专家之一，当年的他也算是仪表堂堂，面对着一些技术问题，二人在工厂产生了激烈的争吵，娜塔莎也丝毫不把周美之放在眼里，有时直接甩开膀子就走了，留下了尴尬的众人。但是周美之并没有意气用事，而是回到宿舍，认真地用纸和笔再次演算验证了一遍，在得到准确无误的数据后，周美之兴致勃勃地去找专家组。得知娜塔莎正在餐厅吃饭，周美之直接带着草稿纸来到了这家莫斯科餐厅。

周美之完全不管娜塔莎正在和人约会，而是坐在一边静静地等候着。娜塔莎则把周美之当作空气一般，和朋友该吃吃该喝喝，直到最后喝得大醉也没有回头看周美之一眼。看着男同事将娜塔莎扶起走了出去，周美之只好一路跟随。当那位男同事扶着娜塔莎往酒店里走的时候，周美之义正词严地在酒店门口挡住了二人。

周美之执意要将娜塔莎送回专家楼，男同事见半路杀出个程咬金，又恼羞不得。在周美之的坚持下，男同事只好转身离去将娜塔莎留给了周美之。

周美之刚打算叫车把娜塔莎送回去，却发现此时的娜塔莎根本没醉。原来，娜塔莎喜欢这位男同事方才约了对方出来，眼看着自己的爱情就要修成正果，却被周美之棒打鸳鸯。面对眼前呆头呆脑的周美之，娜塔莎气得追着周美之打了一路。

正所谓不打不相识，周美之对待工作极为认真的态度渐渐地得到了娜塔莎的欣赏。伴随着二人交往的加深，娜塔莎发现自己渐渐喜欢上了这个呆头呆脑、毫无风趣的男人。一次联谊会上，周美之弹的一手钢琴让娜塔莎彻底地爱上了这个男人。

面对稍微有些保守的周美之，娜塔莎则直接拎着酒瓶来到了周美之的宿舍，也就是筒子楼里的那间小屋。周美之怕被同事说闲话，便把门打开，而脾气火爆的娜塔莎则直接将门反锁把钥匙从窗户扔了出去。

"那个年代，我们是自由恋爱，属于未婚先孕。因为是跨国婚姻，得知怀孕的时候又到了冬天，所以我们没有声张，生下你后，我们就向上级领导提交了申请。因为想留下苏联方面的专家，大家也很支持我们的交往，上级领导很快就批准了娜塔莎的入籍申请。但是申请刚刚批下来，国际形势突变，我和你妈甚至连招呼都没打，她就回国了。"

"那照你这么说，我妈那时候其实已经是中国人了？"

"嗯……"

周美之后来才知道，当时娜塔莎是被领事馆工作人员强行带走的。当娜塔莎得知要连夜撤走的消息后，她先是找到了苏方领导请求留下来。但此一时彼一时，领导认为娜塔莎已经违反了规定和中方技术人员婚恋，还申请加入了中国国籍，有泄漏技术资料的嫌疑，当时就命令工作人员将她从领事馆直接带到了机场。

周美之在宿舍给伊莎兑着奶粉，焦急地等待着娜塔莎的消息，桌子上是娜塔莎申请加入中国籍被通过的证明。可是直到天亮，同事才来告诉周美之苏联专家已经连夜撤走的消息。

"我一个男人，照顾你很辛苦，而且作为违反组织规定的人，我也很快接受组织的调查。我怕后面你会受到牵连，所以打算把你给送出去。那晚，我本想找个大户人家寄养，但是看着门口那么多流浪汉，就打消了这个念头。在遇到巴图和德德玛的时候，我就想起来把你送到了上海市育儿院。"

周美之说到这里的时候，停顿了一下，仿佛和当年一样，这个决定让他思考了太久太久。

那一晚的周美之将伊莎送到育儿院门口的时候，门口早已经被放了几个婴儿在那里。他担心野猫野狗，所以就走到了马路对面的胡同里远远地看着。后来他才发现，自己身后有一群人彻夜未回，在那看着被他们遗弃的孩子。有的人送过去后忍不住又走到马路对面抱了回来，可是到了早晨的时候又含泪送了过去。周美之和众多父母一直守在那里，直到天亮。看到陈海生和苏小雨回到育儿院门口，护士们打开大门将孩子一一抱走，众人方才依依不舍地离去。

虽然餐厅里很嘈杂，但是周美之身上散发出来的那种静气让三人觉得踏实而平静。

"我本想，等联系上你妈就把你从育儿院再接回来，所以就写了个布条缝在了你的衣服上……"

"我妈联系上了吗？"阿茹娜着急地问。

周美之摇了摇头说："寄出去的所有信件都被退了回来。我想，你妈应该也是如此吧！后来我被组织上审查了一段时间，等我出来再去找你的时候才知道你已经被送去了内蒙古。因为我个人身份问题怕影响到你，所以那些年我就没有去找你。我想，或许，总有一天你会回来，所以我就拼命工作，成了金牌月嫂。

"后来政策开放了，我的身份问题也解决了，但那时候我已经没有这个勇气了。我常常在想，你会不会回来找我，所以我就在工厂的职工宿舍里放了纸条，刚开始的时候老被人抓住，说我偷东西，后来我就拿了铁盒晚上偷偷地溜进去放到桌子上。有时候，每天早上醒来，睁开眼一看到被窝里没有你，就是最痛苦的时候。阿茹娜，人生在世，能够做一回家人是一种缘分，你回去要做一个孝顺的孩子，希望你不要责怪爸爸……"

"爸，我不恨你。我从小在草原长大，我哥和我姐对我很照顾，额吉对我也很好。爸，在学校的时候很多孩子问我汉族名字姓什么，今天我终于知道了自己姓周！"

周美之看了看阿茹娜，认真地说："阿茹娜，你不姓周，你姓党。"

周美之严肃认真的神情让三个人都为之一振，眼前的这个男人突然变得激动了起来。

"没有党的安排，就没有今天，没有全国人民的团结一心，就没有养育你们这么多年的母亲！劳动改造的时候，我和吴光曦一起，哦，就是上海市育儿院院长。我总是担心你在那边过得好不好，他总是安慰我让我放一百个心。也是通过他，我才知道，在那时，为了转运你们这些孩子，党是做了充分准备的！党是主动的，我们都是被动的，是党和国家给了你们第二次生命，中国才是你们的母亲……"

"可是……"

"那一段时间我很痛苦，可吴院长却说，国家做的是对的。你们离开上海后，上海市就发生了粮食短缺，没人会想到上海也会缺粮。如果我没有把你送走，大概率也是养不活你的……"

"爸，我以后就告诉他们，我的名字叫党茹娜！"

"嗯！不说了，菜都上齐了，吃饭吧！"

看到作为知识分子的周美之，德德玛又想到了自己。周美之不卑不亢的儒雅让德德玛羡慕不已，即使在那个年代经历了轰轰烈烈的跨国恋爱，即使经过了被人批斗误解的年代，周美之到了中年依旧选择热爱生活，这种平静的力量让德德玛感到了那种文人的风骨。没有想象的山崩地裂，没有乍见之欢，有的就如同桌上的柠檬水一般，风轻云淡，仿佛自己和巴图就是阿茹娜的同学，他们只是赶赴一场久违的晚餐。

周美之对待爱情的坚守也感动了巴图，他想到自己和文慧之间的感情，自己简直就是一个懦夫，巴图羡慕周美之的勇敢。以周美之的条件，他完全可以再组建新的家庭，但是他选择了将这份真情深深地珍藏。同样作为接受过高等教育的知识分子，周美之更具文人的风骨，哪怕他现在只是一个金牌月嫂，但是他对事情的看法和角度，已经完全超过了自己。

如果不是周美之的提醒，巴图也没想过，除了图娅额吉和亲生母亲，其实中国，也是自己的母亲，正是党和国家领导人顶着巨大的国际舆论和社会压力，才在那个内忧外患的年代做出了这样无比正确的决定。自己作为党的宣传干事，却从来没有思考过这个问题，而是陷入了对父母遗弃自己的怨恨中，这和自己口中的白眼狼又有什么区别呢？听君一席话，胜读十年书。巴图对周美之刮目相看。

第十八章　小丑面具的后面，原来是妈妈的脸

　　饭菜很合三人的口味，周美之也不疾不徐地讲着当初自己如何和娜塔莎绕过大家的视线最后生下了阿茹娜，他又说起自己如何做了月嫂。看到阿茹娜津津有味地听着，巴图觉得，这次寻亲之旅终于有了一个圆满的结局。

　　服务员最后上了一大份蛋炒饭，德德玛笑着问："不都说上海菜分量比北方小吗，怎么这么大份的蛋炒饭啊？"

　　周美之擦了擦嘴，认真地说："哦，这家餐厅除了牛羊肉，鹅蛋炒饭也是一大特色。"

　　周美之说着给德德玛盛了一碗，德德玛半信半疑地用勺吃了一口。当那熟悉的味道通过味蕾到达大脑，她不禁瞪大了眼睛，只是在瞬间便流下了眼泪……

　　这个味道，太过熟悉，这不禁让德德玛瞬间回到了1959年。那是苏静春遗弃自己的前一天，当苏静春拎着大花回到家里，苏小雨便形影不离地天天抱着大花。为了表示歉意，苏静春用鹅蛋给苏小雨做了蛋炒饭。

　　"小雨，把大花放开吧！"

　　"不，你不能卖它，留着它下蛋多好，别人会吃掉它的！"

　　"妈不会的！"

　　"你骗人，之前我都看到你把大花绑起来了！"

　　"好好好，是妈不对，快吃吧！吃完带你去城里玩！"

　　"嗯！"

　　苏小雨小心地拿了米粒喂到了大花的嘴里，心疼得将头贴向大花。而此时，苏静春的碗里却空空如也。因为，吃完这顿饭，她就打算将苏小雨送去育儿院了。因为是被遗弃前吃过的最好吃的蛋炒饭，所以苏小雨常常怀念那味道。后来，她自己尝试过无数次，但是始终都没能够做出当年妈妈的味道。

　　尝了几口后，苏小雨端着蛋炒饭径直找到服务员来到了后厨。巴图还有阿茹娜不明所以，以为德德玛受到了什么刺激，便慌张地跟在身后。

　　服务员走到后厨找到厨师长说："厨师长，有人找您，说是蛋炒饭有问题！"

　　"您好，请问这蛋炒饭有什么问题？"

德德玛端着盘子咄咄逼人地说："麻烦把做炒饭的那个人给我叫出来！"

"同志，这是我炒的，怎么了，有什么问题吗？"

"不可能！"

德德玛绕开厨师长朝着厨房里面走去，她挨个查看厨师们的面孔，嘴里大喊着："苏静春，你给我出来！躲躲藏藏算什么本事！苏静春，你出来。"

看到德德玛有些失态，服务员赶紧上前阻拦。听到德德玛在那喊苏静春，厨师长摘下了帽子走过去说："同志，你找的那个人，或许我认识。"

众人又回到了座位上坐下，厨师长两鬓斑白，他仔细地看了看德德玛，缓缓地说出了蛋炒饭的故事。

"你找的苏静春，是我们饭店的老板。我是跟着苏总一起创业走过来的，从弄堂里的一家苍蝇馆子一直做到了今天。当初我吃这道鹅蛋炒饭的时候就问过她，为什么要用鹅蛋，她跟我说，她以前有个孩子找不到了，送走孩子之前她给孩子做的最后一顿饭就是鹅蛋炒饭。她希望有一天能够把企业做大，如果蛋炒饭的味道不变，总有一天她的孩子或许就能吃到。"

"这不可能，她怎么可能会做这样的事情？"

"你应该还不知道，虽然苏总产业做得很大，但是她最近一段时间通知我去了法院做遗嘱公证！"

"哼，我当然知道，一副高高在上的样子，说可以留给孩子很多钱！觉得自己有钱就很了不起的样子！"

看到德德玛对苏静春一副鄙夷的样子，厨师长吃惊地看着德德玛说："孩子，你不该这么说。你难道不知道苏总得了癌症，时间不多了吗？"

看着德德玛一脸惊讶的样子，周美之有些不解地问："不好意思，为什么要做公证呢？"

"其实，当年她的孩子，也是她下雨天从铁路边捡来的，所以叫苏小雨。只不过后来养不活了，才送走的。听她说，一开始她是想在蛋炒饭里放毒药，和孩子吃完一起死的，可是看了看孩子又不忍心，毕竟不是自己亲生的，自己没有权利让孩子跟自己一起受罪，所以就送到了育儿院。后来，她就时常念叨着希望能够等孩子回来，一想到这，她说她浑身都是劲儿……

"一开始的时候啊，苏总先把孩子送到了安徽，但是听护士说，安徽这里的育儿院在前一年已经送走了一批孤儿。苏总怕自己的孩子也被送走，所以就坐火车来到了上海，她将孩子送到上海后就再也没回去过，按她的话讲，上海总归有饭吃的。哦，不对，好像回去过一次！说来我都不信，她回去一趟什么都没带，就从老家带了一只鹅回来，说是留个念想。我现在才知道，原来鹅可以活三五十年！现在那只鹅还在苏总家院子里。世事难料啊，谁能想到有时候人脆弱起来连一只鹅都活不过呢？"

"'上海总归有饭吃的！'这么多年来，每当企业遇到困难，苏总常常说这话，但是无论饭店做多大，鹅蛋炒饭都是必须要加在菜单里的。"

"你、你怎么知道这些的？"听完这些，德德玛的大脑嗡嗡作响，她努力将这些事和苏静春的表现联系在一起。

"唉。上周做遗嘱公证的时候，苏总跟我讲的。因为我跟随她的时间最久，她怕孩子来找她的时候，她可能不在了，所以就把这些藏在心里的往事统统告诉了我。苏总是个好人啊。"

德德玛的内心世界完全崩塌了，她怀着最大的恶意从遥远的内蒙古来中伤苏静春，却没想到自己是捡来的孩子！她怨恨了苏静春几十年，却没想到她和额吉一样，也是拯救自己生命的人。并不是苏静春遗弃了自己，而是她拯救了自己！怪不得她这么着急找自己，全都是因为她已经身患重病；怪不得她面对自己的时候，故意显得那么盛气凌人，其实她是不想打扰自己和额吉的生活，她只是想把财产留给自己才故意摆出那副盛气凌人的样子而已！可怜天下父母心啊！这么多天来，德德玛有着太多想不明白的地方，此刻，在厨师长的解释下，她全都懂了。在苏静春小丑面具的后面，原来是妈妈的脸！

母子情深，当深仇大恨瞬间化为泡影，当所有的怨恨变为感激，眼泪再次无声滑落。德德玛再也顾不上那么多，起身便朝着外面跑去，此刻的她只想立马回到苏静春身旁，紧紧地拥抱这个自己深深伤害过的人，自己的母亲！

霓虹闪烁，上海的街头也比以前热闹太多。迷失的德德玛终于用一团火烧掉了心中的那片阴霾，她奋不顾身地奔跑着，好似回到了1960年那个回家的晚上。

尘归尘，土归土。当一切都做了了结，苏静春的心虽不平静，却也因为看到了健康的德德玛而感到欣慰很多。毕竟，自己的孩子还活着，她在草原被照顾得很好。虽然自己缺席了她的童年，但是看到德德玛深爱着自己的额吉，苏静春想，即使死去也没有遗憾了。

苏静春认真地将羽毛平衡搭好，一条条平衡木像鱼骨架一样一根压一根，而最末梢的则是一根白色的羽毛。骨架的重量经过层层传导，一根羽毛便压住了眼前的一切。电话铃声一直在响，苏静春却心如止水般地看着平衡末端的鹅毛，此刻她的心中充满着落寞却又无比平静。她终究还是被孩子遗弃了，但是她并不觉得遗憾。

念念不忘，必有回响。苏静春正想着，一阵急促的脚步声打破了这份宁静，她转头看去，却再一次看到了德德玛出现在了面前。

看到德德玛满头大汗出现在自己面前，苏静春吃惊不已，但她却又很快板下脸来面无表情地问道："你来做什么？"

看着德德玛满脸泪痕，什么话也不说只是看着自己，苏静春指着远处桌子上的合同说："小时候我把你遗弃了，是我的错误，作为补偿，我只能把我的财产留给你。如果你想通了，随时可以签字！"

"院子里的那只鹅是不是大花？"

"不是！"

"我爸叫什么名字？"

"我、我忘记了……"

"那你为什么带我来上海？"

"上海离老家更远，反正都是送到育儿院，我怕你自己再找回家，对我来说是个累赘。"

"那你为什么又找我？"

"亏心事做多了，想求个心安，反正我不缺钱，或许你以后能用得上。"

看到此时的苏静春像个说谎犯错的孩子一样转身背对着德德玛，德德玛颤抖着喊出了苏静春的另一个名字。

"妈……"

"我、我不是你妈。你回去吧！我不配！"苏静春背对着德德玛，泪水却已簌簌落下。

"你骗人！妈，我是小雨啊！"

"妈！"

德德玛使出了全身的力气喊了出来，那句"你骗人"仿佛让母女俩又回到了当年的那个下午。德德玛的嘶吼打破了屋内的平静，羽毛从平衡的末端慢慢滑落，整个鱼形骨架轰然倒塌。苏静春再也忍不住内心的激动，她转过身看着眼前自己的孩子，颤抖着张开了双手。

德德玛哭喊着冲上去紧紧地拥抱了苏静春，就像动物园里的小猴子紧紧地贴在母亲身上。

"妈，我不想让你死，答应我不要死，妈。"

苏静春知道，德德玛肯定吃到了那盘鹅蛋炒饭，而厨师长骆安邦应该告诉了她所有的一切。眼下所有的真相都瞒不住了，她终于摘下伪装的面具，像一个真正的母亲那样，大喊着："小雨啊，我的孩子！我好想你。"

"妈!"

"小雨!"

母女终于相认,这期待已久的相逢终于在离开上海的前一天画上了圆满的句号。

苏静春当年在铁路沿线捡煤渣,在一个下雨天她发现了躺在轨道边上的苏小雨。她将孩子抱到车站大厅,希望能够找到她的亲生父母。可是来来往往的行人中,没有人愿意为她停下脚步。思前想后,苏静春将她抱回了家,可是这遭到了家里人的极力反对。那个年代,一个姑娘家还未出嫁,就带着一个孩子,这让谁都无法接受。苏静春的家人甚至一度趁着苏静春不注意的时候将孩子送到育儿院,但是苏静春又去找了回来。

原本正常的家庭因为苏小雨的到来变得鸡犬不宁,原本父亲给找了同村的对象,打算订婚的时候和对方要上一笔合适的彩礼,但是看到苏静春带着孩子,对方很快退婚了。苏静春带孩子的事情传得流言四起,老父亲几次三番打算偷偷将苏小雨送人,但是都被苏静春及时发现并制止。在老父亲看来,苏静春无异于一件贬值的商品,在找不到更好的买家之后,老父亲便为苏静春安排了一个能出得起价钱的老光棍。面对父母的现实与冷血,苏静春只好带着苏小雨偷偷地溜出了家门,从此断绝了和父母的联系。

家庭并没有给苏静春带来温暖,面对被安排的婚姻和被迫接受的命运,她不甘心,更不认命。苏静春一个人在铁路线附近租了一个简单的院子,决定一个人将苏小雨养大。那个重男轻女的家庭,在她看来,自己唯一的用处就是找个筹码好的人家换一笔不错的彩礼为弟弟攒钱结婚,后来她还听父母商量过用她来换亲。换亲就是找一家同样有儿有女没结婚的人家,相互置换一下儿女配对。苏静春不愿将自己的命运绑定在一个自己甚至都没见过的男人身上,她用自己的行动反抗着、控诉着那个家庭。

看着苏小雨一天天长大,苏静春也欣慰很多。只是从1959年开始,南方接连大旱,粮食绝收,苏静春一个人再也没有能力养活苏小雨,她只能无奈地将苏小雨送到育儿院。她的抗争还是以失败结束了,但是她并不气馁,她留在了上海,咬着牙一步一步走到了今天。每每遇到困难的时候,她总在想,苏小雨还在育儿院等着自己。

苏静春用一辈子来证明,女人可以不用为任何人而活。只是,和苏小雨的重逢,让她等了太久太久……

苏静春终于卸下了之前的面具,还原了真正的母亲。都说母爱是最无私的,但是苏静春却觉得,孩子的爱才是最无私的。因为母爱有的选,母亲可以选择爱谁或者不爱,但是孩子却没得选,他们只能依靠母亲。

　　在得知自己得了癌症后，苏静春几近颓废，拥有大量财产的她天天在家里寻求静心的方法，她甚至写了遗嘱，有了寻死的念头。每每她想寻死的时候，她便想起了当初的那份鹅蛋炒饭，想到了自己还有一个远在草原的孩子。苏静春并没有周美之和郑叶芬那么幸运，等到她有条件去寻找苏小雨的下落的时候，当年负责转运孤儿的工作人员却早都不在育儿院工作了。苏静春如大海捞针一般花了很长的时间去寻找苏小雨的下落，为的只是在自己死之前能对苏小雨有个交代。

　　看到德德玛健康而又壮实，苏静春一下子又重拾了活下去的勇气。她再一次找到了医生，答应积极配合治疗。她希望看到苏小雨自由恋爱、结婚生子，自己当年未曾实现的愿望终将会在德德玛身上完成。

第十九章　一切等待，不再是等待

当飞机再次起飞的时候，兄妹三人谁都没有说话，也没有再去喝免费的茅台。他们宛如取经归来的法师，在经历了种种心灵上的磨难之后，终于收获了难得的平静。

尘归尘，土归土。当围绕亲生父母而拧巴的心结挨个被打开，剩下的就只有对额吉和草原的惦念。

看到德德玛终于放下了仇恨，重新回归理性，巴图终于彻底松了口气。那个谁也猜不透的古灵精怪的德德玛，现如今终于长大了。正如阿茹娜的父亲周美之说的，每当早晨起来的时候，看到被窝里自己的孩子不见了，这是最痛苦的时刻。对于德德玛来说更是如此，童年的创伤很难被抚平，但那个伤口会渐渐愈合，因为你终将会用后半生来弥补童年时的所有遗憾。

三人从海拉尔火车站下车的时候，却在出站口发现了骑马前来迎接的额吉还有莫书记，在二人身后远远的一个角落里，布和骑着摩托车吊儿郎当地在那等待着。

看着布和载着德德玛超越自己朝着前方驶去，骑在马上的巴图不再责怪德德玛和布和交往，只要德德玛自己觉得满意，其他的都不重要了。正如苏静春所讲，她有权利选择自己想要的人生。

巴图此行的结果，莫书记十分感慨。亲生母亲给了他们第一次生命，党和国家给了他们第二次生命，额吉则守护了他们的成长。孩子们心系草原没有忘本，这对莫书记来讲是莫大的宽慰。看着图娅骑着马的背影，莫书记越发觉得图娅的形象高大了起来，她真的是一个了不起的额吉。

巴图最终还是决定写信拒绝李文慧的等待，有了宜兴的切肤之痛，他不愿再让这种情景在额吉身上重演。周美之顺其自然的心态给了巴图很大的启发，人只要尽心尽力了，剩下的只需要交给时间就可以了。

1983年10月1日，德德玛最终选择了和布和走到一起，她想和苏静春一样掌控自己的人生。

按照德德玛的意思，婚礼在草原举办，图娅和苏静春两个人共同牵着德德玛的手将她送到了布和的手里。经历了二十三年的等待，布和终于将这个古灵精怪的小天使变成了自己真正的家人。

阿茹娜则每年寒暑假都会去上海陪周美之一阵子。周美之早年留学，后来回国发展，他是新中国早期建设者。周美之对国家的情怀使得阿茹娜对教师这份职业有了更高的使命感。

血浓于水，有了这份亲情，草原和上海的路就不再遥远。而额吉也在术后恢复得很好，病情没有复发，看着孩子们一天天地成长，她的内心也有了新的盼头。

1984年12月12日，德德玛在医院生下了一个女儿，看着孩子乱蹬乱叫淘气的样子，德德玛为其起名叫作阿丽亚。

1985年4月3日，苏静春的病情急剧恶化，已经卧床不起了。望着躺在枕边的孙女，苏静春满面红光地让苏小雨将她扶起，她看了看窗外又看了看阿丽亚，开心得像个孩子。

"小雨，我想回趟老家！"

"妈，您身体现在……"

"我不想死在病床上，带我回老家！"

德德玛执拗不过，只好将孩子交给布和，自己带着苏静春踏上了回安徽老家的旅程。

看着靠在窗边的苏静春，德德玛觉得，这更像是苏静春人生最后一班回家的列车。苏静春选择了当年带着苏小雨来到上海时的路线。熟悉的一幕划过脑海，她仿佛穿越了时空，将回忆从洒满艰辛的上海伴随着列车慢慢倒放回到那个出发的地方。

回到老家后，苏静春带着德德玛将当年二人走过的路又重新走了一遍。她们一起吃糖葫芦，一起逛公园，享受这人世间难得的旅行。

傍晚时分，苏静春带着德德玛来到了山上的一座禅院。

"小雨，今晚我们就先住在这里，明天早上我们去爬山！"

"嗯！"

吃过斋饭后，苏小雨内心感到无比安宁，她认真地铺着床，就像小时候睡前自己在床上乱蹦乱跳，母亲在一边认真整理时一模一样。

禅院里的夜晚格外宁静，只听见虫鸣和风声，母女二人相望无言。苏小雨想了想，钻进了苏静春的被窝里，紧紧地抱住了她。

苏静春抚摸着苏小雨的头温柔地说："送走你后，我每天都在想，要是能抱着你睡该多好！"

"妈。"

天才蒙蒙亮，二人便沿着禅院后面的小路朝着山顶爬去。苏静春的体力严重透支，有几次都差点摔倒在路上。不远的山路，二人走走停停爬了很久才到达山顶。看到远处的朝阳从地平线升起，二人的脸上有着说不出的喜悦。

苏静春的脸色很差，她指着远处的铁路线说："小雨，以前我们就住在那里。只不过后来那一片棚户区都被拆掉了。"

"妈，咱的老家在哪里？"

"我去找他们的时候，祖宅已经被卖掉了，后来去了哪里，我也不知道了。"

没人知道苏静春到底在那个家庭经历了什么，但是直到此刻，苏静春也没有原谅她的父母，或许家庭对她的伤害实在太深，有时候她觉得家庭给自己的温暖甚至都不如苏小雨怀中的那只大鹅。并不是所有的仇恨都会被化解，也并不是所有的伤害都能得到原谅，哪怕他们是自己的亲生父母，苏静春到死也没有再去找他们。苏静春坐在大石头上给苏小雨讲儿时的故事，把自己小时候喜欢去的地方都说了个遍。苏静春说了很久很久，有时候哭有时候笑，而德德玛只是陪她安静地坐在松树旁的大石头上，看着这个自己不曾熟悉的地方。

中午时分，苏静春也说累了，此刻的她心情也畅快了很多，她慢慢起身，朝着山下大喊着，仿佛是在同过去告别。

"喂……"

"嗨……"

二人喊了好一阵子，苏静春方才慢慢地走到大石头底下，她用手摸着石头，慢慢地寻找着，直到摸到一个十字印记后，才看了看石头下面。苏静春小心地将下面的杂草慢慢地清理干净，找了个木棍慢慢地挖了起来。

"妈，你在这埋东西了？"

"嗯……埋了很多年了，不知道还能不能找得到……"

寻找埋下的宝藏，这是每个孩子小时候都玩过的游戏。德德玛兴奋得和苏静春快速地挖着，直到挖了很久很久，才发现一个铁盒子。

德德玛清除掉上面的泥土，铁盒子已是锈迹斑斑。

"妈，看这样子，应该埋了很多年了吧！"

"嗯，现在想想差不多二十五年了！"

"这里面是什么？"

"一把钥匙……"

"钥匙？"

德德玛有些怀疑地看着苏静春，她缓缓打开锈迹斑斑的铁盒，里面有一把纯铜钥匙，只是钥匙的造型很奇特，也很重。德德玛仔细地拿起来看了看，上面印着一串编号，还有"上海铁路局"几个字。

"妈，你怎么会有火车上的钥匙?"

"小雨，这是当年我捡到你的时候，在襁褓里发现的……"

直到此时，德德玛才明白，苏静春之所以在生命的弥留之际带自己来这里，就是为了这把能够揭开自己身世的钥匙。毕竟，除了她之外，有谁能够在这杂草丛生的山上准确地找到那个埋藏铁盒的地方呢。德德玛看着那把钥匙，久久没有说话，而苏静春也知道此刻德德玛心里想的是什么。

"当时除了这把钥匙，什么都没留下。我就想，你的父母一定是铁路上的人，要不然怎么会有这把钥匙呢? 我当时很生气，哪怕他们没法养活你也应该把你送到车站，而不是放在铁路边上。如果那天不是因为家里没饭吃不得不出门，或许很多天你都不会被人发现。所以，在决定送走你的那天，我把大花从集市上拎回家后，便一个人大哭了一场。我决定把你送到育儿院，我知道，我没那么快去领你回家，那座房子也留不了多久，所以就把这钥匙藏在了石头下面。我想，哪怕时间再久，这座山肯定是不会变的! 这样一来，不管你长多大，都能找到这把钥匙，或许能通过它知道你的身世!"

"妈!"

可怜天下父母心，德德玛紧紧地抱住了苏静春。在她看来，自己的身世已经不重要了，她已经有了额吉和苏静春，这辈子自己就已经很知足了。人生，正如同上海开往内蒙古的列车，在哪上车不重要，只要能到达自己想要的终点就可以了。

下山后，苏静春跪在菩萨面前，静静地等待着属于自己的那一刻。

夕阳照进佛堂，苏静春脸色红润，她紧紧地握着德德玛的手说："小雨啊，我还有一件事忘了告诉你。前些年，我拿出一部分钱建了一座育儿院，名字就叫小雨育儿院。我想，到时候让阿茹娜的父亲去管理吧，他是金牌月嫂，又是先进党员，值得信任。"

"嗯，妈，我都听你的……"

苏静春有些体力不支，她缓缓地靠在了德德玛的肩上，气若游丝地说："小雨，作为一个女人，在这个世界上生活很不容易，是母亲的身份让我渡过难关，谢谢你! 我虽然很舍不得你，但是，你要继续加油，活出自己想要的样子!"

"嗯!"

"小雨，我先提前走一会儿，到下一世先帮你布置好家，毕竟那个铁皮屋子实在是太简陋了，你自己要照顾好自己……"

当苏静春停止了呼吸的时候，她的脸上是满足的笑容。正如她说的，她并没有失去生命，而是先一步走出了时间。她带着使命而来，完成使命而去，没有留下任何遗憾。

或许一个生命诞生的同时就代表了另一个生命的终结，苏静春的生命不是从诞生那一刻开始的，而是从捡到苏小雨开始的。当一个无法摆脱命运摆布的女人遇到了另一个幼小的生命，一切等待，不再是等待，而是重生的希望！她用自己的方式与世界抗争了一辈子，最终满意地离开了这个世界……

苏静春是值得敬佩的，她和图娅一样，一个单身女人克服了周围一切恶劣的环境，想要活出自己，想要给孩子更好的生活……

在图娅的坚持下，德德玛和布和接管了苏静春的产业，因为那些产业可以养活更多的人。但是德德玛却不想要那么复杂的人生，在她看来，繁华的大上海必然会有着比草原更为复杂的尔虞我诈和欺骗，她不愿再次被迫卷入无法掌控的人生洪流。图娅认为德德玛生下来就是做生意的料，她比巴图和阿茹娜都聪明，或许是骨子里带来的。图娅一直不认为医院的工作能够满足德德玛的野心。或许，德德玛的离经叛道和爱打扮就是因为她早已厌倦了护士的工作，虽然她从来没说过些什么，但是这一切都瞒不过图娅的眼睛。

是的，德德玛早就厌倦了医院里的一切，她从小带着仇恨长大，很难平和地去接受医院的护士工作。看到人的生离死别，德德玛的内心早已产生了厌倦，她开始觉得人生毫无意义，特别是看到一些儿女因交不起费用而放弃父母时，她更是对钱这个字格外的敏感。从那以后，德德玛便开始将自己的钱用在了打扮上，她开始取悦自己，因为她不想为别人而活，那样太不值得。

经历了这次寻亲后，巴图对德德玛的态度完全转变了，他开始学会了换位思考，他开始理解了德德玛孤僻的原因。作为一起长大的哥哥，此刻的巴图更想帮助德德玛冲破内心的藩篱，开始真正的人生。阿茹娜则一开始就认为德德玛应该去上海，毕竟人往高处走，有了钱乘飞机往返也不复杂，如果有孝心，多回来几趟比什么都强。

或许之前自己太过任性没有和大家交流过自己内心的想法，所以导致了很多误会，以前德德玛并不在意这些，因为她觉得，只要自己问心无愧，其他人爱怎么想怎么想。但是，苏静春的去世让她开始懂得反思，特别是孩子阿丽亚的出生更让她褪去了之前的青涩与幼稚，她开始像一个母亲那样变得温和而包容。

虽然有全家人的支持，但是德德玛始终没有下定决心，此刻的她更多惦记的是额吉。巴图是男孩子，额吉从小没对他手下留情，但是自己从小到大，额吉就没动过自己一指头。以前她没那么多心思去考虑额吉的感受，现在她自己当了妈妈，她在想，额吉真的同意自己去上海吗？她会伤心吗？

当然，这一切图娅早就看在了眼里，她知道，那个当初的苏小雨到今天也不曾改变过。

这一天德德玛回家的时候，却发现莫书记来到了家里。巴图不知何时早已和莫书记喝上了小酒，莫书记带着微醺的醉意对德德玛竖了大拇指。

"德德玛，你是好样的，看到你能遵循自己的内心做自己，我很开心。虽然你在草原长大，但是你并没有完全地被草原所同化，你一直有着自己的那份坚持，这是难能可贵的品质！我不是有意要贬低别人，有些孩子送到哪里就是土生土长的本地人，但是你不一样。我今天来目的很简单，就是劝你能够听额吉的话，回上海。用你最初的那股倔劲儿，做出一番事业来！"

听莫书记说完，德德玛内心有着说不出的感动，这就是她内心所想的，只不过她不知怎样才能说出口。当人们遇到事情犹豫不决的时候，大多数时候想要征求的意见，只不过是想听到自己的话从别人嘴里说出来而已。

看到德德玛有所触动，莫书记接着说了下去。

"自打接收到国家的任务开始，你们这群孩子就是我的心头大事，中间你们也犯过错，我也受过苦，但是这一切都不重要。如果你们长大了都能为国家做出贡献，让我再受一百次苦，我都愿意啊！不瞒你说，我是个大男子主义者，草原上大部分人都是，这没啥丢人的，但是有一个是例外！你额吉从年轻那会儿可就是女强人啊！别看你巴特尔阿爸身强力壮的，在你额吉面前那也得商量着来！你身上有她这股劲儿，别担心那么多了！谁说女人就不能搞事业，你亲妈不就很成功？去吧！去上海！把事业做大做强，到时候回到草原，把我们草原也建设起来！再怎么说，你得让我坐趟飞机，我也能沾沾你的福气不是！哈哈哈哈！"

德德玛相信，莫书记说的话是发自内心的，因为她能感受到莫书记的那份赤诚。经历了草原上无数次的天灾人祸，莫书记自始至终腰杆挺直，他的精神从未被打倒过，也正是他的肯定，终于给德德玛吃了一粒定心丸。

无私的人最伟大，如果说身边的人都劝说德德玛回上海经营事业，德德玛内心深处总有一个声音问自己，他们是真心对自己吗？还是说因为那个最敏感的字——钱，而推着自己走呢？当看到莫书记这个和自己毫无利益关系的人对自己竖起了大拇指，德德玛方才收起了内心深处那最后一丝顾虑，点头答应了。

1985年8月8日，德德玛向医院递交了辞职报告，再次踏上了前往上海的飞机。如同候鸟一样，德德玛不断往返于祖国的南北。而那个紧握羽毛的小女孩，终于拥有了一双翅膀，开始掌控自己的人生……

　　三只小鸟终于有一只离巢而飞了，图娅不再像以前巴图离开时那样心心念念，更多的是一种内心的释然。每每看到头顶上有飞机飞过，她都会驻足仰望，或许，德德玛正坐在那架飞机上，慢慢地书写属于自己的人生吧。

　　这一年，巴图已经31岁了，虽然说是上过大学的人，但是在牧区来讲，他已经是一个不折不扣的大龄青年了。图娅曾经问过他和文慧的事情，但是巴图却说二人不合适。图娅知道巴图的心思，她曾劝说巴图前往北京，因为那里有更大的舞台，但是巴图却死活不肯。北京离草原其实没那么远，最起码比上海要近得多，图娅甚至表示自己完全不介意去北京一起生活，毕竟北京还是北方。但是无论图娅怎么劝说，巴图却总是拒绝，后来图娅也便不再讲，或许他有着难以启齿的原因吧。

　　从上小学被人说是南方来的小白脸，到中学时代的叛逆，再到大学时的情窦初开。贫穷是巴图一直绕不开的原罪，特别是来到了上海之后，那种反差更是让巴图感到自卑。他吃的穿的用的，都只是最基本的。艺术是建立在物质基础上的，至少也是温饱之上。看到同学们穿着时髦的衣服，在放着音乐的舞厅戴着墨镜扭动着身体，他无法做到融入其中，因为学校所有的补贴都被他省下来寄给了额吉，毕竟德德玛和阿茹娜上学也需要学费。

　　鲜衣怒马少年时，不负韶华行且知。那个人人爱美的年纪，巴图只好收起了自己的艳羡，将更多的心思用到了学习上，不是他不喜欢出风头，只是他没有足够的资本和那些家庭条件好的同学攀比，他比不起。

　　少年心动，常常是仲夏夜的茫茫荒原，割不尽也烧不完，常常只是一点星火、一阵清风，熊熊野火便连了天。巴图蓄起胡须留起了长发，以此表达着自己的与众不同，这何尝不是另一种无奈呢？李文慧的接近让他感受到了爱情的美好，但是他却又不敢奢望。在李文慧家里，他深深地感受到了家庭的巨大差距。如果把爱情比作一座高楼，那么此时的李文慧如仙女般在第一百层，能看到云雾缭绕的地方，能摘星取月的地方，自己却在黯淡无光的地下室如同老鼠一般苟且地活着，他唯独对自己认可的就是所谓的才华。但是才华在爱情和现实面前，毫无意义，甚至连一瓶酒都买不起。曾经无数人为了接近李文慧故意在巴图面前一次次撕开他那血淋淋的伤口，讽刺巴图配不上她让他知难而退。而越是如此，巴图却越想证明自己，即使他深爱着李文慧，却也因为那些中伤而故意选择不为现实妥协。在巴图眼里，如果他选择了李文慧来到了北京，那么一切的一切都不攻自破了，他必将变成了同学们眼中的倒插门女婿，靠着老婆和老丈人上位的沽名钓誉之辈。他不想在同学们面前抬不起头来，为了那份仅剩的自尊，巴图宁可放弃心头的那份挚爱！

　　巴图的文艺特长很快让他成为乌兰牧骑的骨干，因为有着大专学历的背景，所以很快组织上就将巴图调离了国营养马场，让他成了乌兰牧骑的队长。而此时的乌兰牧骑也由之前的十几人团队发展到了四十多人，特别是在自治区直属的乌兰牧骑应邀赴日本演出获得了极大的成功之后，自治区就更加重视乌兰牧骑的发展。因为眼界开阔，觉悟高，在巴图的带领下，团队受到了牧民的高度评价，并且在自治区众多团队中拔得头筹。不顾一切地埋头工作终于获得了不菲的成绩，这也让巴图心中的那份自卑渐渐地淡化，他不再是那个衣着寒酸的穷学生，而是四十多个队员组成的乌兰牧骑的主心骨。

都说等待是最初的苍老，因为有些事情是不能等的。当你选择了等待的那一刻，时光便从指尖流淌而过，留下的是日渐斑白的发丝。到最后，那份等待会将一切变得平淡，而日常的平淡能够杀死所有的希望和幻想。此时的巴图已经毕业五年了，那无处安放的青春终于伴随着团队的成长渐渐从青绿变成了一抹鲜艳的红。

身处北京的李文慧也没有忘记自己的使命，她同巴图一样，将全部的精力放到了创作上，自己的职称也伴随着一次次获奖而变得越来越高。看着女儿的成长，父母由衷地感到开心，但是女大不中留，眼看着李文慧一次次拒绝父母给介绍的对象，母亲许晓霞最先急了。李文慧曾经提出过要从北京调去内蒙古，但是遭到了父母二人的坚决反对。父母知道李文慧想要的是什么，并不是父母不支持李文慧的爱情，只是他们觉得她为爱做出的牺牲太大了。李文慧的父母是开明的，但是他们不想让女儿用自毁前程的形式去追求一段并不对等的爱情。爱情从来都是双向的奔赴，巴图的行动也是她父母考察他俩爱情的一部分，倘若巴图不顾一切地追求文慧，文慧父母还是能够接受的，但是怕的就是文慧自绝生路到了草原后，短暂的冲动并不会让二人走得更远。

文慧深知父母的话有道理，所以她一直在等待着，等待着巴图的回应。可是，这份感情从图娅做完手术回到草原后便戛然而止了。直到三年后的一笔来自内蒙古的汇款，文慧才终于收到了巴图的来信。那是图娅做手术时借的钱，巴图用了三年来独自偿还。信里的巴图比以前自信多了，他没有了之前的自卑与惶恐，他找到了自己为之奋斗一生的事业。李文慧将信反反复复看了很多遍，她从头到尾都没有看到巴图对二人之间的感情提半个字。想来想去，她觉得，或许父母是对的，那个少年并不是不爱自己，只是没有那份承担爱的勇气。不饿的时候买的饭菜总是多余的，孤独时的感情也是不理性的。或许，自己和巴图的这份情感只是一个美丽的错误，即使是遇到了对的人，在错误的时间也是结不出成熟的果实的。

平日里父母都很忙，一家人常常在月末空闲的时候自娱自乐，李文慧负责弹钢琴，但是这一次父亲李耀兵却没有选择唱歌，而是选择了诗朗诵。在李耀兵的要求下，李文慧弹奏着弘一法师（李叔同）的《送别》。

舒缓的琴声下，李耀兵缓缓地说出了那首诗的名字：郑愁予的《错误》。

我打江南走过，那等在季节里的容颜如莲花的开落。东风不来，三月的柳絮不飞，你的心如小小寂寞的城，恰若青石的街道向晚，跫音不响，三月的春帷不揭，你的心是小小的窗扉紧掩，我达达的马蹄声是美丽的错误，我不是归人，是个过客……

身无彩凤双飞翼，心有灵犀一点通。李文慧不自觉地弹着钢琴流下了眼泪。李耀兵吟诵的每一句仿佛都在叩打着李文慧的心扉，这让她开始怀疑，自己和巴图的相遇会不会是个美丽的错误。

1986年的中秋节，巴图依旧带着团队奔走在呼伦贝尔大草原上，演出也一如既往地成功，每到一处，团队精彩的表演都收到牧民们热烈的掌声。深夜，看到所有人都回去休息了，巴图望着草原上的圆月自己一人掏出了怀中的酒壶。每每这个时候，他总是不自觉地想起第一次与巴特尔阿爸见面的那一晚。遥月寄相思，巴图的内心忐忑不已，他不知道此时的文慧到底过得怎么样了，要不然怎么那么久了都没有给自己回信呢？人性总是如此，在你拥有时，你并不觉得会失去，就像回江苏时的感悟，直到你真的失去了，你才会发现，原来，父母真的会死。当然，爱情也真的会离你而去……

落寞的巴图将酒壶中的酒一饮而尽，全然不知，海古拉不知何时拿了两瓶酒朝自己走了过来。

"队长，我想和你喝酒！"

"海古拉，你怎么还没去休息？"

海古拉是巴图当队长的时候招进来的，她从小喜欢舞蹈，跳得很好只是没学历，所以一直没能如愿，直到巴图看到了她的才华将她破格招进来了。看到眼前二十出头的海古拉，巴图有些窘迫，因为他不愿自己的队员看到自己孤独落寞时的样子。

蒙古人的直爽让海古拉直奔主题，她递过一瓶酒给巴图，自己则一口气闷了半瓶，她看着巴图说："队长，我喜欢你！"

"哦，是吗，我也挺喜欢你们的！"

面对海古拉的表白，巴图脑袋嗡嗡直响，这圆月下的一幕与当年上海校园的楼顶何其相似。他上任队长的时候便一直强调，不准队员内部谈恋爱，这会导致团队内部的关系因为儿女私情而变得混乱。

"队长，我说的喜欢是喜欢你一个人！"

"海古拉，我说过团里不能谈恋爱！这你是知道的！"

"队长，如果你答应我，我可以申请离开团队！"

"胡来！你年纪还小，我们不合适！"

"你不就比我大几岁！你有担当有才华，人品又好，整个草原都知道你是个孝子。队长，我就喜欢你！"

"不行！"

"为什么不行？"

看着眼前天真的海古拉，巴图不假思索地说："我已经有喜欢的人了。"

"你骗人！我怎么从来没见过！我观察你很久了，你一直都是自己一个人的！哦，我知道了，我听阿茹娜说，你上大学的时候有一个喜欢的女同学，可是后来因为异地恋早就没在一起了。对不对？"

"阿茹娜啥时候告诉你的？看我不回去找她算账！"看到海古拉有备而来，巴图气得够呛。

"我可是做了准备的。队长，她是北京人，不会因为你来草原。我不一样，虽然我没什么本事，但是你到哪里，我就跟到哪里。"

"海古拉，你是个好姑娘，别把心思放我这儿。阿茹娜瞎说的，我和她还没分开。"

"我不信！你不用着急回答我，我给你时间考虑清楚！"

"我就当你喝醉了！赶紧回去休息，明天还要去别的地方演出呢！还有，别把这事儿告诉任何人！扰乱军心知道在以前是什么下场吗？"

"死罪！嗨，你拿这个吓唬我啊，我不怕！大不了我不干了，一心照顾你和额吉！"

"哎，你这孩子，越说越离谱了！赶紧回去睡觉！"

看着海古拉满心期待的样子，巴图站起身就离开了，他生怕这个勇敢的小姑娘做出什么出格的事情来。

男追女隔座山，女追男隔层纱。自从海古拉说出了那句话，一切就失去了以前的那份平静与自然。第二天的演出依旧，只不过海古拉在巴图面前却明显变得热情了起来。

十五的月亮十六圆。马头琴独奏的时候，巴图完全沉浸在当年音乐学院和文慧在一起的日子。马头琴是独奏的乐器，很少有人能够与之配合，但是倔强的李文慧却非得用钢琴来和自己一起演奏。这在巴图心目中不只是打破传统的概念，甚至是对马头琴、对腾格里的侮辱，但是不服气的李文慧就硬生生地用钢琴衬托起了巴图的马头琴，让两种音色完美糅到了一起，打破传统的那种成就感让巴图反思了很久很久。因为是在音乐学院，艺术层次的包容性很强，所以大家只认为是创新，没人会说什么。但是如果换作在蒙古草原，那大概率会招致大家的批判，说夸张些甚至会有生命危险。

一阵由远及近的摩托车声打搅了演出现场，人群攒动，巴图有些烦躁地闭上眼睛继续拉着那首《小草》，这几乎成了每次演出必备的曲目。每次拉《小草》的时候，巴图总能想到自己和巴特尔阿爸在一起的日子。突然人群中传来木棍敲击木桶的声音，几下便融进了自己的曲子里。巴图有些反感地抬起头寻找，是哪个冒失鬼打扰了自己的独奏。当巴图抬头看去时，却发现文慧高兴地坐在人群的最前排，她用木棍敲打着木桶配合着自己。巴图几乎不敢相信自己的眼睛，他本能地拉着马头琴就站了起来。马头琴一直以来都是坐着拉的，而这次巴图虽然站了起来，但是他将马头琴抵在腰间，潜意识里靠着肌肉记忆，依旧站在那里继续拉着。

看到旁边是布和陪在身边，巴图终于明白了，一定是文慧找到了家里，而额吉让布和骑着摩托车带着文慧找到了自己。

看到巴图奇怪地站在那里，文慧示意巴图坐下。看到周围群众的目光都聚集在了文慧身上，且大家对于这种配合都没有反对的意思，巴图赶紧坐下，小心翼翼地拉了下去。文慧的鼓点渐渐地变得欢快了起来，而巴图不得不配合着文慧的节奏将《小草》从抒情的节奏转换为欢快的曲调。看着大家的情绪都被调动了起来，文慧干脆唱了起来。这首蒙古语歌是巴图当年教给文慧的，她也熟知这个旋律背后的深刻含义。

文慧的嗓音高亢而嘹亮，属于专业女高音。看着眼前这个穿着打扮和大家完全不同的女孩，众人一下子就被文慧的歌喉征服了。巴图也不甘示弱，跟着唱了起来。就这样，一曲《小草》独奏成了大合唱，众人欢快地唱着，将演出的气氛推向了顶点。

看到人群中的李文慧，海古拉醋意重重。演出结束后，一直在不远处看着他俩。

"是从北京来的，我哥的朋友。"面对众人的询问，布和一遍遍地跟大家解释着。

"文慧，你怎么来了？也不和我说一声！"巴图拉着文慧走到了后台，开心地抱紧了眼前自己思念许久的人儿。昨天晚上自己为了骗海古拉还说自己女朋友在北京，没想到今天文慧真的就出现在了自己面前。这么多年来，巴图日思夜想的人突然出现在身边，这像是梦一般的不真实。

看着激动的巴图，李文慧则笑着说："我妈让我来的！"

虽然文慧的回答让巴图有些意外，但确实是文慧的母亲许晓霞让她来的。

知女莫若母，看到李文慧一门心思搞事业，对待感情的事儿又十分排斥，做母亲的当然知道李文慧心里想的是什么。如果一段感情迟迟放不下，那大概率是因为对方给了自己希望或者说还没有让自己足够失望吧。

自从巴图将钱汇过来之后便再也没了其他的消息，许晓霞知道两个人的感情一直都面临着一个很尴尬无解的境地。毕竟，巴图来家里吃过饭，阅人无数的许晓霞太清楚每个家庭背景普通的孩子来到家里，眼神中自带的那种迷茫和空洞。生长环境和家庭所带来的那种自卑感是无法掩饰的，只是一顿饭和一封信，许晓霞便知道了二人之间的微妙关系。看到李文慧陷入深深的纠结中，在父亲李耀兵朗诵完那首《错误》之后，许晓霞当天晚上就主动找到李文慧说了自己内心的想法。

"文慧，你俩之间的事情你也跟我讲过了，巴图我也看了，是个不错的孩子！但你可要想清楚，爱情从来都不是等来的！"

"妈，我真不知道他到底是怎么想的！"

"我和你爸刚开始的时候，也是相互看不惯，但是在一起后，才发现以前对彼此的了解还是太少，乍见之欢不如久处不厌。等过上了日子，还能够相互谅解，那才是真感情。"

"妈，我还是不太明白！"

"有时候，男人的成长要比女人慢很多。你看你爸多大了，有时候还像个孩子一样。如果你要等一个男孩成熟之后再来找你，那时候的你，多半都已经老了！又有谁会喜欢一个半老的人呢？文慧，爸妈都支持你！与其在这里等着猜着，倒不如你去趟内蒙古。你们都是知识分子，恋爱自由，女孩子主动去找他也没什么。你不是一直想去草原？我和你爸老是抽不出时间来，你就自己先去一趟。把该说的话都说清楚，这样纠缠下去不像是咱军人家庭的风格。"

"妈，万一……"

"我和你爸商量过了，他是个孝顺的孩子，不就是因为要照顾额吉离不开那里。如果他一心一意对你，你可以在那边先待一阵子，但是他额吉去世后，你们得回北京，这是老李家最后的底线！你觉得怎么样？"

"嗯！"面对父母的开明，李文慧激动地拥抱了许晓霞。

李文慧走后，李耀兵对许晓霞的做法颇有些担心，但是许晓霞吃定了二人的爱情不会有结果。因为，她能看出来，巴图内心深处的迷茫。许晓霞深谙人性，她觉得巴图的孝心不假，但是骨子里的自卑要根除是很难的。巴图对自己的未来是迷茫的，他没有找到自己为之奋斗的方向，一个对自己没有深刻了解和定位的年轻人，不会轻易拿未来做赌注的，因为人生没有重来的机会。

草原的月色让人陶醉，来草原的路上，李文慧也暗下决心一定要做个了结。母亲说得很对，自己已经做出了很大的牺牲，如果说巴图连额吉去世后也不愿跟随自己回北京的话，那未免也太自私了些。演出结束后，巴图便骑着摩托车载着文慧和布和回到了家里。

上次去北京做手术，多亏了李文慧一家人的照顾，图娅一直想找个机会表示感谢，而如今在这中秋团圆的日子，恰逢其时。德德玛早在几天前就回到了家里，一直等着巴图演出完，没想到，这一等，却等来了一位贵客。

蒙古包外圆月下，看到一家人其乐融融地团聚到一起，图娅心想，如果巴图能够尽快和文慧成亲该有多好。布和从上海回来学会了劝酒，非得在巴图面前展示自己的劝酒词。原本笨嘴笨舌的布和只去了上海半年，现在说起话来就已经一套一套的，惹得大家哈哈大笑。巴图心情舒畅，陪着布和喝了个够。

而德德玛也不甘示弱，唱着蒙古语的祝酒歌劝文慧喝酒，很快文慧便招架不住蒙古人的热情，第一个醉倒了。一场团圆饭下来，倒下了三个，巴图、文慧还有布和。德德玛酒量超群，一个人没喝够，非得和阿茹娜对饮。阿茹娜的酒量也不低，二人直到把家里的酒喝了个干净才罢手。

李文慧的酒量虽然不太行，但是无论喝多大的酒，李文慧总是能在三个多小时内就能醒来。看着眼前陌生而又熟悉的蒙古包，巴图在大学的时候不知道跟她讲过了多少遍。

月色温柔，李文慧从未像今天这般畅快。在这里，大家无拘无束，自在洒脱。李文慧终于明白，为何草原长大的巴图很难融入上海的都市生活。艺术就应该是如草原这般纯净而奔放自由的，只有自由的灵魂才能创作出不朽的作品。

李文慧一眼就认出了月光下的闪电，她走过去看着那个差点杀死巴图的马槽，轻轻地坐在一边。在部队大院长大的李文慧从小就被无数的规矩捆绑着，城市的生活让她无法感受到这般的自由。忽而她有些害怕，因为她觉得，自己来了都不想走，巴图大概率是不会为自己去北京的。

醒来的巴图看到文慧一个人坐在马槽上便悄悄地走了过去，他从背后捂住文慧的眼睛，调皮得像个孩子。

"文慧，会不会骑马？"

"在北京的马场学过几回。"

"走，我带你去骑马吧！"

巴图说着将文慧扶上大花，自己骑着闪电，二人在月色下朝着那片美丽的河边走去。文慧越骑越快，这让巴图兴奋不已，二人一路骑到了巴图第一次遇到狼群的地方。望着静静的草原，文慧深深地被这种静穆之美所打动。

"巴图，刚才我看到你站起来拉马头琴的时候，帅极了！你有没有想过，马头琴也可以站起来拉呢？"

"那不可能！马头琴自古以来都是坐着拉的！没人会站起来拉，因为它和别的乐器不一样。就像小提琴是靠在肩膀上，大提琴是搂在怀里，如果站起来的话，那马头琴就只能挎在腰间，蒙古族人认为，将马头琴放到腰间是对马头琴的亵渎！"

"那也可以改良啊！因为马头琴有着十分强大的感染力，如果能站起来，就能更好地展示它的风采，也就是说，它能真正地活起来！"

"文慧，这可是一直以来的传统！"

"那我们可以打破传统！"

文慧说着说着，便再也忍不住心中的思念，二人紧紧地拥抱在一起，深情地相拥而吻。

巴图每天都带着文慧骑着马儿跑来跑去，兴蒙保育院、育红民族小学、湖心岛等等，仿佛在向童年的小伙伴介绍自己的地盘。巴图兴奋地讲着童年的每一件趣事，而文慧则像一个合格的听众，只是安静地听巴图滔滔不绝地诉说着。

很快，三天过去了，德德玛和布和要回上海了。文慧觉得自己也是时候离开了。尽管额吉还有巴图等人极力挽留，但是她心里却隐约有了一个答案。虽然不太确定，但她还是决定在德德玛离开前的饭桌上听巴图的回答。

几日来的相处，文慧越发觉得母亲说的是对的。巴图像个艺术家一样，毕生都在寻找三个哲学命题：我是谁，我从哪里来，我要到哪里去？巴图自认为已经解决了两个。"我是谁？"他在回青口村的时候就已经喊了出来，他是两个家庭的儿子。"我从哪里来？"巴图从不认为自己从江苏来，他也不认为自己从上海来，铸就其人生品格的所有时光都在草原，所以他从来都说自己来自草原。"我要到哪里去？"这个问题是巴图一直没有想明白的心病。是在上海留校当老师？他拒绝了。是去北京和李文慧组建家庭寻找更大的艺术舞台？他犹豫了。或是留在草原陪着额吉变老，他从未动摇过。但是额吉老去之后呢？他未曾想过。但是前几天海古拉对自己说的那些话却点醒了巴图，李文慧是不可能陪着自己一直在草原上的，至少她的父母不会同意。父母在，不远游。额吉不在了，自己的归宿到底是哪里呢？

18世纪法国唯物主义哲学家爱尔维修提出过一个著名观点："人是环境的产物！"巴图是一个极度缺乏安全感的人，虽然童年的生活让他独立，但是那只是生活上的，从思想上来讲，巴图远未成熟。上学期间被人排斥所带来的不安全感贯穿了他整个的青少年时期，大学时的自卑更是深深地刻在了他的骨子里。想了几天后，他内心的结论是：他要留在草原，因为他早已将根深深地扎在了这片泥土里！草原能给他安全感，在这里他有自己的家人，即使他们都不在了，他也有着自己的一片天地。他知道去北京可以获得爱情，也可以获得舞台，但是他始终无法克服那种未知所带来的恐惧，那种童年被遗弃所带来的漂泊无依感依旧深深地影响着他。宁为鸡头，不为凤尾。虽然有失偏颇，但是至少在一定程度上让巴图有了些许自信和成就感。

得知文慧着急回去，图娅也准备了丰盛的饭菜。看着图娅忙前忙后的身影，文慧深有感触。她知道，眼前的这一桌饭菜已经是比过年还丰盛的标准了。在草原的几天里，图娅是把她当作亲女儿一样看待的。蒙古族人那份淳朴善良的情感能够不加任何修饰地直接传达给她，似乎是感受到了那种让人难舍难分的浓浓的家的味道，李文慧格外动情。

"额吉，您是位伟大的母亲，这碗酒，我敬您！"未等众人劝酒，文慧便先喝了起来。

"这第二碗，我敬家人，包括巴特尔阿爸！看到你们能够像小草一样紧紧地凝聚在一起，我很羡慕！"

"第三碗，我想敬巴图，感谢你在大学时对我的照顾和陪伴！"未等巴图阻拦，李文慧便硬着头皮喝下了第三碗。

酒劲上来，看着有些醉意的李文慧，布和看热闹不嫌事儿大，赶紧又给倒了第四碗。巴图端起碗正打算说话，被李文慧制止了。

"巴图，我还没说完！"李文慧摇摇晃晃地端起碗，看着巴图说，"第四碗，我想敬自己，因为我曾经……我曾经爱着一个人……"

李文慧说完后，便低下了头，她的眼泪忍不住流了出来。众人看到李文慧酒后动情流泪，都沉默了。

"对不起，我……额吉，这次来，我其实就想来看看，来看看您，还有草原，我如愿以偿了！"文慧知道自己有些语无伦次，她强忍着心头汹涌的思绪，缓缓地抬起头看着巴图，"巴图，我这次来，其实就是想问你，你以后会跟我一起离开草原吗？"

其实，当文慧发现，自己来的这些天，巴图天天带着自己走来走去，而只字不提二人之间的感情的时候，她便已经知道了结果。毕竟，在成年人的世界，如果没有痛快地答应，那就是拒绝。

巴图当然知道文慧的意思，他比谁都明白。一个女孩子，大老远从北京追到了呼伦贝尔绝不是为了看额吉或者草原，只是巴图不想在这美好的几天里提起伤心的离别而已。这几天，他知道李文慧一直在等自己的回复，但是他始终没有勇气面对内心那个自卑而又缺乏安全感的自己。

看到大家都眼巴巴地看着自己，巴图端起酒连喝了三碗。

他认真地对文慧说："文慧，我没有能力给你想要的生活！我不想你跟着我吃苦！"

"我可以来草原，我可以跟你一起！我愿意吃苦！"

"可是我不愿意！"巴图有些激动地喊了出来。

"姐夫，我觉得你这也太偏激了，都是男人，嫂子都来找你了，你应该对嫂子负责！"布和打算打破僵局，却被巴图瞪了一眼后便又放下了碗。

"巴特尔阿爸因为我永远地走了，额吉因为我这辈子都没有自己的孩子，我老家的姐姐为了我可怜的自尊在学校陪了我三年，我妈妈为了找我出车祸也走了，我身上背负了太多的债，我受不了！我再也还不起了！文慧，我给不了你幸福，至少，你等的那个人不是现在的我……"

巴图说完一饮而尽，站起来走了出去。这些话，巴图从未跟任何人讲过，这才是巴图内心的那个结。他不愿再看到任何人为自己舍弃什么，因为他还不起，他无法承受生命之重。他知道李文慧可以跟随自己来内蒙古，但那是不对等的爱情啊，怎么让巴图心安理得地接受。

李文慧终于明白了，挡在二人之间的并不是门第悬殊和距离，而是每个人背负的原罪。巴图的告白也让李文慧的心豁然开朗了很多，原来，她爱上的不是一个男孩，而是一个尝试努力去治愈自己伤口的孤独的灵魂。

李文慧再也不去纠结爱或者不爱，再也不去在乎自己在这段感情里付出了多少，她只是感到了前所未有的解脱。所有的猜测埋怨和不甘都伴随着眼前的三碗酒消失得无影无踪。她最开始喜欢的那个人，不就是这个样子吗？此刻的李文慧终于明白了那句话，喜欢一个人，并不是非要一辈子都在一起的。

万丈红尘三杯酒，一切等待，不再是等待。李文慧放下了心头所有包袱，成就了彼此曾经期待的未来……

第二十章　打破禁忌的人

巴图骑着马将李文慧送上了回北京的火车，和那晚父亲李耀兵吟诵的诗歌一般，李文慧脑海中全是《送别》的旋律，那种哀而不伤的感觉像心头的一朵乌云，在冷热交替下渐渐地凝结成水滴落下，涤荡了那颗尘世的心。

巴图骑着马绕道远行，他跟随着火车跑了很久很久。但是，马儿怎么能够追得上火车呢？你达达的马蹄声是个美丽的错误，你不是归人，只是个过客。

看到远处那个熟悉的身影在奋力跟随着，李文慧着急地打开窗，那正是巴图。她开心地笑着，然后咧着嘴哭了起来。在草原的这些天，李文慧从未像此时这么释然过。或许，生命中总会有那么一个人，陪你走过青春里的一段路程，然而正是这段路程最终成就了你人生中最美的风景。可是，错误终究是错误，再美丽的错误也会在你的心头留下一道伤痕。或许那三碗酒就是治愈爱情的良药，曾经的眼泪和伤痛此时都伴随着草原上的风儿渐渐飘远。

"生而为人，每个人都有权利选择自己的人生，你既不能改变别人，更不能改变世界，放下吧！"李文慧心里想着，就让这段时光成为记忆中最美的影片，那个曾经在自己生命中激荡起的涟漪，注定要走。往后余生不会再爱你，不能相守那就放手吧！

"谢谢！"李文慧嘴角喃喃着，她鼓足勇气朝着巴图大喊："再见！"

闪电已经老了，巴图也渐渐地慢了下来，他掉转马头跑到了远处的山坡上，就像塞万提斯笔下的堂吉诃德，尝试着跨越理想与现实之间的鸿沟，可终究还是败给了那个时代。毕竟，马儿再快，又如何跑得赢火车呢？北京的文慧和草原的巴图，终究是两个时代的人！

在李文慧看来，巴图更像是契诃夫笔下《装在套子里的人》的主人公别里科夫，他作茧自缚，将自己困在了一座感情的孤岛上。望着一去不复返的爱情，巴图终究没能跟随那个摆渡人上岸，再一次将自己放逐在了这片茫茫草原。

此时的巴图脑海中回响起了一首文慧曾经唱给他的一首歌，名字叫 *Blowin'in the Wind*，中文名字叫作《答案在风中飘扬》，这是1962年美国作曲家鲍勃·迪伦创作的一首歌，其中的歌词是这样写的：

How many roads must a man walk down

一个人要走过多少路

Before they call him a man

才能被称为真正的人

How many seas must a white dove sail

一只白鸽要飞过多少片大海

Before she sleeps in the sand

才能在沙丘安眠

How many times must the cannon balls fly

炮弹要多少次掠过天空

Before they 're forever banned

才能被永远禁止

The answer, my friend, is blowing in the wind

答案啊 我的朋友 在风中飘扬

The answer is blowin' in the wind

这答案飘扬在风中

1986年9月23日，这一天正是二十四节气的秋分，白天和黑夜等长。巴图，这个老男孩的青春终于结束了。此后的每一天，夜晚愈长，白昼愈短，直至来年春分。

北京某领导的姑娘不远千里来追求巴图的故事一下子传遍了整个草原，大家都说巴图好样的、有本事，但是面对众人的啧啧称叹，图娅只是苦笑。

图娅看着巴图回到蒙古包，一言不发地躺在床上，用被子盖住自己的头，摇了摇头。这个南方来的孩子，好像还是6岁时的样子，从来没有长大过。

1991年9月20日，中秋节前夕，是巴图和李文慧分手后的第五年，李文慧从北京寄过来一个包裹。巴图打开后，却发现是一台红色的索尼卡带机。

巴图按下了播放键，里面传来的是一首陌生的歌曲。虽然第一次听，但是一下子便触碰到了巴图的心。直到后来巴图才知道，这是中国的一支乐队演唱的，乐队的名字叫Beyond，主唱黄家驹给这首歌起名叫作《光辉岁月》。巴图听着听着，流下了滚烫的眼泪。

一生要走多远的路程，

经过多少年，

才能走到终点。

梦想需要多久的时间，

多少血和泪，

才能慢慢实现。

天地间任我展翅高飞，

谁说那是天真的预言，

风中挥舞狂乱的双手，

写下灿烂的诗篇，

不管有多么疲倦。

潮来潮往世界多变迁，

迎接光辉岁月，

为它一生奉献。

　　巴图的根在这片草原上越扎越深，分手五年来，他拒绝了一切工作之外的活动，将全部的精力都放到了创作上，日复一日的训练让他的马头琴水平渐趋化境，优秀的成绩也一次次地让巴图获得了自治区政府的年度奖章。如果说鲍勃·迪伦的歌曲唱出了巴图的失意的话，那么黄家驹的《光辉岁月》则见证了巴图分手后的心路历程。

　　就在巴图沉浸在回忆中时，歌曲的最后，卡带机里传来了李文慧的声音。

　　"巴图，你还好吗？

　　"上次一别，已有五年，我经常从报纸上看到关于你的报道，看到你取得的成就我很开心！

　　"前几天朋友送了我这台卡带机，我已经有一台了。我想，或许你能用得到。

　　"还有，我结婚了！

　　"你也赶紧哦！祝你节日快乐！祝好！"

　　李文慧结婚了，这是早晚的事情，只不过她用了五年的时间来放下。听完后巴图心中也久违的畅快，这一年，巴图37岁。

　　如果说巴图的任性和心灵创伤让他久久无法释怀，导致他一直不考虑婚姻问题，可以原谅的话，那么阿茹娜的状况却让图娅十分费解，毕竟阿茹娜已经31岁了。阿茹娜从小无忧无虑地生活在草原上，她没有什么可以羁绊的事情，更没有难以弥补的童年创伤。如果说认亲这件事对她有影响的话，那只能说是正面的影响，周美之的父爱弥补了她长久以来缺失的部分。看着天天准时上下班的阿茹娜，对众多的追求者不闻不问，图娅的心病又一天天重了起来。

虽然巴图拒绝了海古拉，一度让海古拉十分沮丧，但是几天后巴图和李文慧的分手，却又让海古拉重拾了信心。作为团队的一员，海古拉始终对巴图不离不弃。当然，巴图曾经无数次告诫她趁早放弃，但是无论巴图怎样苦口婆心地分析，海古拉只有一句话：我能等！

而海古拉一等就是五年，好在海古拉还年轻，而这一年她也25岁了。

看到李文慧寄来的卡带机，周末回到家后的阿茹娜在那爱不释手地摆弄着，兄妹二人越是热闹，图娅心里越是气愤，终于在二人放着图娅听不懂的迪斯科舞曲扭来扭去的时候，图娅爆发了。

"你俩给我把它关了！"图娅突然的大吼，让二人猝不及防。

"关了！都给我坐下！"

看到图娅愤怒不已，巴图赶紧关掉它和阿茹娜面面相觑地坐在桌前。

"额吉，怎么了？"巴图笑嘻嘻地问道。

"怎么了，大白天的你俩在这扭来扭去的干什么？我看你俩就是白眼狼！"

"额吉，我俩不就听个流行歌曲吗！怎么就成了白眼狼了！"阿茹娜也笑嘻嘻地问道。

"我以前认为你俩最孝顺，但是我看你俩存心就是留在身边折磨我的！"

"额吉，我听个歌就折磨你了啊？"

"巴图，德德玛的孩子都7岁了！人家文慧也结婚了，你打算到什么时候结婚？你心里到底是怎么想的？你先给我说说！"

"额吉，我、我这不没时间！"

"你们团四十多个人，我就不信没了你，地球就不转了！我是越来越看不懂你了！你到底是咋想的？今天不给我说明白，你俩明天谁也别去上班！"

看着图娅动了真格的，巴图想了好长一会儿也不知道该怎么开口。

"怎么了，哑巴了？"

"额吉，我这不是还没准备好！"

"你个没良心的东西！我和你阿爸领养你们的时候准备好了吗？当着你阿爸的面，你今天必须给我说出个日子来，否则别怪我翻脸不认人！"图娅说着说着便从墙上取下了巴特尔的照片放到了桌子上。

巴图看了看额吉，长长地叹了口气说："额吉，我承认，我之前一直没结婚，就是心里还有人家文慧。我是癞蛤蟆想吃天鹅肉，最后天鹅飞走了！你满意了吧！"

"不满意！天鹅飞走了，你这只癞蛤蟆怎么打算的？"

"我这不也刚刚知道人家结婚，我往后就不琢磨人家了，后面遇到合适的就领回家给你看看！"

"后面是啥时候，你给我定个时间！"

"额吉，你这是逼我立军令状啊！这找对象还得有时间限制的啊！"

"必须有！我看人家海古拉挺不错的，人家比你小十多岁都没嫌弃你，她哪点配不上你？"

"哎，海古拉是不错，可是她还是不够成熟！我总不能为了完成任务而耽误人家吧！"

"时间！赶紧说，什么时候？"

"额吉，你看这样行不行，再给我三年时间，我肯定完成任务！"

"再过三年你都四十了！我顶多给你一年时间！"

"一年？"

"别人家的孩子二十多岁就结婚了，就你俩特殊！说给你一年时间已经算是长的了！我还不知道能不能活过明年呢！阿茹娜，到你了！"

"额吉，我？我和我哥一样！"

"放屁！你和你哥一样，我就不用活了！我问你，为啥给你介绍了那么多，你都不跟人家谈？"

"额吉，给我介绍的那些人，都没什么文化，在一块压根聊不出个啥来！"

"人家大学生都给你介绍过了，你还想要什么样有文化的？"

"大学生怎么了，就有个文凭罢了，满脑子都是当官挣钱，我想要和我哥这样的人结婚。"

看到阿茹娜哪壶不开提哪壶，巴图在桌子底下用脚狠狠地踩了阿茹娜一下。

"咳咳，额吉，我是说，我喜欢有才华的，放羊的我不喜欢，当官的我也不喜欢。"

"巴图，你们团里没结婚有才华的年轻人有的是，你给阿茹娜介绍几个！"

"行！额吉！"

"哎！气死我了！"

看着图娅起身走了出去，巴图喊着问道："额吉，阿茹娜没时间限制啊？哎，额吉，你去哪啊？"

"我去找莫书记，反映反映你这个党员是怎么以身作则的！"

巴图追了出去走到闪电面前说："额吉，要不我骑马送你去吧！"

"不用，我还能走得动！"图娅用力甩开了巴图，看得出来，这次她是真的动肝火了。

望着远去的图娅，巴图内心有着说不出的滋味。诚如他所言，并不是他不想。只不过，他心里的那个位置，一直都有那么一个人。当李文慧结婚后，巴图也终于放下了心头的这份负担，这份道德上的负担。他在想，或许，自己也要开始新的生活了。爱情，如同这烟花一般，绽放过后，再难寻找到当初那让人恍惚的心跳了。在巴图看来，内心的火苗已经熄灭，婚姻也不过如此了，只要找个不讨厌的人就可以了。

回到屋里，看到阿茹娜在那若无其事地摆弄着卡带机，巴图有些不耐烦地说："阿茹娜，你心怎么就这么大呢！看你把额吉气得！"

"哥，气额吉的是你吧！"

"我是男人，年龄大点无所谓，你一个女孩子家，没灾没病的，跟我瞎抽什么风！"

"哥，这都什么年代了，婚姻自由！你说没感觉就不找，我就必须对那些人有感觉？这是什么道理！"

"谬论！去了几趟上海，回来这心就落不下了是不是？"

"当然不是，这两码事儿！我爸说了，后面看看他也要来内蒙古住呢！"

"为啥？"

"和你一样，不是每个人都喜欢高楼大厦的！"

"你别摆弄那个了，趁额吉不在，你跟我说说，你是怎么想的？"

"我刚才不都说了，我要找个像你一样有才华、有想法的！"

"我们团里的那个马头琴手敖奇不错啊！你也认识，要不哪天我给你俩安排安排？"

"他啊，花心大萝卜一个，估计就你不知道！"

"是吗？那哈布日呢？"

"胆小，估计遇到狼群都得我去保护他！"

"哎，阿茹娜，你就跟哥直接说吧，这方圆百里，你看上谁了？哥亲自给你解决！"

"你说的？"

"哎，还真有啊！说出来听听！"

"你真的帮我搞定？"

"只要哥认识，包在我身上！再怎么说，哥当年也是响当当的搏克沁！"

"行！那我可就说了啊！"

"嘿，我倒想看看这条大鱼到底是谁！"

阿茹娜转过身走到相框上，取下一张插在外面的照片就递了过去。

巴图满怀期待地看着阿茹娜和自己袒露心事，但是当照片递到自己眼前的时候，巴图眼中的光芒消失了，瞬间变得如同一头狼一般凌厉和愤怒，因为阿茹娜递过来的，分明是自己的照片！

"胡闹！阿茹娜，跟你亲哥也敢开这种玩笑！"

"你不是我亲哥，咱俩又不是一个妈生的！哥，我喜欢的人就是你！"

看着阿茹娜一脸认真的样子，巴图感觉到了阿茹娜并不像是在开玩笑。原来，这么多年来，阿茹娜一直在等着自己！

"胡说八道！亏你还是幼儿园老师，这不违背人伦道德吗！"巴图愤怒不已。

"哥，你爸妈是江苏人，我妈甚至都是苏联人，哪来的违背人伦道德？"

"胡说八道！你最好是打消这个想法！这根本不可能！"巴图说完便怒气冲冲地走了出去，他又转过身在门口指着阿茹娜说："绝对不能告诉额吉！听见没？"

"哦……至于这么大反应？！"

阿茹娜语不惊人死不休，这再一次超出了巴图的认知。他从小就把德德玛和阿茹娜当作亲妹妹来照顾，额吉也是自己亲妈般的存在，内心传统的巴图绝不能接受这种天方夜谭般的不伦之恋。在爱情的版图里，巴图曾经想象过自己婚姻的各种可能性，二婚，带孩子，甚至年龄大很多，他都无所谓，但是唯独阿茹娜，这是巴图脑海中连想都是罪恶般的存在。

阿茹娜从小缺乏父爱，她被巴图从小照顾到大，自然将心中那份对父亲的渴望转移到了巴图身上。在她看来，巴图身上有着其他人没有的品质，正直！而巴图躲避感情埋头于事业所取得的成绩，在阿茹娜看来简直就是一个男人最具魅力的表现，所以阿茹娜从一开始就将巴图定义为自己找对象的最佳标准。后来，情窦初开的时候，她也谈了几个本地的年轻人，但是都没有达到她理想中想要的样子。如果说同一个母亲会让阿茹娜有所忌惮的话，自己的身世之谜被解开则完全打消了阿茹娜的顾虑。在阿茹娜看来，两个异父异母的人在一起，只会亲上加亲，这没有什么违反法律和道德的地方。

阿茹娜几乎完美地继承了父亲周美之的性格特点，任何事情都不会被外部环境所束缚，总是能倾听自己内心最真实的声音。很多父母都会因为遗弃孩子感到内疚，周美之并没有这么想，他反而想到了自己当时无法养育阿茹娜，形势所迫，他这么做并没有错。当所有人对养母表达感谢的时候，周美之虽然也认可草原母亲们的无私付出，但是他同时想到了党和国家的伟大。当所有人见到亲生儿女亲昵不已的时候，周美之则像见了一位久未谋面的老友一般风轻云淡。作为那个年代的知识分子，周美之成功将他那强大的心理素质遗传给了阿茹娜。

阿茹娜的想法让原本就有着负罪感的巴图一时难以承受，他骑马走了很远很远。心中的压抑让他胃部极度难受，巴图翻身下马，跪在地上吐了起来。

而在莫书记这里，图娅倾诉着自己心中的各种不快。很多时候，莫书记就像一面旗帜，他尽一切可能照顾孩子们的感受，他曾经历过众叛亲离和残酷打压却丝毫不改人性本色，重返岗位后他又尽一切可能提供各种线索，满足孩子们寻亲的夙愿。所以，图娅难受的时候，会将心里话向莫书记倾诉。

而面对图娅的各种唠叨，莫书记也只是一直笑着安慰着。毕竟，巴图和阿茹娜的问题属于家务事，自己虽然是党支部书记，但是孩子们的个人情感问题恐怕是谁也无能为力的。

"莫书记，你说这俩孩子是不是有什么事儿瞒着我啊？"

"巴图我很了解，他很忠厚，不太可能！阿茹娜是幼儿园老师，可能天天和孩子们在一起，思想比较简单！"

"就是啊！这结婚不是过家家，都这么大了还和个小孩似的！"

"过家家……"莫书记正给图娅倒着热水，听到这里，莫书记的手突然停了下来。

图娅抬头看着莫书记，仿佛意识到了些什么。但是莫书记很快摇了摇头，回到椅子上坐了下来。

"莫书记，你是不是听到了什么消息啊？"

"倒也没有。"

"这么多年都过来了，你还有啥好瞒着我的，都一把老骨头了，有什么你直接说就是！"

莫书记想了想看着图娅说："前几天，我去旗里开会，吃饭的时候大家相互谈论起这批孩子的发展情况。有的和巴图一样成才了，也有的回了上海，但是其中一个消息还是让我觉得唏嘘不已。"

"什么消息？"

"当时各个盟安排孩子们的要求不一样，咱们呼盟这边孩子少，所以一个家庭就允许领养一个，锡林郭勒盟那边孩子比较多，有条件的家庭可以多领养几个。可是孩子长大后，和牧民的孩子产生了感情，有一户人家的孩子长大后非他妹妹不娶，这在当地引起了很大的轰动啊！"

"那姑娘咋想的？"

"姑娘也不表态，但是不管谁给介绍，就是不应，俩人就这样一直耗着，让家里人着急得不行。"

"这种事儿让谁都不能接受啊！这不是乱伦？"

"是啊！但是想来两个孩子又没有血缘关系，所以很难说啊！"看着图娅还没转过弯来，莫书记说："图娅，我在想，阿茹娜会不会也有这种想法？"

"什么想法？"图娅端着茶缸正喝着，直到此刻她才猛然反应过来，就像有人朝着她的脑袋狠狠地打了一记闷棍，图娅的手一松，茶缸掉在了地上。

看着洒在衣服上的热水，莫书记赶紧从旁边递过来一条毛巾。

一语惊醒梦中人，图娅越想越觉得有那么几分道理。阿茹娜从小都是一家人宠起来的，如果没有这种可能的话，为何她一直都没动静呢？莫不是……图娅越想越害怕，她慌慌张张地起身，赶紧骑马往家奔去。

图娅自认为经受了一切人世间的磨难，亲人去世，孩子流产，差点冻死饿死，因为胃癌在鬼门关也走了一遭，但是当莫书记提起这种可能的时候，这还是超出了她的承受范围。如果有哪怕一丝一毫的可能，都是她无法接受的。这将是自己抚养这三个孩子最糟糕的结局，这也是自己教育的最大的失败！

当图娅骑马回到蒙古包的时候，她几乎跌跌撞撞地走进了蒙古包。看到屋里只有阿茹娜自己，图娅着急地问道："你哥呢？"

"说是去找你了！怎么了额吉？"

"你去找找你哥，我有事儿想跟你俩讲！"

"哦……"

阿茹娜出去了很久，都未能找到巴图的身影，谁也不知道他去了哪里。但是阿茹娜还是敏锐地察觉到了额吉的异样，莫非她已经看出了二人之间的事情？巴图是绝对不可能和额吉讲的。眼看着天都快黑了，阿茹娜也只好骑马回了蒙古包。当阿茹娜进屋的时候，却发现巴图不知何时早已回到了家里。

看着屋内氛围有些反常，阿茹娜和往常一样打算张罗起晚饭来，可是图娅的一声斥责让阿茹娜吓得手里的碗都掉在了地上。

"阿茹娜，你给我过来！"

阿茹娜看了看巴图，巴图朝着她微微地摇了摇头。很明显，图娅应该猜到了些什么，只是她还没有从巴图这里问出任何有价值的线索而已。

那么多年来，阿茹娜从未见图娅如此可怕的脸色。那种感觉犹如一只苍鹰，仿佛一瞬间图娅就可以将阿茹娜按倒在地，开膛破肚。

屋子里的氛围安静极了，巴图早已通过了图娅的严肃拷问，关键突破口就在阿茹娜这里了。

"阿茹娜，你俩是不是有什么事儿瞒着我？"

"额吉，怎么会呢！"

"你闭嘴！我问阿茹娜，你别插话！"

兵不厌诈，在图娅面前，巴图害怕阿茹娜经受不住额吉的考验，所以在桌子底下频繁地踢着阿茹娜。

"额吉，你是说哪方面啊？"

"就是谈对象的事儿！"

"额吉，谈对象咋了？"

"阿茹娜，你哥都跟我讲了，你跟我老实说说，你心里真的是那么想的？"

让图娅大意的是，她以为自己可以使诈让阿茹娜不打自招，但是阿茹娜当幼儿园老师最大的收获就是，小孩子从来不说实话，所以自己从来都是三十六计用遍后才能将孩子们的心里话套出来。

"额吉，下午的时候，我不都跟你讲过了？"

"那你就再说一遍！你打算找你哥那样的是什么意思？"

要不是图娅说完这话的时候手一直发抖，要不是图娅做过大的手术不能受刺激，或许阿茹娜早都和盘托出了，看着额吉过激的反应，阿茹娜笑嘻嘻地说："额吉，我的意思就是说我哥优秀呗！你看我们从上海来的孤儿，不就是他最有出息！"

"还有呢？"

"没了啊！额吉，我们学校的好多老师都是按照我哥的标准找对象的，你还不许我拿他做榜样了啊！"

"阿茹娜，你老实跟我讲，你是不是喜欢你哥？"

"喜欢啊，我姐也喜欢，海古拉也喜欢，他们团里的人都喜欢我哥！"

"我说的不是这个意思，我的意思是……"图娅额头的青筋暴起，她无论如何也说不出那句话。

"好吧！事到如今，我不得不坦白了！"看到额吉誓不罢休的样子，阿茹娜只好服软。

看着阿茹娜走到自己的床头，翻着书包，巴图的额头渗出了豆大的汗珠。他并不怕阿茹娜说出那些离经叛道的话，他最害怕额吉因此而承受不住心理上的打击。

阿茹娜翻出一个精美的牛皮包装的日记本坐回到了桌子上，巴图一直在桌子底下踩自己，阿茹娜便抬头看了看说："哥，你别踩我了，我不会欺骗额吉的！"

阿茹娜的话让巴图恨不得钻到老鼠洞里，看到图娅投来凌厉的目光，巴图只得长叹一口气，听天由命了。

看到阿茹娜将日记本推到图娅面前，图娅问道："这是什么？"

"额吉，这是我妈走之前留下来的日记，就是娜塔莎……"

图娅有些狐疑地打开日记本，里面放着一家三口的照片，上面是阿茹娜刚满月的时候拍的。关于日记本的事情，巴图也不知道，他赶紧凑过去看，上面的周美之依旧是自己逃跑那晚遇到的样子，娜塔莎五官立体，十分漂亮。

"额吉，这本日记是前几天我姐回来的时候，我爸托她带给我的。你最近心思重，我怕你会乱想，所以就一直没告诉你！"

"我都让你去上海了，有什么心思重不重的！"

"额吉，其实，我想去找她！"看到图娅和巴图面面相觑地看着自己，阿茹娜低下头有些委屈地说："以前不知道自己身世的时候，觉得那个人和自己没什么关系，但是看到日记里她写着我从出生来每一天的变化，我心里就像种下了一颗种子，慢慢地我对她的好奇心就重了起来。我想去苏联找她！我想看看那个生我的人……"

"去苏联，怎么去？"图娅好奇地问。

"不知道。因为从上海回来后，我跟你说我对那个人没想法，所以我一直不知道该怎么向你开口讲。"

"你这个孩子！让我说你什么好！额吉是那种人吗？我一直都说让你去找的，只不过现在你怎么出国啊？"

"额吉，我妈的事儿同我哥和文慧姐一样，在我心里一直都有这么一个疙瘩，解不开也放不下……"

阿茹娜所说的，全都是事实，这本日记，除了德德玛，巴图也不知道。自己最担心的情况终究还是没有发生，看到一个秘密被阿茹娜摆在了书桌上，图娅心里稍微松了口气，但是她怎么看巴图，也不像提前知道的样子。

"巴图，你不是爱撒谎的孩子，你告诉额吉，是不是有事儿瞒着我？"

巴图看了看阿茹娜，无奈地叹了口气。

"额吉，该说的我都跟你讲过了，我没有瞒着你的事儿！"

"那你对腾格里发誓！"

看着图娅咄咄逼人，巴图没了办法，正在自己左右为难的时候，门外却传来了马蹄声。

看到海古拉喘着气出现在门口，巴图从座位上缓缓站了起来。面对屋里的三人，海古拉招呼都没打，她径直走到巴图面前，抱着巴图就吻了起来。

海古拉的勇敢让图娅和阿茹娜都惊掉了下巴。一天下来，阿茹娜感觉像是在演戏！在家人面前，巴图努力反抗，但还是被海古拉死死地抱着。

　　图娅实在看不下去，站起身打算出去的时候，海古拉终于松开了巴图。而巴图则紧张得像个木头一样站在那里，嘴唇上全被印上了口红。

　　"额吉，我怀了巴图的孩子，我们打算结婚了！"

　　犹如晴天霹雳，图娅的脑子霎时间变成了糨糊一般，不知道孰真孰假，她甚至怀疑，这到底是不是梦。

　　原来，敏感的巴图在阿茹娜说出找一个像自己的人的时候，就发现了阿茹娜的反常。既然窗户纸已经被捅破，他想尽快结束这种荒诞的闹剧。可是阿茹娜和自己耗了那么多年，不可能短时间内轻易改变，自己都难以接受这种不伦之恋，若是让额吉知道，后果将不堪设想。巴图想来想去，能够解决这个问题的唯一办法只有自己赶紧结婚。这时候，他想到了海古拉。按照巴图的性格，没有长时间的接触考验他是不会轻易接受任何一段感情的，眼前能够选择的对象并不多，只有海古拉这么多年明知道自己对文慧念念不忘却依旧等着自己，几乎在刹那巴图就决定了自己的人生大事。只要海古拉愿意接受自己，那么巴图就决定以最快的速度结婚。这对海古拉来说，并不公平，所以，巴图决定将事情的原委都告诉海古拉。此刻，他唯一能做的就是坦诚。

　　当巴图找到海古拉的时候，海古拉并没有感到有多开心，特别是知道自己是为阿茹娜挡雷的时候，海古拉感觉自己就像一个大大的备胎。的确，自打表白那天晚上自己就已经是备胎了，但是当这一天真正来临，海古拉却只在考虑：巴图是认真的吗？自己这么做值得吗？

　　诚然，在这个时候，无论巴图怎么说，对海古拉来说，都很难显得真心实意。所以，赌上自己的一生交给眼前这个男人，没人能够做到，海古拉当时退却了。

　　巴图也没有强求，他知道自己这样做对海古拉十分不公平，换作谁都不会接受的，自己简直自私到了极点，但是巴图却别无选择。

　　最终，海古拉还是选择赌一把，不为别的，就为他对额吉的这片孝心。海古拉最早喜欢巴图的时候其实也是听说巴图为了额吉选择从上海回来，后来为了额吉放弃了北京优越的条件。如果一个男人能够为养母的内心感受拿婚姻当赌注，自己有什么可害怕的呢？

　　既然阿茹娜都能打破禁忌勇敢地说出自己想都不敢想的事情，自己又有什么顾虑呢？想到这里，海古拉终于选择赌上了自己的全部去拥抱眼前的这个男人。

　　当海古拉拥吻巴图的时候，她能感受到巴图对自己的那份情谊，虽然巴图有些紧张，但是二人的舌头缠绕的时候，那份温情是骗不了人的。既然选择在一起了，就不如索性让额吉彻底放心，同时让阿茹娜彻底死心，所以，海古拉说出了自己已经怀孕的善意的谎言。

　　人类的进步好像就是从年轻人不太听话开始的，李文慧奋不顾身地追求着那份爱的感觉，海古拉则默默守护着那份爱慕，阿茹娜更是冲破了世俗的樊篱，选择勇敢地做自己……而那个几天前还装在套子里的人，终于打破了一切禁忌，不再精心设计自己的人生，第一次将自己的未来交给了命运……

　　巴图的婚礼见证了图娅一家超级好的人缘，或许当巴图给自己心爱的马儿起名闪电的时候，他自己都不曾想到，没有人能比他结婚的速度更快，快如闪电！

　　有些事情既已决定，就没什么好犹豫的，巴图总是这么跟大家说。海古拉的崇拜是根治巴图自卑的灵药，这个内心伤痕累累的堂吉诃德，终于从幻想中醒来，成为真正的骑士，和海古拉一起支撑起了一个温暖的家。

　　没人知道阿茹娜到底是因为迫于寻找生母的压力说出了那些话，还是作为一个父爱缺失的女孩对巴图产生了真的感情，不过这一切，都伴随着海古拉的豪赌而永远埋藏在了三个人的心里。

　　望着大雁成群结队地飞往南方，阿茹娜抬头看向了大雁飞来的方向：遥远的北边！那正是自己生母娜塔莎的故乡。

　　婚后的巴图践行了一个丈夫的承诺，用心地呵护着这个来之不易的家。很快在第二年的夏天，海古拉便给图娅生下了一个胖孙子。抱着胖嘟嘟的孙子，图娅受巴图和海古拉的委托，给孩子起名为呼和。"呼和"是青色的意思，当年蒙古人来到呼和浩特这片土地，看到水草丰茂决定在此处定居，城墙全部采用呼和浩特正北方的大青山上的青石，因为远远望去泛有青色，所以呼和浩特被称作青色的城。图娅希望孩子能够像青石一样坚韧，坚不可摧。

第二十一章　寻找娜塔莎

　　娜塔莎的那本日记给了阿茹娜不曾有过的希望，而希望的种子一旦种下，剩下的便是越发强烈的寻找生母的想法。阿茹娜曾经写信给中国驻苏联大使馆，希望能够找到母亲娜塔莎的消息，但都石沉大海。即便如此，她也没有放弃过哪怕只有一丝的希望。周美之曾经劝阿茹娜看淡一些，毕竟这么多年来，周美之的信写了足足几麻袋，都无疾而终了。在茫茫人海中寻找另外一个国家的人，简直比大海捞针还要难。

　　每到寒暑假，阿茹娜便跑去上海，除了陪父亲周美之，阿茹娜还在德德玛的莫斯科餐厅做服务员，因为这样可以认识更多的苏联人，她几乎想尽了一切办法托人打听娜塔莎的消息。阿茹娜的心情过于急切，在频繁收到顾客投诉之后，德德玛不得不找到周美之，希望通过周美之婉转地告诉阿茹娜，不要在客人就餐的时候过度打扰。虽然德德玛已经和阿茹娜私下里说过，可是收效甚微。得知阿茹娜寻母心切，周美之原本熄灭的那团火又慢慢有了余温，他重新捡起了那份不切实际的希望。

　　有希望固然是好的，阿茹娜应该心怀希望去过正常人的生活，而不是被这份不切实际的希望扰乱心智。想到这里，周美之为自己的不成熟深感自责。在给阿茹娜日记之前，他曾经考虑了很久，在那个邮寄速度很慢的岁月里，周美之早已不抱幻想，他甚至想过，因为娜塔莎申请加入中国国籍，回国后被克格勃审查枪毙都有可能。但作为娜塔莎唯一留下的证明自己存在过的笔记，周美之总要交到阿茹娜手里的。事情发展到这个地步，自己是该好好和阿茹娜谈谈了。

　　和初次见面时一样，周美之认真穿上自己的西装，来到了莫斯科餐厅，看到阿茹娜在那心不在焉地看着来往的客人，周美之笑着走上前去。

　　"爸，你怎么来了？"

　　"暑假很快就结束了，我今天来请你吃个饭。"

　　"算了吧！咱买菜回家自己做不就得了！"

　　"那不一样！马上快下班了！和德德玛请个假，老位置。"

　　"嗯！"

　　看着阿茹娜换上便装走了过来，周美之总有一种错觉，甚至是幻觉。他总觉得娜塔莎有一天会从不远处走来，再次和自己不期而遇。周美之很快就打消了自己的念头，毕竟自己是来劝阿茹娜的。

"阿茹娜，你额吉最近身体怎么样？"

"自打我哥给她生了个孙子，整天笑得合不拢嘴，天天忙着看孩子，够她累的，但忙活起来她也就不胡思乱想了。"

"哎，阿茹娜，我也和你额吉一样，盼着这天啊！"

"爸……"

"你都三十二了，阿茹娜，是时候找个对象了。"

"等找到我妈我就找，要不然结婚的时候总不能让你一个人坐在那里吧！"

"阿茹娜，坦白地讲，在上海来说，三十多岁结婚没什么。可是你妈妈的事情，我们是不是要理性一些！毕竟，这三十多年来，我从没放弃过可依旧没有什么结果。"

"对啊！爸，正因为你三十多年都没放弃，所以我更不能放弃了！"

"阿茹娜，我老了，很多事情看得也淡了很多，我希望你能理解我的意思……"

"爸，正因为你老了，所以我更要找我妈，也算给你个交代！"

"都这把年纪了，有什么好交代的！爱一个人，藏在心里也挺好！"

看到周美之如期而至，德德玛亲自端上了那盘鹅蛋炒饭。

看到德德玛走远，阿茹娜想了想说："爸，你知道我姐为什么记恨她妈妈这么多年吗？"

"难道不是嫌弃她妈遗弃了她？"

"当然不是。我姐一开始不懂事，觉得妈妈遗弃她，可是她去了内蒙古过了些苦日子之后，她也理解了做父母的难处，但是她恨的是，既然当年父母没有感情，就不应该生下她！爸，我很高兴，我是因为你和我妈真心相爱才来到这个世界上。所以，我要找到她，哪怕她已经去世了，我也没有遗憾了。"

周美之沉默了很久，再也没有说话。阿茹娜的想法何尝不是自己内心的想法呢？哪怕自己死之前能够得到娜塔莎的消息，自己也没有遗憾了！只是按照现在的国际形势，怕是没有什么希望了！

巴图的事业伴随着呼和的出生一飞冲天，乌兰牧骑不但得到了国家领导人的接见，更是受到了国外各个艺术团体的演出邀请，而巴图终于从草原上带领众人走向了世界的舞台。在日本演出的时候，更是创下了连续演出七天的纪录！乌兰牧骑得到了国内外极高的认可！

正如当初海古拉的告白，无论巴图走到哪里，海古拉都不离不弃，这也让图娅的脸上常年绽放着满足的笑容。巴图和德德玛都从童年的阴影中走出，陆续成家立业，唯独阿茹娜一直深陷寻亲的心结中，无法释怀。就连阿茹娜自己也不明白，是自己真的在终其一生寻找娜塔莎，还是将自己从那份失败的畸恋中转移出来的寄托。但阿茹娜知道，总有一天，自己也会释怀；总有一天，她也会重新收拾起自己的心情，鼓足勇气去拥抱新的人生。至于新的人生到底是什么样子的，阿茹娜并不知道，但是她确定的是，肯定不是目前周围人那样普通而平淡的生活。

不知道是基因遗传，还是阿茹娜在幼儿园中和孩子们生活太久，她总有一种不切实际的浪漫体质，她排斥现实，希望一切都能够像童话故事里那样纯粹而简单。更重要的是，那份纯粹和简单足以让你一生怀念和拥有。

伴随着时间一天天过去，额吉每次见到自己都会长吁短叹，阿茹娜也尝试着像巴图一样和现实妥协。毕竟，和自己同龄的朋友们，他们的孩子都送到了自己的学校了，而自己，不知道还要不要继续做着那个不切实际的童话梦。

希望之所以被称为希望，就是它总是会在你灰心丧气打算放弃的时候，给你阴霾的心里照进一束光！

1991年12月26日，苏联解体，世界格局瞬间风云巨变。

看到消息后的周美之一宿都没合眼，原本在死之前都不敢奢望的事情，眼下瞬间充满了各种可能性。新的国际关系将会为周美之搭建一座新的桥梁，他的内心充满了期待。同样兴奋的，还有阿茹娜，她的信终于得到了大使馆的回复：感谢您的来信，有消息后我们会第一时间联系您。

虽然只有简简单单的几句话，但这给了阿茹娜无尽的力量。图娅心里也有了盼头，至少她明白，孩子不愿意的话，她也无能为力。如果阿茹娜真的找到了娜塔莎，自己这辈子的任务也算圆满完成了。能看到阿茹娜结婚生子，那是图娅从不敢贪心奢望的事情，毕竟，自己已经术后多年了，按照医生的说法，这些年都是自己白赚的。

巴图在日本演出引起的轰动很快就传到了那个大雁北归的目的地：俄罗斯！

1992年5月1日，在收到莫斯科大彼得罗夫大剧院的演出邀请函的时候，巴图一度认为自己看错了。苏联解体后独立的国家俄罗斯，正以一种全新的姿态重新审视过去，布局未来。巴图的演出邀请也得到了上级的批准。就这样，一场赶赴俄罗斯的民间演出交流在这个时候被提上了日程。

因为周美之特殊的政治背景，所以在人员政审的时候，俄罗斯方面并没有批准周美之的赴俄申请，而作为巴图的妹妹，阿茹娜则轻松地踏上了前往俄罗斯的旅程。

虽然是民间的文化交流，但是为了这次演出，巴图和团队的成员们在国内提前排练了很久很久。能够带着团队登上全球十大歌剧院之一，这是巴图莫大的荣誉。

除此之外，一次轰动的演出也会为阿茹娜的寻亲之旅打开新的可能性。自从阿茹娜对自己说出了那些话之后，巴图再也无法像以前一样看待这个妹妹了。在巴图看来，他除了和海古拉组建家庭，彻底截断和阿茹娜的各种可能性之外，他不知道还能为阿茹娜做些什么，而眼下，则是一次很好的解开阿茹娜心结的机会。

前往莫斯科的火车上，已为人父的巴图感慨不已。从上海到内蒙古的火车让他活了下来，而从内蒙古到上海的火车让他学有所成，如今从内蒙古前往莫斯科的火车则让他完成艺术上的一次腾飞。火车，已经成为改变他人生命运的时光机，一次次地载着他驶往不同的未来。

1992年6月12日，站在莫斯科大彼得罗夫大剧院的舞台上，巴图带领着团队毫无意外的奉献了最精彩的演出。马头琴的琴声让每个在场的人都为之震撼，此时巴图的琴声里除了技法，更多的是铁汉柔情，他将自己一路走来的情感全部倾注到了琴声中。一曲《小草》倾注了巴图几乎半生的心血，那是自己听到的巴特尔阿爸拉出的最优美的旋律。

而阿茹娜也在观众席上拿着相机，见证了这一历史盛况。她仔细地观察着人群中的人们，天真地希望能够在观众中找到那个照片中的娜塔莎。在阿茹娜看来，好像每个人都有点像娜塔莎，但她知道，她们不是自己的母亲。

在最后马头琴演奏《万马奔腾》的时候，台下观众纷纷激动得站了起来，现场的氛围达到了极点。坐在台上的巴图突然想到了当初文慧告诉自己的话："为什么演奏马头琴不能站起来呢？"想到这里，巴图再也不去想那么多的世俗传统，从座位上站起，将马头琴抵在了腰间，和马头琴浑然一体像一匹脱缰的野马一般，释放着来自草原的狂野和热情。巴图的长发散开，伴随着琴声随风而动，这来自东方的马头琴让在场的每个人为之深深折服。演出结束，众人纷纷鼓掌，久久不肯散去。

演出获得的巨大成功让团队的每个人热泪盈眶，而巴图的这一站，更是掀起了轩然大波。媒体几乎一边倒地纷纷报道，高度赞扬巴图为这个传统乐器带来了新的灵魂。

来到了莫斯科，阿茹娜才知道自己是多么的天真。在一个国家寻找一个人，不亚于大海捞针。别说签证只有几天，哪怕让她在这个国家待上十年，她也未必能找到那个叫娜塔莎的人。但是那一个个洋葱头顶的建筑，却让阿茹娜感受到了童话般的美好。

电视台敏锐地嗅到了这场民间的演出为以后两国关系所带来的巨大潜力，在团队即将离开莫斯科的前一天，电视台专门派人来到酒店对巴图和团队成员做了专访。作为党员，巴图深知自己所说的每一句话都不仅仅是乌兰牧骑的荣誉，而是国家的形象。但是来之前，大家并没有意识到电视台采访的事情，所以没人告诉他该怎么去面对。但当记者挑衅地问道中国人权问题的时候，巴图终于下定决心将自己的成长经历和"三千孤儿入内蒙"的故事娓娓道来。他想让更多的人知道，在那个物资匮乏的年代，是党和国家领导人民紧紧团结在一起，共克时艰，创造了如今美好的生活。党和国家是无私的，中国母亲更是无私的！没有哪个国家能够在保障人权这方面比中国做得更好！

看到记者心怀不轨地从艺术聊到了政治，巴图说完便起身离开了，留下了目瞪口呆的众人。

回国的火车上，阿茹娜看着车窗外的风景发呆，巴图走了过去。看着一言不发的阿茹娜，巴图拍了拍她的肩膀说："阿茹娜，该回家了！"

此刻的巴图犹如一个会魔法的萨满，一句"该回家了"让阿茹娜瞬间泪流满面。是啊，草原的孩子无论在外面疯多久、玩多久，都该回家了！原来，在那些像童话般的建筑里，生活着的却也都是一个个活生生的人。莫斯科不相信眼泪，像完成某种仪式一般的，莫斯科的寻亲之旅终于让阿茹娜放下了那些不切实际的执念。这列回家的火车也终于将阿茹娜从童话世界带回到了现实，那个每个人必须为之认真生活的草原。

同国外媒体不同的是，巴图站起来拉马头琴的行为，果然招致了国内同行的口诛笔伐，一些人甚至找到相关领导要求把巴图关起来。而时代终究在往前走，还是有一些学者对巴图的创新持肯定态度的。毕竟，站起来演奏的马头琴更具表现力，他让世界见识到了马头琴的魅力。

生命中所有的灿烂，终需用寂寞来偿还。为了不必要的麻烦，上级领导暂时停止了巴图的演出，并暂停了他团长的职务。正如莫书记安慰巴图时所言："人如果要成长，那就必须勇于和昨天告别！你只管往前走，时间会告诉你答案！"没有演出的日子，巴图在家认真陪着额吉还有妻儿，好像又回到了那个无忧无虑的童年。

有人说人生三重境界是见天地，见自己，见众生。躺在草地上的巴图看着身边的呼和，心想自己走南闯北应该是见天地了；经历了无数次迷茫将根扎在草原，应该是见自己了；什么是见众生呢？为何有些人因为嫉妒自己的成绩便可以肆无忌惮地诋毁自己，巴图有些不明白，但他找到了自己马头琴中存在的不足，这个终极的哲学思考将融入他日后的创作中。

电视台的采访也让巴图一跃成为炙手可热的马头琴艺术家。毕竟，相对于音乐表演来讲，人们更津津乐道的是三千名南方孤儿从中国的上海出发被送到内蒙古然后又开枝散叶的故事。相对于这个热情洋溢的年轻人所迸发出的艺术张力，他的命运轨迹更具话题也更让人为之感慨。

阿茹娜暑假再一次来到了上海的莫斯科餐厅。有了去莫斯科的经验，再次回来的时候，阿茹娜的状态和感受自然不一样了。看着阿茹娜仿佛变了个人，德德玛和周美之都惊叹不已。此时的阿茹娜虽然依旧童真，但是她比以前更开朗、更自信。而且，她开始央求父亲周美之教自己俄语。她始终相信，那个童话般的地方，自己以后还要去很多次。

阿茹娜的语言天赋很好，伴随着她俄语的突飞猛进，她也终于邂逅了自己的爱情，一个来自俄罗斯的留学生尼古拉。准确地说，是尼古拉对阿茹娜展开了猛烈的追求。

勤工俭学的尼古拉作为服务员来到莫斯科餐厅的时候，他一眼就认出了眼前的阿茹娜。毕竟，乌兰牧骑在俄罗斯的演出实在太轰动了！作为团队的一员，电视台的采访中，自然有阿茹娜的影子。直到这时，阿茹娜才意识到，乌兰牧骑在俄罗斯早已成为了家喻户晓的明星演出团队。

同样的好消息也来到了巴图的蒙古包里，上级终于恢复了巴图的团长职务，他的生活被按下了暂停键后，终于迎来了事业的爆发期。各种国内外的演出活动纷至沓来，更让人欣慰的是，越来越多的蒙古乐手开始效仿巴图，站着拉马头琴。马头琴极具感染的穿透力伴随着蒙古人的热情很快花开遍地，更多的人因为马头琴而爱上了草原。

当阿茹娜领着一个金发碧眼的俄罗斯小伙来到蒙古包的时候，图娅又一次被孩子们的选择所触动。自己所熟悉的那个时代啊，终究是一去不复返了。孩子们每走一步，都超出了图娅的认知。她努力将自己的思想打开，尝试跟随孩子们的脚步，但是最后她发现，自己真的老了。

草原上来了个洋娃娃，这件事情再一次让图娅成为焦点。就如同当初很多人不相信巴图和德德玛留在了图娅家里专程骑马来看一样，牧民纷纷骑马来到了图娅这里，一睹洋女婿的风采。

看着挤满门口的牧民，巴图心中的那块石头终于踏踏实实地落在了地上。缘分让阿茹娜终于用另一种形式完成了她的爱情童话，她和尼古拉的交往也让周美之看到了自己和当年的娜塔莎，她也用另一种形式延续了那个年代父母之间的爱情神话。

海古拉将巴图拉到一边，怀疑阿茹娜找尼古拉是不是因为自己母亲娜塔莎而带有某种情结，就如同当初她对巴图表白是因为父爱缺失一样。巴图却从阿茹娜和尼古拉的眼中看到了爱情最初的样子，阿茹娜看向尼古拉的眼神亮晶晶的，就像当初的李文慧和后来的海古拉，而尼古拉看阿茹娜的样子则让他想起了巴特尔阿爸。

巴图信心满满地看着海古拉，告诉她，从今往后她可以将这个秘密永远地忘记了。巴图相信，那个稚气未脱的小女孩，终于跌跌撞撞地走上正轨，踏上了自己人生的那趟列车。

直到此时，巴图才回想起那天额吉单独和自己在蒙古包里的一幕。那天图娅从莫书记那里匆匆忙忙地回到家的时候，家里空空如也。想到巴图和阿茹娜之间可能存在的不伦关系，图娅想了很久，她从家里找出了给牛羊除虫的药，放到了桌子上。待到巴图找完海古拉坦白自己的想法回到家的时候，却看到了满脸泪痕的额吉。

看到桌子上的药，巴图以为阿茹娜已经找到额吉坦白了一切，一时间不知道该如何是好。面对额吉的质问，巴图自然是装傻充愣，但是额吉的那句话却让巴图深以为然。

"巴图，腾格里惩罚我，让我失去丈夫也好，失去孩子也好，但是我最不能接受的是，让我失去你们！"

"额吉，你这是怎么了？我这不是好好的！德德玛也好好的，阿茹娜也好好的啊！"

"巴图，我常常说，命运不可怕，缘分是最可怕的！你们三个孩子一起走到了我的生命里，我不希望你们走弯路，做出违背良心的事情！"

"额吉，你言重了，我一没杀人，二没放火的，怎么会呢！"

"巴图，你还记不记得我跟你讲的《双镯记》的故事？"

"额吉，我当然记得！"

"一个孩子，父母没有教育好他，长大后他四处为非作歹，从小偷针长大偷牛，到最后终于成了一个杀人犯。在被拉去刑场的时候，他的额吉看着自己的儿子即将被砍头，哭成了泪人。但是孩子却没有哭，他对额吉说，自己从小是喝着额吉的奶长大的，能不能在死之前再喝一口额吉的奶。额吉含泪点头，当额吉把乳头再次放到孩子的嘴里的时候，那个孩子一口咬掉了额吉的乳头。望着额吉流血的乳头，那个孩子愤怒地说，如果当初在我只犯一点小错误的时候你就严厉制止我，就不会有我被砍头的这一天，我恨你！恨你没有把我教育好！即使是额吉，死刑犯的伤痛也会伴随着她度过余生！"

"额吉，你今天是怎么了？阿茹娜惹你生气了？"

"桌子上是药，巴图，你告诉我，你和阿茹娜之间有没有谈恋爱？如果你说谎，额吉就把这毒药喝下去！因为我没有教育好你们！"

看到额吉红着眼情绪激动，巴图吓得赶紧抓住额吉拿药的手说："额吉，没有。

我发誓我们之间什么也没发生!"

"那你俩为什么一直没找对象?"

"额吉,上大学那会儿我老被人嘲笑,我不想去当倒插门女婿,那样会在同学面前抬不起头来……"此时此刻,巴图放下了所有的伪装,将自己无法接受李文慧的所有原因全都说了出来。这里面有巴图的无奈,也有自己的自私。而图娅也明白了,原来巴图默默为这个家庭牺牲了太多。大学期间,巴图每个月寄回来的生活费,其实都是巴图用自己的青春换来的。

巴图的坦白终于换来了图娅暂时的平静,而图娅誓死要捍卫家风的样子,巴图一辈子都忘不掉,同样忘不掉的是额吉的那句话:命运不可怕,缘分是最可怕的!

我们终其一生都在弥补童年时的遗憾,寻找着爱和归属感。而幸福则像猫的尾巴,当你倾其一生去寻找的时候,命运总会跟你开着或大或小的玩笑,当你放下执念开始接受命运的安排,接受这普通人生的时候,幸福就紧紧地跟在你的身后……

第二十二章　莫斯科不相信眼泪

　　巴图刚毕业回家的前几天，德德玛天天缠着巴图跟她讲上海的方方面面，还有巴图在上海这三年来的种种生活。当巴图索然无味地讲着自己在上海枯燥的三点一线的生活时，德德玛却听得津津有味。所以，从那个时候，巴图就感觉到了，德德玛终究还是要回去的，医院的工作让她见到了太多的生离死别，她的心里终需那个城市的热闹和繁华来弥补。

　　布和脑袋灵活，德德玛性格耿直，所以二人接下莫斯科餐厅后，事业很快就走上了轨道。从草原来的二人深知任何一个团队都是一个生态，这种生态就像草原上的狼、羊和人的关系一样。大家彼此相互依存，但彼此间又会有诸多矛盾，从中取得微妙的平衡，才是经营之道。虽然苏静春在世的时候仔细地将团队里的每个人都挨个分析了优缺点，但是德德玛接管餐厅后并没有按照苏静春的意思将团队整改，而是选择"让子弹飞一会儿"。

　　布和则从服务员干起，如果不是后来大家发现他和德德玛举止过分亲昵，没人知道他就是德德玛的老公。而布和之所以选择从底层做起，是因为他相信这样才能更好地掌握这家餐厅运营的结构。德德玛的装傻充愣也让团队中的一些狂妄之辈更加肆无忌惮了起来，这从草原上的角度来讲，那就是欲使其灭亡，必让其疯狂，如同狼群围猎羊群一样，所有的等待都只是为了等待时机，一个一击致命的时机。如果说德德玛是那头狼，而布和则是混入羊群的狼。

　　一段时间之后，二人自然对莫斯科餐厅的运营了如指掌。而德德玛则通过杀伐果断的作风一下子赢得了团队的认可。德德玛骨子里带的那种精明在淳朴憨厚的草原毫无用武之地，就像将一个大力水手放到了幼儿园，但是在上海的都市生活中，德德玛如鱼得水，再繁重复杂的事情在她这里都迎刃而解。毫不夸张地说，德德玛就是为城市而生的，她天生就是一个擅长做生意的高手。

　　在哥哥巴图的介绍下，德德玛将音乐学院的学生以勤工俭学的名义请过来，在客人就餐的时候演奏音乐。动人的钢琴，优雅的小提琴，怀旧的萨克斯……每天都有不同的风格。客人心旷神怡的同时提高了餐厅的档次，学生们也得到了一笔可观的收入。布和打算上台演奏马头琴但被德德玛拒绝了，因为那影响了整个餐厅的西式风格，马头琴太过民族了。虽然布和不太开心，但是德德玛的决策总是无比准确地抓住了每一位客人的心，将餐厅经营得风生水起。德德玛调动了身边一切能够利用的资源，她甚至将周美之会俄语的特长也利用到了极致。除了给员工们加班费，德德玛会花钱请周美之每天为员工补习俄语，而补习俄语的时间也算加班计入薪酬。

因为每个员工都能听懂简单的俄语，并能进行简单的交流，所以德德玛经营的莫斯科餐厅几乎成为俄罗斯人在上海就餐的不二之选。

此时的德德玛更像原本的那个她——苏小雨，像小雨一样悄无声息地融入这座潮湿的沿海城市默默地成长着。相比治病救人来讲，德德玛好像更擅长做生意。

苏静春为德德玛留下了财富，而德德玛很快就让财富翻倍。当物质获得了极大的满足后，人便会陷入巨大的精神空虚之中。小时候在草原，德德玛最大的愿望就是大口大口地吃白米饭，但是当一切想要的东西都能够通过手中的财富瞬间得到满足的时候，德德玛陷入了巨大的迷茫当中。有时候，德德玛常常在想，如果自己没有来到上海，而是在草原上踏踏实实地做一个护士，生活会不会变得简单而充实一些。她常常想起在医院工作的时候，大厅里有一幅字，上面写着厚德载物。之前她不太理解，来上海后，她好像有些感觉了。

同样心理出现空洞的还有布和。布和从小被额尔敦阿爸宠溺着长大，他犹如一只井底之蛙，自信地以为自己拥有了整个世界，但是来到上海之后，他才发现，原来这个世界不只是草原上的牛羊，还有各种霓虹灯的艳丽色彩。

"人是环境的产物。"这句话是巴图给德德玛讲的上海三年求学生涯的总结。巴图之所以坚定地回草原是因为他只有在草原上心情才会变得开心，在上海的三年他写的歌都是忧伤而痛苦的。

奥地利小说家茨威格曾经说过：所有命运赠送的礼物，早已在暗中标好了价格。

德德玛和布和通过遗产继承获得了巨大的财富，而这份财富终将成为考验二人感情的试金石。

渐渐地，布和直爽的性格使他开始有了一些本地的朋友。而这些朋友却远没有草原上的朋友那么耿直仗义，当德德玛一心扑在事业上的时候，被冷落的布和自然而然地和一些狐朋狗友混在了一起。而正是这些狐朋狗友让布和开始喜欢上了这个城市的灯红酒绿，为了排解心头的寂寞，布和在一次醉酒后出轨了。在酒醒后，布和内心十分愧疚，他的出轨背叛了德德玛。当布和尝试和德德玛亲热的时候，德德玛却本能地排斥他。

这是情理之中的事情，按照德德玛的性格，如果没有阿丽亚这个孩子的话，她会像苏静春一样，选择一个人生活。当年她和布和的结合就是因为图娅的催促，还有内心缺乏的那种安全感。她和巴图也说得很清楚，自己之所以选择了布和就是因为他从来不欺骗自己。

而布和内心为爱情坚守的这一切，都在德德玛一次次的拒绝中渐渐地变得毫无意义，甚至毫无价值。在德德玛看来，这个家里，自己女儿阿丽亚是排在第一位的，莫斯科餐厅是排在第二位的，布和甚至都不知道自己能不能排在第三位。

布和成为家庭中的"弱势群体"。在人生地不熟的上海，布和活成了巴图曾经最害怕的样子——倒插门女婿。酒友们的无心之言，让布和的自尊心一次次受打击。终于，布和成为那个被环境所改变的人，他内心的人性之恶开始被身边的狐朋狗友利用和放大。

布和打算用消极怠工的方式引起德德玛的注意，但是他发现，有时候自己连着两天没回家，德德玛竟没有发现。自己在这家里终于变成了空气，这让布和无法接受。当布和暴跳如雷打算和德德玛吵一架的时候，德德玛却急匆匆地出门去餐厅加班了。当一个蒙古族男人连吵架的资格都没有了的时候，容不下他的上海和回不去的内蒙古，使布和成了新的"孤儿"。

一气之下的布和辞掉了餐厅的管理工作，希望能够让德德玛知难而退，意识到自己存在的重要性，可是让布和没想到的是，自己的离职却成就了德德玛。以前大家迫于德德玛的面子，对布和的一些安排部署有意见却不敢提，往往前脚德德玛刚布置完，后脚布和就来推翻。一个团队中只能有一个领导，两个人的权责交叉让一部分员工怨声载道，但是德德玛对员工都关爱有加，使得大家最终都忍了下去。当一个人的成长速度跟不上另一个人的时候，二人的关系很快犹如山底和山顶的距离，虽然格局完全不同，但是彼此在彼此的眼里都是同样大小的。如果说布和有错的话，那就是当初没有将心思用到学习上，文化底子没有德德玛高。

布和尝试将自己沉浸在酒色中，但是每次他接到父亲额尔敦和额吉的电话，他都心如刀绞般的难受。挣扎很久之后，布和尝试打电话给巴图，让他来说和二人之间的矛盾，可是德德玛一心扑在事业上，根本没时间听巴图讲太多。布和只好将所有的精力放到了女儿阿丽亚身上，阿丽亚的懂事成为布和坚持下去的唯一理由。

1992年10月1日，布和精心准备了晚餐，和8岁的阿丽亚在家等待着德德玛回家。直到晚上十点钟，德德玛还没回来，布和只好先陪饿得不行的阿丽亚吃完晚餐，等阿丽亚熟睡后，他继续等待着。

布和一个人喝着酒，直到深夜十二点钟，德德玛还是没有回家。实在无法忍受的布和来到了莫斯科餐厅，而此时的餐厅却因为是国庆还在营业。

"说好了八点钟到家，你知不知道阿丽亚在家里等了你很久！"

看着怒气冲冲的布和满身酒气地冲到了前台，德德玛也缓和了脾气将布和拉到了一边。

"布和，对不起，今天有很重要的客人，我得等他们走了才行。刚才太忙了，我就没顾得上给你打电话。你先等会儿，马上就好了！"

"有什么能比回家更重要？"

"是领事馆的领导。布和，你稍等会儿！"

未等布和理论，德德玛便被手下的人喊了过去。

布和刚开始站在前台，看到之前的员工和自己打着招呼，布和也只能尴尬地笑着。自己只是离开了一段时间便显得和这家餐厅有些格格不入了。看到德德玛端着酒杯和外宾用熟练的俄语交流着，布和索性找了位置坐下，点了几个菜。

看着杯子里的红酒，布和有些恍惚了，他找不到自己的价值和归宿，就像一只迷途的羔羊，迷失在灯火通明的大上海。

所有人打烊下班后已经凌晨两点半了，看着布和一直坐在窗前静静地等待着，德德玛走到卫生间抠了抠嘴巴，将胃里的酒菜全部吐了出来。因为要应酬，所以德德玛每天不得不在下班后催吐一次，否则胃里的烈酒会让她整夜无法入睡。看着镜子里有些憔悴的自己，德德玛知道，布和肯定准备好与自己大吵一架了。

德德玛让所有人下班回家后，将餐厅的大门关上，偌大个餐厅只剩下德德玛和布和二人。

"要来点酒吗？"

"布和，我不想喝了……"

"你天天和别人喝，为什么就不能陪我喝点，是因为我没付钱吗？我给钱，来，是时候把话讲清楚了！"布和愤怒地给德德玛倒上了一杯红酒递了过去。

看着眼前的红酒，德德玛本能地有些想吐，她是有苦衷的，为了餐厅的生意，她不得不整天喝酒，她的肠胃早就虚弱无比了。看到布和一饮而尽，德德玛只好也端起酒杯喝了下去。

"布和，时间不早了，我们回家吧！"

"家？德德玛，我们有家吗？还能回得去吗？你知不知道，今天是我们结婚九周年纪念日！九年了，自打来到上海之后，咱俩说的话越来越少了！"

"布和，对不起，我需要照顾团队！"

"我理解，可是，德德玛，什么时候是个头呢？"

"我不知道……"

"来上海都七年了，你终于变得连我都不认识了。德德玛，钱是永远赚不完的，团队真的比家人还重要吗？"

布和说得都是对的，但是德德玛却不知道该怎么跟布和解释，并不是团队比家人重要。当你在草原骑马的时候，你可以随时停下，但是自从二人登上了回上海的飞机后，便再也不可能随时停下来了，停下来只能是机毁人亡。德德玛终于明白为什么苏静春没有再组建新的家庭了，除了心理诉求之外，更多的原因是事业是个无底洞，它吞噬了你大部分的生活，但是又让你无法放下。你怎么忍心看着自己一手经营起来的餐厅解散呢？对德德玛来讲，那好比亲手杀了自己的孩子一般残忍！

生活总是如此，当你两手空空的时候，你拥有的是快乐；但是当你双手满满的时候，你却想要更多，直到欲望把自己压垮！这就是人性，千百年来不曾改变过。只不过从小在草原长大的德德玛尚未明白，失去了人性会失去很多，但失去了兽性将会失去一切。草原上的动物总不能吃太饱，那样会在猎手出现的时候跑不动，只有被宰杀的命运。

看着布和仇恨自己的眼神，德德玛缓缓地说出了那两个字："是的！"

"什么？"布和简直不敢相信，他一度以为自己听错了。

"布和，任何人都是靠不住的，除了自己，家人可以离去，但是事业不会，你只要付出了，就会有收获……"

德德玛的面无表情让布和感觉到冰冷，看着眼前这个被金钱所奴役的人，布和再也感受不到一丝一毫的温情。德德玛变成了商场上的一头孤狼，她野心勃勃而且嗜血成性。来上海的第七年，德德玛终于拥有了自己为之奋斗的事业，但是她也失去了最爱自己的那个人。

布和一度以为是上海改变了德德玛，正如上海也改变了自己一样，但是后来他才发现，德德玛从未被改变过。如果说改变的话，那么是草原让她改变，额吉让她改变。她原本就是那头孤狼，一切的潜伏都只为等待时机，而莫斯科餐厅就是她的新战场，在这里她想做出和巴图一样令人瞩目的成绩。

德德玛深谙人性，她当然知道布和心里在想着什么，她觉得，布和只是还未适应上海这种大城市的生活而已，她甚至觉得布和有些小题大做了，因为生活本就是残酷的。在德德玛看来，爱情本就是相互成全，是不能相互捆绑的，布和有权掌控自己的私生活，但是他却不能打扰她的事业。至少在草原的时候，布和就是如此，他从未打扰过德德玛的工作，只是在她需要的时候出现，这就足够了。

德德玛经常和外宾打交道，她得知国外很多夫妇都是分床睡的，而布和却无法接受德德玛这种思维，他还是传统的家庭观念，两口子怎么能分房睡呢？自己作为家里的男人希望得到更多的尊重这又有什么错呢？

当布和跟德德玛说家里打电话来说要二胎的时候，被德德玛坚决拒绝了，因为一切都不能在她事业上升期的时候成为阻碍。

回到家后的布和躺在沙发上，他开始复盘来上海的这七年，他到底做了什么，才让自己和德德玛之间的感情走到了今天。思前想后，布和终于意识到，德德玛其实一直未曾改变过，改变了的是自己。一头来自草原的狼哪怕再勇猛，离开了赖以生存的草原只能像一只小羊羔一样软弱。财产是苏静春留给德德玛的，自己作为男人在这座城市变得毫无用武之地。自己为了爱沦落到卑微的境地，但是德德玛对此却从来没有觉得有什么不妥。看到自己堕落到这般境地，布和终于提出了离婚来捍卫他最后仅剩的尊严。

看到离婚协议书，德德玛想都没想就签了字。只不过她要求为了孩子阿丽亚着想，二人还是住在一起，等到阿丽亚高中毕业的时候再告诉她。看着如释重负的德德玛，布和点了点头。

或许，德德玛从未爱过布和，或者说，德德玛从未爱过任何人，她爱的只有自己。

自打阿丽亚记事儿以来，父亲布和几乎又当爹又当妈照顾着她，德德玛则将全部的精力放到了莫斯科餐厅的经营上面。她想做到和苏静春一样优秀，但是她忽略了，自己还有丈夫和女儿。长期忽略了作为母亲和妻子的责任，终于在阿丽亚身上得到了爆发。

当学校老师打电话给德德玛说阿丽亚在学校里将同学打伤的时候，德德玛简直不敢相信。她不得不放下手头的工作，匆匆忙忙赶到了学校。

看到几个小男孩眼睛被阿丽亚打得乌青，头上包着纱布，阿丽亚的暴力行为让德德玛触目惊心。而德德玛不知道的是，阿丽亚的问题却远不止这些。

一切的一切，都是因为一篇作文：《我和妈妈的周末》。

长时间地忙于工作，德德玛在周末几乎从来没有陪阿丽亚玩过。印象中，只要阿丽亚找自己出去玩，德德玛总是拿出一沓钱放到阿丽亚面前让她去找布和带她去玩。但是学校老师布置的这篇作文，着实让从不撒谎的阿丽亚犯了难。她已经记不得，自己的妈妈到底有多久没有陪自己出去玩过了。

自从来到了上海，妈妈的概念便模糊了起来。印象中，每天早晨给自己做早饭的是爸爸，接送自己上学、放学的是爸爸，陪自己吃晚饭、睡觉的也是爸爸。布和更像是家庭主妇，那个叫妈妈的人往往只在深夜回到家里，而一大早便去了餐厅。所以，当老师布置这篇作文题目的时候，阿丽亚几次尝试和德德玛沟通，让她陪自己过一个周末，可是德德玛甚至都未等阿丽亚说完就拿出一沓钱给她，然后就拎起包出门了。

德德玛因为痛恨欺骗所以才选择了布和，所以从小她就教育阿丽亚不能说谎，无奈之下的阿丽亚便来到了那个布和经常去的会所门口。看着书包里的钱，阿丽亚心想，既然德德玛没时间陪自己过周末，自己可以花钱租一个"妈妈"来陪自己，这样自己的作文也知道怎么去写了。

看着一个8岁的小女孩背着书包大白天走了进来，在厕所抽烟的甜甜看到后一眼就认出了这是布和的女儿。而甜甜也是布和最喜欢的技师，布和出手大方，无话不讲，甜甜甚至比德德玛更清楚家里发生的那些鸡毛蒜皮的事情。

"你是阿丽亚吧？"

"你认识我？"

"哦，我是你爸的朋友，你爸今天没来，你不用找了！"甜甜说着便掐灭烟头对着镜子化起妆来。

"我不是来找爸爸的。"

"那你来找谁？"

"我来找你的。"

甜甜刚抹了一半的口红，她转过头看着阿丽亚说："找我？"

"嗯！我有钱！"阿丽亚说着从书包里拿出了一沓钱放到了洗手台上。

"找我做什么？"

"陪我玩一天！"

直到此时，甜甜才知道，原来，阿丽亚想花钱雇自己以"妈妈"的身份一起过个周末。虽然在别人看来很荒诞，但是甜甜却早已从布和嘴里得知，德德玛在家中从来都不是一个合格的妻子和称职的母亲，她只是一个优秀的企业家。看到洗手台上厚厚的现金，甜甜想都没想就点头答应了。

"那我可跟你说好了，我只能陪你玩，出了问题我可不负责！"

"行，工资多少我都付得起，但是我也有一个要求！"

"什么要求？"

"别跟我爸讲！"

原来，布和经常来会所的事情，阿丽亚早就知道了，只不过她体谅爸爸，从来不说而已。

有了和上班一样的收入，又不用招待客人，甜甜开心地拉着阿丽亚出门去了。她带着阿丽亚用一天的时间几乎玩遍了上海所有的游乐园。坐在黄浦江中的游船上，阿丽亚感受到了从未有过的自由与快乐！这就是她想要的和妈妈一起过的周末。她终于可以完成老师布置的这篇作文。

甜甜在船头抽着烟，看着眼前布和的孩子，感慨不已。自己为了钱每天做着不喜欢的工作，而有钱人的孩子却花钱买父母的陪伴，这是多么的可笑。

阿丽亚的作文写得很好，她不仅写出了德德玛的辛苦，还写下了自己周末时候去游乐园的快乐。一个妈妈能够兼顾事业与家庭生活，这在老师看来实属难得。每次的家长会，老师都是要求家长一方来就可以，但是自从《我和妈妈的周末》作文收上来后，老师决定单独邀请妈妈们来开一次家长会。老师看到了不同家庭，不同妈妈对孩子们的爱，更看到了孩子们对妈妈陪伴自己的渴望。而阿丽亚的这一篇优秀作文也为她招来了烦恼。

德德玛从来没有带自己玩过，她更不会抽时间来开家长会。看到每次都是爸爸坐在旁边，很多同学甚至认为阿丽亚没有妈妈。这次的家长会要当面朗读自己的那篇优秀作文，阿丽亚在作文里写的这样一个优秀的妈妈，而事实上这个妈妈根本就不存在，德德玛也根本不会有时间来。

无奈之下的阿丽亚只好又一次去到了会所，找到了甜甜。陪玩可以，但是听到是去学校冒充家长，甜甜不干了。自己只是一个会所的技师，她不愿在那种场合抛头露面，她更害怕作为优秀家长上台去讲话。虽然阿丽亚拿出了厚厚的钱，但是小学没读完的甜甜依旧拒绝了。阿丽亚本不想撒谎完成作文，却没想到自己又亲手制造了一个更大的谎言，本来很多同学就质疑她说谎，她不愿这个谎言被拆穿，所以她无论如何也要甜甜帮她去开这个家长会。

"阿丽亚，你可以打电话给你妈，让你妈去更合适！"

"我都跟她说过了，她没时间！"

"那你就哭啊！她不去你就哭，不行就闹！"

"可是，她都一个多月没回家了！"

"那你就去找她啊！你来找我算什么事？或者让你爸打电话给她！"

"没用的，他俩早就协议离婚了，我都知道，我只是不想拆穿他们而已！你要是不帮我，我在学校真就成了骗子了。"

阿丽亚说完委屈地蹲在了地上，看着眼前懂事的孩子，甜甜的内心被击中了。原来，这个懂事的孩子，早就知道父母离婚的事实，她知道德德玛不会抽时间去陪她，所以才来找的自己。她什么都不缺，可唯独缺乏的就是妈妈的爱。想到这里，甜甜想到了自己。她抽了支烟，同意了阿丽亚的要求，但她只答应帮这一回。

即使甜甜化了淡妆，但是在众多朴素的家长面前，她那大波浪卷的头发和高跟鞋依旧很是扎眼。看到阿丽亚在台上声情并茂地读着自己的作文，甜甜脸上满是笑容。阿丽亚读的基本上都是那天二人游玩时的场景，看到自己帮一个小朋友在学校挣足了面子，这让甜甜也有了些许成就感。

原本事情就这样结束了，可是第二天，班里小朋友就开始说阿丽亚的妈妈是不务正业的女人，阿丽亚据理力争，但是对方有备而来，直接说出了甜甜工作的会所名。面对诋毁，阿丽亚奋起反击，将对方打倒在地。

自己的"妈妈"容不得任何人的侮辱，这是阿丽亚的底线。解铃还须系铃人，了解到这些情况的老师只好将家长叫了过来。

得知事情的真相后，德德玛沉默了很久，她知道，自己并不是一个合格的母亲。

马上就要到年底了，放寒假再说吧！德德玛只能拜托布和多照顾下阿丽亚，而布和却什么话也没说。面对眼前的德德玛，他像是看到了一个陌生人。

当内心的天平失衡，一切都会产生微妙的变化。德德玛团队内部也并不是一帆风顺。布和在的时候，虽然他文化水平不高，但是布和懂得平衡，他深谙草原生活之道。有人发牢骚了，他就会私下里多关照；有人不做事了，他也会委婉地去提醒。而德德玛却奉行狼性文化，不顾一切地往前冲，出现问题的人，不留情面地开除。渐渐地，德德玛从一个团队的头狼变成了一个独裁的女皇。虽然她给员工开的工资都很高，但并不是所有人工作都是为了钱，比如跟随苏静春打拼了半辈子的厨师长——骆安邦。

骆安邦是广东省佛山市顺德区人，顺德自古以来就是出御厨的地方，而且只要有唐人街的地方就有顺德厨师。骆安邦从小跟随叔叔学习舞狮，后来去了美国在唐人街打拼，但是他渐渐地厌倦了舞狮的争强好斗。母亲病重后，他就回了广东。为了照顾病重的母亲，骆安邦开始学习如何做菜。因为有习武的功底，所以骆安邦将武学功底融入菜系当中，特别是他将西餐的元素融入自己的菜系中，很快便小有成就。母亲去世后，骆安邦跟随商会会长来到了上海，经营着一家会馆。可是好景不长，商会会长后因故病逝，骆安邦只好流落上海街头。

骆安邦精通厨艺却不懂得经营，苏静春先是给人打杂工，慢慢地她也在街头摆摊卖点吃的。也正是苏静春的一道鹅蛋炒饭让骆安邦看到了不一样的菜，看到眼前这个拼尽了全力活下去、有一股冲劲的女人，骆安邦决定暂时留下来帮把手，没想到这一帮就是半辈子。苏静春离世后，骆安邦着实消沉了一阵子，但是看到德德玛接手后很快就干得风生水起，他仿佛又燃起了当年的那股干劲儿。

跟随苏静春的这些年，骆安邦是安静而自在的。自从苏静春接手这家莫斯科餐厅后，骆安邦便全身心地投入菜品的创新和提高上，正因为他的存在，餐厅的品质才得以逐步提高。而苏静春历经半生，知道金钱并不是人生的全部，所以餐厅准时打烊。大家看到外面排队的客人都觉得可惜，但是苏静春却没有加班的意思，她深知钱是永远都赚不完的，永远都有比钱更重要的事情，比如家人。但是德德玛接手一段时间后，她接受了大家的意见，延长了营业时间。刚开始，大家到手的钱多了，餐厅也比以前火了，自然都很开心。但是渐渐地，日益火爆的餐厅背后，牺牲的却是大家的生活质量。一年到头忙下来，只剩下存折上的存款，每个人都没有时间去休假。而骆安邦的年纪也大了，他无法像年轻人一样拼命。毕竟苏静春临危托孤，自己只好硬撑着。直到有一天，骆安邦终于倒在了后厨。

骆安邦的倒下对餐厅来说是巨大的打击，德德玛原以为自己是团队的核心，但是直到骆安邦躺在了医院里，她才发现，骆安邦才是这家餐厅的核心所在。平时骆安邦在的时候，他只是看着大家做饭，饭菜从来都没出过问题。但是，他不在之后，不断有顾客投诉饭菜味道变了。德德玛不明白，骆安邦明明什么都没做，还是那些厨师做的饭菜，为何会有如此大的差距呢？

带着疑问，德德玛来到医院打算慰问骆安邦，顺便请教饭菜出问题的原因。当德德玛来到医院的时候，骆安邦已经住院一星期了。看到德德玛没有来找自己，骆安邦一度以为自己可以踏实退休了，可是看到德德玛着急的神色时，他知道，自己担心的事情还是发生了。

"骆叔，你说，是不是有人在使坏啊？"

当德德玛说出了自己内心的顾虑，骆安邦笑着说："不会的。你对大家都很好，没人会做那样的事情，这些厨师都是跟随苏总很多年的，值得信赖。"

"骆叔，我听说做菜需要秘诀，这个是真的吗？"

"是，也不是，这个全靠感觉吧。"

德德玛来之前也和厨师们仔细谈过，厨师们也不知道自己的问题出自哪里。众人讨论后觉得，如果骆安邦有秘诀的话，那最有可能的就是在调料里面做文章了，所以他走了之后，厨师没变，菜的味道变了。德德玛这次来，就是想和骆安邦求得真经，彻底解决味道的问题。

"骆叔，你有没有想过，你年纪大了，以后做不动了怎么办？"

"德德玛，我和你妈一样，漂泊半生，没什么追求。躺在床上这些天，我想明白了，我这把老骨头熬不动了，打算退休了，回到老家，养养花种种草，等着老天来收我喽，哈哈哈……"

"骆叔，您做菜肯定是有秘方的。您不在，大家都做不出您的味道来，您可不可以将秘诀告诉我呢？"

"德德玛，做菜其实没什么秘诀，就是把心放在做菜上就行了！"

"骆叔，是不是调料配方什么的？如果您肯把秘方告诉我，我出多少钱都行！"

"什么意思？"面对德德玛的单刀直入，骆安邦一时间有些不明所以。

"厨师们说你在后厨，什么也没有做，但是你走了之后味道就变了，所以我在想是不是调料有什么配方？我想把它买过来，这样您退休后，餐厅的味道还能保持下去……"

骆安邦以为德德玛是来看自己的，没想到，德德玛竟然怀疑自己在调料里做了手脚。看着眼前这个急功近利的年轻人，骆安邦脸色沉了下来，一个老臣被卸磨杀驴，这不是他最伤心的，他伤心的是德德玛竟然怀疑自己的人品，这是他无法接受的。

考虑到苏静春对自己有知遇之恩，骆安邦还是平复了情绪，认真地说："德德玛，我走过南闯过北，也在外国干过，但是有一点，我从不做那些下作的事情！你知道为什么我愿意跟着你妈干吗？"

"骆叔，您误会我的意思了，我是说……"

"你能不能静下来认真听我讲话！"看到德德玛想极力掩饰自己的失礼，骆安邦愤怒不已，而面对训斥，德德玛也终于沉默了下来。骆安邦从床上下来缓缓地走到窗前，深吸了一口气。

"当年我流浪街头，看到一个面黄肌瘦的女人在那热火朝天地做着饭，我一闻就知道业余极了，但是她的热情让我感到温暖。于是我就想，干脆就坐下吃一顿饭吧，都是为了生活！

"我当时告诉了她我的身份，她有些慌乱，我说，让她把自己最拿手的菜做给我！她说自己太忙，需要等会儿，我说没问题。我知道她并不是真的有那么忙，而是她不想放弃这个机会，她没想好做什么菜才能让我满意……"

直到所有人都走了，骆安邦看了看手表，已经是晚上十一点半了。他转头看了看苏静春，苏静春假装收拾着在那认真思考。剩下的菜不多了，苏静春看着篮子里剩下的鹅蛋，她看了看远处的骆安邦，终于做了那份鹅蛋炒饭。

当那份蛋炒饭端在骆安邦面前的时候，骆安邦笑了，最拿手的菜是一份蛋炒饭，这在骆安邦看来像小丑一样可笑。如果不是等待太久有些饿了，骆安邦会直接起身离开。

看着苏静春紧张地用围裙擦手，骆安邦吃了一口。那种味道，让他的味蕾一下子都活了起来。他的大脑做好了充分的准备接受一盘普普通通的蛋炒饭，但是，他却品出了不一样的味道。而这盘蛋炒饭果然没有让骆安邦失望，他越吃越觉得舒服，直到把蛋炒饭全部吃完，骆安邦不知为何却流下了眼泪。

"能告诉我你是怎么做的吗？"骆安邦缓缓抬头看着苏静春问。

苏静春紧张地说："我就是用了一颗鸡蛋还有一颗鹅蛋炒的，其他的都是正常做的。"

苏静春的回答让骆安邦佩服不已，眼前的这个女人热心且懂得经营。就是这道蛋炒饭让骆安邦决定留下来帮苏静春一起把小摊做起来。

"有什么区别吗？"听完故事后，德德玛虽然很感动，但是她仍然不知道这其中的秘诀。

"厨师做饭，除了调和五味，更多的是对人生的感悟。普通的蛋炒饭所用的蛋，有用鸡蛋的，也有用鸭蛋、鹅蛋的，但是三种蛋的本质不一样，鸭蛋性凉，鹅蛋性温，而鸡蛋不温也不凉，所以平日里用鸡蛋的比较多。当时我漂泊无依，心里想回家却回不去，那种漂泊无依的感觉让我很痛苦。你妈用了一颗鸡蛋做底，让我在吃的时候身体感受到那熟悉的味道，但是紧接着鹅蛋的温暖便让我有了家的感觉。你知道为什么吗？"

看到德德玛摇了摇头，骆安邦说："因为鹅是最忠诚的家禽，它想着自己的家……"

骆安邦说到这里，德德玛突然明白了什么，她为自己的冒失感到深深的愧疚。

"当然，只有这些食物的调和是远远不够的，我问她在做这道菜的时候想的是什么？然后她不再紧张，缓缓地坐下，跟我讲了那个叫小雨的孩子的故事。她说，刚开始是打算把毒药放进去，一起吃了死了算了，但是后来又觉得对你不公平，她知道你吃完这道菜以后可能这辈子都不会再见，所以她就把这道菜作为人生的最后一道菜来做……"

骆安邦的话让德德玛的心沉了下来，想到苏静春对她的爱，眼泪不自觉地无声滑落。

"那天，苏总的那句话点拨了我，做好菜的真正秘诀除了食材和心情之外，那就是将每一道菜当作自己人生的最后一道菜来做！

"平日里我在后厨很少掌勺，但是我却能够看出每个人的心思。有的人想早点下班，有的人想多挣点钱，有的人失恋了没有力道，有的人懒怠了导致翻炒的次数不够多……这些都是做不出合格的饭菜的。我唯一能做的就是当他们慢的时候催促他们快些，他们要走神的时候我过去尝一尝，表面上来看我什么也没做，但是我却一直掌控着每道菜的火候，这就是我做菜的秘诀。"

此时，德德玛完全没了刚开始的心气儿，低着头在那哽咽着，直到此刻，她才明白自己是有多么的无知。

"你能力很强，知人善用。我知道按照这个节奏下去，我肯定会倒下，所以就有意地培养了几个年轻人，但是做饭靠的是悟性，要达到要求，他们还有一段人生路要走……"

"骆叔，我错了，我给您道歉！请您原谅我！"

看着德德玛哽咽着一副无助的样子，骆安邦说："布和是个不错的孩子，我住院的这些天，一直都是他在照顾我，他很谦虚好学也很有悟性，很多问题，我一点就通了，我从他身上也学到了很多的道理。人生不需要多么快，而是要像草原一样，要懂得平衡，做人是如此，做菜亦是如此啊！德德玛，我知道你们两个之间有矛盾。我是跟着苏总一起打拼过来的，我可以留下来，但即使培养了别人，你能保证人家不会随时走吗？考虑考虑吧，如果你愿意，或许布和可以，因为他有一颗简单纯真的心。"

从医院出来后，德德玛终于意识到了自己身上的问题。很多时候，岁月静好只不过是有人替你负重前行。她也终于明白了苏静春一路走来的不容易，可是等她明白过来的时候已经晚了，此刻的她却想到了草原上的额吉，自己已经不知道有多久没给她打电话了。

骆安邦的一席话点醒了德德玛，却也让躲在厕所的布和泪流满面。原来，布和一直都在医院照顾着骆安邦，二人越聊越投机。作为吃货，布和上午听骆安邦说完，下午就回家将菜做了出来，而布和的进取心和渴望仿佛让骆安邦又一次看到了当年的那个对自己微笑的苏静春。

布和原本打算潜入餐厅搞破坏，他将糖和盐混合在一起，如此一来第二天所有的菜都会乱套。可是当他醒酒后，他却又后悔不已，他怕受到腾格里的惩罚。蒙古族人认为蒙古包就像一只眼睛，在看着上天的同时，腾格里也在看着蒙古包里的人们，如果谁做了坏事，那终究会受到腾格里的惩罚。想到摧毁德德玛的快感，他宁愿牺牲掉一起打拼的莫斯科餐厅，但是他很快就为自己的行为后悔不已。在他复原了一切之后，他选择来到了骆安邦这里告别。

在骆安邦吃完了布和所做的蛋炒饭后，骆安邦终于满意地点了点头。因为，那是布和离别前给骆安邦做的最后一道菜，所以他做得格外用心。

布和带着阿丽亚回到了草原，如果不是留下的一封信，德德玛都不知道，阿丽亚已经放假了。陪阿丽亚过寒假的承诺又一次落空，望着空空的房间，德德玛终于感受到了苏静春的那种孤独，只有钱没有家人陪伴的孤独。于是她开始反省自己，但是好像有些晚了。

骆安邦出院后，他的身体还需要休养一阵子，虽然他拍着胸脯说自己随时可以去加班，但是德德玛还是坚决拒绝了。她只是急功近利，但并没有泯灭良心。看着饭菜一次次被客户投诉，客流量也一天天在变少，德德玛在餐厅里待了整整一夜后，决定暂停营业。虽然员工们都很震惊，但是德德玛表示停业期间工资照发，这才让众人吃下了定心丸。寒假，这原本是生意最好的时候，但此时的德德玛变成了孤家寡人。因为她走得太快了，她需要停下来，等一等自己的灵魂。

长年累月地忙碌，突然按下了暂停键后，她感受到了那种痛苦，无事可做的痛苦。当她面对着空空的房间，她开始理解孩子还有丈夫，如何在一次次的等待中变得对自己无比失望。只是，眼前自己的状态，她也不知道该如何挽回那逝去的爱情。

长时间的酒后催吐让德德玛的胃变得十分脆弱，上海的冬天有些阴冷，这也让德德玛的身体开始有些不适的反应。接到额吉的电话后，德德玛以忙为借口掩盖了自己为何没有和孩子回草原的事实。为了不让额吉担心，德德玛只说了几句就匆忙挂掉了电话。但是在电话挂断的同时，她眼泪却忍不住流了下来。眼下自己银行里的钱没能给她安全感，于是她拿了些玉米失落地走到院子里，打算喂大花，可是此时的大花却已经走到了生命的尽头，趴在窝里一动不动，奄奄一息。

"大花，你怎么了？"看着大花有些翻白眼，德德玛赶紧将大花抱进了屋里。

"大花，你是不是冷了，还是哪里不舒服？"德德玛赶紧拿来了暖水袋，又给大花裹上了自己的围巾，慌张不已。

正如巴图在敬老院说的那句话："原来，爸妈真的会死！"

1992年12月31日，农历腊月初八，在陪伴了苏小雨和苏静春三十多年后，大花终于在这个冬天慢慢地闭上了眼睛。

"大花，你不要死，我不想你死！"

大花的离去让身处困境的德德玛悲痛欲绝。这个陪伴过自己童年的伙伴，早已超越了友情成为精神图腾般的存在，支撑着德德玛走过了最艰难的那些年。也正是大花的鹅蛋，让骆安邦心甘情愿地帮助苏静春拿下了上海的莫斯科餐厅，孵化了今天的事业，而如今这位恩人却在德德玛最需要陪伴的时候选择了离她而去。德德玛跪在地上，抱着大花，放声大哭。昔日的亲人，儿时的伙伴，终于离她而去……

德德玛在院子里挖了很深很深的一个坑，她缓缓地将大花放了进去。突然，德德玛好像想起了些什么，她急匆匆地回到了屋里，打开自己的保险箱，从最里面的格子里取出了那把带着自己身世秘密的钥匙。德德玛将钥匙放到了大花身边，她选择将自己的身世同大花一起埋葬。

大花的离去让德德玛消沉了很久。得知餐厅一周都没有营业了，骆安邦急匆匆地找到德德玛，表示自己身体已经完全康复，建议重新开始营业。但是此时的德德玛却什么心思都没有，她只是跟骆安邦说自己再想想。

冬天的雨好像永远下个不停，德德玛每天不知道要扫多少遍院子，她不知道如果餐厅真的关门不做之后，自己还能做些什么。自认为能力超群的德德玛，终于被现实打败。她出生以来第一次彻底否定了自己。她开始思考自己是否真的有感恩过苏静春，如果说苏静春是个穷光蛋，自己能否做到为她养老送终；她开始反思自己当初对额吉所做的一切是否太过任性，不近人情。一切的一切，德德玛好像觉得自己真如巴图所说，是一头白眼狼。

几天没有喝酒，这让德德玛的胃渐渐地好了些，但是精神上的打击却让她变得一蹶不振。这一天她正拿着扫帚在院子里一如既往地扫着，不知为何，德德玛觉得自己被这座城市套住了一般，她又一次想逃离上海，回到那个充满欢声笑语的蒙古包里。或许，自己并不是因为额吉说的，为了团队而回来；或许，自己真的就是为了满足私欲。阿丽亚8岁了，她甚至都没有对阿丽亚真正地付出多少母亲的爱，更别说从一开始就有些瞧不起的布和了。

如果你的面前有阴影，那大概是因为你的背后有阳光。大花去世后，德德玛很久都没有去碰大花的窝，直到这天中午，她终于想明白些什么了。大家都没有错，是自己自命不凡，人生的天平从一开始就失衡了。她开始和巴图一样，尝试与自己和解，接受普通的自己。于是她缓缓地走到大花的窝里，将大花的窝打扫干净，打算再去买一只鹅回来。

当德德玛看到大花窝里的玉米粒的时候，她又想到了当年巴图被额尔敦大叔接走时候的情景。巴图因为不愿她也和家人分开，所以用他去换来了粮食。额尔敦当初拉来他家的那袋玉米和别的粮食，让巴图和自己得以留在了图娅身边。布和才是对自己从一而终的那个人，而自己却用傲慢和偏见将布和挤出了团队，推出了家庭，赶回了草原……

正如北上的火车跑得太快，苏小雨的灵魂仿佛从上海市育儿院开始就没有跟上火车，当它追到草原的时候，苏小雨的灵魂却找不到那个叫苏小雨的人了，取而代之的是心怀仇恨开始生活的德德玛，而此刻的她终于找回了那个真正的自我。

"妈!"

一声呼喊在德德玛脑海中回响，那是阿丽亚的声音。德德玛意识到自己已经有些神经错乱了，她已经有些分不清什么是现实。

"德德玛!"

直到额吉的声音传来，德德玛方才回过头去看。此时，额吉带着阿丽亚不知何时站在了门口。

"额吉……你怎么来了?"

"妈！"阿丽亚开心地跑过来拥抱着德德玛。

而此刻德德玛的眼中却早已含着泪水，只是在额吉面前，她想强忍着做一个坚强的人，可是看到额吉手里拎着的大包小包，德德玛终于忍不住哭了出来。

"哎哎哎，别哭啊！刚一来就哭！"这时候巴图却从墙外慢慢地拉着抱着呼和的海古拉走了出来。

"老板！"

"叫什么老板，叫姐！"阿茹娜说完拉着尼古拉走了进来。

"哦，我爸下了班就过来。"

最后出现的自然是布和，回到草原后的布和想了很多，父亲额尔敦自然是劈头盖脸地训斥了布和一顿。额尔敦痛斥布和没出息，草原上的野马都能驯服，却无法获得一个女人的心，那只能说明他做得还不够。在上海，布和的遭遇算是委屈，但是回到草原后，仿佛除了生死，一切都不是什么事儿了。面对父亲的训斥，布和想了好一阵子后也豁然开朗，毕竟草原的宽广可以抚慰一切受伤的灵魂，特别是得到了骆安邦的肯定，所以布和也重新整理了下自己，又以一个崭新的状态回到了这里。

而德德玛终于又回到了从前，跑上前去紧紧地拥抱了布和。

额吉从未来过上海，正是女儿德德玛的电话让她敏锐地觉察出了她和布和之间的问题。听阿丽亚说完二人协议离婚的事情后，额吉决定亲自来上海，看一看德德玛，那个从小就不太听话的孩子。

额吉在，家就在。原本冷清的蓝房子又热闹了起来，而布和的手艺也让众人刮目相看。欢声笑语的团聚中，莫斯科餐厅终于又重新营业了。

1993年1月21日傍晚，在德德玛的带领下，额吉第一次参观莫斯科餐厅。看着排队的客人，额吉为德德玛和布和深深地感到自豪。

看着墙上挂着的娜塔莎，额吉转头对阿茹娜说："你爸妈的爱情是从这里开始的，德德玛现在又经营这家餐厅！真是缘分啊！"

"嗯！额吉，我和尼古拉也是在这认识的。"

"走吧，咱们去那边坐吧！"周美之依旧穿着西装出席，他熟练地坐在了当年的那个位置上，不厌其烦地和众人讲着自己当年的爱情故事。

每个时代都不一样，然而每代人的青春和爱情却大致相同，因为那份炙热的心动永不停止。

"周美之！"一句俄语从门口那里大声地喊了出来，整个大厅瞬间变得鸦雀无声，众人纷纷朝着门口看去。

其实哪里都可以叫作莫斯科，很多人也不再相信眼泪，但是当一个叫娜塔莎的俄罗斯女人站在不远处流着泪看着自己的时候，周美之的心像是被按下了暂停键，他的脸唰地一下变得惨白，缓缓从座位上站了起来，任凭手里的刀叉掉在了地上。

第二十三章　回家

乌兰牧骑在莫斯科大彼得罗夫大剧院的演出空前成功，俄罗斯的电视台对巴图和团队的采访也让他们迅速家喻户晓。而团队中的阿茹娜虽然只在团队合影镜头中出现了，可就是这一镜头却牵动了一位俄罗斯母亲的心，她就是当年的娜塔莎。

当年中苏关系交恶，娜塔莎因为和周美之恋爱生子，并申请了中国国籍，回国后，克格勃对其单独审查了很久。而娜塔莎除了和周美之生了一个孩子之外，并没有威胁国家安全。即便如此，娜塔莎也被判终身监禁，她为这份爱情付出了巨大的代价。

从1960年初到苏联解体后的1991年底，三十一年的劳动改造消磨了娜塔莎的半生，也改变了她的容颜。1992年初，娜塔莎终于被国家特赦，被无罪释放。

当她回到老家的时候，这个世界已经完全变了模样。她第一时间跑到了图书馆查阅了当年的时政资料，看到中国在自己离开后就遭遇了三年困难时期，她不知道自己的丈夫和孩子是否还活着。望着镜子中的自己，虽然狱中的生活没有让她身体垮掉，但是那松弛的皮肤和老去的容颜让她失去了前往中国的信心。毕竟已经三十多年了，这世间有什么感情能经得起三十多年的无声等待呢？作为曾经的"政治犯"，自己提交的申请能被通过吗？想到这里，娜塔莎很快便放弃了这种想法。这份感情为自己带来了三十多年的牢狱之灾，想必周美之肯定也不会有好的遭遇，算了吧，让一切随风而去吧。

娜塔莎的身份和年龄让她很难再找到工作，她最终托亲戚关系在超市做起了勤杂工，生活在一个不起眼的小镇上。生活本可以就这样悄无声息地过下去，人到中年的娜塔莎或许终会有一天会重拾生活的勇气，再去组建新的家庭。

娜塔莎努力地适应着这个时代，眼前的一切让她有一种穿越到未来的感慨。而娜塔莎的阅历也让大家对她充满了好感，大家甚至觉得她是个英雄。毕竟，有谁会为了爱情牺牲自己的一生呢？而众人也从此知道了，娜塔莎在中国曾经有过一个女儿。

1992年6月15日，娜塔莎调班在家休息，她认真地做好了一桌饭菜给年迈的母亲。母亲被国家电视台播放的演出所吸引，她颤颤巍巍地指着镜头中的一个女孩问：

"娜塔莎，你什么时候上的电视？"

娜塔莎以为母亲老眼昏花，笑着说："妈，别胡说了，我从来没上过电视。"

"可是，那个女孩长得可真像年轻时候的你啊！"

看着妈妈颤抖的手一直指着，娜塔莎便朝着电视看去，好像有心电感应般，娜塔莎几乎一眼便感觉到，那就是自己的女儿伊莎。看到女孩的眼角有一颗痣，娜塔莎赶紧回到阁楼上翻出伊莎的照片，她没有记错，伊莎的眼角也有一颗痣。但是自己的孩子出生在上海，这个人来自内蒙古的乌兰牧骑，会不会是自己太敏感了？想到这里，娜塔莎放下了伊莎的照片，又回到了饭桌前。她甚至认为自己有些神经质了，可是继续看着电视台的采访，听到巴图说自己的家人和身世时，娜塔莎愣住了。"三千孤儿入内蒙！"这几乎击中了娜塔莎的心，几乎是本能地，她和周美之想的一样。那个年代，如果换作自己，为了孩子不受到牵连，自己肯定也会把伊莎送到育儿院的！

娜塔莎纠结了很久，她终于鼓足勇气提交了出国申请，理由是作为母亲，她要去寻找自己的孩子。一次次地申请，一次次地被驳回，娜塔莎终于等来了出国的这一天。

虽然大使馆告诉她巴图所在的地方是内蒙古呼伦贝尔，但是娜塔莎第一站却来到了上海。三十多年过去了，回忆让一切都变得模糊，她想重走当年走过的路，尝试着将那记忆中的碎片一块块拼起。

1993年元旦过后，她终于踏上了阔别已久的上海，可是当她再次寻找曾经的回忆时却发现，一切回忆早已伴随着那个年代的建筑消失得无影无踪了。那个她生下伊莎的筒子楼早已消失不见，取而代之的是一栋栋拔地而起的新楼房。

第二天，娜塔莎来到了莫斯科餐厅，让她欣喜的是，当初自己和周美之邂逅的地方还在。看着餐厅紧锁的大门，娜塔莎站在窗前凝望了很久很久。或许同无数寻亲的人一样，自己来到这里，更多的是想完成心灵上的一种仪式。她拿出相机对着那个二人经常约会的位置按下了快门。娜塔莎知道，她压根就不可能在这个街头再次邂逅周美之。或许，周美之已经不在人世了；或许，那个叫阿茹娜的孩子也未必就是自己的伊莎。

1993年1月21日，娜塔莎收拾好行囊，打了一辆车去火车站，准备开启前往呼伦贝尔的旅程。或许这一去并没有什么结果，或许自己再也不会来上海这座城市了。为了心里的那份念想，她让司机绕路开到了莫斯科餐厅，只希望临走前再多看一眼。

当出租车再次路过莫斯科餐厅的时候，娜塔莎发现那里早已排起了队伍。突然她看到了一个西装革履的中年男人正坐在当年周美之坐的那个位置上，而那个人和周美之竟然如此相像。怎么可能呢？怎么可能会在这样巧合的条件下遇到当年的周美之呢？

"停一下！"娜塔莎几乎下意识地喊停了司机。

"怎么了，女士？"

华灯初上，屋内的热气让玻璃上有了些许薄雾。看着坐在周美之对面的几个人，娜塔莎苦笑了一下，她对司机说："没事了，走吧！"

怎么可能是他呢？想到这里，娜塔莎自己都觉得可笑。如果都如自己这般寻找到三十多年未曾联系的异国他乡的人，那应该就是童话了，不，更像是神话，不可能的神话。

伴随着车越开越远，娜塔莎心中的渴望变得越发强烈起来，那种感觉和三十多年前自己被强制送往机场的感觉如出一辙。周美之的坐姿和轮廓在她脑海中越来越清晰，她强烈地感觉到，那个人应该就是周美之。自己千里迢迢从俄罗斯来到上海，如果不去看一眼，就这么走了，那该是多么大的遗憾。

"师傅，回去！"

"女士，去哪儿？"

"莫斯科餐厅！"

"好的！"

车很快停在了莫斯科餐厅门口，娜塔莎拎着行李走进了餐厅。一切几乎都没有什么变化，还是那么熟悉。墙上挂着的还有自己和周美之团队的合影，她看了看剪报上的周美之，又看了看远处坐在窗前的那个人。

坐在周美之身边的正是自己在电视上看到的女孩，没错，那就是伊莎。如果不是巴图坐在对面，娜塔莎一度认为自己是在梦中。没错，那就是自己的孩子和丈夫。伊莎就是自己和周美之的孩子，她完美地继承了自己和周美之的长相，只不过坐在对面的那个女人又是谁呢？是周美之的夫人吗？旁边的都是周美之的家人吗？

看到娜塔莎站在那里，从厕所回来的尼古拉走过去用俄语问道："女士，您好，请问您找谁？如果就餐的话麻烦您排队，估计要等一会儿！"

"你好，我想问下，窗户那边的那个人是不是叫巴图？"

尼古拉看了看说："是的，夫人。请问您是……？"

"哦，我看过他们在莫斯科大彼得罗夫大剧院的演出。"

"是的，很精彩，我也是通过那场演出认识了他们。您是从莫斯科来的吗？"

"是的，旁边的女士是他的妈妈吧？"

"是的，旁边是巴图的夫人和妈妈，那个胖一些的是巴图的妹夫。那个年轻的女士叫阿茹娜，她是我的女朋友。"

"阿茹娜?"

"哦，说出来你可能不信，她的母亲也是俄罗斯人，叫娜塔莎，她也有个俄罗斯名字，叫伊莎！旁边是她的父亲……"

"等会儿，她的母亲和她的父亲是一家人吗?"

"哦，说起来可能有些复杂……嗯，严格地来说是两家人。'三千孤儿入内蒙'，您应该知道吧？电视采访里说过。"

当得知图娅并不是周美之的夫人之后，娜塔莎的眼泪唰地一下流了下来，她手中的行李也随之掉在了地上。兴高采烈的尼古拉以为说错了什么，瞬间停止了说话，看着娜塔莎。

"女士，您没事儿吧?"

"周美之！"娜塔莎几乎用尽了全身的力气用俄语朝着周美之喊去。

突如其来的呐喊让熙熙攘攘的大厅瞬间安静了下来，众人纷纷朝门口看去。

那声呐喊在周美之的脑海中回荡了好久好久。第一次听到这声呐喊是在三十多年前自己破坏了娜塔莎约会的时候，娜塔莎愤怒地喊着自己的名字，骂着自己笨蛋。而时隔多年，周美之又一次听到了那个熟悉而又遥远的声音。当他转头看过去时，周美之几乎条件反射般地站了起来。

那分明就是自己日思夜想的人啊！虽然岁月改变了她的容颜，但是她眼中的那一池秋水未曾改变过。周美之双手颤抖着，任凭刀叉掉在了地上。

"娜塔莎！"周美之用俄语喊出了那个做梦都在想念的名字。

阿茹娜几乎一眼便认出了自己的亲生母亲，看着父亲颤颤巍巍地朝着娜塔莎走去，阿茹娜不敢相信自己的眼睛，因为她在见证这冬日里最浪漫的童话。

看着暮色下闪烁的灯光，兼职的大学生弹起了《莫斯科郊外的晚上》。

"周美之！"

"娜塔莎！"

优美的钢琴声响起，周美之不顾一切地走上前同娜塔莎紧紧地拥抱在了一起。爱情并未伴随着岁月的流逝而褪色，反而让人变得越发勇敢。在众人的鼓掌声中，二人紧紧地拥吻在了一起。尼古拉赶紧接过了从娜塔莎肩上滑落的相机，在这一刻，按下了快门。

音乐伴随着二人亲吻结束也换成了《喀秋莎》。经历了客人多次投诉后依旧选择在重新营业的第一天来排队的多是餐厅的忠实顾客，而每个人都早已熟知这个耳熟能详的旋律，众人纷纷伴随着旋律唱了起来。

这个拥吻，迟到了三十多年，在这个缘分诞生的地方，命运终于为相爱的两个人架起了一座桥。

娜塔莎和周美之都是那个年代的知识分子，虽然过去了三十多年，二人站在一起的时候依旧能够让人回想起那个冬天最浪漫的爱情。或许浪漫能够遗传，阿茹娜一家人仿佛都有着和常人不一样的浪漫体质。

一家三口回到了周美之在敬老院的宿舍，简单的小屋和娜塔莎住过的牢房差不多大小。原来，这三十多年来，这个男人一直过着和自己相似的生活。当周美之从床底搬出了另一个箱子时，阿茹娜才知道，原来这些年，父亲每年也都会为母亲娜塔莎织一件毛衣。望着摆出来的一件件肥大的毛衣，娜塔莎质问周美之为什么那么宽大，周美之则笑着说，怕她回去过得太幸福，会变胖。看着三十多件宽大的毛衣，娜塔莎先是笑了，笑着笑着又哭了。

第二天一大早，阿茹娜摆好相机，一家三口换上毛衣，在这个冬日的清晨拍下了第二张全家福。

在一起的这几天里，二人几乎整夜都不睡觉。周美之将三十多年来的这场梦娓娓道来，当得知图娅的经历后，娜塔莎感动不已。她太明白作为母亲的感受，自己之前和图娅一样，倔强任性，可是自从有了伊莎，一切仿佛都变得不再一样。

娜塔莎的签证只有一周，所以短暂相聚过后，她只能先回俄罗斯。送别晚宴上，娜塔莎走过去向图娅敬了三杯酒，二人紧紧地握住了双手，什么话也没说。二人语言虽然不通，但是那种对爱情的等待却都懂，二人先是相视而笑，笑着笑着便不自觉地相拥而泣。

阿丽亚和图娅从市场上买来了两只小鹅，由阿丽亚负责喂养。当然，名字叫作大花和小花。看着阿丽亚拿小米喂它们，图娅又想起了那缺衣少吃的日子。如今，小雨也终于找到了自己的伴侣，自己的任务差不多也要完成了，是时候回草原去了！

1993年除夕夜，图娅第一次在外地过年，有布和在，桌子上摆满了各种羊肉。或许是思乡心切，听着窗外的鞭炮声，图娅却怎么也吃不出草原的味道。

春节是图娅心中的一个结，她想念自己的巴特尔，她怀念那个烧牛粪取暖的蒙古包、仿佛那个蒙古包让她有一种莫名的安全感。

"我想回家！我要回家！"春节才过了没几天，图娅便嚷嚷着回内蒙古。

众人拗不过，正月初八，图娅便踏上了回家的火车。巴图看出了额吉的心思，想带着海古拉和孩子一起回去，但是图娅却坚持要自己一个人坐车回。德德玛想给她买机票，也被她拒绝了，她觉得太过浪费。图娅拒绝大家的理由是，她想一个人感受下当年孩子们从上海前往内蒙古的旅程，不想有人打扰。

看着额吉十分坚持，原本没玩够的孩子们便也同意了。众人赶到火车站，看着额吉坐上火车，不知为何，内心充满了离别的伤感。三十多年前，这趟列车带走了孩子们，改变了他们的命运；三十多年后，他们看着这趟列车带着额吉离开。仿佛这是一趟人生的旅途，独自抚养了三个孩子后，最后没有一人陪伴她去看这人生最后的风景……

回去的路上，每个人都默默的，没有说话。突然，布和开着车喃喃道："额吉一个人回去，真的能行吗？"

巴图看了看表，着急地问道："布和，你开车能不能提前赶到列车的下一站？"

"能是能，怎么……？"

"你们先下车，我去下一站陪着额吉！海古拉，行李到时候拿不了的就寄回来！"

"巴图，要不要我陪你一起回去？"

"都不用，额吉想自己一个人，我就去隔壁车厢看着她就好！"

巴图是大哥，众人拗不过，便听从了他的意见。巴图终于在下一站及时赶到。因为坐票几天前就被卖光了，所以巴图只有站票。他远远地站在这节车厢的尽头看着额吉坐在窗前发呆。

这三天时间里，图娅一直琢磨着三个孩子的归宿。阿茹娜的亲生母亲已经找到了，她的对象也是俄罗斯人，按照这个孩子的性格，最后她的归宿不是上海就是俄罗斯了；德德玛和布和已经扎根上海；剩下的只有巴图了。或许当年巴图拒绝文慧是对的，当时自己还觉得慌恐，恨铁不成钢，现在看来，自己当初考虑得未必有巴图周全，至少老了还有一个人陪伴在自己身边。

等到额吉下车的时候，巴图却早已嘱咐好了团里的队员们前来接站。

看着巴图骑马从远处走了过来，额吉先是一愣，后来脸上绽放出了孩子般的笑容。

1993年6月30日，李文慧打来了电话，虽然阔别多年，但她的声音，巴图永远不曾忘记。此时的李文慧早已成为巴图过往的回忆，北京和呼伦贝尔的距离虽然不算遥远，但是自打上次分别以后，二人再也没有见过了。听到电话里文慧哭泣的声音，巴图不知道发生了什么，也不知道说什么好。

"文慧。"

"巴图，家驹死了。"

李文慧只说了一句话便挂断了电话，看着自己办公室里的那台李文慧送的卡带机，巴图脑袋嗡的一声。他赶紧打开电台，找了好几个台才听到新闻消息。

"1993年6月24日，Beyond乐队主唱黄家驹在日本参加综艺节目期间意外跌落舞台，6月30日不治逝世，终年31岁……"

巴图从抽屉里拿出那盘磁带，再次放了进去，里面传来了黄家驹的《光辉岁月》，后面还有文慧的声音。

"巴图，你还好吗？上次一别，已有五年，我经常从报纸上看到你的报道，看到你取得的成就我很开心！前几天朋友送了我这台录音机，我已经有一台了，就想，或许你能用得到。还有，我结婚了！你也赶紧哦！祝你节日快乐！祝好！"

巴图曾经无数次在周末的清晨，打开卡带机听李文慧送给自己的磁带。他记得屋里铺满金色的晨光，蒙古包里回荡着黄家驹的歌声，期待着有一天自己也能成为名满全国的明星。

巴图将磁带听了一遍又一遍，怅然若失。他不知道是为黄家驹的去世而感到痛苦，还是为李文慧对自己的惦念而感到悲伤。只是从那以后，巴图再也没有收到李文慧的消息。多少年后，每当巴图再次听起那首《光辉岁月》，所有的爱恨都湮灭在了岁月中，唯有这首歌和那个为爱奋不顾身的女孩，让巴图久久不能忘怀。

1995年暑假，周美之和娜塔莎，还有阿茹娜和尼古拉的婚礼如期在莫斯科餐厅举行。两代人的故事感动了在场的每一个人，而这家餐厅因为这个爱情故事名声大噪，一跃成为上海最具盛名的爱情打卡地。即使每天顾客盈门，但是德德玛听从了骆安邦的建议，用心地做好每一顿饭，准点关门，将更多的时间放到了家庭。而布和的天分也得到了骆安邦的认可，正式地拜师学艺并小有所成。

娜塔莎又一次提交了入籍申请，尼古拉也在上海的一家外企工作了。毫无疑问，阿茹娜最终在图娅的劝说下，调离了呼伦贝尔，在阿丽亚所在的学校当助教。

一切都安顿好之后，巴图、德德玛还有阿茹娜都劝说图娅去跟随自己住。德德玛的房子大得很，也有专业的保姆伺候。阿茹娜则打算陪着额吉一起住敬老院，毕竟那里有许多老人可以聊天。巴图什么话也没说，只有海古拉跟两个妹妹解释着，额吉是不会离开草原的。

两个孩子都在上海落地生根，虽然她们的一番孝心让图娅感动，但是图娅心里牵挂的永远还有那么一个人，那就是自己的丈夫巴特尔。那个蒙古包承载着自己和巴特尔所有的美好回忆，这些美好的回忆支撑了自己的后半生。

或许是老了，或许是周美之和娜塔莎的感情让图娅对巴特尔产生了怀念，图娅开始经常一个人骑马到巴特尔失踪的地方，眺望远方。巴图有时候也会问图娅，为什么那么多年过去了，她始终还是选择单身。图娅笑着告诉巴图，自己想过很多次，但是自己的心血早已倾注到三个孩子身上，渐渐地，自己的欲望就慢慢地随着岁月消逝不见了。因为，孩子成为她生命的全部，她无法再去开启另外一段新的人生。

2019年，图娅的记忆开始出现模糊和错乱，她常常认不出巴图和海古拉，天天嚷嚷着要回家。而此时的牧民们也早已住进了有暖气的楼房，孝顺的巴图攒了些钱，买了一个带院子的洋房。每次看着图娅一个人溜走，巴图总是和海古拉一次次将她找回，就像图娅和巴特尔找回小时候的陈海生和苏小雨。为此，巴图特意安装了监控，买了定位手表，可是图娅却越跑越远。

这年冬天，图娅终于在一个大雪纷飞的日子里消失在了巴图和海古拉的视线中，二人着急地找到手表定位的地方，却发现这是一个冰冻的湖。看着被扔在湖中心的定位手表，巴图心急如焚。这么大的雪，额吉能跑去哪里呢？

巴图开着越野车在草原上来回寻找着，最终，二人还是在巴特尔失踪的地方找到了倒在雪地里的图娅。

看着躺在床上意识模糊、无法进食的图娅，海古拉放下手中的碗拉着巴图走了出去。

"额吉恐怕是不太行了，要不要喊他们回来？"

"可春节快到了，正是德德玛他们忙的时候。"

"阿茹娜呢？"

"阿茹娜前几天不是说全家人去俄罗斯过年了！"

"可是额吉这样子下去，不好说啊！过几天下大雪，飞机可就进不来了！"

"我想想……"

自从德德玛和阿茹娜定居上海后，每逢过年都是轮着来的，一年在内蒙古，一年在上海，而今年恰好轮到自己和额吉去上海。眼下额吉的身体一天不如一天，巴图却没了主意。

德德玛已经有了两个孩子，布和也成了餐厅的主厨，二人忙得焦头烂额，有时候打电话甚至有些心不在焉。年纪大了，照顾家庭的那种力不从心，巴图深有体会。阿茹娜已经出国了，如果没有特别紧急的情况没法打电话让她回来。

考虑再三，巴图在深夜拨通了德德玛的手机。

"哥，怎么这么晚了还没睡啊？"

"我不是怕你忙，你今天怎么睡得这么早？"

"别提了，我在三亚呢！"

"去度假啊？"

"度什么假啊！阿丽亚和她爸闹别扭，都是让她爸给惯的，自己一个人跑三亚来见网友，结果被人把钱和手机都骗走了，我这不来带她回去！"

"阿丽亚没事儿吧？"

"人倒是没事儿，唉……哥，你找我有什么事儿？"

"没啥，我就是想跟你说，今年我可能不去上海过年了！单位安排我值班，我是领导，今年是请不了假了！”

“那额吉呢？”

“海古拉得照顾孩子，额吉年纪大了，没人陪着，就先不过去了！”

“哎，那太好了。哥，最近我忙，也没来得及给你发信息，家里已经乱成一锅粥了，我真的头都快炸了。你说现在的孩子，真的是没法管了，你跟她理论，她竟然报警！你能想象这事儿发生在我们身上？”

“这么严重啊？”

“怎么严重了？就是她爸多说了几句，要我啊，我非得打死她不可！”

“好了，别生气了，孩子没事儿就行，回去好好说说，实在不行让阿丽亚来我这玩几天！”

“这个冬天我哪儿也不让她去了，玩疯了，没天没地的！”

“都一样！”

“哎，哥……”德德玛想了想，“你真没啥事儿？”

“没有……”

“额吉最近身体还好吧？”

“挺好的……”

“我前几天在网上给她买了一个电动按摩椅，下大雪物流停了，估计过几天才到，到时候你记得查收啊！”

“嗯……”

挂断电话后，戒烟很多年的巴图自己走到外面点燃一支烟，抽了起来。唉，谁的家庭不是一地鸡毛呢？上有老人要照顾，下有孩子在折腾。时代进步了，通讯方便了，相聚反而更难了。

看着巴图一个人站在院子里抽烟，海古拉拿了一件外套走出去给他披上。看到妻子过来，巴图赶紧将烟头掐灭踩在了地上。海古拉却不慌不忙地从口袋里掏出烟点上，吸了一口后递到了巴图面前。

看着巴图疑惑地看着自己，海古拉说：“我就是压力大的时候偶尔吸两支，你也别憋着了！”

巴图接过海古拉的烟，一人一口站在雪地里吸着。

“他们不来吧？”

“也不是。”巴图本想解释什么，想了想，吸了一口递给海古拉，“嗯，来不了。”

“巴图，额吉身体不好，今年春节就不过去了！”

“嗯。”

海古拉猛吸了一口将烟递给巴图后转身回到了屋里，巴图在外面沉思良久。

世界随着手机、高铁的出现变小了，可是人情却变淡了。

2019年腊月三十，德德玛的按摩椅终于被物流公司运到了家里。看着眼前高档的按摩椅，图娅精神大好。巴图拨通了德德玛的视频，图娅却对着手机喊出了海古拉。看着对面表情凝重的德德玛，巴图接过了电话切换了语音。

"哥，额吉是不是花眼了啊？是不是有阿尔茨海默病了啊？"

"嗯。"

"那节后赶紧把额吉送过来吧，我这边认识一个老中医，不行就去最好的医院！"

"好。"

"这按摩椅挺贵的，我专门打电话给物流公司加了一千块钱才在春节前这最后一天给送过来的，你没事儿也和海古拉多享受享受啊！我忙着呢，先挂了！"

"嗯。"

看着眼前生龙活虎的图娅，巴图不禁有些担心。看到图娅坐在按摩椅上笑呵呵地享受着，海古拉将巴图拉到院子里。

"妈昨天还病恹恹的，今天该不会是回光返照吧？"

海古拉一向是敏感的，巴图看了看屋里的图娅，沉默地点了一支烟。

"巴图！海古拉！"

看到图娅站在门口喊着二人，二人赶紧掐灭烟头回到屋里。

"怎么了，额吉？"

"我想去你阿爸失踪的地方看看！"

看着图娅兴奋的样子，巴图含着眼泪点头说："好！"

巴图和海古拉后来又生了两个孩子，老二是男孩，巴图起名朝鲁，老三是个女儿，海古拉起名叫诺敏。听到奶奶要出去玩，诺敏嚷着要一起去。巴图让呼和在家陪着母亲海古拉准备年夜饭，懂事的呼和点了点头，便带着朝鲁和诺敏上楼收拾去了。

巴图开着越野车朝着那里走去，路上，车子几次差点陷在雪窝里。

巴图知道额吉一待就是很久，所以他后备厢里带了火盆和木炭。

巴图从车里拿出两个折叠椅，二人坐在那里烤着火看着远方。

"巴图，你也别嫌我唠叨，这辈子我第一次做额吉，没有经验，我打你最多，也骂你最多，没办法，谁让你是老大呢！你可别埋怨我！"

"额吉，你又来了，我怎么会呢！我早都不记得了！"

"也不知道你阿爸到底去了哪里，我等了他那么久，他怎么就不回来看看我？巴图，你说我怎么就把他给弄丢了呢?"

这话放在年少的时候，巴图总会说"阿爸没有走，没有丢"，但是，已经过了近六十年了，巴图只能沉默。

"等我走了后，我要和你阿爸埋在一起，年轻那会儿啊，我跟他承诺过……"

"嗯。"巴图知道额吉在喃喃自语，只好应和着。

过了一会儿，巴图侧身去看额吉的时候，发现额吉已经闭上了眼。巴图吓得缓缓地伸出颤抖的手，当感受到额吉还有呼吸的时候，巴图方才喘了口气。

"额吉，该回去了! 额吉!"

"哦，好，回家。"

巴图熄灭火盆里的木炭，打开车门将额吉扶到了副驾驶。图娅上车前，深情地朝着远方看了一眼。巴图转身看去，却什么也没有看到。

车开进院子里，图娅却恍惚看到了门口拴着的流星马。

客厅里已经热气腾腾，呼和往桌子上摆着蒙古族特色的牛羊肉，海古拉正在包羊肉馅儿的水饺，朝鲁和诺敏在玩面团。

"奶奶回来喽，奶奶回来喽!"诺敏开心地喊着。

图娅进屋后，眼前雾蒙蒙一片，她的老花镜上已经沾满了雾气。恍惚间，图娅却透过那团带光的雾气看到了六十年前的那个温暖的家。

蒙古包内，年幼的巴图抱着阿茹娜，德德玛则在那看着锅里蒸着的大米。

"妈!"

"阿爸，妈回来了!"

伴随着两个孩子的呼喊，炉火旁那个忙活的身影转过头，那正是年轻时候的巴特尔。

巴图和海古拉赶紧将晕倒在地的图娅扶到了沙发上，救护车像流星马一样，很快载着图娅来到了医院里。可是图娅终究没能熬过这一年的最后一天，她闭上了眼睛，永远地回到那个自己梦中的家。

巴图紧紧地握住了图娅那干枯的手，一个人跪在地上哽咽了好久好久……

第二十四章　我在爱的尽头等你

如果昨天的明天就是今天，那么回忆过去与期待未来又有什么区别？后来，巴图望着图娅的墓碑，终于想明白了一些。人生在世不称意，我们就应该去翻山越岭，去追风逐日……虽然，很多时候，这些回忆和期待到头来并没有意义，但是，昨天、今天、明天，人生在世的每一天都应该因为这些回忆和期待变得独一无二。

德德玛一个人呆呆地坐在机场，她知道这一天终究会来，但是她的心里却始终没有做好准备。不远处的凳子上独自坐着一个安静的小女孩，小女孩身边有一盒吃过的泡面，二人对视了好久，德德玛都没有见到小女孩的父母。那种似曾相识的感觉让她心头咯噔一下，她慌忙站起身朝着小女孩走去。

或许是急切的眼神和匆匆的脚步吓到了小女孩，她赶紧起身跑到了远处的爷爷奶奶身边怯懦地看向了德德玛。

望着孩子被银发苍苍的老人紧紧地抱着，不知为何，德德玛突然笑了，但是笑着笑着眼泪便流了下来。

当德德玛和阿茹娜几经辗转回到呼伦贝尔的时候，图娅的遗体已经火化了。当戴着口罩眼睛红红的工作人员将图娅的骨灰交到自己手里的时候，巴图才发现，眼前这个人正是消失多年的乌力罕。这个曾经深爱过图娅的人儿，历经半生之后，终于再次与图娅相遇。

缘分，真的比命运更让人敬畏。

德德玛一直抱着图娅的骨灰不让下葬，像流浪在街头的三毛失去了他仅有的亲人。而图娅去世的第十天，巴图却接到了一个让他震惊的电话：巴特尔要回来了！

接连十多天巴图都没怎么睡觉，当听到这个消息后巴图不知道自己是惊吓过度还是产生了幻觉，一刹那，犹如灵魂出窍般地，巴图眼前一黑便倒在了地上。

"不求同年同月同日生，但求同年同月同日死。"这是巴特尔和图娅私订终身的时候说过的话。而命运，终究在图娅生命的尽头完成了她的夙愿。

当兄妹三人见到了三个30岁左右的年轻人，看到他们手里抱着的骨灰盒，兄妹三人似乎明白了些什么。

原来，巴特尔阿爸真的没有死。

1960年底的那场暴风雪中，巴特尔追到了边境线上，看到狼群将羊群朝着边境线对面驱赶，巴特尔舍命冲了过去，将羊群赶了回去。可是任凭巴特尔喝了些酒，任凭他身强力壮，终不敌狂风暴雪和低温严寒。巴特尔为了不被风雪刮走，只好用手死死地抓住边境线上的铁丝网。

暴雪刚过，苏联士兵便骑马在边境线上巡逻。当他们看到前方有人蹲在地上的时候，士兵伊瓦绍夫赶紧拿起枪对准了那个人。看到喊话对面也毫无反应，伊瓦绍夫只好朝着天空开了几枪。当众人举枪围过去用枪戳了一下那人的时候，才发现，眼前的人已经冻成了冰疙瘩，应声倒地。即使如此，巴特尔的头还是朝着家的方向。

士兵们赶紧将巴特尔抬回军营，放在浴缸里泡了很久。在全身的冰化完后，巴特尔竟然奇迹般地活了过来。一个冰疙瘩活了过来，这在当时造成了轰动，伊瓦绍夫很快将巴特尔的事情报告到了上级。后来医生在检查巴特尔身体的时候解释说，快速的低温将人在短时间内冷冻的话，人体相当于处于动物冬眠的假死状态。用适当的方法解冻后，人会有重新恢复生命的可能，但这种可能性极低极低。

巴特尔虽然捡回了一条命，但也因此大脑受损，失去了大部分的记忆。比如他不记得自己是谁，他只知道自己有个孩子在风暴中被狼群围攻，那是他对巴图最后的记忆。其他的，他什么也记不起来了。

因为巴特尔身强力壮，十分像个军人，而且乌力罕写的那个入党申请书成为巴特尔被监禁的致命证据。虽然巴特尔什么都不记得了，虽然他经历了种种审问和磨难，但是迫于当时中苏关系，上级领导还是将他发配到农场改造。

在那漫长的岁月里，巴特尔一边劳动一边回忆着自己是谁，为什么来到了这里。可是他每每都无法想起，这让他十分痛苦。他明明知道自己有个孩子，那肯定就会有老婆、有家庭，可是此时的他只知道自己是个来自中国的牧民。

巴特尔耿直豪爽的性格渐渐地让负责观察他的伊瓦绍夫觉得，或许眼前的这个人真的是一个牧民，虽然他体格健壮，但是他对羊群有着天生的敏感。而对军人的命令却一概不知，他甚至不知道站军姿时两脚之间要张开多少度。

从最初的观察防备，到后来的放下戒心，再到后来，心思纯净的巴特尔和伊瓦绍夫成为无话不谈的好朋友。在几次醉酒后，伊瓦绍夫发现，眼前这个男人很痛苦，因为他不知道自己是谁，哪怕喝得酩酊大醉。

漫长的岁月里，伊瓦绍夫从列兵到少尉，再从少尉到中尉、上尉、大尉到少校，而巴特尔却始终被困在农场进行劳动改造。伊瓦绍夫每次回去都会找巴特尔倾诉心事，因为只有眼前这个男人是对自己最没有伤害的好朋友，他甚至到现在都不知道这个男人的真实名字。乌力罕？肯定不是，那个入党申请书上根本就不是巴特尔的笔迹。

就这样，巴特尔顶着乌力罕的名字生活了十五年。伴随着伊瓦绍夫的升迁，巴特尔的身世也越发让伊瓦绍夫挂念，他深信巴特尔不是特务，只是一个寻找羊群的中国牧民。所以，伊瓦绍夫动用了自己一切的关系，想去帮助这个叫"乌力罕"的朋友找回记忆。他甚至专门为巴特尔在农场申请了特殊的照顾，不再干沉重的农活，而是改为管理羊群。

看着巴特尔回国的申请一次次被驳回，伊瓦绍夫劝巴特尔彻底放下过去，在苏联重新组建新的家庭。但是巴特尔却很执着，他拒绝了伊瓦绍夫的好意。他相信，总有一天，他会想起自己的名字，会记起自己的家人。

在伊瓦绍夫的不懈努力下，1985年，巴特尔终于得以从农场释放。虽然获得了自由身，但是巴特尔还是不能回国，只能在苏联以乌力罕的名字生活。

当伊瓦绍夫将他接出农场的那一刻，巴特尔却也渐渐地放下了心中的那份执念。

"乌力罕，你已经来到这个国家二十五年了，即使你有孩子，他们也都长大成人了。以目前的形势，你也回不去，即使回到了中国，你连自己是谁都不知道。如果你的孩子还活着，那也刚好是上学的年纪，即使你找到了家里，你的孩子可能会因为你的身份问题而受到牵连……忘了他们吧，就当作是一个梦。你已经学会了俄语，你完全可以开始自己新的人生。"

巴特尔被安排到了伊瓦绍夫老家，做一个水电工人。他看了大量的关于中国的报纸后，考虑到孩子和家人的安危，放弃了回国的念想，毕竟苏联也不会批准他回去。这一年，巴特尔已经51岁了。五十而知天命。他终于明白，在命运面前，自己非常渺小，他只能接受眼前这荒诞的人生。

第二年，伊瓦绍夫就介绍了一个三十多岁的离异女人给巴特尔认识。看着眼前这个叫拉维卡的女人，巴特尔总觉得似曾相识，但是他却不记得在哪见过，二人很快便举行了婚礼。

拉维卡曾经有过一段不愉快的婚姻，之前的丈夫酗酒，而且好吃懒做，受不了家庭暴力的拉维卡终于选择了离婚。面对善良的巴特尔，她没有在乎巴特尔的政治身份，毅然和巴特尔走到了一起。

1987年春天，拉维卡在和巴特尔婚后的第一年为他生下了一对双胞胎女儿。而巴特尔也因为新生命的诞生而开始了新的生活。拉维卡给女儿起名为安娜和贝拉。

1989年夏，拉维卡又为巴特尔生下了一个男孩，巴特尔为儿子起名为安东尼。

这里的生活环境和呼伦贝尔相差不大，有了三个孩子后，巴特尔便完全忘记了那段不愉快的回忆，将全部的精力放到了自己的三个孩子身上。

1991年元旦，伊瓦绍夫来到巴特尔家里探望老友，二人喝了个酩酊大醉。当伊瓦绍夫对巴特尔说苏联国内形势严峻，未来不久巴特尔有回中国的可能的时候，巴特尔看着身边两个4岁的女儿笑着说，回中国的事情自己已经忘记了。伊瓦绍夫欣慰地看到，那个固执的男人终于放下了过去，拥抱了新的家庭。

为了让家庭生活得更好，巴特尔和伊瓦绍夫聊过，如果有机会自己计划去莫斯科生活，毕竟那里对孩子的成长更好，他不愿在边境线上的小镇度过余生。因为每每他看着边境想到边境线的另一边可能有自己的家庭，这便让他痛苦不已。巴特尔的认真和努力，也让他很快在莫斯科一家电力公司找到了新的工作。当然，这一切都离不开伊瓦绍夫的介绍。两个老朋友齐聚莫斯科，二人闲来无事便凑在一起喝酒，相互倾诉生活中的琐事。

1991年12月27日，中俄关系终于迎来了新的转机。听到这个消息后的巴特尔却没有了之前的兴奋，他甚至都没有在意这件事，因为自己的儿子安东尼已经开口喊自己爸爸了。

1992年6月12日，伊瓦绍夫给了巴特尔一家人五张莫斯科大彼得罗夫大剧院的演出票。巴特尔看着票面上写着来自中国内蒙古乌兰牧骑的马头琴演出，他也没有提起什么兴趣，彼时的巴特尔早已忘记了那个地方。

两个女儿却嚷嚷着非要去，巴特尔只好带着全家人来到了莫斯科大彼得罗夫大剧院。剧院的舞台上，巴图介绍着来自内蒙古呼伦贝尔的乌兰牧骑团队成员们，小儿子安东尼的一次次吵闹让巴特尔无奈地抱着孩子走了出去。看到孩子一次次哭闹不停，巴特尔只好让拉维卡带着两个女儿观看，自己则打算提前离席回家。

正当巴特尔抱着儿子走到剧场后门打算离开的时候，悠扬的马头琴声响起。不知为何，只是一刹那，条件反射般地，他的眼泪倏地一下便流了下来。虽然他几乎完全失忆，但是马头琴的琴声早已深深地刻在了他的脑海里，他转过身抱着安东尼又回到了座位。

看到丈夫的反应，拉维卡抱着安东尼走了出去。伴随着巴图的马头琴声，巴特尔体内的记忆被唤醒。看着舞台上乌兰牧骑们表演的蒙古族节目，巴特尔头痛欲裂，他慢慢地想起了自己曾经生活的那个地方。当巴图的《小草》响起时，巴特尔终于记起来自己好像也会拉马头琴。一些记忆的碎片伴随着悠扬的马头琴声从脑海中慢慢浮起又沉下去，巴特尔尝试抓住那些一闪而过的回忆，可是任凭他泪流满面，除了那熟悉的旋律，他却怎么也回忆不起更多的关于自己和家人的信息。

巴图带领着团队毫无意外地奉献了一场最精彩的演出，马头琴的旋律也让每个在场的人为之震撼，包括巴特尔和他的两个女儿。

回到家后，巴特尔将自己关在了房间里。他躺在床上，仔细地回忆着每个细节，尝试寻找自己的真实身份。可是，奇迹并没有发生，除了感动，他什么都没有记起来。

一夜未眠的巴特尔尝试联系巴图，却遭到了大剧院的拒绝，因为想联系乌兰牧骑的人实在是太多了。站在莫斯科大彼得罗夫大剧院的门口，巴特尔心中的那份情感久久不能平息。他打电话给伊瓦绍夫，希望能够找到卖马头琴的乐器店。伊瓦绍夫怕他主动联系巴图会惊动使馆，影响现在的家庭，让他先回家等待。

直到第三天，巴特尔终于等来了伊瓦绍夫的电话，而此时巴图却已经踏上了回国的列车。巴特尔来到乐器店，他拿过马头琴，看了又看。在老板热心地教他基本的操作后，巴特尔凭借着肌肉记忆竟然将那首《小草》拉了出来。巴特尔越拉越熟练，那种久违的感觉让他的身体一步步被唤醒。而看到一个电工从什么都不会到瞬间拉出一首优美的曲子，老板甚至觉得巴特尔在故意装不会作弄自己。

这时，电视里播出了电视台对巴图的采访。看着电视里的采访，巴特尔的记忆碎片伴随着"三千孤儿入内蒙"的故事缓缓从脑海中浮了上来。当巴图说出了自己的父亲是巴特尔后，仿佛胸口被枪击中了一般，巴特尔终于记起来，自己的名字并不叫乌力罕，而是巴特尔。一切的记忆都随着巴图的采访全部慢慢找回，他终于想起来自己为何来到了这个地方。与君初相识，犹如故人归。想起图娅的样子，巴特尔终于明白了为何自己见到拉维卡第一眼就喜欢上了她，深埋在他心底的原来是那个远在天边的图娅。

巴特尔掏出了钱买下了这把马头琴，出门直奔伊瓦绍夫家去。

巴特尔在伊瓦绍夫家楼下等了很久，面对着三十多年的好友，巴特尔先是给伊瓦绍夫拉了一曲《小草》，然后缓缓地向目瞪口呆的伊瓦绍夫讲出了自己的故事。

巴特尔从天黑一直讲到凌晨，他记起了每一个细节，甚至家里的马头琴放在床头的什么地方，他都清清楚楚。而伊瓦绍夫对眼前的这个男人更是佩服不已，他为了别人的孩子、为了集体的财产而搭上了自己的一生。为了记忆中的那个孩子，他甚至苦苦等待了二十五年。

巴特尔说完后，二人沉默了很久很久。

"你需要我做什么？"伊瓦绍夫一直在等待巴特尔找回记忆的那一天，刚开始并不是为了帮他圆梦，而是想知道眼前的这个男人如果不是失忆，他到底是不是特务。眼下，谜底被揭开的那一刻，伊瓦绍夫终于也解开了自己的心结。那份在自己心头的报告，终于可以在自己职业生涯即将结束的时候画上圆满的句号了。

"我不知道……"

巴特尔陷入了痛苦中，自己眼下已经有了三个孩子和拉维卡。如果此时自己回去，那么一切都会被打乱。得知图娅一直单身一人，巴特尔更是痛苦不已。此时的他心里已经装满了拉维卡，这时图娅的样子却又从心底冒出，两个心爱的女人几乎要将他的胸膛撑裂。

"巴特尔，先回去吧！想好了再来告诉我，我会尽一切力量帮你！无论你的要求是什么！"

看着伊瓦绍夫，巴特尔紧紧地拥抱了眼前这个男人，是他发现了自己，也是他让自己一直坚持到这一天。

看着安东尼一直在喊爸爸，巴特尔想起了当年的巴图，那是巴图第一次喊自己阿爸，那份激动至今想起都让他心潮澎湃。而自己的孩子，也终于有了出息，这让巴特尔为他和图娅感到骄傲。

几天后，伊瓦绍夫便来到了巴特尔家里。伊瓦绍夫告诉巴特尔，巴图因为站起来拉马头琴，被上级停职了，原本心有顾虑的巴特尔却也终于艰难地做出了那个考虑很久的决定。

自己已经消失了三十二年了，没人会认为自己还活着，与其回去破坏这来之不易的一切，不如就让巴特尔彻底活在他们的回忆里。看到孩子们都长大成人，自己也就心满意足了。巴特尔原本想回国偷偷地看他们一眼，可是看着膝下几个还小的孩子，巴特尔便打消了这个念头。

等孩子长大了再说吧！他心里想着，等孩子们都长大成人，或许那个时候自己可能有机会回去。

"等孩子长大了再说吧！"这也是当年图娅心里想的，而时间一过就是三十二年。

当巴特尔说出了自己的想法时，伊瓦绍夫什么也没说，他知道，巴特尔的决定是对的。眼下，等待是最好的选择。或许，等孩子们快快长大，等世界局势变得好一些，那个时候巴特尔便能再回到那片草原，做一个牧羊人，见到自己曾经那最爱的姑娘。

而关于眼前的这一切，除了伊瓦绍夫，巴特尔对谁都没有讲。拉维卡也只是知道巴特尔可能记起了什么，但是巴特尔只是说自己喜欢马头琴。从那天后，巴特尔便又像曾经那个失忆的人一样，默默地陪伴着拉维卡和三个孩子。

迈入新世纪后，巴特尔更是从互联网上看到了更多孩子们的信息。他知道了德德玛找到了亲生母亲苏静春并回上海接手了最有名气的莫斯科餐厅，他也知道了阿茹娜终于找到了自己的亲生父母并找了一个俄罗斯男朋友，他还知道了巴图大学时代和李文慧的爱情故事。

年龄越大，心中的那份爱便越深沉，渐渐地从想去拥有变为一份思念。看着孩子们一个个都读了大学，有了自己的生活，巴特尔发自内心地感到知足。

2019年底，巴特尔因为常年的农场劳作，积劳成疾。那一晚，他和孩子们吃完晚饭后，拉了一首《小草》。他说自己太累了，躺在壁炉旁便睡了过去，这一睡便再也没有醒来。

而直到孩子们收拾他的房间的时候才发现，巴特尔早已将自己的经历写成了一本厚厚的日记锁在了那个抽屉里。

日记的最后一页是巴特尔的遗言，他希望拉维卡不要怪他，他希望孩子们能够替自己照顾好拉维卡。

在读到巴特尔和图娅私订终身的那一页，拉维卡被巴特尔感动了。他曾经和图娅说："不求同年同月同日生，但求同年同月同日死。"

作为母亲，拉维卡深爱着自己的丈夫，但是她更明白，自己不应该自私地占有巴特尔的爱，他应该属于那个深爱他等待他的那个人。拉维卡一夜没睡，她将巴特尔的日记看完后，叮嘱孩子们将巴特尔的骨灰送回中国，因为那里才是他的故乡，他的母亲。

听安娜讲完父亲的故事，巴图和德德玛泪如雨下。看着眼前的骨灰盒，那是自己最想念的阿爸啊！没想到，他一个人在另一个地方默默地承受了那么多。

带着遗憾分开的人，终究有一天会再次重逢。来自不同国家的一家人，终于在这个时代将图娅和巴特尔永远安葬在了一起，自此他们再也不会分开。

面对拉维卡的举动，阿茹娜不解地问："为什么巴特尔阿爸不回来看我们呢？"

安娜缓缓地说："刚开始是为了你们，后来是为了我们……"

安东尼将日记递到了巴图手中，缓缓地说："妈妈说一定要将爸爸的骨灰送回中国，因为中国是他的母亲。"

"中国是他的母亲！"巴图又想起了周美之说的那句话：没有党和国家的安排，就没有今天，没有全国人民的团结一心，就没有养育你们的这么多母亲，在那个动荡的年代，为了转运你们这些孩子，党和国家做了充分的准备。党和国家是主动的，我们都是被动的，是党和国家给了你们第二次生命，中国，才是你们共同的母亲。

图娅作为草原母亲是伟大的，她不仅养活了三个孩子，还教会了他们做人的道理，更是在孩子成年后，鼓励他们离巢而飞，寻找到当年遗弃他们的亲生父母并原谅父母；苏静春作为安徽母亲也是伟大的，她不愿被世俗的婚姻所羁绊，她带着捡来的苏小雨勇敢地活成了自己想要的样子，并为此默默等待和付出着，最后将自己的一切都留给了和自己没有血缘关系的苏小雨；郑叶芬作为江苏母亲也是伟大的，她深知孩子被遗弃的创伤很难治愈，她没有去打扰图娅一家，她觉得对图娅来说并不公平，她想获得孩子们的原谅，而不是站在道德的制高点去寻找陈海生，哪怕到死她也没有去打扰孩子的生活。

伟大的人并不是生来就伟大，而是在成长的过程中一步步变得不平凡。时光走笔，岁月成章。"三千孤儿入内蒙"，正是神州大地上不同民族、不同地域的母亲们养育了这些满腔热血的中华儿女，书写的这个时代的一撇一捺！她们都是伟大的中国母亲，我们的中国母亲！